国家出版基金项目
NATIONAL PUBLICATION FOUNDATION

西方古典学研究

New Frontiers
of Research
on the Roman
Poet Ovid in
a Global Context

Vol. 1

全球视野下的
古罗马诗人奥维德
研究前沿

（上卷）

刘津瑜 主编

北京大学出版社
PEKING UNIVERSITY PRESS

图书在版编目（CIP）数据

全球视野下的古罗马诗人奥维德研究前沿.上卷 / 刘津瑜主编. — 北京：北京大学出版社，2021.7
（西方古典学研究）
ISBN 978-7-301-32173-7

Ⅰ.①全… Ⅱ.①刘… Ⅲ.①奥维德（Ovid 前 43—约 17）—诗歌研究 Ⅳ.①I546.072

中国版本图书馆 CIP 数据核字（2021）第 074672 号

书　　　名	全球视野下的古罗马诗人奥维德研究前沿（上卷）
	QUANQIU SHIYE XIA DE GULUOMA SHIREN AOWEIDE YANJIU QIANYAN (SHANG JUAN)
著作责任者	刘津瑜 主编
责 任 编 辑	王晨玉
标 准 书 号	ISBN 978-7-301-32173-7
出 版 发 行	北京大学出版社
地　　　址	北京市海淀区成府路 205 号　100871
网　　　址	http://www.pup.cn 新浪微博：@ 北京大学出版社
电 子 信 箱	pkuwsz@126.com
电　　　话	邮购部 010-62752015　发行部 010-62750672　编辑部 010-62752025
印 刷 者	北京中科印刷有限公司
经 销 者	新华书店
	730 毫米 × 1020 毫米　16 开　25.5 印张　312 千字
	2021 年 7 月第 1 版　2021 年 7 月第 1 次印刷
定　　　价	78.00 元

"西方古典学研究"总序

　　古典学是西方一门具有悠久传统的学问，初时是以学习和通晓古希腊文和拉丁文为基础，研读和整理古代希腊拉丁文献，阐发其大意。18 世纪中后期以来，古典教育成为西方人文教育的核心，古典学逐渐发展成为以多学科的视野和方法全面而深入研究希腊罗马文明的一个现代学科，也是西方知识体系中必不可少的基础人文学科。

　　在我国，明末即有士人与来华传教士陆续译介希腊拉丁文献，传播西方古典知识。进入 20 世纪，梁启超、周作人等不遗余力地介绍希腊文明，希冀以希腊之精神改造我们的国民性。鲁迅亦曾撰《斯巴达之魂》，以此呼唤中国的武士精神。20 世纪 40 年代，陈康开创了我国的希腊哲学研究，发出欲使欧美学者以不通汉语为憾的豪言壮语。晚年周作人专事希腊文学译介，罗念生一生献身希腊文学翻译。更晚近，张竹明和王焕生亦致力于希腊和拉丁文学译介。就国内学科分化来看，古典知识基本被分割在文学、历史、哲学这些传统学科之中。20 世纪 80 年代初，我国世界古代史学科的开创者日知（林志纯）先生始倡建立古典学学科。时至今日，古典学作为一门学问已渐为学界所识，其在西学和人文研究中的地位日益凸显。在此背景之下，我们编辑出版这套"西方古典学研究"丛书，希冀它成为古典学学习者和研究者的一个知识与精神的园地。"古典学"一词在西文中固无歧义，但在中文中可包含多重意思。丛书取"西方古典学"之名，是为避免中文语境中的歧义。

收入本丛书的著述大体包括以下几类：一是我国学者的研究成果。近年来国内开始出现一批严肃的西方古典学研究者，尤其是立志于从事西方古典学研究的青年学子。他们具有国际学术视野，其研究往往大胆而独具见解，代表了我国西方古典学研究的前沿水平和发展方向。二是国外学者的研究论著。我们选择翻译出版在一些重要领域或是重要问题上反映国外最新研究取向的论著，希望为国内研究者和学习者提供一定的指引。三是西方古典学研习者亟需的书籍，包括一些工具书和部分不常见的英译西方古典文献汇编。对这类书，我们采取影印原著的方式予以出版。四是关系到西方古典学学科基础建设的著述，尤其是西方古典文献的汉文译注。收入这类的著述要求直接从古希腊文和拉丁文原文译出，且译者要有研究基础，在翻译的同时做研究性评注。这是一项长远的事业，非经几代人的努力不能见成效，但又是亟需的学术积累。我们希望能从细小处着手，为这一项事业添砖加瓦。无论哪一类著述，我们在收入时都将以学术品质为要，倡导严谨、踏实、审慎的学风。

我们希望，这套丛书能够引领读者走进古希腊罗马文明的世界，也盼望西方古典学研习者共同关心、浇灌这片精神的园地，使之呈现常绿的景色。

"西方古典学研究"编委会

2013 年 7 月

目 录

上 卷

下　卷

序　言

刘津瑜

　　这部合集是国家社科基金重大投标项目"古罗马诗人奥维德全集译注"（项目编号：15ZDB087，以下简称为"奥维德译注项目"）的成果之一，也是国际上纪念奥维德（公元前43年—公元17/18年）这位影响巨大的诗人逝世两千年学术献礼的一部分。直接参与本书工作的42位作者和译者，来自13个国家：波兰、德国、俄罗斯、加拿大、美国、日本、西班牙、希腊、新加坡、匈牙利、意大利、英国和中国。① 本书所包括的32篇原创文章，除少数几篇已由"奥维德译注项目"译成中文并于2017年发表，一篇以英文发表在日本期刊之外，其余皆为首发。这本书因此也可作为近年来在古典学这个领域中外学者国际学术交流日增的见证，以中文发表奥维德研究的一些最新学术成果亦是罗马文学研究史上的一个突破。这篇序言是对合集成书过程的一个回顾，对项目译注理念的简要阐述，也是对诸多热心推动西方古典学在中文世界的发展的国内外同人的感谢和致敬。

---

　　① 这里所列的国别不是作者和译者的国籍，而是他们的工作或学习单位所在国。这两者（国籍和目前所在国）的重合度很高，但并非总是一致，比如史蒂文·格林是英国人，但在耶鲁－新加坡国立大学学院（新加坡）任教；吉安马可·比安基尼是意大利人，但目前在加拿大多伦多大学完成他的博士学位；另外有几位译者目前是留美博士生。这也显示了国际流动性。

缘起

2017 年在上海师范大学举办的"全球语境下的奥维德国际会议"的精选文章构成了本书的核心部分。"奥维德译注项目"成员的译注则是另一核心内容。这一节回顾译注项目和会议的缘起。

奥维德是罗马帝国时期最负盛名的诗人之一，他本人博览群书，对他之前的古希腊罗马文学史有着系统而全面的把握，诗作深受荷马史诗、希腊悲剧以及卡利马科斯、维吉尔、普罗佩提乌斯等诗人作品的影响，是研究古典文化的重要文献。奥维德的诗作对后世西方文化也影响甚巨，是中世纪以来众多西方文学艺术作品的创作源泉。而他诗中广泛的话题，包括两性关系、帝国、流放，等等，让他一直具有相关性、现代性乃至争议性。2015 年之前，中文世界对奥维德的研究还处于译介和零星讨论阶段，系统的研究尚未启动。而《爱的艺术》虽有诸多中文版本，但也仍处于从英文、法文等转译的阶段。这不但和奥维德在历史上的地位非常不相称，也阻碍了学界和普通读者对罗马社会、文学、历史、政治以及文学史的全面、深入理解。[①]我们参与"奥维德译注项目"的初衷，正是希望通过国际化、多语背景课题组的合作，"在奥维德的介绍和研究上立足拉丁语原文，以罗马史为依托，以拉丁语言文学研究为核心，以两千年来奥维德研究的学术史和接受史为纵轴，填补中文世界奥维德研究方面的空白"[②]，并以此项目为契机，一方面增强从事汉译和拉丁文学研究的学者之间

[①] 对奥维德研究学术史的梳理是投标书的核心部分，由刘津瑜、康凯、李尚君、熊莹合作撰写，后以长文形式发表：《奥维德在西方和中国的译注史和学术史概述》，《世界历史评论》第 5 辑（2016 年），第 26—94 页。

[②] 引自投标书中的表述，并为中国社会科学网查建国、李玉报道《纪念罗马诗人奥维德逝世两千年 "全球语境下的奥维德国际会议"在沪召开》（2017 年 6 月 5 日）所引用，http://www.cssn.cn/gd/gd_rwhd/xslt/201706/t20170605_3540465.shtml。

的交流合作，并建立翻译梯队；另一方面推动西方古典学的全球化，而中文学术界在此过程中不是将自己仅仅定位为学习者，更要负起贡献者的责任。

2015 年夏，项目组在撰写"古罗马诗人奥维德译注"投标书时，在上海召开国际会议的想法已经萌发，特别是因为项目的第二年（2017 年）恰值奥维德逝世两千年，为在我国举办以奥维德为主题的国际会议提供了一个难得的契机。所以项目组所提交的投标书中明确地将国际会议纳入了 2017 年度进展计划。2015 年 11 月，投标书很幸运地入选重大项目。《立项通知书》第三页第 5 条特别强调对项目的宣传推介："重大项目课题组要采取多种有效途径加强对研究成果的宣传推介。通过报纸杂志、互联网等媒体以及举办学术研究会、成果发布会等方式，宣传介绍有价值的研究成果，扩大社会影响。"在《立项通知书》的鼓励和上海师范大学以及美国迪金森学院的支持之下，项目组在开题论证之后随即开始了会议的酝酿和筹备工作。

奥维德译注及研究在欧美历时已久，硕果累累，洋洋大观，所以选取会议主题殊为不易，但最后经课题组讨论将主题确定为"全球语境下的奥维德"，以中文和英文为会议语言，并建议了 19 个针对性较强的专题。① 会议意向和征稿在古典学学会（Society for Classical

---

① *Amor:* Force of destruction?; Emotions in Ovid; The dearth of same-sex relationships in Ovid; Intertextuality in Ovid: What's new?; The Ovidian aesthetics; Ovid's literary persona(e); Ovid's lieux de mémoire; The psychology of exile in the Ovidian corpus; The human and Roman past(s) in Ovid; Ovid in provinces and Roman imperialism; *Locus urbanus* versus *locus barbarus* in Ovid; Seduction in ancient literature: a comparative examination; Tales of Transformation compared (within *Metamorphoses*, across genres, and/or across cultures); The Ovidian corpus: critical editions; Teaching Ovid in Antiquity and/or the modern world; Translating Ovid (and Classics in general) in a Global Context; Visualizing Ovid; Post-classical Ovid (reception and adaptation in all genres); Commentary tradition and digital commentary.

Studies ）, Humanities and Social Sciences Online 等网页推出之后 [①], 迅速引起关注, 项目课题组收到大量文章摘要, 并邀请以下七位学者组成评审团：美国迪金森学院克里斯托弗·弗兰切塞（Christopher Francese ）、美国佛罗里达州立大学洛雷尔·富尔克森（Laurel Fulkerson ）、新加坡耶鲁－新加坡国立大学学院史蒂文·格林（Steven Green ）、美国德堡大学刘津瑜、美国布朗大学丽莎·米尼奥内（Lisa Mignone ）、英国华威大学博比·新月（Bobby Xinyue ）, 以及复旦大学张巍 。评审团以原创性、选题的独到性和完成质量为标准, 选择了 57 篇文章。

2017 年 5 月 31 日至 6 月 2 日 "全球语境下的奥维德国际会议"（Globalizing Ovid ）在上海师范大学成功举办。[②] 会议的主要组成部分为 7 个全体会议环节（包括欢迎致辞、5 个大会主题发言、总结致辞）、13 个专题小组以及一个圆桌讨论环节。所有全体会议和专题小组综合而言, 其主题可总结如下：奥维德在世界各地的接受史, 奥维德在各种媒介（抄本、视觉艺术、石碑等）中的构建, 21 世纪如何解构及教授奥维德的作品, 奥维德汉译所面临的挑战等问题的梳理、反思和讨论等 。这是我国国内举办的第一次大规模的有关拉丁语文学的会议, 拓宽了在拉丁语言文字方面国内与国际古典学界之间的近距离交流的范围。

会议发言人来自世界各地, 其中包括国际古典学界多位重要的

---

① CFP: Globalizing Ovid: Shanghai 2017: https://classicalstudies.org/scs-news/cfp-globalizing-ovid-shanghai-2017.

② 2017—2018 年国际上纪念会议及展览众多, 主题各异, 仅举几例："Ovid: Death and Transfiguration"（美国驻罗马学院）; *Metamorphosis*: the Landslide of Identity"（Cultural Association *Rodopis*); "Ovidio 2017 Prospettive per il terzo millennio"（苏尔摩纳）; "Ovid 2000"（布达佩斯）。

奥维德研究专家，来自博洛尼亚大学、布朗大学、哥伦比亚大学、康奈尔大学、弗吉尼亚大学、洪堡大学、罗兰大学、曼彻斯特大学、密歇根大学、哈佛大学、牛津大学、普林斯顿大学、图宾根大学等众多奥维德研究国际学术重镇的学者在会上做了学术报告。有一些重要发现在本次会议上进行了全球首发，特别值得一提的是匈牙利罗兰大学（Eötvös Loránd University）当时的人文学院院长、匈牙利科学院院士拉斯洛·博尔希（László Borhy）教授以及达维德·鲍尔图什（Dávid Bartus）博士的报告，首次系统发布了匈牙利境内最新发现的带有奥维德名字的铭文。

　　国内学者在会议上承担着重要的输出角色。5 位大会主题发言人①之一为当时在厦门大学的张治，题目为"奥维德与钱锺书"，并以中文发言，复旦大学张巍担任那一场的主持人，用英文总结了发言要旨。张治老师的发言引发了与会者极大的兴趣，讨论十分热烈。而最后一场克里斯托弗·弗兰切塞"全球古典学之新方向"的主题发言则由古代中世纪史学会会长、首都师范大学晏绍祥主持。

　　会议第二天的下午安排了一个圆桌讨论环节，议题为："The Ovid Project: Translating Ovid into Chinese（奥维德项目：奥维德汉译）"。这既是一个"奥维德译注项目"各课题组间以及与外来专家的交流平台，也是共同探讨奥维德研究中尚未开发的议题的良机。与会的"奥维德译注项目"成员围绕如下题目进行了发言：译者的翻译经历、翻译中所遇到的问题、奥维德在中国的接受和研究情况等。有许多中文

①　会议的五位主题发言人为俄亥俄州立大学弗兰克·库尔森（Frank Coulson）、佛罗里达州立大学洛雷尔·雷尔克森、弗吉尼亚大学约翰·米勒（John Miller）、哥伦比亚大学加雷思·威廉姆斯（Gareth Williams）以及厦门大学张治。德国海德堡大学的荣退教授米夏埃尔·冯·阿尔布雷希特（Michael von Albrecht）以及意大利锡耶纳大学毛里齐奥·贝蒂尼（Maurizio Bettini）最初计划参加会议并担任主题发言人，但因健康问题未能成行。

翻译中所遇到的问题在西文翻译中不太普遍，项目成员的讨论引起了国外专家学者的极大兴趣。在上海会议之后，"奥维德译注项目"的团队也得到了扩充，比如在会议上宣读论文的肖馨瑶加入了项目组。与会的国外专家推荐了杜恒、谢佩芸、翟康、金逸洁等参加项目。在会议之后的几年间，项目组多位成员多次受邀到美国、英国、新加坡等地做学术报告、参加国际会议、担任工作坊的主讲。此外，后续活动还包括国外学者在中国举办的学术交流，比如与会的哥伦比亚大学古典系主任加雷思·威廉姆斯教授积极推进举办相关国际工作坊，与刘津瑜、刘淳（北京大学）、陆扬（北京大学）合作成功申请了哥伦比亚大学校长全球计划基金（President's Global Innovation Fund）的支持，并由迪金森学院及上海师范大学光启学者中心协办，于2019年5月20日至24日在哥伦比亚大学驻北京中心举办以拉丁文学汉译、流放文学（特别是奥维德）翻译工作为主题的工作坊。

内容结构

本书虽然和2017年上海的国际会议有着直接的渊源，但并没有设计成会议论文集。而会议上用英文宣读的论文，在会前以及会后不久便选择了10篇翻译成中文，其中有5篇作为期刊文章另行发表；[①]另有5篇论文（包括3篇主题发言）的中文版发表在期刊之后又经修

---

① 其中一篇文章发表于会议之前：伊恩·菲尔丁（Ian Fielding）：《歌德、路提里乌斯与奥维德》，康凯译，《文汇报·文汇学人》2017年5月26日，是《文汇学人》"古罗马诗人奥维德两千年纪念"专题的一部分。另外四篇在会后陆续发表：吴靖远：《奥维德的圣所与其意义》，《书写城市史》第17辑（2017年），第451—470页；肖馨瑶：《奥维德〈爱的艺术〉：欧洲中世纪学童课本》，《世界历史评论》第8辑（2017年），第318—328页；斯文·君特（Sven Günther）：《不仅仅是例证！？奥维德〈情伤疗方〉中的法律用语》，张天缘译，田方芳校，《世界历史评论》第10辑（2018年）；迈克尔·丰坦（Michael Fontaine）：《奥维德流放之神话》，马百亮译，《世界历史评论》13（2019年），第117—134页。

改收入本合集。① 遗憾的是，张治的主题发言"奥维德与钱锺书"未能在本合集中发表，我们期待这篇细腻而有深意的文章早日在他处与读者见面。

合集中有 9 篇文章并非会议文章，其中日本京都大学高桥宏幸的《刻法洛斯的故事：奥维德〈变形记〉第七卷第 661-865 行》（葛晓虎译）为特约之作，可让读者一窥西方古典学在日本的研究水平，其余 8 篇非会议文章皆来自项目组成员，包括两篇有关学术史的文章，王忠孝《奥维德与奥古斯都》、王晨《奥维德〈岁时记〉：时间的政治划分》，以及选篇译注，如刘淳《拟情书》、石晨叶《黑海书简》、王晨《岁时记》、肖馨瑶《爱的艺术》、翟康《变形记》。这些译注在合集中作为相关文章的"附录"出现，但这并非是把译注设想为附属篇，而是旨在凸显译注的文献价值，并鼓励读者结合译注来阅读文章或者结合文章来阅读译注。

本合集的主体由 8 个部分组成，主题分别为"奥维德与帝国主题""文本传承""爱情诗文学分析新角度""奥维德《变形记》新解""奥维德与流放主题""视觉艺术中的奥维德""奥维德在世界各地的接受史""古典学在中国：欧美古典学家的视角"。覆盖面广、跨越时间长、角度多样，大部分文章都包含文本的细读功底与手法，多篇文章也蕴含着理论因素，包括叙事学分析的运用、"空间转向"、记忆研

---

① 这几篇为：帕特里克·J. 芬格拉斯（Patrick J. Finglass）：《奥维德的伊诺和菲罗墨拉：近期纸草中的新互文》，康凯译，《书写城市史》第 17 辑（2017 年），第 439—450 页；弗兰克·T. 库尔森（Frank T. Coulson）《中世纪的奥维德：抄本新发现》，马百亮译，《新史学》第 20 辑（2017 年），第 280—292 页；罗伯特·基尔施泰因：《奥维德赫尔玛芙罗狄忒斯和萨尔玛奇斯故事中的时间、空间和性别》，马百亮译，《世界历史评论》第 8 辑（2017 年），第 293—304 页；约翰·米勒（John Miller）：《全球语境下对奥维德创世说的解读》，马百亮译，《新史学》第 20 辑（2017 年），第 293—300 页；穆启乐（Fritz-Heiner Muschler）：《中国的西方古典学——从元大都到上海》，唐莉莉译，《新史学》第 20 辑（2017 年），第 274—279 页。

究等。合集聚集了一批最新的学术研究成果和发现，除上文已提及的来自潘诺尼亚行省的奥维德铭文之外，这里再举几例：吉安马可·比安基尼（Gianmarco Bianchini）、弗兰克·库尔森以及帕特里克·芬格拉斯表明现有的文本并非已穷尽所有可能，还有许多细致的工作需要去做，而碑铭中的引文、修道院中散落的抄本、新发现的纸草文书都会继续修正文本或令人重新审视奥维德的灵感渊源；加雷思·威廉姆斯的文章提出对流放诗的全新解读，强调奥维德的"流放"心境在他遭受实际流放之前已然存在，流放作品与之前的作品存在着很强的延续性，流放诗是对奥维德流放之前罗马氛围的一种回顾再现；艾莉森·沙罗克（Alison Sharrock）在对奥维德的虚构世界里的权力张力与性别张力的分析中，努力区分罗马时代读者的阅读体验和21世纪读者的角度，区分奥维德的人格面具和他作为男性的角度，她写道："我不会排除某位古代读者对本章中所讨论的问题有所感受的可能性，但是在公元1世纪，也许很少有读者能留意到那种由诗歌所建立并使之持续存在的对女性的操纵、噤声和控制所达到的程度，并对之加以谴责。"（曾毅译）

本合集所面向的读者群相对广泛，特别是从事古典学、拉丁语言文学、罗马史、西方文学、比较文学、世界文学、跨文化翻译、诗歌研究的学者。"参考书目"部分包含800多项参考资料，包括专著、合集、文章及电子资源，希望对读者有所助益。

翻译原则

本合集中的文章原文大部分以英文写就，但涉及拉丁语、古希腊语、德语、日语、意大利语、法语、西班牙语、俄语、波兰语等等。翻译不足之处，敬请方家指教。因为合集包括多篇奥维德选篇的译注，且文章中也有大量拉丁引文，本节着重概述"奥维德译注项目"的翻译原则和策略。

　　在译者语言水平相近的前提下，译文水平或许有高低（即便是这一点也存在着较强的主观性），但并不存在完美版本、标准版或终极版，不同的译者、不同的时代对同一部作品有不同的诠释，采取不同的翻译策略，这不但是非常正常的现象，而且是十分必要的。名著之所以为名著，很大程度上是因为文中观念、情感、表达等等各方面的丰富性，而这些丰富性又给译者提供了广阔的创作和诠释空间。名著的翻译史亦十分丰富，比如，"从 1513—1697 年，不到两百多年的时间里，维吉尔著作仅英译本就至少有 68 种，也就是说每两三年就有一个译本。1553—2006 年，《埃涅阿斯纪》全本英译本至少有 66部，其中包括桂冠诗人德莱顿（John Dryden）1697 年的英雄双行体译本"[1]。《埃涅阿斯纪》的新译本依然在不断涌现，比如罗伯特·法格尔斯（Robert Fagles）2006 年的译本、萨拉·鲁登（Sarah Ruden）（第一位女性英译者）2009 年译本、大卫·费里（David Ferry）2017 年译本。奥维德的作品同样译本众多[2]，就《变形记》的英译本而言，洛布本、企鹅本、人人丛书本、诺顿本皆有，仅 2002—2003 年就有四部英译本

---

　　[1]　刘津瑜：《维吉尔在西方和中国：一个接受史的案例》，《世界历史评论》第 2 辑（2014年），第 225—264 页，引自第 236 页。亦见 Sheldon Brammall, *The English Aeneid: Translations of Virgil 1555-1646*. Edinburgh: Edinburgh University Press, 2015。

　　[2]　Peter France, *The Oxford Guide to Literature in English Translation*. Oxford: Oxford University Press, 2007, pp.522-523；刘津瑜、康凯、李尚君、熊莹（2016 年），第 35—47 页。

出版。① 中文目前只有杨周翰和吕建忠的散文译本，"奥维德译注项目"组以及李永毅老师的译本正在准备，译本不是太多，而是太少。

　　翻译的过程包含着大量的决策，比如，*puella* 是译为"女孩""姑娘""女郎"，还是"情人"？之所以会有这些纠结，是因为诗歌中的 *puella*，尤其是哀歌中的 *puella*，和非诗歌语境中的 *puella* 常有不同，后者经常是未成年、未婚的女孩，但哀歌中的 *puella* 常常是被追求的对象，爱情游戏中的女子，已婚女子乃至妓女都包括其中。"女孩"可能会让读者误以为这指的是未婚女子。拉丁语中的第二人称没有明确的敬语与普通形式的区别，那么单数 *tu* 用来指称皇帝时，是使用"你""您"还是"陛下"这样的称谓？这类埃米莉·威尔逊（Emily Wilson）称为微观（microscopic）层面选词② 的问题比比皆是，构成了译者的日常挣扎，正如洛雷尔·富尔克森在本合集中的文章《为什么是奥维德？21世纪的翻译和全球化》中所言，"译者的几乎每一个决定都可以被视为有缺陷的误读，或者是富有成果的重新解读"（马百亮译），而这些选择的累积效应，影响着译文的节奏，所表达的价值倾向、情绪、人物构建、历史诠释。一词之得，可经数日，仔细辨明语境十分重要。而"奥维德译注项目"中之所以有多位译者在翻译奥维德的不同作品，也是希望有一个"译者的共同体"，构成一个可

---

　　① *Ovid's Metamorphoses*, translated by Arthur Golding. Johns Hopkins University Press, 2002; *Ovid, Metamorphoses: A New Translation*, translated by Charles Martin. Norton, 2003; *Ovid: Metamorphoses*, translated by David Raeburn. Penguin Books, 2002; *The Metamorphoses of Ovid*, translated by Michael Simpson. University of Massachusetts Press, 2003. 这四个译本的书评，见 Christopher M. McDonough, "Ovid's 'Metamorphoses' in Our Time," *The Sewanee Review* 112. 3 (2004): 463-467。

　　② 埃米莉·威尔逊多次谈到她在翻译《奥德赛》时的微观选词问题，见 Wyatt Mason, "The First Woman to Translate the 'Odyssey' into English," *The New York Times Magazine*, November 2, 2017。

以时常交流经验、解答难点、讨论遣词造句的社区。

翻译本身既可以视为一个"接触区域"①，也可理解为"一种试图协商差异的方式"②，在这个区域中冲突、比较、交涉（或协商）发生于文化与文化之间，译者与译者之间，以及译者与研究者之间。我们通常见到的翻译，是作为结果呈现出来的译文，但冲突、比较、协商的过程同样宝贵，而最终发表的译文未必是唯一的选择、更不是不可更改。③ 在本合集中，陆西铭翻译的南迪尼·潘迪（Nandini Pandey）的文章《爱的艺术与征服之爱：奥维德笔下的罗马与罗马扩张的代价》中有对《爱的艺术》选段的分析，陆西铭的译文在选词上和肖馨瑶《爱的艺术》第一卷第101-228行的译文有所不同，会带给读者不同的阅读感受。比如，《爱的艺术》1.195-198：

Ars Amatoria 1.195-198	陆西铭译文	肖馨瑶译文
cum tibi sint fratres, fratres ulciscere laesos:	既然你有兄弟，那就为你受伤的兄弟报仇：	既然你有兄弟，就为兄弟之殇复仇：
cumque pater tibi sit, iura tuere patris.	既然你有父亲，请维护父亲的权利。	既然你有父亲，便为父亲律法坚守。
induit arma tibi genitor patriaeque tuusque:	你的父亲以及祖国的父亲授予你武器：	乃父亦是国父为你披上戎装：
hostis ab invito regna parente rapit;	敌人从无奈的父亲手中抢走了王国；	你的敌人却强夺其父权杖；

作为这部合集的主编，我本可以统一译文，但最终还是决定保

---

① 关于这个概念，可见 Mary Louise Pratt, "Arts of the Contact Zone," *Profession* 1991: 33-40; Emily Apter, *The Translation Zone: A New Comparative Literature*. Princeton University Press, 2006, 5; Sherry Simon. "Translation Zone," in Yves Gambier and Luc van Doorslaer (eds), *Handbook of Translation Studies*. Amsterdam: John Benjamins, 2013, p.182。

② Ashok Bery, *Cultural Translation and Postcolonial Poetry*. Palgrave Macmillan, 2016, p.10.

③ 古典学会（Society for Classical Studies）网页（https://classicalstudies.org/scs-blog/adrienne-kh-rose/blog-art-translation-interview-jinyu-liu）。

留翻译的多样性。翻译绝非机械性、纯粹技术性的活动，为了充分发挥译者的能动性和创造力，项目对翻译风格并没有进行统一的规范，但是在一些基本的原则和策略上达成了一定的共识：

1. 底本问题

由于古代文本流传的复杂性，不同的文本之间存在或多或少的异文。项目组强调底本的选择和多个校勘本对照参阅的重要性。奥维德的校勘本主要有托依布纳本、牛津本、海德堡本、瓦拉本等等，校勘本之间在字句、标点符号上有时有较大的分歧。这些有些直接影响文意，有的则影响不大，对于出入较大的异文，则需要注出。

2. 译名问题

人名、地名的翻译一向是个挑战。合集的原则是尊重既有或既定译名，不刻意创造新译名。原则上依次参照鲁刚、郑述谱编译《希腊罗马神话词典》（中国社会科学出版社，1984年）、商务印书馆汉译名著译名以及张竹明、王焕生译《古希腊悲剧喜剧全集》（译林出版社，2007年）、杨周翰译《变形记》（人民文学出版社，2008年）、杨周翰译《埃涅阿斯纪》（译林出版社，1999年）中的译名。但特殊情况下，特别是所有清单中寻找不到既有译名以及译名冲突较多的情况下，我们基本上遵照徐晓旭老师的"简化拉丁语希腊语音译表"（表一），并参照罗念生先生的"古希腊语、拉丁语译音表（1981年修订版）"的古希腊语译音准则来翻译人名、地名，人名中的 -us 不去除，除非如奥维德、维吉尔这样的既定译名。现代人名及地名以新华社的译名优先。

在翻译地名时，另一个问题是在古代地名和现代地名相差很大时，应当翻译文中的古代地名还是使用现代地名？比如，黑海这个名称并非古希腊罗马时代对这片海域的称呼，古希腊语中常用

ὁ Εὔξεινος πόντος，ὁ Πόντος，奥维德亦称之为 *Pontus*。因为这个词的字面意思是"海"，为了方便读者理解，我们暂且将之译为"黑海"，但音译"本都"也是一个选择。

表一　简化拉丁语希腊语音译表

辅音	元音																
	–	a	ae, ai	e	ei	i	y	u, ou	ui	o	au, ao	eu	oe, oi	an, am	en, em	in, yn, im, ym	on, un, om, um
--	--	阿	埃			伊	于	乌	维	奥	欧	奥伊		安	恩	因	翁
b	布	巴(芭)	拜	贝		比		布	布伊	波	保	贝乌		班	本	宾	邦
p	普	帕(芭)	派	佩		皮		普	普伊	波				潘		品	彭
ph, f	弗	法	法伊	菲				弗	弗伊	佛	法乌/法奥	菲乌	佛伊	凡		芬	丰
d	德	达	戴			狄		杜	杜伊	多	道	戴乌		丹		丁	东
t, th	特	塔	泰			提		图	图伊	托	陶	泰乌	托伊	坦		廷	同
g	格	伽	盖			吉		古	古伊	戈	高	盖乌	戈伊	甘	根		贡
c, k, ch, kh	克	卡	凯			奇		库	奎	科	考	凯乌	科伊	坎	肯		孔
qu		夸	夸伊	奎		库				括			括伊	克万		昆	
h		哈	海	黑			叙	胡		霍	豪	叙乌		汉	亨		洪
m	姆	马(玛)	麦	美		米		穆	穆伊	摩	毛	麦乌	摩伊	曼	门	明	蒙
n		那(娜)	奈	内		尼		努	努伊	诺	瑙	奈乌	诺伊	南	嫩	宁	农
l, r, rh	尔	拉	莱	雷		利	吕	鲁	鲁伊	罗	劳	琉	罗伊	兰		林	隆
s	斯(丝)	萨	塞			西	叙	苏	苏伊	索		修	索伊	桑	森	辛	松
z	兹	扎	扎伊	泽		吉		祖	祖伊	佐	扎乌/扎奥	泽乌	佐伊	赞	曾	金	宗
x	克斯	克萨	克塞			克西	克叙	克苏	克苏伊	克索	克萨乌/克萨奥	克修	克索伊	克桑	克森	克辛	克松
ps	普斯	普萨	普塞			普西	普叙	普苏	普苏伊	普索	普萨乌/普萨奥	普修	普索伊	普桑		普辛	普松
v, u		瓦(娃)	瓦伊			维		乌		沃				万	文		翁
j, i		亚(娅)		耶		伊	于	优								因	

3. 形式和内容

奥维德所用的格律只有六音步格和哀歌双行体两种。在哀歌体裁上，奥维德自认是伽卢斯、提布卢斯和普罗佩提乌斯的继承者(《哀怨集》2.445-468)，伽卢斯仅有残篇传世，提布卢斯尚未译为中文。所幸普罗佩提乌斯的《哀歌集》有王焕生先生的全译本，为翻译奥维德哀歌爱情诗提供了宝贵的范例。因为拉丁文诗歌不押韵，我们的译文也规避了押韵。因为哀歌双行体以对句（couplet）为单位，以六音步格为单数行，以五音步格为双数行，如此反复，所以翻译时，尽量单数行比双数行多2~3个汉字，并争取六音步格和五音步格分别以六顿和五顿来呼应。

汉语和拉丁语是在语音、语法、语义方面相距甚远的两种语言，在翻译过程中一定会有大量信息和细节流失；而诗歌中的音乐性、各种修辞手法（黄金句、交叉语序、交错语序等）在译文中也难再现。在努力争取"信"与"达"的同时，我们也坦然面对和接受难以避免的损失。同时，转换角度来看，也不必只是看到损失。翻译也是一个"增值"过程，它是一种细读和慢读。罗马时代的小普林尼所言不虚：*simul quae legentem fefellissent, transferentem fugere non possunt*（此外，读者注意不到的，逃不过译者，《书信集》9.2-3）。翻译是一个发现问题的过程。

那么在"信"与"达"方面，是照顾中文的美感和通顺，还是尽量照顾拉丁语的语法和表达法？这经常需要视语境而定，但这个问题在下文会进一步涉及。

4. "归化"或"异化"

南星《女杰书简》（*Heroides*，译注项目选用了茅盾的译名《拟情书》）据英译本译出，"李赋宁在其《序》中评论其译文'准确、优美、自然，富于感染力'。他的译文确实凄美动人，古韵浓郁。然而他在两个方面和拉丁原文相背离：一是从行数上来说，南星译文常把原文中的一行拆成两行，在节奏上和视觉感受上都和原文的效果不尽相同，而且原文中有不少部分未翻译，比如，《拟情书》第1首中第 103-120 行未译；二是南星的译文总体上来说属于'归化'翻译，也就是说用了许多中国古典诗词中的常用表达方式，使得译文读起来更接近于中国诗歌的意境。这也就给我们提出了一些问题，即维持奥维德的'异域性'有多重要？以及如何在不伤害奥维德'异域性'的前提下保持其作品的优美与可读？"①

---

① 刘津瑜、康凯、李尚君、熊莹（2016 年），第 89—90 页。

　　"奥维德译注项目"采取了"异化"翻译的原则，也就是说尽可能地保留原文的文化概念、思维方式、比喻手法等等，避免大量套用"译入语文化"中的习语。（极端的）"归化"译法的特征可总结如下："滥用四字格成语""滥用古雅词语""滥用抽象法""滥用'替代法'""无根据地予以形象化或典故化"。[①] 我们在翻译中会尽量避免这些做法，以免读者产生一种"原来罗马人和我们一样也是这样表达的"的误解。这也符合我国文学翻译的一个总体趋势[②]，并体现着文化自信。这并不是说向译入语文化归化的翻译完全不可采用，但在现阶段中文世界对罗马文学还处于相对陌生的情况下，"异化"翻译更能让读者，特别是没有拉丁文基础的读者，体验罗马文学的特质。今后随着罗马文学普及度的提高，创造型、融合型的翻译也是非常令人期待的。

5. 注释

　　正如洛雷尔·富尔克森在她的会议主题发言中所言："在很多方面，翻译者的困境也是学者的困境。如果没有漫长的注释，我们怎么能够把一个文本从其文化中抽离出来呢（这样做总是会产生一种残篇）？"（马百亮译）然而注释详细到什么程度，侧重何种类型，要视面向的读者是谁，要达到什么目的和效果等而定。"奥维德译注项目"强调学术性，争取包括相对全面的注释，包括注重语言文字的注释、解释性的注释、文学注释、校勘性注释以及历史角度的注释。

---

① 刘英凯：《归化——翻译的歧路》，《现代外语》2（1987年），第 57—65 页。

② 孙致礼：《中国的文学翻译：从归化趋向异化》，《中国翻译》1（2002年），第 39—43 页。

致　谢

　　这部合集最终成书，凝聚了许多人的热忱和辛劳。感谢 2017 年上海会议的所有参与者、研究生志愿者，感谢合集的所有作者及译者。非常感谢北大出版社"西方古典学研究"丛书各位编委、王晨玉编辑以及参与审校的所有编辑。上海师范大学人文学院（特别是世界史学科、学院办公室）、光启国际学者中心方方面面的支持不可或缺，德堡大学提供了额外的经费支持并减轻了我的课时，特此致谢。感谢上海师范大学的陈恒、裔昭印两位教授以及迪金森学院古典系（Classical Studies Department, Dickinson College），特别是克里斯托弗·弗兰切塞和马克·马斯特兰杰洛（Marc Mastrangelo）持续支持、提供学术交流平台。史蒂文·格林在新加坡组织讨论奥维德文本和翻译的工作坊，托马斯·显克微支（Thomas Sienkewicz）在美国和英国的各学会年会上组织"奥维德在中国"专题小组，加雷思·威廉姆斯在哥大北京中心组织会议，法蒂玛·迪亚兹－普拉塔斯（Fátima Díez-Platas）在西班牙组织讲座并提供大量图片资源，这些都让我们受益匪浅；苏珊娜·布朗德（Susanna Braund）、约瑟夫·法雷尔（Joseph Farrell）、史蒂芬·海沃思（Stephen Heyworth）、黄洋、约翰·米勒、穆启乐、王焕生、张竹明、晏绍祥等前辈为项目提供了相当多的咨询与帮助，在此一并致谢。

　　在"奥维德译注项目"计划书成形的过程中，康凯、李尚君和熊莹付出了很多劳动，上师大的咨询专家组（包括已故的孙逊老师）、徐晓旭、张巍两位老师以及马晓玲、诸颖超提出了许多精到建议。上述各位以及项目内所有同人常无名、斯文·君特（Sven Günther）、杜恒、刘淳、金逸洁、康凯、石晨叶、王晨、王大庆、王悦、王忠孝、范韦理克（Hendrikus A.M. van Wijlick）、肖馨瑶、谢佩芸、叶民、翟康、张弢、张天缘的讨论与交流，为译注所带来的活力，所推动的思考，都转化成了我们的宝贵财富。

谢谢魏朴和（Wiebke Denecke）、达西·克拉斯奈（Darcy Krasne）、李慧、川本悠纪子、罗俊杰、阿什莉·罗曼（Ashley Roman）、顾枝鹰等诸位老师和学友。要感谢的人还有许多，如果有所遗漏，敬请原谅。最后，特别感谢上师大人文学院办公室肖秀琳女士在经费管理方面的高效与井井有条！

Content List 中文与西文对照目录

Part II 第二部分：Textual Transmission 文本传承

1. Frank T. Coulson 弗兰克·T. 库尔森 （Ohio State University, USA 美国俄亥俄州立大学），*The Reception of Ovid in the High Middle Ages and Renaissance: New Manuscript Discoveries* 中世纪的奥维德：抄本新发现（transl. Bailiang Ma 马百亮译）

2. Gianmarco Bianchini 吉安马可·比安基尼 （University of Toronto, Canada 加拿大多伦多大学），*Ovidius Epigraphicus. The Contribution of the Epigraphic Tradition to the Reconstruction of the Ovidian Text* 奥维德文本的碑铭传承：初探两例（transl. Yi Zeng 曾毅译）

3. Patrick J. Finglass 帕特里克·J. 芬格拉斯 （University of Bristol, UK 英国布里斯托大学），*Ovid's Ino and Philomela: Fresh Intertextuality from Recent Papyri* 奥维德的伊诺和菲罗墨拉：近期纸草中的新互文（transl. Kai Kang 康凯译）

Part III 第三部分：The Amatory Poems：New Textual and Literary Analysis 爱情诗文学分析新角度

1. Alison Sharrock 艾莉森·沙罗克（University of Manchester, UK 英国曼彻斯特大学），*Identity Politics: Women and Men, Readers and Texts* 身份政治：女性与男性，读者与文本 （transl. Yi Zeng 曾毅译）

2. Caleb M. X. Dance 凯莱布·M. X. 丹斯 （Washington and Lee University, USA 美国华盛顿与李大学），*Laughing at the Boundaries of Genre in Ovid's Amores* 诗歌类别边界处之嬉笑戏谑：以奥维德《恋歌》为例（transl. Kang Zhai 翟康译）

3. Steven J. Green 史蒂文·J. 格林 （University College London & Yale-NUS College 伦敦大学学院 / 耶鲁 – 新加坡国立大学学院），*"Ovid" and Cupid: Deepening Encounters with a Resourceful Nuisance* "奥维德"与

Part VII 第七部分：Reception and Global Circulation of Ovid 奥维德在世界各地的接受史

Bibliography 参考书目

作者、译者简介

Dávid Bartus 达维德·鲍尔图什：

匈牙利罗兰大学（Eötvös Loránd University）考古科学研究院（Institute of Archaeological Sciences）副教授。研究领域为罗马行省考古、罗马潘诺尼亚（Pannonia）考古、罗马雕塑、考古金属出土物、古代铜器等。发表过考古论著多篇，包括：*Bronzistenek: Római Kori Figurális Bronzplasztika Brigetióban.* Komárom: Klapka György Múzeum, 2015; *Philippus Arabs Császár Brigetiói Törvénytáblája.* Komárom: Klapka György Múzeum, 2015（与 László Borhy, Emese Számadó 合著）。撰写布里盖提奥（Brigetio）多季考古报告。

Torben Behm 托本·贝姆：

德国罗斯托克大学博士，德古意特出版社（de Gruyter）古典学策划编辑。主要研究领域为奥维德、古代史诗及其接受。博士论文研究的是奥维德《变形记》中作为文学景观的城市。所发表的论文主要涉及奥维德《变形记》、古代史诗中叙述空间（特别是城市和自然景观），以及晚期古代女诗人普罗芭（Proba）。

Gianmarco Bianchini 吉安马可·比安基尼：

多伦多大学古典系博士生，主要研究领域为拉丁诗歌、晚期古代的注疏传统、拉丁韵文铭文、罗马帝国早期对奥维德的接受。发表论文多篇，包括："Tra epigrafia, letteratura e filologia. Due inedite meditazioni sulla vita e sulla morte incise sull'ossario di Cresto," in *Esclaves et maîtres dans le monde romain. Expressions épigraphiques de leurs relations* (Collection de l'École française de Rome 527), edited by M. Dondin-Payre and N. Tran, 141-159. Roma, 2016; "*Principi optimo*: un aspetto della propaganda imperiale da Augusto a Traiano nelle fonti letterarie ed epigrafiche," in *Epigrafia e politica*, edited by S. Segenni and M. Bellomo, 229-244. Milano, 2017; "Augusto *optimus princeps?*" in *Augusto dopo il bimillenario. Un bilancio*, edited by S. Segenni 195-206. Firenze, 2018; "Tradizione manoscritta e citazioni epigrafiche di Ovidio: una nota su *Trist.* 1, 3, 25 e *Pont.* 1, 2, 111 alla luce di alcuni confronti epigrafici," in *Loxias-Colloques 13. Lettres d'exil. Autor des* Tristes *et des* Pontiques *d'Ovide. Enjeux poétiques et politiques des* Tristes *et des* Pontiques, edited by O. Grannier, G. Scafoglio, and O. Demerliac, 2019 http://revel.unice.fr/symposia/actel/index. html?id=1262；"*Quod peto, si colitis Manes* ... Nuove proposte di integrazione ad AE 1982, 69 (Roma)," *ZPE* 213 (2020): 105-107。

László Borhy 拉斯洛·博尔希:

匈牙利罗兰大学（Eötvös Loránd University）教授、校长，匈牙利科学院通讯院士。研究领域为罗马行省考古、罗马史、罗马壁画、罗马军事、罗马军事堡垒建筑、铭文、潘诺尼亚考古、布里盖提奥考古。以匈牙利文、英文、德文、拉丁文等语言发表论著多篇，包括：*Notitia utraque cum Orientis tum Occidentis ultra Arcadii Honoriique Caesarum tempora.* Pytheas Kiadó, 2003; "Die legio XI Claudia im pannonischen Brigetio (Komárom/Szőny, Ungarn)," *Studia Epigraphica Pannonica* 4: 23-36; "Pannonia római provincia történetéhez – A rómaiak Magyarországon," in Orsolya Heinrich-Tamáska, Daniel Winger (eds.), *7000 év története*, 157-176; Verlag Bernhard Albert Greiner (2018); "Stirnschutzplatte eines bronzenen Pferdekopfpanzers aus Athen," in Tamás Bács, *Ádám* Bollók, Tivadar Vida (eds.), *Across the Mediterranean —*

Along the Nile, 155-162 *Archaeolingua* (2018)。

Wuming Chang 常无名：

2017 年于布朗大学意大利研究系获博士学位，博士论文从但丁《神曲》中修辞反思和古典传统的角度，研究其中世俗与宗教的关系。现为北京大学外国语学院博士后，研究方向包括但丁、中世纪和人文主义拉丁语文学。

Frank T. Coulson 弗兰克·T. 库尔森：

加拿大多伦多大学学士、硕士、博士，美国俄亥俄州立大学艺术与人文杰出教授，古典学教授，古文书学（Palaeography）主任。研究领域为奥维德、古典接受、古文书学。代表作包括：*The Vulgate Commentary on the Metamorphoses: the Creation Myth and the Story of Orpheus.* Toronto 1991 以及 *The Vulgate Commentary on Ovid's "Metamorphoses" Book 1.* Kalamazoo, 2015；与 Bruno Roy 合著，*Incipitarium Ovidianum. A Finding Guide for Texts in Latin related to the Study of Ovid in the Middle Ages and Renaissance,* Turnhout, 2000。

Caleb M. X. Dance 凯莱布·M. X. 丹斯：

哥伦比亚大学博士（2014 年）、华盛顿与李大学古典学助理教授。研究领域包括希腊罗马文学中的"笑"、即兴创作以及文学批评，研究重点为奥古斯都时代诗歌中"笑"、戏谑以及文体之间的互动。目前正在完成的专著题为 *Literary Laughter in Augustan Rome*。

Fátima Díez-Platas 法蒂玛·迪亚兹－普拉塔斯：

西班牙马德里康普顿斯大学（Universidad Complutense de Madrid,

UCM）古典学博士，圣地亚哥·德·孔波斯特拉大学艺术史助理教授，"视觉奥维德"（Ovidius Pictus）项目首席专家。与奥维德相关的著作包括：*Imágenes para un texto. Guía Iconográfica de las 'Metamorfosis' de Ovidio.* Tórculo Ed., Santiago de Compostela, 2000；"*Et per omnia saecula imagine vivam*: The completion of a figurative corpus for Ovid's *Metamorphoses* in the XVth and XVIth century book illustrations，" *The afterlife of Ovid*, edited by Peter Mack & John North. BICS Supplement 130, London 2015, 115-135；"Researching illustrated books in art history: a brief history of the *Biblioteca Digital Ovidiana* project，" in *Dynamic Research Support for Academic Libraries*, edited by Starr Hoffman. Facet Publishing, London 2016, 21-32；"Le poète dans son œuvre: Ovide dans les images des *Fasti* et *Tristia* entre les XVe et XVIe siècles，" *Anabases* 29 (2019), 253-267（co-authored P.Meilán）；"Glosas visuales: la imagen y las ediciones latinas de las *Metamorfosis* a inicios del siglo XVI，" *In culpa est* 2019 (8), 211-222。

Patrick J. Finglass 帕特里克·J. 芬格拉斯：

　　牛津大学学士、博士，2006—2017 年任教于英国诺丁汉大学（University of Nottingham），曾任古典系主任及人文学院院长；2017 年起，任布里斯托大学（University of Bristol）Henry Overton Wills 希腊语讲座教授，以及古典学与古代史系主任，同时任古典学会（Classical Association）布里斯托分部会长。获 2012 年 Philip Leverhulme 奖。目前担任 *Classical Quarterly* 的编辑。主要研究领域为古希腊文学，特别是抒情诗和悲剧。负责"剑桥古典文本及注释"（Cambridge Classical Texts and Commentaries）系列中校勘本多部：《厄勒克特拉》（*Electra*，2007）、《阿亚克斯》（*Ajax*，2011）、《斯特西克鲁斯诗歌》（*The Poems of Stesichorus*，2014）、索福克勒斯《俄狄浦斯王》（2018）。发表论文及书评百余篇，担任多部合集的主编，包括与 A. Kelly 合编的 *Stesichorus in Context* （Cambridge University Press, 2015），*The Cambridge Companion to Sappho* （forthcoming）。

Christopher Francese 克里斯托弗·弗兰切塞：

美国迪金森学院古典系讲座教授，研究领域为罗马文学与文化、希腊神话学。著作包括：*Parthenius of Nicaea and Roman Poetry* (Peter Lang, 2001)；*Ancient Rome in So Many Words* (Hippocrene, 2007)；*Ancient Rome: An Anthology of Sources* (Hackett, 2014)。积极推动古典学领域数字人文的建设，为"迪金森学院注疏"（Dickinson College Commentaries）创始人之一并担任其主编；与中国学者合作创办"迪金森古典学在线"（Dickinson Classics Online）并担任主编之一，拉丁文—中文、古希腊文—中文核心词汇表以及文本译注作者。致力于推广拉丁语教学，制作了大量的拉丁文诗歌播客（Podcast），并长期组织拉丁语工作坊和教师培训。

Laurel Fulkerson 洛雷尔·富尔克森：

美国哥伦比亚大学博士，佛罗里达州立大学助理科研副校长。学术研究集中于拉丁诗歌、妇女史及性别研究、古代情感研究。撰写和编辑的著作包括：*The Ovidian Heroine as Author: Reading, Writing, and Community in the* Heroides (Cambridge University Press, 2005); *No Regrets: Remorse in Classical Antiquity* (Oxford University Press, 2013); *Emotions between Greece and Rome*, co-edited with Douglas Cairns (*BICS* Supplement, 2015); *Ovid: A Poet on the Margins* (Bloomsbury, 2016); *Repeat Performances: Ovidian Repetition and the* Metamorphoses, co-edited with Tim Stover (University of Wisconsin Press, 2016); *A Literary Commentary on the Elegies of the Appendix Tibulliana* (Oxford University Press, 2017)。目前正在与人合著公元前 2 至前 1 世纪的拉丁文学史。2010—2016 年，她曾担任《古典杂志》（*The

Classical Journal）的主编；并曾获北美古典学会教学奖以及校级教学奖。

Paola Gagliardi 保拉·加利亚尔迪：

意大利巴西利卡塔大学古典学兼职教授，波坦察贺拉斯古典高中（Liceo classico "Q. Orazio Flacco", Potenza）希腊语和拉丁语语言文学的全职教习。主要研究领域为奥古斯都时代的诗歌，研究重点包括维吉尔的诗歌、拉丁语的爱情哀歌、科尔奈利乌斯·伽卢斯（Cornelius Gallus）的失传作品。曾在顶尖古典学国际期刊上发表过数篇论文，出版的专著包括：*Gravis cantantibus umbra*（studi su Virgilio e Cornelio Gallo），Bologna, 2003; *Commento alla decima ecloga di Virgilio*, "Spudasmata", Hildesheim - Zürich-New York, 2014; Beatus, felix, fortunatus. *Il lessico virgiliano della felicità*, Roma 2017。

Xiaohu Ge 葛晓虎：

上海师范大学硕士。现从事历史教学与图书翻译，译有多部西方古代历史作品，包括罗伯特·L. 欧康奈尔：《坎尼的幽灵：汉尼拔与罗马共和国最黑暗的时刻》（*The Ghosts of Cannae: Hannibal and the Darkest Hour of the Roman Republic*）。

Steven J. Green 史蒂文·J. 格林：

新加坡耶鲁－新加坡国立大学学院副教授。研究领域为公元前1世纪至公元1世纪的罗马文学与文化，尤其是较少为人关注的拉丁诗歌。所发表的专著主要围绕奥维德《岁时记》（Brill, 2004）、爱情教谕诗（牛津大学出版社, 2006）、天象诗人曼尼利乌斯（Manilius）（牛津大学出版社, 2008, 2011），以及狩猎诗诗人格拉提乌斯（Grattius）（牛津大学出版社, 2018）。目前正在从事 *Ilias Latina*（尼禄皇帝时期荷马《伊利亚特》的拉丁译文，尚未受到重视）的校勘和译注工作。

Jacek Hajduk 亚采克·哈伊杜克：

波兰作家、翻译家、古典学家和波兰语文献学家。2012 年获博士学位，目前在波兰雅盖隆大学担任兼职教授。研究领域为古典传统及其对 20 世纪西方文学的影响。所出版的著作包括《佩特洛尼乌斯的叙事艺术》（*Petroniusza sztuka narracji*, 2015）、《放逐者的幻想》（*Fantazje mimowolnego podróżnika*, 2016）、《进入黑暗》（*Wrejony mroku*，2017）以及《阳光灿烂的自由》（*Wolność słoneczna*, 2020）。他的短篇小说《威德》（*Virtu*）的中文版，发表在《鸭绿江》文学月刊 2018 年第 12 期。

Kai Kang 康凯：

2014 年获复旦大学博士学位，现为上海师范大学人文学院副教授。主要教学和研究领域为古代晚期史、早期中世纪史以及拉丁文学接受史。代表作包括《"蛮族"与罗马帝国关系研究述论》（《历史研究》，2014 年第 4 期），《"476 年西罗马帝国灭亡"观念的形成》（《世界历史》，2014 年第 4 期），《罗马帝国的殉道者？——波爱修斯之死事件探析》（《世界历史》，2017 年第 1 期）。

Robert Kirstein 罗伯特·基尔施泰因：

图宾根大学古典研究所拉丁语教授，曾在波恩、明斯特、牛津求学。曾获亚历山大·冯·洪堡基金资助的 Feodor Lynen Fellow。主要研究领域包括希腊与拉丁语诗歌（特别是奥古斯都时代的诗歌）、19 世纪及 20 世纪初的古典学术史，近年来的关注领域为叙事学（narratology）与文学理论。专著包括：*Junge Hirten und alte Fischer. Die Gedichte 27, 20 und 21 des Corpus Theocriteum.* Berlin, 2007；并发表过学术文章多篇，如："Ficta et Facta. Reflexionen über den Realgehalt der Dinge bei Ovid," in *Zeitschrift für Ästhetik und Allgemeine Kunstwissenschaft* 60 (2015): 257-277; "'Gewaltzeiten'. Violence in an Erotic Landscape: Catullus, Caesar and the Borders of Empire and Existence (carm. 11)," in *Cultural Perceptions of Violence in the Hellenistic World*, edited by Lara O'Sullivan, Luca Asmont, Michael Champion, 191-207. Routledge, 2017. "New Borders of Fiction? Callimachean Aitiology as Narrative Device in Ovid's Metamorphoses," in Callimachus Revisited. New Perspectives in *Callimachean Scholarship*, edited by J.J. Klooster, M.A. Harder, R.F. Regtuit, G.C. Wakker, 193-220.Leuven 2019; "An Introduction to the Concept of Space in Classical Epic," in *Structures of Epic Poetry, Vol.II.* edited by C. Reitz, S. Finkmann, 245-259. Berlin 2019; "Half Heroes? Ambiguity in Ovid's *Metamorphoses,*" in Strategies of Ambiguity in Ancient Literature, edited by M.Vöhler, T.Fuhrer, S. Frangoulidis, 157-173. Berlin。

Christian Lehmann 克里斯蒂安·莱曼：

2018 年获南加州大学博士，博士论文题目为《奥古斯都文学的终结：奥维德的〈黑海书简〉4》，目前任教于俄亥俄州巴德高中先修学院克利夫兰分校。他正在开展有关查尔斯·狄更斯与古典世界方面的研究，同时还在撰写一部探讨从奥古斯都到提比略过渡时期文学环境变化的专著。

Chun Liu 刘淳：

北京大学英语语言文学系学士、硕士，美国加州大学河滨分校比较文学系博士；现为北京大学英语语言文学系副教授。在国家社科基金重大项目《古罗马诗人奥维德全集译注》中，负责《拟情书》的译注工作，已发表的阶段性成果包括《美狄亚致伊阿宋（〈拟情书〉第十二封信）》（《世界文学》2019 年第 4 期）、《〈拟情书〉两封》（《新史学》第 30

辑，2017 年 12 月)、《奥维德〈拟情书〉第 4 封：淮德拉致希波吕托斯》
(《世界历史评论》2019 年夏季号)。其他发表作品包括《奥德修斯与赫
拉克勒斯的两个故事——从两副弓箭的传承看英雄形象的塑造》(《国外
文学》2013 年第 3 期)、《斯芬克斯与俄狄浦斯王的"智慧"》(《外国文
学》2014 年 1 月)、《〈俄狄浦斯王〉中命运的表达》(《南京师范大学文
学院学报》2014 年 9 月)、《陶瓶画中的安菲阿拉俄斯》(《文汇学人》
第 391 期)；译作包括《荷马史诗中的生与死》(北京大学出版社，2015 年)、
《奥德修斯的世界》(2018 年，与曾毅合译)。

Jinyu Liu 刘津瑜：

南京大学学士、硕士，美国哥伦比亚大学罗马史博士；美国德堡
大学（DePauw University）古典系教授；古典学会（Society for Classical
Studies）理事。出版专著两部：*Collegia Centonariorum: the Guilds of
Textile-dealers in the Roman West*（Brill，2009)，《罗马史研究入门》(北
京大学出版社，2014 年)。发表有关罗马社会经济史、拉丁铭文、古典接
受的英文学术论文多篇。曾于纽约大学、俄亥俄州立大学、北京大学、
哥伦比亚大学、不列颠哥伦比亚大学任访问学者。2011—2014 年获美国
梅隆（Andrew Mellon）人文基金资助；2018—2019 年获哈佛大学洛布古
典丛书基金资助。目前为国家社科基金 2015 重大投标项目"古罗马诗
人奥维德全集译注"（编号 15ZDB087）首席专家。曾为诸多国际学术期
刊，如 *Classical World, Latomus, Ancient History Bulletin, Historia, Greek,
Roman and Byzantine Studies, Classical Antiquities* 等担任审稿人。

Ximing Lu 陆西铭：

美国威斯康星大学麦迪逊分校西方古典学博士候选人。研究兴趣
侧重古罗马文学与文化，包括古罗马教育史、奴隶制以及文化接受史

等。博士论文的研究课题为西塞罗时期的留学现象，名为 *The Ciceros in Athens: Study Abroad and Roman Politics*。

Bailiang Ma 马百亮：

上海交通大学外国语学院英语语言文学硕士，上海师范大学世界史专业博士在读，上海海洋大学外国语学院讲师。研究方向为西方社会文化史，主要从事人文历史类图书翻译，译著包括《统治史》（第 1 卷和第 3 卷，华东师范大学出版社，2014 年）、《希腊艺术导论》（商务印书馆，2017 年）、《古典欧洲的诞生：从特洛伊到奥古斯丁》（中信出版社，2019 年）、《罗马的复辟：帝国陨落之后的欧洲》（中信出版社，2020 年）、《战争的面目：阿金库尔、滑铁卢和索姆河战役》（中信出版社，2018 年）、《流感大历史》（格致出版社，2021 年）、《酒：一部文化史》（格致出版社，2019 年）等。

Matthew M. McGowan 马修·M. 麦高恩：

美国纽约大学博士，美国福特汉姆大学（Fordham University）古典学副教授。研究领域为拉丁文学、古代学术以及古典接受。专著为 *Ovid in Exile*. Brill, 2009；与其他学者合作主编了 *Classical New York*. Fordham University Press, 2018。目前在撰写 *Nux*（作者不明，但常被认为是奥维德的作品）的注疏，以及纽约希腊拉丁铭文导读。

Andreas N. Michalopoulos 安德烈亚斯·N. 米哈洛普洛斯：

利兹大学博士、雅典国立卡波季斯特里安大学（National and Kapodistrian University of Athens，常简称"雅典大学"）拉丁语教授。研究领域包括奥古斯都诗歌、古代词源学、罗马戏剧、罗马小说、古代文学的现代接受。在公元前 1 世纪至公元 1 世纪的拉丁文学（特别是史诗、哀歌以及戏剧）研究方面著作颇丰；担任多部合集的主编，最近的一部为与 Sophia Papaioannou 和 Andrew Zissos 合 编 的 *Dicite, Pierides. Classical Studies in Honour of Stratis Kyriakidis*. Newcastle: Cambridge Scholars Publishing, 2017；专著包括 *Ancient Etymologies in Ovid's Metamorphoses: A Commented Lexicon*. Leeds: Francis Cairns, 2001；*Ovid, Heroides 16 and 17: Introduction, Text and Commentary*. Cambridge: Francis Cairns, 2006；*Ovid, Heroides 20 and 21: Introduction, Text and Commentary*. Athens: Papadimas, 2013。

John F. Miller 约翰·F. 米勒：

美国弗吉尼亚大学 Arthur F. and Marian W. Stocker 古典学教授。专著包 括 *Apollo, Augustus, and the Poets*（Cambridge University Press, 2009），获古典学学会古德温书奖（SCS C. J. Goodwin Award of Merit）；*Ovid's Elegiac Festivals: Studies in the Fasti*（Frankfurt: Peter Lang, 1991）。合编四部关于希腊、拉丁文学与文化的著作，最近的一部为 *Tracking Hermes, Pursuing Mercury*（Oxford University Press, 2019）。

Nandini Pandey 南迪尼·潘迪：

牛津大学学士、剑桥大学硕士、加州大学伯克利分校博士，威斯康星大学麦迪逊分校古典学副教授。主要研究领域为：拉丁诗歌；罗马政治与视觉文化；古代的种族、身份认同及多元化；古典接受（特别是文艺复兴时期）；文体、读者反应及互文。在 *TAPA*，*Classical World, Classical Philology, Classical Journal* 等重要的学术期刊发表文章多篇；专著 *The Poetics of Power in Augustan Rome: Latin Poetic Responses to Early Imperial Iconography*（Cambridge University Press, 2018），获 2020 年美国中西部及南部古典学会（CAMWS）的处女著作奖（First Book Award）。

Thomas J. Sienkewicz 托马斯·J. 显克微支：

曾任美国蒙茅斯学院（Monmouth College, USA）古典系 Minnie Billings Capron 讲座教授，目前已荣退。曾长期担任美国中西部与南部古典学会（CAMWS）的多种干事之职，并于 2002 年当选秘书长——司库（Secretary-Treasurer）。出版拉丁语教科书多部，如：*Vergil: A LEGAMUS Transitional Reader with LeaAnn Osburn*. Bolchazy-Carducci Publishers, 2004; *Disce! An Introductory Latin Course*, with Kenneth F. Kitchell, Jr. New York: Prentice Hall, 2011。编纂百科全书多部，如：*Encyclopedia of the Ancient World*. Pasadena: Salem Press, 2002; *Encyclopedia of the Ancient Greek World*. Salem Press, 2007。专著包括 *Oral Cultures Past and Present: Rappin' and Homer* (with Vivien Edwards). Oxford: Blackwells, 1990; *Classical Gods and Heroes in the National Gallery of Art. A Handbook of artwork with themes from Greco-Roman mythology*. Washington, D.C.: University Press of America, 1983; *The Power of Place: A Festschrift for Janet Goodhue Smith, editor with Robert Timothy Chasson*. Chicago: Associated Colleges of the Midwest, 2012 等。

Fritz-Heiner Mutschler 穆启乐：

德国德雷斯顿大学古典系荣退拉丁语教授。他曾求学于海德堡与柏林，并曾在海德堡（1973—1988 年）、长春（1988—1992 年）、天津（1992 年）、德累斯顿（1993—2011 年）以及北京（2011—2016 年）任教。主要研究领域包括奥古斯都时代的诗歌、罗马价值观、罗马哲学，以及比较视角下的古代史学史。专著涉恺撒注疏、提布卢斯的哀歌；合编著作包括 *Conceiving the Empire: China and Rome Compared* (Oxford University Press, 2009)；并主编 *The Homeric Epics and the Chinese Book of Songs: Foundational Texts Compared* (Cambridge Scholars Publishing, 2018)。

Alison Sharrock 艾莉森·沙罗克：

1988 年获剑桥大学博士，曼彻斯特大学古典学教授；研究领域为拉丁文学以及文学理论。代表作包括：*Reading Roman Comedy: Poetics and Playfulness in Plautus and Terence*, Cambridge University Press, 2009. Reissued in paperback 2011；"How Do We Read a （W）hole?: Dubious First Thoughts about the Cognitive Turn," in *Intratextuality and Latin Literature*, edited by Stephen Harrison, Stavros Frangoulidis and Theodore D. Papanghelis, *Trends in Classics* 69, Berlin, de Gruyter, 2018: 15-32；"Till Death do us Part... or Join: Love beyond Death in Ovid's *Metamorphoses*," in *Life, Love and Death in Latin Poetry: Studies in Honor of Theodore D. Papanghelis*, edited by Stavros Frangoulidis and Stephen Harrison, *Trends in Classics* 61, Berlin, de Gruyter, 2018: 125-136；"Genre and social class, or Comedy and the rhetoric of self-aggrandisement and self-deprecation," in *Roman Drama and Its Contexts*, edited by Stavros Frangoulidis, Stephen Harrison, and Gesine Manuwald, Berlin, de Gruyter, 2016: 97-126；"Warrior women in Roman epic," in *Women and War in Antiquity*, edited by Alison Keith and Jacqueline Fabre-Serris, Johns Hopkins University Press, Baltimore, 2015: 157-178。

Jingsi Shen 沈静思：

上海交通大学学士、北京大学英语系硕士，目前为美国华盛顿大学（University of Washington）比较文学专业博士研究生，研究方向为英国和德国浪漫主义文学。

Chenye （Peter）Shi 石晨叶：

2013 年毕业于北京大学西方古典学中心，2015 年获美国哥伦比亚大学古典学硕士学位，目前为美国斯坦福大学古典学系博士候选人，

2019 年起于巴黎法国国家科学研究中心（Centre national de la recherche scientifique, CNRS）访学。主要研究早期拜占庭埃及经济史、钱币学及纸草学。为国家社科基金重大项目"古罗马诗人奥维德全集译注"项目成员，负责《黑海书简》的译注工作，已发表的阶段性成果包括《奥维德〈黑海书简〉第 1 卷第 1 首"致布鲁图斯"译注》（《书写城市史》第 17 辑，2017 年）。其他译作包括：《塔西佗（及李维）与司马迁》（*Tacite [et Tite-Live] et Sima Qian: la vision politique d'historiens latins et chinois*）、《塔西佗与司马迁：个人经历与史学观点》（*Tacitus und Sima Qian: Persönliche Erfahrung und historiographische Perspektive*），收入《古代希腊罗马和古代中国史学：比较视野下的探究》（北京大学出版社，2018 年）。

Mikhail V. Shumilin 米哈伊尔·V. 舒米林：

　　2012 年获得莫斯科罗蒙诺索夫国立大学博士学位，论文题目为《卢坎〈内战纪〉中的时间主题：历史—文化语境与文学阐释》，现任职于莫斯科俄罗斯总统国民经济与公共管理学院和莫斯科俄罗斯国立人文大学，研究领域为罗马诗歌、文本批评、古典学学术史。俄语专著包括研究卢坎的 *Unstoppable Moment: Time in Lucan's Bellum civile*, Moscow: Delo, 2019，以及与朱莉娅·V. 伊万诺娃（Julia V. Ivanova）合编的关于现代早期古典学的 *The Study of Language and Text in 14th-16th-cent. Europe*, Moscow: Delo, 2016。目前正在做奥维德《变形记》的俄文注疏（与 Aleksandr V. Podossinov 合作），以及《艾恩西德伦牧歌》（*Einsiedeln Eclogues*）的英文注疏。

Lili Tang 唐莉莉：

　　上海师范大学世界史专业博士在读，上海立信会计金融学院外国语学院教师，研究方向：古罗马史学理论。译作包括：《〈变形记〉的第一个两千年》(《文汇学人》，2017 年 5 月 26 日)；《中国的西方古典学——从元大都到上海》(《新史学》第 20 辑，大象出版社，2017 年)。发表外语教研论文数篇。

Hiroyuki Takahashi 高桥宏幸：

2010 年获得京都大学博士学位，现为日本京都大学古典学教授。主要教学和研究领域为拉丁文学。著作包括贺拉斯《书信集》的日译本（『ホラーティウス「書簡詩」』，講談社，2017 年）以及奥维德《变形记》日译本（『オウィディウス「変身物語」』全 2 册，京都大学学术出版会，2019—2020 年）；研究恺撒《高卢战记》的专著（『「ガリア戦記」歴史を刻む剣とペン』，岩波書店，2009 年）；关于希腊神话的专著（『ギリシア神話を学ぶ人のために』，世界思想社，2006 年），发表期刊论文多篇，如："Rumor and War: from Caesar to the *Aeneid* and the *Metamorphoses*," *Japan Studies in Classical Antiquity* 3 (2017)，116-142。

Chen Wang 王晨：

上海交通大学毕业。现从事图书翻译，译有多部西方古代历史和文学论著，包括《古典传统》(*The Classical Tradition: Greek and Roman Influences on Western Literature*)；《罗马元老院与人民》(*SPQR：A History of Ancient Rome*)；《古代晚期的权力与劝诫》(*Power and Persuasion in Late Antiquity*)；《历史学研究》(*Studies in Historiography*)。目前是国家社科基金重大项目"古罗马诗人奥维德全集译注"的项目组成员，负责《岁时记》第一至三卷的中文译注。

Zhongxiao Wang 王忠孝：

2015 年毕业于荷兰莱顿大学古代历史系，获历史学博士学位。现为复旦大学历史系世界史专业讲师。研究领域为罗马史，研究方向当前集中在罗马帝国早期政治史及政治文化、罗马帝国疆域和对外关系、古代帝国比较研究等。代表作有：《提比略隐退罗德岛——罗马帝国早期帝位递嬗机制研究》（《中国社会科学》2014 年第 7 期）、《无远弗届——罗马帝国早期疆域观的变迁》（《历史研究》2020 年第 2 期）、《从元首政制到王朝统治——罗马帝国早期政治史研究路径考察》（《世界历史》2020 年第 3 期）等。目前是国家社科基金重大项目"古罗马诗人奥维德全集译注"的项目组成员，并主持国家社科基金青年项目"罗马帝国的皇室与皇储形象建构研究（27 BC—217AD）"。

Gareth Williams 加雷思·威廉姆斯：

1990 年剑桥大学博士，美国哥伦比亚大学古典系讲座教授。研究领域为拉丁诗歌（尤其是哀歌、白银时代史诗）、塞内加哲学散文、文艺复兴人文主义。代表作包括：*Banished Voices: Readings in Ovid's Exile Poetry*. Cambridge, 1994; *The Curse of Exile: A Study of Ovid's* Ibis. Cambridge, 1996; *L. Annaeus Seneca: Selected Moral Dialogues*. De Otio, De Brevitate Vitae. Cambridge, 2003; *The Cosmic Viewpoint: A Study of Seneca's* Natural Questions. Oxford, 2012 （获 2014 年古典学会古德温书奖）; *Pietro Bembo on Etna: The Ascent of a Venetian Humanist*. Oxford, 2017。

Xinyao Xiao 肖馨瑶：

美国德克萨斯大学奥斯汀分校比较文学博士（2020 年 8 月），重庆大学人文社科高等研究员讲师。主要研究方向为欧洲文艺复兴文学与文化，古罗马拉丁文学在欧洲早期现代与近现代中国的接受。目前为国家社科基金重大项目"古罗马诗人奥维德全集译注"项目组成员，负责《爱的艺术》的译注工作。已发表阶段性成果多篇。论文代表作有"Oxymoronic Ethos: The Rhetoric of Honor and Its Performance in Shakespeare's *Julius Caesar,*" *Philological Quarterly* 97.3 (2018): 263-285；with Yumiao Bao （包雨苗），"Ovid's Debut in Chinese: Translating the *Ars amatoria* into the Republican Discourse of Love," *Classical Receptions Journal* clz028, https://doi.org/10.1093/crj/clz028。

Qizhen Xie 谢奇臻：

美国布朗大学古典历史（Ancient History）博士生，主要研究方向为希腊化时代历史，目前侧重于研究塞琉古帝国在小亚细亚地区的行政组织与资源管理。2016 年于新罕布什尔大学取得历史学与古典学双学士学位，2019 年于同校取得历史学硕士学位。2016—2017 年曾为迪金森古典学在线（Dickinson Classics Online）编辑拉丁文—中文电子词典。

Ying Xiong 熊莹：

南京大学历史学学士、复旦大学博士，目前为上海师范大学世界史讲师。研究领域为拉丁碑铭与罗马帝国的政治文化。曾就《审判老皮索的元老院决议》（*Senatus Consultum de Cn. Pisone Patre*）发表过一系列论文。目前是国家社科基金重大项目"古罗马诗人奥维德全集译注"的项目组成员，从事子课题二"奥维德神话诗译注"之《变形记》第六至八卷的中文译注。

Yi Zeng 曾毅：

北京大学英语系硕士，历任新华社编辑、记者和英文终审发稿人，现从事自由翻译工作。译作包括《奥德修斯的世界》（北京大学出版社，

2018 年，与刘淳合译 ）。

Kang Zhai 翟康：

北京语言大学外国语学部讲师。2017 年获北京师范大学英语语言文学博士学位，博士论文题为《约翰·弥尔顿的影响焦虑及其在〈失乐园〉中对奥维德〈变形记〉的挪用》。发表学术论文若干，研究领域包括英国早期现代诗歌、古罗马诗歌和诗歌理论等，为国家社科基金重大项目"古罗马诗人奥维德全集译注"的项目成员，负责《变形记》第九至十一卷的中文翻译与注疏。

第一部分
奥维德与帝国主题

奥维德与奥古斯都

王忠孝，复旦大学

奥维德作为人类文学史上最杰出的诗人之一，从古至今，西方世界对其作品的摘抄、引用和研究不胜枚举。简单地说，长期以来，学术界对奥维德及其作品的研究主要有两大方向。对古典学者而言的语文学研究，如奥维德诗歌中的文学风格、互文性、文学形象的构建和呈现等语言和文学层面的探讨。从历史视角出发，考察诸如奥维德诗歌与古代文学传统的关系，奥维德的生平，奥维德被流放的原因，奥维德和奥古斯都的关系，奥维德与同时代诗人及社会精英间的交往等是史学家感兴趣的话题。当然，以上两大方向之间并非彼此独立，而是互有交叉不可分割的。对奥维德诗歌的语文学研究离不开对作家身处的历史时代的深入了解。同样，若想探讨奥维德与罗马政治之间的关联性，也不能脱离其文学化的语言和风格而单独进行。本文的论述主要采取历史视角，将奥维德放置在特定的时代背景下进行考察，通过梳理近年来在奥维德研究领域涌现出的具有较强影响力的学术观点，探究奥维德和奥古斯都之间的复杂而多面的关系。文章共分为三部分。第一部分将围绕奥维德的生平和作品做一个简短的回顾和介绍。在第二和第三部分，笔者将结合最新的研究成果，对奥维德被流放的原因及其与奥古斯都政治间的关系进行集中论述。

一、奥维德的生平及作品简介

　　根据奥维德本人所留下的文字可知，诗人出生于公元前 43 年 3 月。[①] 他来自于骑士阶层，家族是意大利中部城镇苏尔摩（Sulmo，今苏尔摩纳）最富裕的门第之一。奥维德是家中的第二子。自其出生后的很长一段时间内，老奥维德都在沿着一条传统仕途培育儿子。[②] 据奥维德的 "自传" 所言，奥维德的父亲聘请了当地最博学之人担任奥维德的家庭教师。在其少年时代，他又被送往雅典和罗马学习修辞术。16 岁那年，奥维德和其他青年一起参加了城市庆典。[③] 成年后，奥维德顺理成章地先后获得了两个较低级别的地方职位，分别是三人刑审团（*tresviri capitales*）和十人司法裁决团（*decemviri stlitibus iudicandis*）的成员，分别负责刑事案件的审讯及城镇司法审判。[④] 这两个官职是将来成为财务官（quaestor），最终进入罗马高级职官序列（*cursus honorum*）的重要铺垫。[⑤] 可以相信，假如奥维德沿着这条道路走下去，他可以像意大利许多城镇中其他优秀的骑士子弟一样，最终跻身帝国元老

[①]　有关奥维德早年的生平，最重要的资料来自于诗人自己的作品。《哀怨集》第 4 卷中的第 10 首诗歌常被认为是奥维德的 "自传"，其中包括了诗人对自己的出生、家庭、成长经历和青年时代的介绍等。关于奥维德早年的生平的介绍比较多，比如 Wheeler 1925, pp.2-11; White 2002, pp.2-9; Syme 1978, pp.95-97 等。关于奥维德生平和作品的中文介绍可参见王焕生的《古罗马文学史》，第 304—327 页以及刘津瑜、康凯、李尚君、熊莹：《奥维德在西方和中国的译注史和学术史概述》，第 5 页。

[②]　关于罗马帝国早期上层社会的教育，见 Bonner 2012, pp.97-111; Fantham 2013, pp.54-63。

[③]　《哀怨集》4.10.27-29。

[④]　《哀怨集》4.10.33-34；《岁时记》4.383-384。

[⑤]　一般而言，骑士家庭出身的孩子想成为元老都要首先进入军队，在其中谋得一个低级别的职位，待到一定阶段再转入仕途。初入仕途后，奥维德觉得无论从头脑上还是体力上，均无法按照这条道路走下去，见其所谓 "自传" 所述：《哀怨集》4.10.35-38。

阶层，为自己的家族和城市带来财富和荣耀。① 然而，青年奥维德立志成为职业诗人的决心彻底断绝了他的父亲长久以来的企盼，以至于老奥维德不得不用荷马的例子来揶揄儿子这一"愚蠢"的决定。②

在诗歌创作方面，奥维德自少年时便展现出过人的才华。他创作完成的第一部诗集是《恋歌》（Amores）。该诗第 1 卷发表于公元前 15 年，原计划共出版 5 卷，但最终仅成书 3 卷，以哀歌对句体格式写成。③ 从名称即可看出这是一部爱情诗。随后，奥维德先后创作出了《拟情书》（Heroides）、《爱的艺术》（Ars Amatoria）和《情伤疗方》（Remedia Amoris）等爱情诗。大约在公元 1—2 年之后，奥维德开始创作大型叙事诗《岁时记》（Fasti），该诗同样是用哀歌体创作的。这部诗集记载了和罗马各月份相关的历法、古老节日、宗教习俗、神话传说以及历史典故，是一部关于古代神话知识的百科全书式的作品。按原计划，《岁时记》应包含 12 卷的内容，但到公元 8 年，诗人只完成了其中的 6 卷。④ 此外，几乎和《岁时记》同一时期动笔，并在公元 8 年基本完成的另一部作品是《变形记》（Metamorphoses）。这是一部卷帙浩繁的史诗，

---

① 关于罗马帝国高级官职的晋升之路，参见 Millar 1977, pp.275-355; Eck 2000, pp.238-265; Eck 2002, pp.136-143。奥古斯都时代，有不少来自富裕意大利城镇，骑士家族出身的青年经过一两代的奋斗，最终跻身元老阶层，与之相对的是罗马古老门第的衰落。较为生动的论述见 Syme 1939, pp.490-509。

② 《哀怨集》4.10.33-40。意大利许多城镇的富家子弟，特别是出身骑士家庭的青年投入文学，尤其是诗歌写作是共和国晚期逐渐流行的现象。和奥维德一样，维吉尔、普罗佩提乌斯以及提布卢斯等诗人都来自较富裕的家庭，见 Citroni 2009, p.19。

③ 《恋歌》出版后，奥维德对之加以修改，第二版出版的时间大约是在公元前 8 年甚至之后。见 White 2002, p.9。

④ 《哀怨集》2.549-556。

共 15 卷，凡 11195 行，记载了古代希腊男女诸神的变形，以及发生在他们之间爱恨情仇的故事。到公元 8 年左右，他已基本完成《变形记》的初稿。但就在这时，奥维德遭遇了人生中最大的一次挫折。这一年，在皇帝奥古斯都的裁决下，诗人被从罗马驱逐出去，其具体原因不为人知。奥维德被流放至遥远的罗马帝国东北边疆，黑海之滨的城市托米斯（Tomis, 今罗马尼亚康斯坦察市）。在漫长的流放期内，奥维德又完成了五卷本的哀歌体诗歌《哀怨集》（*Tristia*）和四卷书信体诗歌《黑海书简》（*Ex Ponto*）。在上述作品中，除了对托米斯地区的风土人情有大量描述外，诗人反复表达了自己的思乡之情，并不停地恳求奥古斯都能将其召至距家乡稍近之地。除此以外，奥维德还创作了一部极具特色的诅咒诗《伊比斯》（*Ibis*），以上的三部作品均保留至今。尽管奥维德以诉诸文学的方式，反复表达自身客居他乡的苦闷以及渴望返回罗马的强烈心愿，然而，直到奥古斯都于公元 14 年逝世，他的这一愿望都未能实现。学者推测，奥维德大约于奥古斯都去世三年后，死在了流放地托米斯。

二、奥维德被流放之谜

奥维德生于恺撒被刺后的第二年（公元前 43 年），但他正式步入诗坛从事诗歌写作已是内战结束后的公元前 20 年代了。因此，和同时代的其他著名诗人，如维吉尔、贺拉斯、普罗佩提乌斯以及提布卢斯相比，奥维德更适合被称作"奥古斯都时代"的作家。然而，从另一方面说，奥维德一直活到了"后奥古斯都时代"，进入提比略执政初期。他的文学生涯也延续到奥古斯都逝世后。而透过奥维德生命晚期创作的大量流放诗，又让后人看到了一个身处于世界边缘之地的"异邦人"是如何同位居权力之巅、世界中央的皇帝进行对话和互动的。可以说，除了诗歌中展现的杰出的文学技巧和文学价值外，奥维德的诗歌为世人洞察罗马帝国初期数十年内政治生态的微妙变化提供了一个宝贵的窗口。

在以历史视角审视奥维德与奥古斯都关系的一系列研究中，西方学术界针对两大问题的争论未曾停息：首先是奥维德在公元8年被流放一事背后的原因。这是一个持续了千年之久的古老话题。而它又和奥维德到底是"反对奥古斯都"还是"支持奥古斯都"这一更具延展性的问题紧密联系在一起。大约从20世纪八九十年代起，越来越多的学者开始尝试以不同视角重新审视这种"标签"式的论调，逐渐破除了用静态的、二元对立的模式解读奥维德的政治态度。下面，本文将结合半个世纪以来西方学术界的重要成果，对奥维德被流放的原因进行考察，然后再过渡到奥维德和奥古斯都之关系，以及奥古斯都时代的诗歌和罗马文化这一牵涉更广的问题上面。

关于奥维德是因何原因而遭流放的，诗人自己在《哀怨集》第2卷中给出了一个解释，即著名的"一部诗歌和一个错误"（ *carmen et error* ）。[①] 所谓的"诗歌"一般认为是奥维德在公元前后发表的《爱的艺术》这部作品，或是该诗集中的某些诗歌。至于"错误"所指为何，奥维德并未给出清晰的答案。[②] 但不管怎样，

---

① 《哀怨集》2.207。

② 奥维德在《哀怨集》的第2卷中讲到了自己的流放遭遇，但并没有给出具体原因。他本人对这一后果所做的反省也多次出现在诗歌中，如《哀怨集》1.5.42; 3.6.27-28; 3.6.35; 4.4.39;《黑海书简》2.3.46 等。

奥维德在公元 8 年春，由皇帝亲自裁决而流放边疆①，一定是犯了不见容于当政者的"过错"②。然而，由于无论奥维德本人还是同时代的其他作家都未挑明流放背后的原因，后人围绕这一事件进行的猜测不计其数，以至于美国学者约翰·蒂博（John Thibault）直接用"奥维德流放之谜"作为他在 1964 年出版的专著的名称。根据蒂博的调查，从 1437 年至 20 世纪中叶，出现在各类作家文本中对奥维德被流放原因所做的猜测竟达 110 个之多。③总体而言，目前学术界有两类较主流的观点，概括说来，一类是政治谋反论，另一类是道德败坏说。还有一些学者介于两者之间，或者综合以上两说而成。

认为奥维德因卷入奥古斯都家族成员谋反而被治罪的学者中最具知名度的是著名罗马史家罗纳德·塞姆（Ronald Syme）。早在 1939 年出版的《罗马革命》一书中，塞姆便提出，奥维德具有情色意味的爱情诗在奥古斯都眼中并非不能容忍之事，奥维德被以道德之名治罪仅仅是一个幌子。④时隔数十年后，塞姆在一部专门讨论奥维德和奥古斯都政治的书中又进一步阐释了他的看法。塞姆认为奥维德遭到惩罚主要是由于他在"尤利娅党"（由小尤利娅及其情夫西拉努斯主导）的政治谋反中没有坚定地站在奥古斯都

---

　　① 奥维德在流放诗中多次提到，此次的流放并不是元老院也非特殊法庭的判决，而是皇帝本人裁决（如《哀怨集》2.135-138）。有关元首制时期罗马皇帝的司法角色，可以参阅 Millar 1977, p.252 以下，及 Bauman 1996, pp.65-91; Peachin 1996。专门针对奥维德流放一案中奥古斯都的司法角色的探讨，参阅 Tuori 2016, pp.68-125。

　　② 尽管在《哀怨集》和《黑海书简》中，奥维德坚持认为自己所犯下的并不是一件"罪行"（crime）而是"过错"（error），如《哀怨集》2.109; 3.5.49-50;《黑海书简》2.9.71。

　　③ Thibault 1964, pp.125-129.

　　④ Syme 1939, pp.432, 468.

一边，这让本来就对奥维德心存反感的奥古斯都无法容忍，最终促使后者遭到流放。[1] 从研究视角到研究方法，《奥维德诗歌中的历史》一如《罗马革命》《奥古斯都时代的贵族》等其他经典作品，作者熟练采用"人物志"的研究方法，深入分析了和奥维德相交的贵族圈子和党派，是非常典型的塞姆式政治史研究风格。

　　事实上，针对奥维德因受尤利娅风波牵连而被治罪的观点，塞姆并不是第一个提出来的学者。早在他之前，尤其是来自欧洲大陆的学者就已展开充分的讨论。[2] 只是塞姆颇具功力的实证研究及其晚年在罗马史坛上的崇高地位让这一看法变得更加流行。20世纪 80 年代初，彼得·格林（Peter Green）发表的一篇论文进一步夯实了塞姆的论证。[3] 格林认为，奥维德遭到流放的最大原因是他和小尤利娅结成"同党"，与李维娅及其子提比略作对，这对奥古斯都在公元 4 年所定下的皇位继承方针造成挑战。[4] 和这一严重的政治错误相比，引起奥维德流放的"文学因素"和"道德因素"在奥维德流放的原因中所起作用甚小，或许只是充当了一个"烟幕弹"的作用。[5]

　　当然，针对这一解释，并非所有的学者都能买账。G. P. 古尔德（Goold）通过对《哀怨集》第 2 卷进行详细分析，认为奥维德

---

[1]　Syme 1978, pp.219-221.

[2]　相关学术史可参考 Green 1982, p.202 脚注 5。

[3]　事实上，塞姆的著作一贯带有浓厚的政治史色彩，但他并未在《奥维德诗歌中的历史》中给出断言，认为奥维德被流放就是因为参与到了"尤利娅党"的政治斗争中去。关于格林就奥维德于公元 8 年前后被流放所做考证及其结论，参见 Green 1982, p.218。

[4]　关于公元 8 年的小尤利娅事件，从政治史视角进行的研究，可重点参考莱维克的两篇论文：Levick 1975, pp.29-38; Levick 1976, pp.301-339。

[5]　怀特认为，以道德治罪并不是奥古斯都和罗马帝国早期司法审判中常用的手段，见White 1993, p.153。

在作品中无法直言其实的事情是他以某种方式卷入了与小尤利娅有关的皇室桃色丑闻中，这让奥古斯都感到了冒犯。[1] 奥维德在尤利娅绯闻中起到了推波助澜的作用，充当了通奸者导师的角色（*praeceptor adulterii*），而元首本人一直被蒙在鼓里。这才是他被流放的主要原因。被塞姆，尤其是格林所淡化的"道德"因素在古尔德的论文中被进一步突出了。古尔德的看法在一定程度上得到了另一位英国学者艾莉森·沙罗克（Alison Sharrock）的支持。在沙罗克看来，奥古斯都并不反对某些题材的作品带有露骨的情色描述[2]，但由于诗歌具有较强的教谕目的，又常在公共空间下朗读，因此有很大的煽动和误导性。《爱的艺术》中充满了讽刺戏谑，比如描述有夫之妇维纳斯和马尔斯间的奸情被伏尔甘所捕获的故事，这在致力于提倡和重构庄雅单纯的古典希腊文化的奥古斯都听来，无疑是刺耳之音。《爱的艺术》第2卷中有很大一部分篇幅叙述的是当女人被捉奸后，她的丈夫应该如何保住颜面的事。因此可以看出这两部分内容是紧密联系的。同时，从《爱的艺术》的拉丁文原名可知，*ars* 一词含有"技巧"和"技能"之意。[3] 这是一部教人如何得到爱情的技术手册或者"宝典"。更不要说，广场、纪念碑、柱廊这些被奥古斯都所赋予的充满神圣感和爱国主义的建筑和公共空间，到了奥维德作品中竟成了男女之间卿卿我

---

① Goold 1983, pp.94-107.

② Sharrock 1994a, pp.97-122. 沙罗克强调奥古斯都时期流行的一些休闲性质的文学活动和游戏如哑剧等，具有低俗色情趣味，迎合大众喜好，并非不见容于罗马政府，但是"奥维德的麻烦在于，《爱的艺术》并不是一部工作之外闲暇创作的诗歌。它是一项工作，是以娱乐的方式进行的事业"。见 Sharrock 1994a, p.106。

③ Glare 2012, p.192.

我，甚至偷情苟且的欢愉私密之地。在文学和政治密切关联的奥古斯都时代，这样一部高度教谕性的书籍具有的潜在危害是不容低估的。这种文学旨趣和奥古斯都一直以来的道德整饬运动和价值观宣扬背道而驰，因此不为奥古斯都所容忍。

　　事实上，关于奥维德被流放的具体原因，至今距蒂博的著作出版又过去半个多世纪，期间虽有学者另出新说，极端者甚至怀疑奥维德是否真正前往黑海[①]，但无论哪种理由，都缺乏实质性的根据。围绕奥维德在《哀怨集》中给出的"一部诗歌和一个错误"的供词，学者们也各有偏重，有的认为前者是主因，有的则更强调后者。在确凿的旁证出现以前，这一争论或许还将继续下去，但依然无法取得一致满意的结果。正是出于这一认知，近二三十年来，学者们逐渐将视角从追查奥维德流放黑海的具体原因，转向探察奥维德文本中呈现出的微妙复杂的政治关系，并试着从多种角度对之进行解读，譬如奥古斯都时代的文学控制，奥古斯都晚年的政策转变及其与拉丁文学潮流变化的关系等。这便涉及一个更为核心的话题，即奥维德（及其文本中的文学形象）和奥古斯都（及其政治）之间的复杂关系。

三、奥古斯都与奥维德关系之探讨

　　长期以来，以历史视角为主的奥维德研究中，争论最多的话题是奥维德究竟持"支持奥古斯都"还是"反对奥古斯都"的态

[①]　Fitton Brown 1985, pp.19-22. 这一观点抛出后并未被多少学者接受，参见利特尔的反驳文章，如 Little 1990, pp.23-39; Hofmann 1987, p.23. 近年来，关于探究奥维德究竟何种原因被贬至黑海所做的较全面的总结可参考 Alvar Ezquerra 2010, pp.107-126. 最新的质疑见迈克尔·丰坦：《奥维德流放之神话》，第 117—134 页。

度。[①] 不可否认，在奥维德的许多诗歌中都可以轻而易举地找出他
对元首的大量歌颂和赞誉的例子。在数不清的地方，诗人对奥古
斯都毫无保留地大加赞美，甚至将其和罗马神灵等同起来。这种
吹捧延伸至奥古斯都家族其他成员中，譬如歌颂李维娅作为女性
的完美化身和神性[②]，对盖尤斯[③]、日耳曼尼库斯[④]等王子的美德不
遗余力的赞颂。这些文字让 20 世纪早期的学者相信奥维德始终是
奥古斯都政权的积极拥护者。[⑤] 在随后很长一段时间内，尽管这一
声音在学术界变得势单力薄，但并未销声匿迹。特别需要提及的
有两位学者。戈登·威廉姆斯（Gordon Williams）在 70 年代出版
的《转变与衰落——罗马帝国早期的文学》一书中，针对不少学
者将奥维德诗歌中对统治者及其家族的"过度吹捧"看成讽刺和
批评的解读，提出了不同看法。在威廉姆斯看来，奥维德作品对
文学和审美趣味的强调始终压倒被后代学者所额外添加的政治深
意。退一步来讲，奥维德对当朝统治者的赞誉也更像是逃遁奥古
斯都的政治压力的一种无奈之举，而非通过诉诸文学达到对现行

---

①　围绕这两个标签性的话题学者展开的讨论非常多，可参见布鲁斯·吉布森的文章概
括： Gibson 1999, p.19, n. 2。

②　诗歌多处同样将李维娅比拟成罗马女神，如《岁时记》6.21-26；《哀怨集》2.161-164；
《黑海书简》3.1.145; 3.4.95-112; 4.13.29–30; 4.9.107-108 等。

③　早在那部后来给奥维德带来灾难的《爱的艺术》第 1 卷（1.177-228），诗人就大力赞
誉年轻的王子盖尤斯飒爽英姿，期待其从亚美尼亚的军事调停以及和帕提亚的战争中凯旋。
也正因如此，才为我们理解奥维德的文本增加了难度。

④　日耳曼尼库斯在奥维德《岁时记》中的形象，见 Fantham 1985, pp.243-281。流放诗中
对日耳曼尼库斯的赞美，如《黑海书简》2.2.39-74; 2.5.41-76; 4.8.31-88; 4.5.25-46; 4.8.1-48 等。

⑤　如 Scott 1930, p.69。

制度和统治者进行嘲讽和反抗的目的。[①] 90 年代初，知名罗马史家佛格斯·米勒（Fergus Millar）在《罗马研究杂志》上发表了一篇重要文章，认为奥维德的流放诗中充斥着大量歌颂乃至神化奥古斯都及其家族成员的文字，就是他作为奥古斯都统治的忠诚拥护者的最好证明。在米勒看来，作为一个完全意义上的"奥古斯都时代"的作家，奥维德的身份具有双重性，他既是流亡外省的"局外人"，又是内心归属于罗马统治集团的"忠诚派"。总之，米勒认为奥维德从来都不是一名真正的政治"异见分子"。[②] 以研究《岁时记》著称的另一位学者赫伯特－布朗（G. Hebert-Brown）详细考察了该诗歌中所记大量与罗马古老的风俗传统、神话和节日庆典相关的内容。尽管她认为奥维德在日耳曼尼库斯和提比略之间持有的政治立场有鲜明差别，也认可他对奥古斯都统治的赞誉是真诚的。[③]

不过，相比这些学者而言，持对立看法的人数在过去近百余年的奥维德研究中更占优势。奥蒂斯（B. Otis）[④]、鲁德（N.

---

① Williams 1978, pp.52-101. 戈登·威廉姆斯试图表达的一个核心观点是，奥维德充满灵性、诙谐、机智，甚至带有恶作剧般的文字容易造成读者对他的误解，以至于认为这是作者借此对当政者抒发不满的一个高妙的手段。然而，奥维德并没有反抗现行政治和统治者的主观恶意。威廉姆斯从相对单纯的文学层面对奥维德的诗歌进行去政治化的解读，他对于当代学者过度解读奥维德文字寓意的"癖好"提出了批评。但正如纽金特在一篇批评文章中提到的那样，将奥维德诗作（包括其他古代诗人的作品）中的文学性和政治性截然分开是鲁莽的。参阅 Nugent 1990, p.240, 246。

② Millar 1993, p.16.

③ Herbert-Brown 1994. 对赫伯特－布朗这部作品的中文介绍，见刘津瑜、康凯、李尚君、熊莹：《奥维德在西方和中国的译注史和学术史概述》，第 82—84 页以及本书王晨：《奥维德〈岁时记〉：时间的政治划分》。同赫伯特－布朗持相反观点的是塞姆以及受塞姆影响的一些学者，他们认为奥维德在《岁时记》中就充分体现了他对当政者的不满，见下文。

④ Otis 1966, pp.338-339.

Rudd）[1]、斯特罗（W. Stroh）[2]、霍勒曼（A.W.J. Holleman）[3] 等学者分析了《恋歌》《爱的艺术》《变形记》等作品中表现出的高超文学技巧，如讽刺、影射、暗喻、夸张，指出其中暗藏的深意并不能仅根据字面意思做出解读。如《哀怨集》中的许多地方，奥维德将奥古斯都和朱庇特联系在一起[4]，表面上张扬奥古斯都无处不在的、天神般的权力和威严，但这和他一遍又一遍地向元首求情但得不到原谅结合起来，是反过来暗讽奥古斯都的冷酷无情。[5] 在充满修辞化的文学外衣之下，奥维德的真实用意到底是恭维还是批判，不能匆忙得出定论。[6]

　　20 世纪 90 年代探讨奥维德和奥古斯都关系最成功的专著之一，要数意大利学者巴尔基耶西（Alessandro Barchiesi）的《诗人与君主：奥维德与奥古斯都话语》一书。[7] 该著作最大的亮点在于，巴尔基耶西采用"奥古斯都话语"（Augustan discourse）这一具有广义性的术语淡化存在于"支持奥古斯都"和"反对奥古斯都"两极之间无休止的学术论战。他的研究重心同样放在了对《岁

---

① Rudd 1976.

② Stroh 1979, pp.323-352.

③ Holleman 1971, pp.458-466.

④ 如《哀怨集》2.37; 39 等多处，具体见 Green 2005, p.429 的索引 Augustus as Jupiter。关于奥维德流放诗中奥古斯都和朱庇特的关系研究，见 Scott 1930, pp.43-69; Williams 1994, pp.137-138; pp.172-173; pp.190-193; McGowan 2009, pp.63-92。

⑤ 个案分析如 Miller 2002, pp.129-139。

⑥ Wiedmann 1975, 268. 此外还有他对奥古斯都的"仁慈"（*clementia*）极尽吹捧赞颂之能事，但又不停向元首发出减免处罚的呼唤，似乎解释了奥古斯都的"残忍"（*saevitia*）和冷酷。作品中常常见到对"奥古斯都治下和平"的恭维和颂扬的表面文字，但又不时强调自身处境的荒凉和野蛮，似乎对前者表达了嘲讽。

⑦ Barchiesi 1997. 该书的意大利文原版出版于 1994 年（*Il poeta e il principe. Ovidio e il discorso augusteo*. Roma, 1994）。针对该书的简短中文综述，见上引刘津瑜、康凯、李尚君、熊莹：《奥维德在西方和中国的译注史和学术史概述》，第 80—81 页。

时记》中传统、风俗、节日、历法与奥古斯都政治及奥古斯都家族之间复杂关系的解读上。针对一些学者试图从奥维德的语言背后辨析出诗人写作更受"审美（文学）"还是"政治"意图的驱使，他认为在古代作品中从来不存在这种划分。巴尔基耶西的另一贡献是对奥古斯都文本中叙事手法和互文性的深入研究，从而分辨文本中叙事语言的多重性（multiplicity of narrative voices in the text）。这同样是避免采用传统的"支持—反对"这种极简立场来思考奥古斯都和奥维德（以及其他文人）之间复杂关系的一种有效路径。

尽管巴尔基耶西的研究有利于纠正长期以来存在于研究者之间的偏见，但并不是所有学者都认为他完美解决了原有分歧。譬如，有批评者认为，巴尔基耶西尽管努力强调自己不会卷入这种"支持"或"反对"奥古斯都的争论中去，并把研究焦点转移到奥古斯都和文人关系的互动上，但通过他对《岁时记》的研究，在较大程度上仍然透露出奥古斯都是"话语"中的优势方。另外，巴尔基耶西强烈反对某些学者著作中所谓"奥维德反奥古斯都"这一论调，他认为奥维德用语言和文学技巧作为屏障，将自己对奥古斯都的不满极其隐蔽地掩藏在了奥古斯都所推扬的主题外衣（如对传统和历法的赞颂）之下。奥维德对和尤利乌斯家族相关的历法、节日的编排带着强烈自我意识的择取和删减，这似乎是和奥古斯都的历法改革唱反调，对奥古斯都的统治和权威的塑造造成破坏。[①]因此，长期从事奥古斯都政治研究的著名学者加林斯基

---

① Barchiesi 1997, pp.79-86.

（Karl Galinsky）在一篇评论文章中认为巴尔基耶西一方面试图摆脱"正—反"的两极视角看待奥维德和奥古斯都的复杂关系，但在另一方面，在对《岁时记》中作者文学技巧的深入解读下，又不自觉地将自己推向了其中的一方。[①]

在巴尔基耶西的意大利语原著问世两年后，加林斯基探讨奥古斯都文化的专著《奥古斯都文化：一种解释性介绍》出版。[②] 在概念上，他和巴尔基耶西观点一致，都不提倡简单套用"反对奥古斯都"或"支持奥古斯都"这类术语界定奥维德和奥古斯都的关系（往大处说，延及奥古斯都时代知识分子和奥古斯都政治的关系）。该著作突出了奥古斯都文化的复杂、多元甚至是矛盾性。[③] 在谈及奥维德和奥古斯都关系之时，加林斯基强调奥古斯都时代的文学中表现出的机智、冲突、矛盾等文学手法均符合奥古斯都时代的特质，不能就此给予太多的政治对立性的解读。

巴尔基耶西和加林斯基的两部著作虽然结论迥异，但他们代表了20世纪90年代以来奥维德和奥古斯都政治关系研究上（甚至可以往大处说，奥古斯都政治与文学观点）的一个转变，即试图跳出传统臼窠，用"奥古斯都话语"代替原来过度简化的思维框架，同时在文学与政治关系层面，对奥古斯都时代文学的复杂多面性给予更多的关注。[④] 引领这一潮流的还有1992年出版的《罗

---

① 加林斯基对巴尔基耶西著作的批评：http://bmcr.brynmawr.edu/1998/98.1.26.html。

② Galinsky 1996.

③ Galinsky 1996, p.371.

④ 双方均认识到"奥古斯都文学"的复杂性和多元性。但不同之处在于巴尔基耶西通过《岁时记》，更多地解读出奥维德热情洋溢的文字下面所隐藏的对奥古斯都政治的批评态度。而就奥古斯都时代，包括奥维德在内的文人对奥古斯都政治抱有的整体态度，根据加林斯基的观察，要积极得多。

马诗歌与奥古斯都时代的政治宣传》一书中所收录的一篇文章。邓肯·肯尼迪（Duncan Kennedy）用文学批评的眼光，审视了所谓"反对奥古斯都"和"支持奥古斯都"两种话语体系，指出相关术语在使用上存在的弊病。他认为任何术语的定义均不能离开语境而孤立存在。当代学者们对术语做出的定义和解读，更像是一种自我意识强烈的"现代性重构"。因此，对于创作者试图表达的思想，在一定程度上，读者会不自觉地带着"当代"意识，参与术语的定义与建构。[①] 另外，肯尼迪指出，在谈到奥古斯都的权力之时，不应把"奥古斯都"看作一个个体（person），而更应理解成一个抽象化，同权力紧密相连的"观念"（idea）。换句话说，奥古斯都的权力并不单指他个人掌握的实权，而更多地指向一个集体化的产物。用肯尼迪的原话来说，它是"罗马人冲突的欲望，不可调和的野心以及进取心的象征性化身，是依赖、压抑和恐惧等复杂心理交织在一起的工具性表达"[②]。带着这一视角再反思奥古斯都文学和政治的关系，所谓"反对奥古斯都"和"支持奥古斯都"的论调似乎被消弭掉了。[③]

　　不管学者是否同意肯尼迪的批评，自 20 世纪末以来，学者们

---

① 近 30 年来，包括沙罗克、海因兹（S. Hinds）、吉布森（B. Gibson）以及加林斯基在内的学者对透过"读者视角"解读奥维德诗歌传达的寓意予以充分的重视。这也和同一时期罗马艺术史领域中，重视从观察者的角度去解读物质材料相呼应，比如 Elsner 1996, pp.32-53。

② Kennedy 1992, p.35.

③ 当然，并非所有学者都认同这种批判。戴维斯（P. J. Davis）在《奥维德与奥古斯都：奥维德情色诗歌的政治解读》一书中依然坚持传统观点，认为在主观层面，奥维德确实通过一系列诗作传递出了对当政者不满的声音。戴维斯批评肯尼迪从"读者视角"走得太远，以至于消弭了作者本人拥有的基本立场。他举例说，如读到奥古斯都《功业录》（*Res Gestae*）的塔西佗可能会对奥古斯都的自我鼓吹感到反感，但作为作者的奥古斯都却肯定不希望读者抱着负面视角来评判自己的文字。具体参见 Davis 2006, pp.9-22。

的研究不断深入和细致。和肯尼迪的文章收录在同一论文集中的另一篇文章，同样强调奥古斯都文化的多样化和矛盾性。菲尼（D. C. Feeney）认为，一方面，奥古斯都的形象及其权力向罗马文化生活中的各个方面渗透，无所不包，但另一方面，它所传递的价值观又是多元的。领土扩张和对外战争展现出的"尚武气质"（*virtus*）和 "奥古斯都治下和平"（*pax Augusta*）这一理想并不矛盾，对罗马城内豪华辉煌的大理石建筑的夸赞和对个人生活节俭朴素的推崇同样并行不悖。① 因此，越来越多的学者们注意到，奥古斯都的统治形象及其提倡的价值观是包容而多元的。② 这也和奥古斯都的多重身份相呼应，他既是帝王又是公民；既是凡人、又在帝国某些地区被视作神来崇拜。对奥维德作品中所体现出的不一致性、多样化甚至矛盾的声音，不能轻易解读为对奥古斯都及其政治的"支持"和"反对"，而应该看到背后复杂的政治和文化现实。

从另一方面来说，作为罗马帝国在位时间最长的统治者之一，奥古斯都的漫长统治生涯足够维持罗马政体从共和向王朝政治转轨需要的必要条件。从公元 4 年一直到奥古斯都生命的最后两年，不仅罗马城危机不断（如粮食问题引起的平民暴动、元老阶层的谋乱），边疆地区也不太平。持续了 3 年的潘诺尼亚动乱和瓦伦斯在条顿堡森林的惨败让奥古斯都对罗马边境忧心忡忡，而以上事件又和皇帝家族内部风波——公元 8 年奥古斯都外孙女小尤利娅通奸的丑闻交织在一起。这些历史事件和奥维德的流放发

---

① Feeney 1992, p.4.

② 钱币上的表现，参见 Wallace-Hadrill 1986, pp.66-87。关于奥古斯都时代的"一体化"和"多样性"特征，见 Galinsky 2012, pp.159-175。

生在同一时期，并非偶然。学者们早就注意到了奥古斯都执政晚期政治气候的变化，而政治环境的转变很大程度上影响了知识分子圈子和诗人的创作。[①] 正如米勒在 1993 年的论文中所强调的那样，奥维德在流放诗中加大了对奥古斯都颂扬的力度，并且对当政者的颂扬（不管这种颂扬背后的动机为何）上升到了"奥古斯都家族"的高度。尽管有学者依然认为这种"颂词"式的文学风格是希腊化时代文风的延续，但对奥古斯都的崇拜和皇帝家族的不竭余力的歌颂可看成是罗马政治气氛转变的反映，尤其是考虑到这一声音来自于被流放到极远苦寒之地，不见容于当政者的"反对者"之口，这凸显了奥古斯都晚期无孔不入、强大可怕的政治力量。彼得·诺克斯（Peter Knox）的一篇论文将奥古斯都晚年政治气候变化和提比略日益提高的政治影响力联系起来。在他看来，提比略于公元 4 年被奥古斯都过继后，就基本成为仅次于奥古斯都的实权派人物，尤其是在小尤利娅风波之后，提比略在很大程度上分担了日渐衰老的奥古斯都肩上的重任。奥古斯都晚年对文学写作和言论自由的控制力度加大，是和提比略的主政脱离不开干系的。[②] 这也解释了为何奥维德在其《爱的艺术》发表后很长一段时间之内都平安无事，却突然在公元 8 年遭到惩处。

---

① 关于奥古斯都晚年罗马政治气候的转变的讨论，参见 Syme 1978, p.34; Wiedmann 1975, pp.264-271; Green 1982, p.214 以下。

② Knox 2004, 1-20. 诸如对提图斯·拉比埃努斯（Titus Labienus）、卡西乌斯·赛维鲁斯（Cassius Severus）的惩罚，对此类自由派知识分子的言论和作品管控力度的加大，和奥维德被流放及其部分作品在罗马禁发生在大致同一时期。而总体上，奥古斯都时代的政治和文学的界限是相对自由宽松的。Raaflaub 和 Salmon II 的文章历数了奥古斯都漫长统治生涯中出现的少数叛乱和谋反行为，认为在奥古斯都治下，罗马当局总体上奉行了一种相对宽松的政策。参见 Raaflaub and Salmon II 1991, pp.417-454。

　　因此，包括巴尔基耶西、诺克斯、加雷思·威廉姆斯和伊莱恩·范瑟姆（Elaine Fantham）在内的学者，均反对将奥古斯都时代的文化看作"同质化"，而是强调演变和多样性。[①] 正是在这种视角下，才能打破"奥维德到底是反对还是支持奥古斯都"这种简化的思维范式，更好地理解奥古斯都时代文学和政治的互动。这对于奥维德这样一位有着非凡人生际遇的诗人来说更是如此。通过本文第一部分对奥维德生平和作品所做的概述不难看出，奥维德的文学创作大体可分为三个不同时段。他在公元前20年代正式步入文坛，奥维德青年时代放弃了本来前程坦荡的仕途生涯，立志做一名"职业诗人"。随后的20多年中，他发表了大量爱情诗，个人的文学旨趣在其中起到不小的作用，当然也受到了共和国后期卡图鲁斯（Catullus）为代表的"新诗派"潮流余波的影响。[②] 然而，在他完成《情伤疗方》后，从公元2年左右，奥维德便中断了爱情诗的创作，更换体裁，开始创作神话史诗《变形记》以及和当局互动最积极的历法诗《岁时记》。这一时期也正是罗马政治体制转型的一个非常关键的阶段。公元前2年，奥古斯都得到了"祖国之父"（pater patriae）这一至高的荣誉称号，并在同年奉献了一座新广场和神庙。然而，接下去的几年内，奥古斯都心仪的继承人盖尤斯和鲁奇乌斯相继死去，无奈之下，他在公元4年将

---

　　① 　这种视角的转变，在整体上契合了近年来罗马史领域内的文化研究趋势之一，即以历时性的视角（diachronic vision）更多地关注一个时代的文化转型和变迁，见 Wallace-Hadrill 1997, pp.3-22。

　　② 　关于奥维德诗歌和古代文学传统以及罗马帝国早期的拉丁文学间的传承关系，见收录在哈迪编辑的《剑桥奥维德指南》中的两篇文章：Tarrant 2002, pp.13-33; Hardie 2002a, pp.34-45。

从罗德岛归来不久的提比略过继为子，并令后者再过继日耳曼尼库斯为子。[1] 正如塔西佗评价的那样，这种"双继承制"让新的王朝基石变得更为牢固。[2] 而另一方面，在这一时期，维吉尔、贺拉斯、提布卢斯、普罗佩提乌斯等杰出诗人及著名的文坛庇护人、奥古斯都的密友迈凯纳斯均已辞世。史学大师李维的皇皇巨著《建城以来史》早已搁笔，阿西尼乌斯·波利欧也多年不问政事。文坛愈加凋零。到公元 8 年，活跃于奥古斯都早期的文学庇护人，尤其是同奥维德过从甚密的政治家马尔库斯·瓦莱利乌斯·麦撒拉·科尔维努斯（M. Valerius Messalla Corvinus）也去世了。这让奥维德几乎失去了最后一个有力的政治靠山。奥古斯都生涯的最后几年，内忧外患的政治局势及气氛日益紧张沉闷的文坛气象是同时存在的。元首制政治向着王朝政体演进，身在异域、被限制自由的奥维德作品中充斥的"皇帝崇拜"和歌颂"奥古斯都家族"的声音不断体现在其流放诗歌中，正是这种政治氛围变化最鲜明的反应。[3] 总的来说，奥维德的文学生涯贯穿整个奥古斯都时代，由此可以看作是后者漫长统治中反映政治、文化气候变化的"风向标"。[4] 因此，从这层意义上来说，正如加雷思·威廉姆斯指出的那样，"奥维德的创作**并非支持抑或反对**奥古斯都，而是**有关**奥

---

① 公元前 27 年之后，关于奥古斯都的权力的僭取、积累及其权威的树立，参阅 Crook 1996, pp.70-146; Salmon 1956, pp.456-478。有关奥古斯都的继承计划，见王忠孝：《提比略隐退罗德岛——罗马帝国早期帝位递嬗机制研究》，第 185—203 页。

② 塔西佗：《编年史》（Tac. *Ann.*）1.3。

③ 这一期间他还对《岁时记》等作品做了修改，见 Fantham 1998, pp.1-4; Feeney 1992, pp.15-19; Herbert-Brown 1994, pp.173-214。

④ Barchiesi 1997, p.255, 另见 Williams 2009, p.204。也正因如此，我们无法将奥古斯都时代看作一个共时性、同质化和静态特征的时期。

古斯都以及奥古斯都治下罗马的"[①]。政治与文学变得更加密不可分，诗歌中所体现的作者情绪是复杂、矛盾和微妙的。这也必然让任何标榜"支持奥古斯都"或"反对奥古斯都"的论调显得薄弱。

　　当然，从另一方面看，对这一标签式论调的批评并不必然意味着学者们在探讨奥维德和奥古斯都关系之时，失去自身持有的总体的评判态度。相反，批评和反思让奥维德研究更加深入、细致和变通，因而在给出结论时就会更加小心谨慎。对奥维德和奥古斯都关系问题的解读，已超越"奥维德是反对还是支持奥古斯都"话题本身，形成奥维德、奥古斯都、奥维德文学形象、奥古斯都政治权力等至少四个层面的解读。正如收录在本文集中的一系列论文所呈现出的，时兴的文学批评、跨学科理论（如性别研究方面）及新考古资料的出现，不断为奥维德研究提供新的素材和视角，在整体上不断推进奥维德研究向前发展。

---

① Williams 2009, pp.204-205.

爱的艺术与征服之爱：
奥维德笔下的罗马与罗马扩张的代价 [1]

南迪尼·潘迪，威斯康星大学麦迪逊分校

（Nandini Pandey, University of Wisconsin-Madison）

陆西铭　译

　　本文探讨人们如何并为何从"此处"到"彼处"。例如那些来自于五湖四海的学者们，为何他们不顾繁琐的手续和长途的飞行齐聚申城参加会议？有时候这些问题的答案显而易见。在这个数字化时代里，信息、旅客和货物在全球范围内大规模高速流动，我们的大脑中也时时刻刻充斥着推动这些交流的文字、图像和渴望。但是在交通不便和信息传播缓慢的古代，人们又是如何构造他们心目中的"此处"和"彼处"，构造这些推动他们想象、旅行、征战，或是与他人交流的重要概念的呢？

　　奥维德和其他古罗马人主要通过地图、建筑、雕像陈列和其他空间艺术来构想大千世界。通过理解和体会这些艺术表达方式中所蕴含的信息，即便是从未涉足他乡的罗马观众也能如身临其境般感受世界。但是在绘制地图的过程中，省略细枝末节，化繁为简的步骤在所难免，因此即使地图真切地影响着人们的世界观，

---

　　① 我在此感谢所有的与会者。若无特别说明，本文中所有的拉丁语译文均由本篇译者陆西铭根据拉丁语原文翻译。（译者注：本文中的译文是散文体，诗体译文以及有关《爱的艺术》第 1 卷内容的更多细节，请见下一篇肖馨瑶的译注。）

在一定程度上它依旧是一种虚构的表现方式。本文认为地图在奥维德《爱的艺术》（作于公元前 1 年—公元 1 年）中起到了重要的影响作用，但这一影响迄今尚未引起学者的关注。《爱的艺术》是一本诙谐幽默的情爱指南，可是这部作品的出版却让奥维德承受了悲剧性的后果。《爱的艺术》鼓吹并教导读者如何出轨，与奥古斯都的道德运动背道而驰，公元 8 年他因此被流放。① 同样具有颠覆性然而不甚为人所了解的是：在诗中奥维德将罗马城用文字重新规划成爱情之城，从而对罗马的领土扩张做出了含蓄的批判。

　　罗马源于台伯河上的一个小镇。在几个世纪里罗马人击败了周边的其他城镇，将整个意大利半岛和大部分的地中海地区纳入了自己的版图。"罗马"一词由此一语双关，它同时涵盖了最初的罗马城和它所控制的广袤疆域。因此，这个城市在拥有第一位皇帝之前就拥有了一个帝国。直至公元前 31 年，当罗马在地中海的扩张已进入相对晚期之时，奥古斯都才最终击败他的对手，将历经几代党争、内战，山河日下的共和政体转化为他个人的独裁专制。但是，对个人形象和民意十分敏感的奥古斯都称自己为

---

　　① 奥古斯都在公元前 18—前 17 年通过了一系列尤利乌斯法（leges Iuliae）以鼓励合法婚姻和多生多育，并将出轨定为非法行为，见 Frank 1975。教导男性与女性如何进行婚外恋的《爱的艺术》明显藐视了皇帝所倡导的精神。然而在黑海之滨的托米斯（Tomis）的流放生涯中，奥维德坚称奥古斯都过于关注诗歌的字面意义（《哀怨集》Tristia 2.353-356）。他正确地指出了其他诗人的作品也包含了有关出轨的内容，然而这些诗人，其中包括维吉尔，并未因此受到惩罚（《哀怨集》2.533-536）。奥古斯都的建筑项目也是如此：在奥古斯都广场中的复仇者马尔斯神庙里纪念马斯和维纳斯这对奸夫淫妇（《哀怨集》2.295-296）。奥维德将自己的"放逐"（relegatio）归结于意义不明的 carmen et error（"一部诗歌与一个错误"，《哀怨集》2.207），在一定程度上这个"错误"也是控诉奥维德之人自身的理解错误（2.213）。"放逐"是古罗马流放的一种形式，受罚者可保留财产。有关奥维德流放生涯以及《哀怨集》第 2 卷中他对自身所受指控的回应的更多讨论，见 Nugent 1990; Williams 1999; McGowan 2009。

princeps（中文通译"元首"，意思可能为"第一公民"或"首席元老"），并且将自己的统治表现为罗马传统价值观的回归。然而奥古斯都的统治最终将演变为史称"罗马帝国"的君主制。

无论这个新的政权虚构了哪些信息，它都带来了一个和平繁荣的时代。罗马的艺术、文化和科技得到了空前的发展。伴随着许多其他知识的进步，奥古斯都时期见证了罗马人在构想、表现和控制各种实体空间的方法上所取得的革命性突破。[①] 包括克劳德·尼科莱（Claude Nicolet）和 贝特·洛特（Bert Lott）等在内的学者指出，在这一时期罗马城和意大利在行政上被重新划分，同时罗马城中的上层人士以及平民百姓开始得以通过地图、建筑、艺术展览和其他表现方式领略帝国辽阔的幅员。[②]

在这些将 *orbis*（世界）融入 *urbs*（都城）的表现方式中，有两样对奥维德的文学构思影响尤为深远——阿格里帕（Agrippa）地图和奥古斯都广场（Forum Augustum）。老普林尼曾提到，阿格里帕决定"制作一张世界地图供世人观瞻"。公元前 12 年，阿格里帕

[①] 关于罗马的认知革命，见 Wallace-Hadrill 2005；关于空间的文献，尤见 Lott 2004, pp.81-98; Nicolet 1991, pp.195-199, 202-203。这也可以和奥古斯都时期对计时的兴趣联系起来，例如奥古斯都在战神广场建造巨型日晷，并由埃及方尖塔（obelisk）充当其指时针（gnomon），以及他对罗马宗教历法的重组。

[②] 奥古斯都的《功业录》（*Res Gestae*，也常译为《奥古斯都自传》，公元 14 年发布）起到了相似的作用（Nicolet 1991: 123），这部关于他丰功伟业的记述中列有被他征服的土地。关于同时期罗马的地图制作见 Dilke 1998, pp.207-209；关于奥古斯都作为地图绘制者在后世的声誉，见 Wiseman 1987。关于罗马人对边界的概念见 Whittaker 1994, pp.14-15。显示罗马治权（*imperium*）的地图也在帝国各处展示，见 Augustodunum（今法国欧坦）的一个公元 3 世纪的版本（Wiseman 1987，p.57）；有关罗马统治如何影响外省对空间的理解，更多信息见 Purcell 1990。

在去世之际贡献了土地和设计蓝图以完成凤愿。[①] 于是在公元前 7 年到公元前 2 年间先后由阿格里帕之姊（或之妹）[②] 和奥古斯都出资在战神广场（Campus Martius）建造了维普萨尼娅柱廊（Porticus Vipsania）。[③] 柱廊中收藏着一张大型地图，或者也有可能是包括整个人类居住世界（*oikoumene*）的量度的书面数据，其中人类世界被分成了 24 个地区，而不是罗马所管辖的 19 个。[④] 由此维普萨尼娅柱廊成了许多记录着罗马 *caput mundi*（"世界之首"）地位的建筑之一。在老普林尼眼中，这是众多体现了罗马征服全世界的"罗马城奇迹"之一，而这些"奇迹"也将罗马城塑造成了一个微型世界。[⑤]

　　历经数十年建造的奥古斯都广场落成于公元前 2 年，它也用建筑形式呈现罗马帝国所征服的地域。[⑥] 这个壮观的公共空间（考

---

　　① *cum orbem terrarum orbi spectandum propositurus esset*（老普林尼：《博物志》3.17）让人联想到奥古斯都《功业录》的开篇（Nicolet 2015, p.111）。老普林尼也提到了阿格里帕的量度数据，由此暗示当时可能还存在另辟篇幅的地理评注（Nicolet 2015, pp.98-101）。更多关于这张地图以及其教育作用的信息见 Salway 2001, p.27。

　　② 相关资料并未指明她是阿格里帕之姊或之妹。

　　③ 卡西乌斯·狄奥（Cassius Dio）54.29.4。

　　④ 古希腊地理学家埃拉托斯特尼（Eratosthenes，约公元前 276—前 196 年）所估计的地球周长与实际周长十分接近，但是古希腊和古罗马的地图绘制者并不了解地球上许多土地的面积，由此他们所了解的适合人居的世界（*oikoumene*）远远小于今天我们所了解的人类世界。因此罗马得以宣称已经占领他们所知的大部分的土地，并将其按省份划分管理。阿格里帕地图也包括了不在罗马控制之下的城镇，例如位于幼发拉底河河口的城镇 Spasinou Charax 其实属于帕提亚（老普林尼：《博物志》6.139; Nicolet 2015, pp.99, 101-102）。根据尼科莱的估计（2015, pp.100-111），阿格里帕地图呈矩形而非圆形，并且包括领土的长宽尺寸。与之不同的是诸如《波伊廷格地图》（Tabula Peutingeriana）那样的行程地图，上面显示路线和（看似）实用的信息（Talbert 2010）。

　　⑤ 老普林尼：《博物志》36.101。

　　⑥ 早在公元前 42 年针对恺撒刺杀者发起的腓立比战役时，奥古斯都已向复仇者马尔斯发誓建造这座广场。奥古斯都广场的建造可能在公元前 20 年前后开始，此时的奥古斯都已经获得内战的胜利并巩固了自己的权力。神庙于公元前 2 年落成，按照古罗马将建筑物贡献给神灵的习俗，奥古斯都将广场贡献给马尔斯以感谢其协助。这座广场是奥古斯都美化（转下页）

古发掘仍在进行）中坐落着复仇者马尔斯（Mars Ultor）神庙。马尔斯注视着两列雕塑，其中一列为历史上的伟人（*summi viri*），另一列为尤利乌斯家族，也就是奥古斯都的祖先（图一）。根据保罗·赞可（Paul Zanker 1970）和约瑟夫·盖格尔（Joseph Geiger 2008）以及其他学者对考古结果的分析，这两组有序的雕塑队列以一种线性的、清晰可读的方式展现了罗马历史，并同时衬托了屹立于广场中央的"祖国之父"（*pater patriae*）奥古斯都的四驾战车像。罗马贵族有在 *atria*（中庭，即住宅入口的走廊）中陈列祖先蜡制面具的传统，这是一种展示家族自豪感和传播家族历史的方式。通过在视觉上展现全罗马人共享的光辉历史，奥古斯都广场不仅仅为富裕阶层更为所有罗马人起到了一个相似的作用。[①] 同时，尽管奥古斯都和其祖先的成就不及广场中其他的罗马英雄，他们在广场中所占用的空间却相当于其余人物占用空间之和，从而奥古斯都广场夸大了奥古斯都和其祖先的重要性。

　　奥古斯都广场还通过另一种方式来支撑奥古斯都的权力与意识形态。它歌颂和延续了对罗马领土扩张以及奥古斯都的夺权与领导起到了关键作用的武力侵略。在广场中，得胜将领的雕像、对罗马领土扩张的象征性影射、对被攻占省份的列举，以及来自于罗马帝国各地异域情调的大理石，时时刻刻在视觉上向人们展

（接上页）罗马市容的计划中最壮观的一部分。在卡西乌斯·狄奥所虚构的叙述中（52.30），奥古斯都的谋臣梅凯纳斯（Maecenas）提议，美化罗马市容能博得盟友的敬仰并能引起敌人的畏惧，见 Lamp 2011, pp.171-172。

　　① 有关祖先面具，见 Flower 1996, pp.86, 109-115。在葬礼队伍中，在世的亲属会佩戴这些面具来扮演已故祖先，这也为奥古斯都广场提供了另一个相似点。有关奥古斯都如何将自己的祖先与罗马的祖先相混合的分析，以及罗马人对这一行为可能的反应，见 Pandey 2014。

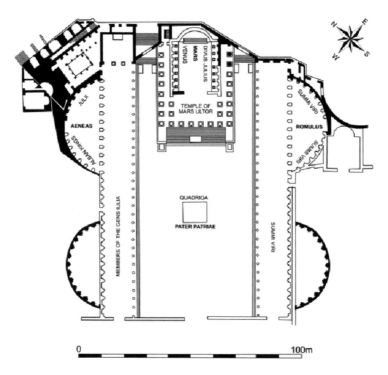

图一　奥古斯都广场图，包括新近发现的另两个半圆形门廊

（版权所有 **M. C. Bishop**）

示罗马的世界统治。[1] 神庙的仪式职能起到了相同的作用。根据古罗马作者卡西乌斯·狄奥的描述[2]，适龄男孩的兵役登记在此进行，罗马军队由此出征且班师至此，凯旋将士的荣誉于此授予，各种战利品也在此地保管。[3] 其中最为著名的是克拉苏（Crassus）

---

① 维莱伊乌斯·帕特尔库鲁斯（Velleius Paterculus 2.39.2）证实广场中展示着被征服民族的名字，并且广场中令人联想到雅典厄瑞克忒翁神庙的女柱像（caryatid）生动地提醒着观众那些包括希腊在内的被罗马征服的族群。关于罗马如何展示其世界城市地位的文献，见 Edwards 2003, p.66; Edwards and Woolf 2003; Favro 2005, p.264; 以及 Rutledge 2012, p.251。

② 卡西乌斯·狄奥 55.10.

③ 罗马将军的兵权由国家正式授予，对于特别重要的胜利罗马政府会授予得胜将军凯旋式，奥古斯都之后凯旋式仅授予皇室成员。关于罗马凯旋式见 Beard 2007。

兵团用作军旗的金鹰。公元前 53 年克拉苏在率军讨伐帕提亚（Parthia）时惨败，统领兵团的金鹰也随之遗落于帕提亚。公元前 20 年奥古斯都通过谈判从帕提亚收回了这些罗马军旗从而得以洗清耻辱。① 这一外交成就在奥古斯都广场以及在雕像（例如第一门 [Prima Porta] 的奥古斯都像的盔甲）和硬币上得到显著宣传。

迪亚娜·法夫罗（Diane Favro）、保罗·雷哈克（Paul Rehak）等学者认为，奥古斯都致力于将罗马城构建成一个协调一致的"城市叙述"（urban narrative），用以赞颂罗马帝国和皇帝，而诸如奥古斯都广场这样的建筑是这个大规模精心规划的一部分。这类建筑同样起到了教育和灌输的作用。奥古斯都广场试图重新构造观众对时间和空间的概念。它暗示奥古斯都是整个罗马历史以及罗马扩张命运的巅峰。此外，奥古斯都广场也是罗马人为数不多的了解帝国已征服的和未征服的土地的方式之一，后者奥维德表述为：*domito quod defuit orbi*（"已被征服的世界中所剩的部分"，《爱的艺术》1.177）。鉴于古代交通和信息传播的不便，普通罗马人对像帕提亚这样的敌对势力所知甚少，他们并没有理由参军征战或支持远征。因此，像奥古斯都广场这样的建筑既激发了罗马人的热情又丰富了他们的知识：这样的表现形式，以及对荣耀和金钱的期冀，激发了罗马人为扩张帝国版图，为实现一个危险的虚幻世界而献出血肉之躯的热情。

奥古斯都广场和阿格里帕地图也体现了奥古斯都时代普遍存在的对测量空间的兴趣，这一迷恋也渗透进当时的诗歌。安德

---

① 关于罗马军旗，见 Rich 1998；关于罗马城内的描绘帕提亚的图像，见 Rose 2005。

鲁·菲尔德赫（Andrew Feldherr）指出，维吉尔笔下的冥府呈现了精确的地理，而这一点也将其与荷马史诗中的阴间区分了开来；沙拉·林德海姆（Sarah Lindheim）分析了普罗佩提乌斯（Propertius）爱情诗中她所谓的"mapping impulse"，即描绘、标注与测量地域与空间的欲望与倾向。① 在我看来没有任何一首诗比作于公元前 1 年左右的奥维德《爱的艺术》第 1 卷更清楚地展现了这一倾向。② 如果如诗人所说那般"每个情人都是一名士兵"（《恋歌》1.9.1-2），那么《爱的艺术》便是风趣横生的攻略。通过教导男性如何在情爱上"攻克"女性（以及在几年后出版的第 3 卷中教导女性如何"攻克"男性），这部作品在爱情的平台上既复制了罗马帝国主义价值观又对其进行了质疑和讽刺。在这一点上，奥维德回应了当时的焦点。虽然罗马的武力扩张已经持续了几个世纪，但是军事主义的意识形态在奥维德生活的时代得到强化，同时这一意识形态也通过皇帝与罗马新的管理体系紧密地联系在一起。③

但是在《爱的艺术》1.67-263 以及 3.385-398 对女性的建议中，

---

① Feldherr 1999, p.86 认为《埃涅阿斯纪》第 6 卷中冥界的区域划分与奥古斯都时期对表现空间的兴趣有关。Lindheim 2010 注意到奥维德《变形记》中相同的倾向。关于爱情诗中的城市景观，见 Keith 2015。

② Hollis 1977, p.xiii 认为奥维德《爱的艺术》第 1 卷和第 2 卷出版于公元前 2 年后期。奥维德在《爱的艺术》第 1 卷中提到标志着奥古斯都广场落成的模拟海战于"不久前"发生（modo, 1.171; Cassius Dio 55.5 认为模拟海战发生的日期为 8 月 1 日）。Hollis 的观点基于模拟海战发生于"近期"的薄弱证据。

③ （译者注：按照王焕生所译的普罗佩提乌斯《哀歌集》，我们在此将 elegy 这一拉丁文学体裁译为"哀歌"。）拉丁哀歌的格律也用于墓碑碑文，哀歌这一体裁于奥古斯都获得罗马至高权力前后达到鼎盛，哀歌诗人常用 militia amoris（为爱而战）和 servitium amoris（被爱奴役）这些主题。通过建议恋爱者必须勇敢无畏并且服从其"女主人"（domina）的命令，这些主题讽刺了罗马对军事价值以及服从上级的重视。关于爱情诗如何通过这些主题来对话帝国价值观，见 Wyke 1989; Greene 1998; Davis 2006; Bowditch 2012; Keith 2012; Drinkwater 2013; Fulkerson 2013b。Henderson 2002 以及 Casali 2007 同样分析了《爱的艺术》与奥古斯都政权的关系。

奥维德还抢夺了奥古斯都和阿格里帕的地图绘图员身份，并将罗马城规划成了一个爱情的战场。下面这段诗可以体现奥维德的手法（67-74）：^①

> tu modo Pompeia lentus spatiare sub umbra,
>
> 　　cum sol Herculei terga leonis adit:
>
> aut ubi muneribus nati sua munera mater
>
> 　　addidit, externo marmore dives opus.　　70
>
> nec tibi vitetur quae, priscis sparsa tabellis,
>
> 　　porticus auctoris Livia nomen habet:
>
> quaque parare necem miseris patruelibus ausae
>
> 　　Belides et stricto stat ferus ense pater.

你仅需在太阳靠近赫丘利（Hercules）之狮的背脊之时在庞培廊柱下的阴凉处漫步。或者在那个异域大理石装饰之处，那里母亲的礼物叠加在其子礼物之上。你也不必回避那个散布着古时画作的李维娅柱廊，它与它的建造者同名，或者那个贝鲁斯的孙女们胆敢谋杀她们可怜的堂兄弟以及她们残忍的父亲的拔剑之处。

虽然奥古斯都致力于通过"复兴"宗教、增强军事精神和颁布婚姻法规而重塑传统价值观，但是在这段文字中叙述者却建议

---

① 这些场所的清单，见 Hollis 1977, p.44 并附图。关于爱情诗与奥古斯都时期罗马市容的概论，另见 Boyle 2003; Welch 2005; Keith 2008; Leach 2012。

读者将新建的公共建筑用作为个人追求性爱之地，由此与奥古斯都的努力背道而驰。① 但是奥维德也采用了罗马对绘制地图和统治世界的着迷，于是乎奥维德将"世界之城"（*cosmopolis*）划分为"爱情之军"（*militia amoris*）的战场。他笔下的场景包括罗马城中许多的柱廊和神庙（67-134）、剧场（89-100）、竞技场（135-162）、广场上的角斗士比赛（163-70）、奥古斯都在台伯河上指导的模拟海战（171-176）、在私人寓所的晚餐会（229-252）以及其他地点和场合。

安东尼·博伊尔（Anthony Boyle）认为这个有关地点场合的列表是"反奥古斯都"的（anti-Augustan）②，但是在奥维德所提及的建筑中，许多都与皇帝和他的家庭成员有关。"元首"奥古斯都重建了由恺撒的劲敌和女婿庞培（Pompey）所建造的庞培柱廊（67-68）。③ 第69-70行提及了一座由奥古斯都之姊所建的门廊和一座由她儿子马尔凯鲁斯（Marcellus）所建的剧场。奥古斯都过继了这位外甥为嗣子，但是这位继承人不幸于公元前23年英年早逝。公元前7年奥古斯都之妻李维娅与她既不得民心又不得奥古斯都欢心的儿子提比略在埃斯奎利努斯山上修建了与她同名的柱廊（71-72）。公元14年，由于奥古斯都驾崩时无合法继承人，提比略担任首领。第73-74行影射了装饰着帕拉丁山上阿波罗神庙前柱廊的达那奥斯之女（Danaides，即奥维德诗行中所提到的 Belides，贝鲁

---

① 关于奥古斯都在宗教上的规划，见上一脚注以及 Scheid 2005。

② Boyle 2003, pp.176-177. Kennedy 1992 正确地指出了 20 世纪学术界惯于将奥古斯都时期文学划分为"顺"和"反"奥古斯都这一倾向的不足。这一倾向削弱了奥古斯都时期文学的复杂性。

③ 奥古斯都：《功业录》（*Res Gestae*）20。

斯之孙女）的雕像，这些雕像装饰着帕拉丁山上阿波罗神庙前的柱廊。落成于公元前 28 年的阿波罗神庙与奥古斯都的住所相连成为一体，象征着他在罗马社会中的至高地位。

由此，这张勾搭女性的场所列表并不是"非奥古斯都"的（un-Augustan），相反它是一个奥古斯都时代的产物，甚至"奥古斯都"到了讽刺的地步。通过展示这座世界城市并满足读者娱乐、探索和征服的需求，奥维德用幽默的微型景观复制了维普萨尼娅柱廊和奥古斯都广场本身已经具有的"地图绘制倾向"。这段文字同时暗示，对外扩张的真正价值在于被征服者的融入，在于将"整个世界"融入罗马，在于将罗马城（*urbs*）变成一个以情爱征服为目的的缩微世界（*orbis*）。① 正如地图代替地理事实那样，在《爱的艺术》第 1 卷中，"全球化"的城市景观（globalized cityscape）威胁着要替代真实的外部世界成为争夺霸权的战场。比如，我们的叙述者并未将奥古斯都看作是一个现实世界里的征服者，而是一个"城市监制"（urban impersario）。② 这位"监制"不久前导演的模拟海战（*belli navalis imagine*，171）将"大世界"带入了"城市"中（*ingens orbis in Urbe*，174）。换句话说，奥古斯都虚构的对外扩张要比遥远的历史事件更为重要。由此，尽管《爱的艺术》享受了罗马对外侵略的果实，它同时也质疑了罗马

① 在诗中奥维德将罗马城与世界相比较并宣称罗马城内凡所应有，无所不有（《爱的艺术》1.56：'haec habet' ut dicas 'quicquid in orbe fuit'），并且整个世界就在罗马城中（《爱的艺术》1.174：ingens orbis in urbe fuit）。有关罗马世界都市地位的讨论，见 Edwards and Woolf 为她们主编的 *Rome the Cosmopolis*（2003）所撰写的第一章 "Cosmopolis: Rome the World City"（"大都会：罗马世界之城"）。

② Beacham 2005 的提法。

武力扩张的意义。

《爱的艺术》中罗马城充满了欢欣快乐，然而罗马"世界之城"地位的背后却是远方"彼处"的刀光剑影，这一对比构成了奥维德对罗马帝国主义最有意味的批评。罗马人习惯于在留白之处找到意义。古代的辩论手册囊括了各种运用省略的手法，其中包括"顿绝法"（*aposiopesis*，演说者欲言又止，欲说还休，因此需要听众来补全演说者的想法）。[①] 我认为《爱的艺术》中包括了一个非常显著且意味深远的"顿绝法"。奥维德赞扬了"近来"（*modo*，171）将世界带入罗马城的奥古斯都模拟海战，但他明显地"忘记"了与之相应的庆典——公元前 2 年的奥古斯都广场落成典礼。[②] 尽管奥维德的城市情爱地图包括了其他奥古斯都时期的工程——比如由恺撒奠基、奥古斯都完成的尤利乌斯广场（Forum Iulium）（81-88）——奥维德明显地抹去了奥古斯都广场这一不容错过的地标。取而代之的是一段对盖尤斯·恺撒（Gaius Caesar）在其出征东伐之际的演说。盖尤斯是阿格里帕与奥古斯都之女尤利娅（Julia）的长子，同时也是奥古斯都的继承人。而盖尤斯这一次征战的最终结果也将突出期冀军事霸权所要付出的悲剧性代价。

描述了海战之后，奥维德紧接着转向对盖尤斯的临行赠言（*propemptikon*）："看呐，（盖尤斯）恺撒准备补全被征服世界中所缺失的部分：现在，遥远的东方，你将成为我们的领土。"（《爱的艺术》1.177-178：*ecce, parat Caesar domito quod defuit orbi / addere: nunc, oriens ultime, noster eris*）学者认为这一突然的转折

---

① 例如昆体良（Quintilian, *Institutio Oratoria* 2.13.13）。另见 Platt 2016。

② 关于伴随落成仪式的各类比赛以及角斗士表演的信息见 Zanker 1990, p.148。

是"非常突兀的偏题"。^① 我认为如果结合奥维德在全诗中对"此处"和 "彼处"、帝国和城市这些关系的探讨，这个"偏离"能被更好地理解。 此句开头的指向性副词 ecce（看呐！）讽刺地将我们的注意力集中到了盖尤斯的缺席：在本诗出版之时盖尤斯已经出征，奥维德将其起兵的目的十分抽象地表现为补全罗马帝国地图上所缺失的部分。在第 178 行中被拟人化的"遥远的东方"（oriens ultime）很大程度上来自于想象，在罗马人们对东方的认识来自于像阿格里帕地图和奥古斯都广场这样的艺术表达形式。^② 因此即使这些诗句唤起了读者的想象力，将远在天边的人和物想象为近在眼前，它们依然将人们的注意力聚集在远在异国他乡的人。

接着的几行诗句（179-182）进一步聚焦在奥古斯都广场上。这段文字预想盖尤斯将为半个世纪前克拉苏斯在帕提亚的惨败复仇雪耻：^③

Parthe, dabis poenas: Crassi gaudete sepulti,

　　signaque barbaricas non bene passa manus.

ultor adest, primisque ducem profitetur in annis,

　　bellaque non puero tractat agenda puer.

帕提亚，你将受罚：九泉之下的克拉苏们，

---

① Goold 1979, p.24 注 4："rather abrupt digression。"本诗中对盖尤斯凯旋式的期待也与普罗佩提乌斯（Propertius 3.4）相呼应。

② 元老院有可能投票通过为奥古斯都建造凯旋门。Rose 2005 讨论了相关证据。该凯旋门有可能是奥维德灵感的另一来源。

③ 这段文字也让人联想到普罗佩提乌斯 4.6.79-82 召唤克拉苏寻仇的亡灵。

以及那些无法忍受蛮夷之手的军旗，欢笑吧。

复仇者到来了，年少的他会宣布自己为将军，

一个男孩要打一场不该由孩童打的战役。

这段文字中充斥着对奥古斯都广场的影射。被称为复仇者（*ultor*，181）的盖尤斯成了广场中复仇者马尔斯的替身，这一称呼也提醒着读者奥古斯都收回克拉苏军旗的外交成就。奥古斯都广场的道德和谱系主题也体现在对盖尤斯一系列的描绘中，其中包括盖尤斯的神圣血统（183）、尤利乌斯家族的品德（*virtus*，184）、他的家族关系（191-92，195-198）、他的戎装上阵（191）、出师大捷（191，200-228）、他的盛名和"青年之首"的地位（*iuvenum princeps*，193-194）、他报仇雪耻的能力（195-198）、他"虔诚的"武器和军旗（199-200）以及马尔斯和奥古斯都对他的守护（203-204）。最值得注意的是，通过强调盖尤斯的少年与孩提时代（181-186），他的第一次入伍（191，197-198）和他不久前从这个广场率领出发的军队，这段文字突出了这个场所标志的男孩成人、罗马将士出征，及他们胜利归来的仪式性作用。[①]

但是，《爱的艺术》同时表达了对盖尤斯欲速则不达的焦虑：奥古斯都出于自己的政治和扩张野心迫使盖尤斯过快地进行成人礼，而纪念这些成人仪式正是奥古斯都广场的功能之一。奥维德宣称盖尤斯作为神的后裔能够"时日未到"便带将出征（*ante*

---

① 卡西乌斯·狄奥 55.10。虽然青春是颂词常用的主题，奥维德对盖尤斯稚嫩的强调依然醒目。与之相比较，Antipater of Thessalonica 所写的另一首对盖尤斯的送别诗完全没有提及这位稚嫩男孩的少不更事（= *Anth. Pal.* 9.297; 重印于 Hollis 1977, Appendix III）。

diem，184），然而在 181-190 行中，奥维德反复地将盖尤斯称为男孩（*puer*，182，189，191），从而削弱了自己冠冕堂皇的断言。古罗马时期的历史学家同样暗示，奥古斯都由于缺少更优秀的继承人过急地加快了少不更事的盖尤斯的政治生涯。[①] 奥古斯都广场的建筑历史同样反映了盖尤斯被加快的成年过程。公元前 20 年带有标志性意义，这一年盖尤斯诞生，同一年罗马收回了遗留在帕提亚的克拉苏军旗，奥古斯都广场也为保管这一军旗而设计。这两个事件被狄奥紧密地联系起来[②]，同时在《爱的艺术》第 1 卷中，对盖尤斯幼年的回忆和将其与幼年赫丘利与巴克斯（Bacchus）的比较（187-190）紧随着 179-180 行中提到的克拉苏军旗[③]，由此《爱的艺术》第 1 卷通过语句结构也起到了相同的效果。在第 183-186 行中奥维德声称人们不应该去计算神的年龄，恺撒家族成员成长

---

① 　卡西乌斯·狄奥 55.10.18 写道："当亚美尼亚叛乱，帕提亚参与举事之时，奥古斯都焦虑不安却手足无措。年迈的他已无法御驾亲征，而提比略，如上文已提到过的那样，已经避世（译者注：指隐居至罗德岛），而且奥古斯都并不敢派任何其他有势力之人。盖尤斯和鲁奇乌斯（Lucius）年纪尚轻且缺乏经验。然而由于情势需要，奥古斯都不得已选择了盖尤斯，并授予其同执政官权且让他娶妻，以便他能因之获得更多的尊敬，奥古斯都还给他指派了顾问。"Romer 1979 讨论了奥古斯都对盖尤斯政治、军事生涯的培养。Holleman 1971, p.464 认为奥维德对盖尤斯年少的强调是对其少不更事和对罗马在东线的溃败的"嘲讽"，这一批评也同样针对奥古斯都，当年屋大维得势时和盖尤斯同岁。有学者认为盖尤斯的出征本身便是为了赢得凯旋式从而巩固其奥古斯都嗣子的地位，见 Gruen 1996, p.161。

② 　卡西乌斯·狄奥 54.8.3-5。狄奥提到在这些庆祝活动过程中奥古斯都下令为复仇者马尔斯建造神庙，奥古斯都本人也被授予了一座凯旋门，同时他还设立了镀金的里程碑，在下一句中，狄奥提到尤利娅生育了盖尤斯，罗马为他的生日设立一个永久性的年度献祭（54.8.5）。狄奥的叙述也将盖尤斯的东征与奥古斯都广场的落成在同一章节中紧密地联系了起来（55.10.2-8 以及 17-19）。

③ 　关于希腊化时期将统治者比作造福人类的神灵的类似现象，见西塞罗：《论法律》（*De Legibus*）2.19，贺拉斯：《歌集》（*Odes*）3.3.9-15 以及 Hollis 1977, p.75。奥维德可能也想到了《埃涅阿斯纪》中的一幕。《埃涅阿斯纪》6.801-807 中安喀塞斯预言奥古斯都将会统治世界，并将其与赫丘利和巴克斯相比。

快速，神灵无法忍受对恺撒家族权力扩张的任何延迟，这一说法将奥古斯都对盖尤斯仕途（*cursus honorum*）的加速映射到了人们对奥古斯都和他的继承人们能如同恺撒一般神化的期望。① 公元前5年奥古斯都授予了初入政坛的盖尤斯不同寻常的荣耀。这让人联想到奥古斯都自己在20岁时也同样不合常规地获得了执政官的职位，奥古斯都对盖尤斯的偏爱开启了皇帝向年轻皇室成员过早授予官职的潮流。② 盖尤斯年仅15岁时便举行成人礼并开始穿着标志着他开始履行成年男子权力与职责的"成年服"（*toga virilis*），同时他被指定为候任执政官并且被授予"青年之首"（*princeps iuventutis*）的头衔以及一对银制的矛和盾。③ 这些事件在《爱的艺术》第1卷第191-194行中都被提及。④ 奥古斯都广场甚至有可能为了庆祝盖尤斯的成年而提前在公元前5年开放。⑤ 公元前2年

---

① 　*cursus honorum*（仕途）这一术语通常指罗马男性由低到高依次担任不同官职的政治生涯。公元前44年元老院以及罗马人民通过投票将被刺身亡的恺撒奉为神灵。这一事件在罗马艺术和文学中以"尤利乌斯星"（*sidus Iulium*）来表现，这个星象也被用来说明奥古斯都被奉为神灵的可能性。见 Pandey 2013。

② 　在罗马共和国时代政府通常由两位执政官（consul）执掌。行政官任期一年，年龄要求至少42岁，并且通常是罗马统治机构元老院的常任成员。但是，公元前43年8月19日，在同年1月刚刚进入元老院的屋大维（即后来的奥古斯都）通过武力夺取了执政官的职位。苏维托尼乌斯将奥古斯都不合制度的升迁（《神圣奥古斯都传》26.1）与他后来为自己和自己继承人获得执政官职位的精心策划相联系（26.2）。奥古斯都的谋划使他与他的继承人得以越过共和国时期的制度，他们无须由低到高依次竞选并担任各种职位。在公元前27年和公元前23年的政治妥协之后，奥古斯都无须担任执政官和任何其他正式官职便能拥有至高权力。但是公元前5年，为了为盖尤斯成功进入政坛保驾护航，他在取得至高权力后的17年中第一次重新担任执政官。在罗马君主制时代，皇室成员越来越早地获得各种荣誉和务，其中最夸张的例子是公元384年尚在襁褓便被授予执政官职位的霍诺留（Honorius）。

③ 　奥古斯都：《功业录》14。

④ 　罗马男性公民通常于14岁到18岁时开始穿着这种代表成人和成年公民身份的服装。更为特别的是盖尤斯所获荣誉的多样性。他的荣誉和职务来源于自己与奥古斯都的关系而非自己的成就。

⑤ 　Geiger 2008, p.65; Spannagel 1999, pp.15-29。

鲁奇乌斯（Lucius）也被授予相似的荣耀。这一年也标志着献给复仇者马尔斯的神庙正式落成，奥古斯都以执政官以及"祖国之父"的身份主持了各种仪式。狄奥断言盖尤斯和鲁奇乌斯有可能会主持神庙的祝圣仪式，但是奥古斯都主持了仪式，盖尤斯和鲁奇乌斯则负责筹办了跑马场的庆典。① 在广场落成不久之后，"出于需要"奥古斯都被迫任命盖尤斯带兵东征，虽然在当时看来这次任务是一个机会，能让盖尤斯在相对安全的情况下熟悉带兵之道和外交策略。② 盖尤斯被授予同执政官权、被配给了谋士，甚至还被配了一位妻子来助他获得已婚男子才享有的尊贵地位 。③ 但是奥维德坚称盖尤斯仍是一位未经世事的孩童，他被过早地委派（184）去打一场不是一个男孩应该打的战役（《爱的艺术》1.182：*bellaque non puero tractat agenda puer* ），奥维德的这一坚持让盖尤斯永久地停留在少年花季，诗人同时也抵制了奥古斯都控制时间（人类生命的自然规律）甚至是控制空间的企图。④

　　然而，命运多舛，朝荣夕悴，公元 4 年盖尤斯在吕西亚（Lycia）英年早逝，病因不明。⑤ 有人怀疑李维娅为了自己儿子提比略的

---

① 　卡西乌斯·狄奥 55.10。

② 　Lott 2012, pp.339-340 如此推测，并且他追溯了奥古斯都培养两位外孙的努力。

③ 　卡西乌斯·狄奥 55.10.18。

④ 　与之相较，奥维德开场的 *ecce, parat Caesar* 将画面定格在盖尤斯出发的场景。Horsfall (1989: 266) 在对马尔凯鲁斯的讨论中指出，因为缺少真正的成就，赞扬年轻人其实十分困难；这一点可能有助于解释为何奥维德特别强调他设想中盖尤斯未来的凯旋式。后世读者会因为盖尤斯联想到同样英年早逝的马尔凯鲁斯。

⑤ 　奥古斯都：《功业录》14。相关碑文证据见 Lott 2012, pp.192-207。奥古斯都称盖尤斯和鲁奇乌斯为 "命运从我手中夺去的年轻的孩儿"（ 奥古斯都：《功业录》14 ：*filios meos, quos iuvenes mihi eripuit fortuna* ）。

继承权而毒杀了盖尤斯。[①] 在公元 4 年之后的读者眼中，奥维德在第 205-214 行中对盖尤斯凯旋的预言变得十分讽刺。盖尤斯驾驭四驾金制战车的预想永远都不会成为事实，从而让读者产生了一种丧失之感。盖尤斯也不会回到罗马来实现第 194 行所提及的他从 princeps iuvenum（青年之首）到 princeps senum（老年之首）的转变，他也不会参与第 213-228 行所想象的凯旋典礼观众间的调情。通过对奥古斯都广场中奥古斯都四驾马车像的清晰回忆，盖尤斯胜利的错误幻觉提醒我们所有的凯旋荣耀都是转瞬即逝的，广场中雕像所展示的所有伟人都已在争名逐利后一瞑不视。奥维德笔下任何对盖尤斯的赞美之辞都会在后人的耳中成为一曲悲歌，让人联想到维吉尔——列数英雄之后的哀伤之调（《埃涅阿斯纪》6.860-886）。维吉尔史诗中对未来罗马英雄的设想以马尔凯鲁斯结尾，作为奥古斯都接班人的马尔凯鲁斯殁于公元前 23 年，从而打击了奥古斯都对王朝传承的希望。相传有一次维吉尔在朗诵时，马尔凯鲁斯之母听到后百感交集以致昏厥，由此可见维吉尔诗中对马尔凯鲁斯的描写效果如何之强烈。[②]

　　由此，奥维德《爱的艺术》第 1 卷以哀歌体半偶然性地批判了奥古斯都时期罗马对外扩张统治的欲望。奥古斯都广场所体现的线性以及循环性时间和空间概念也同样在诗中显现。并非每次的"万里赴戎机"都能等来征人的返还、财富、战利品和奴隶，

---

　　① 塔西佗：《编年史》（Tac. Ann.）1.3。Purcell 1986 质疑了该流言。资料中对李维娅的负面描述可能是有关邪恶继母的陈词滥调。

　　② 见多纳图斯（Donatus）基于苏维托尼乌斯（Suetonius）的版本（已佚）所著的《维吉尔传》32，不过塞尔维乌斯（Servius）的叙述与多纳图斯的不尽相同，Horsfall 2001 也正确地质疑了这则轶事的真实性。

有一些出征是如同生命一般的单行道，有去无还。① 奥古斯都广场同时拥有双重的时间属性：它标志着代代相传不断循环的罗马男性成人仪式，也标志着线性的生命以及由各种历史人物雕像所代表的历史进程。盖尤斯的猝死提醒了我们那些逝去的年轻生命，那些一去不还的壮士，以及随之而去的那些繁衍子孙的机会，而正是这些牺牲品奠定了罗马的军事霸权和崛起。罗马的建筑计划致力于永久保留奥古斯都的荣耀，然而奥维德的罗马城地图隐秘地批评了这一意图，并且提醒着我们领土扩张所要付出的生命代价。

但是这些也有乐观的一面。《爱的艺术》诙谐地坚持罗马征战的目的是多样化的情爱机会，被"异国恋"（1.176）攻占的机会，例如盖尤斯凯旋式上的一幕。战争意味着一个清晰的"己"和"彼"的区别，胜利意味着彼竭我盈，然而帝国需要海纳百川、不分彼此。帝国同样促使各族人民融入罗马，繁衍生息。奥古斯都广场、边界和地图都尝试定义"己""彼"之分以及"此处"与"彼处"之分，这段描写盖尤斯的文字却显示出这些内外之分瓦解崩析的开始。虽然盖尤斯的出征被冠以雪耻复仇之名（1.179-180），但带来这些奇耻大辱的克拉苏军旗早已在盖尤斯诞生之年（公元前20年）通过外交渠道被收复。奥维德并未提到盖尤斯出战的真实原因是一场由近来颇为挑衅的帕提亚所协助的亚美尼亚"叛乱"。② 相反，

---

① 罗马人特别崇奉 Fortuna Redux，意为"带人归家的时运女神"。她的宗教仪式创建于公元前19年，以纪念奥古斯都在与帕提亚斡旋恢复罗马军旗后平安归来（奥古斯都：《功业录》11）。

② 奥古斯都：《功业录》27；维莱伊乌斯·帕特尔库鲁斯（Velleius Paterculus）2.100。

奥维德在《爱的艺术》1.195-200 中提供了一个新的诠释：

> cum tibi sint fratres, fratres ulciscere laesos:
> cumque pater tibi sit, iura tuere patris.
> induit arma tibi genitor patriaeque tuusque:
> hostis ab invito regna parente rapit;

> 既然你有兄弟，那就为你受伤的兄弟报仇；
> 既然你有父亲，请维护父亲的权利。
> 你的父亲以及祖国的父亲授予你武器，
> 敌人从无奈的父亲手中抢走了王国。

　　这段文字表面上提到了促成罗马干预的事件之一：帕提亚弗拉阿特斯四世（Phraates IV）时期众王子觊觎王位，其中弗拉阿塔西斯（Phraataces）抢班夺权，篡夺其父之王位。[①] 但是众王子视盖尤斯为兄弟，认为他会出于手足之情而有怜悯之心，由此弗拉阿特斯被比作盖尤斯的两位父亲（养父奥古斯都和生父阿格里帕）。这段文字也重写了 *casus belli*（战争起因）：这不再是一场罗

[①]　关于复杂的政治背景，见卡西乌斯·狄奥 55.10.18-21。奥古斯都可能想要四位质子中的一位成为帕提亚国王以取代弗拉阿塔西斯。奥维德误导性地将盖尤斯的出征描写为征服帕提亚全境的战役。他的措辞更常见于十或二十年之前（见贺拉斯：《歌集》[*Odes*]3.5.6；普罗佩提乌斯 3.1.16, 3.4, 4.6.79-84; 以及 Hollis 1977 *ad loc.*），但是随着克拉苏军旗的回归以及罗马与帕提亚长期的和平共处，这些措辞已经不合时势。根据老普林尼（《博物志》12.55-56）的记载，盖尤斯受到尤巴（Juba）和卡拉克斯的狄奥尼索斯（Dionysius of Charax）的地理著作煽动而东征以期建功立业，由此体现了地理著作及其表现方式在激发年轻人为罗马对外扩张献身上所扮演的角色。

马对帕提亚的复仇之战，而是罗马对受害者帕提亚王子的拔刀相助，是罗马助他们为被害父王复仇而出的一臂之力。盖尤斯为兄弟两肋插刀这个看法提醒我们弗拉阿特斯四世曾送几位儿子去罗马充当质子。① 这些与盖尤斯同龄的质子甚至可能是他的玩伴，由此暗示那些罗马与其"外邦"敌人的友好交融早已在皇室中发生。弗拉阿塔西斯自身也是混血儿，他的意大利母亲是奥古斯都送予弗拉阿特斯的妾侍。② 这暗示了另一个隐藏在线性历史进程表面下的循环。盖尤斯实际上重现了多年前奥古斯都为其"父"恺撒报仇的一幕，而像 *ius*（权利），*pietas*（虔敬）和父子关系（paternity）这样的语句更加深化了这一场景（例如第 199-200 行：*tu pia tela feres, sceleratas ille sagittas; /stabit pro signis iusque piumque tuis* "你会执起虔敬之矛，而他则操罪恶之箭；／正义和忠诚将会站在你的军旗前"）。但是盖尤斯这一次干预的帕提亚夺位之争其实由奥古斯都自己暗箱操纵，这体现了罗马日渐广泛的势力范围。由此奥维德揭示了尽管地图尝试维护和定义罗马自身，此处与彼处、己与彼、上和下已然是相互穿插的概念。

在通过盖尤斯来勾画奥古斯都广场的过程中，《爱的艺术》1.177-228 为该诗对罗马城理想城景的质疑做了铺垫。奥维德将罗马城重新规划为一个情爱"世界"（*orbis terrarum*）的举动使人联

---

① 斯特拉波：《地理志》16.1.28; 维莱伊乌斯·帕特尔库鲁斯（Vel.Pat.）2.94.4; 苏维托尼乌斯：《奥古斯都传》（Suet. *Aug.*）21.3。奥古斯都经常让这些质子在罗马露面，例如，在竞技场里他们的座位正于奥古斯都正后方；见 Suet. *Aug.* 43.4 以及 Rose 2005: 37。

② 在克拉苏军旗于公元前 20 年回归罗马之后，这位名为穆萨（Musa）的侍妾为了帮助自己的儿子争夺安息王位而密谋将弗拉阿特斯四世的四位嫡子送往罗马（见约瑟夫斯[Josephus]：《犹太古事纪》[*Jewish Antiquities*] 18.42）。

想到了罗马统治（*imperium*）的最终目的。这目的对大部分人来说是都市生活的感官享受，而不是将"被征服世界中缺少的部分"（第177行）加入罗马地图这样无法触碰的乐趣。大多数罗马市民都通过像阿格里帕地图这样的表现形式来认知世界，对于他们来说征服世界这样的鸿鹄之志显得荒谬缥缈。奥维德则在第219-228行中将对恋爱者的建议和对盖尤斯凯旋的期盼结合在了一起：

> atque aliqua ex illis cum regum nomina quaeret,
>
>   quae loca, qui montes, quaeve ferantur aquae,
>
> omnia responde, nec tantum siqua rogabit;　　200
>
>   et quae nescieris, ut bene nota refer.
>
> hic est Euphrates, praecinctus harundine frontem:
>
>   cui coma dependet caerula, Tigris erit.
>
> hos facito Armenios; haec est Danaeia Persis:　225
>
>   urbs in Achaemeniis vallibus ista fuit.
>
> ille vel ille, duces; et erunt quae nomina dicas,
>
>   si poteris, vere, si minus, apta tamen.

如果她们中的任何人询问那些王国的名字，游行队伍里展示的是哪座山，哪条川或哪片土地？回答她所有的问题，不仅仅是她问的东西，如果你不知道答案，你也要不懂装懂。"这是幼发拉底河，他的额头上缠着芦苇，散着蓝色头发的那个是底格里斯河。我认为这些是亚美尼亚人，那个是源自达娜厄的波斯，这个阿契美尼德山谷中的城市。这个人或那个人

是将军"：他们的名字你随便说。如果可能的话说他们的真
名，如果你不知道，随便编一个合适的。

奥维德的劝告指出，对于城市观众来说，凯旋队伍中所展示
的城邦、君王、河川仅仅是毫无意义的名字，它们甚至可能是虚
构的，只要能迎合观众的要求和欲望即可。奥维德建议，更为真
切的则是在观看游行时站在你身旁的那个女孩。[①] 在这个背景下，
当后人阅读《爱的艺术》第 1 卷时，盖尤斯幽灵般的凯旋成了另
一个警示，提醒着人们罗马为了将"被征服世界中所缺的部分"
加入版图这一空幻追求所付出的生命的代价。

总的来说，在《爱的艺术》中奥维德出于情爱目的重新规划
了罗马，从而嘲弄地模仿了罗马的扩张主义动机和对绘制地图的
着迷。是他也在奥古斯都广场这一最富沙文主义色彩的奥古斯都
时期标志性建筑物周围制造了希声之音。取而代之的是诗人通过
描写盖尤斯出征东伐而对世人的警示，他提醒着人们罗马追求扩
张的惨痛后果和生命代价，盖尤斯的早逝让同时期的读者更深刻
地体会了其中之痛。这段文字再一次确认了奥维德的主题：远在
天边的世界其实近在眼前，通过"此处"的地图、建筑物和罗马
城内之人去探索"彼处"的世界，这样会更好。如果奥维德知道
围绕他的话题今日成为世界大国在学术合作上的一个领域，他或
许也会对自己的"全球化"而感到欣慰吧。

---

① 见 Beard 2007, p.184。的确，亚美尼亚以及帕提亚的局势最终通过外交渠道（Hollis
1977, p.72; Velleius Paterculus 2.101）而非战争解决。我认为奥维德通过扩大修辞和事实的距离
质问了这类战争的价值。

附录：奥维德《爱的艺术》第一卷第101-228行译注 [1]

肖馨瑶，重庆大学

导读

　　奥维德的《爱的艺术》(*Ars Amatoria*) 约成书于公元前 2 年到公元 2 年之间 [2]，和《情伤疗方》(*Remedia Amoris*) 一道，为奥维德最后两部爱情诗，也是罗马爱情哀歌的顶峰之作。《爱的艺术》分三卷，诗人自诩为爱神的导师，在前两卷中教导男子如何寻觅情人，并让爱情历久弥新，在第 3 卷中则指导女子如何赢得爱情。诗人将说教诗传统运用于讨论恋爱技巧，将爱情视作可以习得、需要不断练习的技能，企图通过自己的诗作让举国之人都成为恋爱专家。由于诗里暗含对奥古斯都颁布法规的对抗，加上从传统道德角度看诗中充满轻浮与暗讽，后世推测本诗是奥维德被流放的原因之一。虽然曾遭封杀，但《爱的艺术》流传甚广，一度进入欧洲中世纪学堂，并对宫廷诗传统有重大影响，文艺复兴时期有白话译本问世以来更是流行不衰，对欧洲人性别、欲望、爱恋

---

[1]　译者感谢刘津瑜教授所提的修正意见。

[2]　关于本诗成书时间学界有争论，但基本共识是在公元前 2 年至公元 2 年之间。推断本诗创作时间的一个重要依据是卷 1.171 提到的模拟海战发生的时间（详细讨论见后文）。

等观念的形成起到了不可忽视的作用。①

　　《爱的艺术》是奥维德作品中最早被翻译成中文、也是目前译本最多的作品之一。本诗最早的中文译本是 1929 年由水沫书店出版的《爱经》，由著名"雨巷诗人"戴望舒译著，这也是流传最广、再版最多的译本。在 1932 年 9 月再版的译者序中，戴望舒这样评价此诗："以缤纷之辞藻，抒士女容悦之术，于恋爱心理，阐发无疑，而其引用古代神话故实，尤见渊博，故虽遣意狎亵，而无伤于典雅；读其书者，为之色飞魄动，而不陷于淫逸，文字之功，一至于此。"②20 世纪 20 年代末的上海正遭遇国民党反共白色恐怖，曾因革命活动被捕的戴望舒草草结束了在震旦大学的学业，和朋友一起办杂志、开书店、做出版，创作和翻译了大量文学作品。可以说，戴译本《爱经》既是中国最早的诗人书商响应二三十年代市场需求、为上海的红男绿女译介外国"容悦之术"的产物③，又是通过大众化、商业化方法为水沫书店的"左倾"革命出版活动提供物质保障的手段。与此同时，在白色恐怖时期做文学、谈爱恋，也是以文艺为武器与当权者间接的、无声的对抗。值得深思的是，中国历史上第一次将奥维德诗作译入汉语的尝试，竟然与奥氏近两千年前创作本诗的动机有着有趣的相似。诗学美学的享受、对当世政治的叩问批评，是我们理解欣赏此诗和它的中译本需要考量的方面。

---

　　①　对《爱的艺术》在中世纪学堂里的接受与流传，参见肖馨瑶：《奥维德"爱的艺术"：欧洲中世纪学童课本》，《世界历史评论》第 8 辑（2017 年），第 305—317 页。

　　②　见《爱经》，漓江出版社，1993 年，第 2 页。

　　③　关于戴望舒是中国最早的诗人书商或书商诗人的论述，参见北塔：《雨巷诗人——戴望舒传》，浙江人民出版社，2003 年，第 41 页。

　　戴译本从 1993 年到 2006 年先后有不下六次再版，流传甚广。戴译有所注疏、语言优美、功底深厚，但因年代久远，人名地名的译法和用语习惯于现代读者颇为陌生。戴望舒并不懂拉丁文，因为转译自法文，个别地方也难免有疏漏和不准确之处。此外，据戴望舒在"序"中的自述，他所译《爱经》依据的版本"为昂利·鲍尔奈克（Henri Bornecque）教授纂定本，盖依巴黎图书馆藏 9 世纪抄本，及牛津图书馆藏 9 世纪抄本所校订者也"。"这应当是 1924 年布袋（Collection Budé）的 Ovide: L'Art d'Aimer，是个拉法对照本，也是当时在法国能参考的最好的本子之一。但布袋的拉丁文本校勘存在着很多问题，常为学界诟病，戴望舒所提到的所谓 9 世纪抄本也是问题最多的本子。"① 就翻译文体来讲，目前该诗的几个完整中译本均为散文体。② 戴望舒在其译本序中写道："诗不可译，而古诗尤不能译……发愿以散文译之，但求达情而已。"③

　　笔者已发表《爱的艺术》译注两篇：肖馨瑶：《〈爱的艺术〉第 1 卷第 1-100 行汉译及简注》，《世界历史评论》第 8 辑（2017 年），第 318—328 页；肖馨瑶：《〈爱的艺术〉第 1 卷第 229-350

---

① 刘津瑜、康凯、李尚君、熊莹（2016 年），第 90 页。

② 如寒川子（内蒙古大学出版社，2007 年）转译自刘易斯·梅（J. Lewis May）的英译本 *The Love Books of Ovid*（1930 年），该英译版本身只求达意优美，不刻意忠实原稿。黄建华、黄迅余所译散文体的《罗马爱经》（陕西人民出版社，2006 年）基于法文译文。值得注意的是，飞白翻译的《古罗马诗选》（广州花城出版社，2000 年）包含《爱的艺术》第 1 卷前 170 行，译文为诗体，在忠实原文的同时可读性颇强，可惜只有节选。

③ 《爱经》（漓江出版社，1993 年），第 3 页；关于戴望舒的翻译策略，见包雨苗、肖馨瑶：《试论西方经典的跨文化译介策略——以戴望舒译奥维德〈爱经〉为例》，《中国翻译》2019 年第 2 期，第 54—59 页。

行译注》,《世界历史评论》第 12 辑（2019 年），第 175—190 页。

本文节选的第 101-228 行介于两篇的内容之间。这些都是以诗体将《爱的艺术》全诗译入中文的尝试，译文力求在内容上忠实原意，形式上争取保留双行体长短句，依中诗习惯留有部分尾韵，并附上较为详尽的注疏，以求兼顾信、达、雅与学术性。拉丁文底本为牛津本，E. J. Kenney, OCT, 1982 年重印版；1994 年第二版。注疏主要参考 A. S. Hollis, *Ars Amatoria: Book I*. Oxford: Clarendon Press,1977；Elizabeth Block, *Ars Amatoria I*. Bryn Mawr,1989; J. H. Mozley, G. P. Goold, *Art of Love. Cosmetics. Remedies for Love. Ibis. Walnut-tree. Sea Fishing. Consolation*. Loeb Classical Library. Harvard, 1979。本合集中南迪尼·潘迪（Nandini Pandey）的文章《爱的艺术与征服之爱：奥维德笔下的罗马与罗马扩张的代价》（陆西铭译），与本译注有诸多相互交叉之处。

本文节选的内容结构如下：

第 101-134 行：讲述罗马建城者罗慕路斯带领罗马男人劫掠萨宾女人，开创了在剧院猎艳的传统；

第 135-176 行：让众人坠入爱河的良机和场合包括大竞技场（Circus Maximus）的赛马比赛（第 135-162 行）、角斗士表演（第 163-170 行）以及奥古斯都的模拟萨拉米海战表演（第 171-176 行）；

第 177-216 行：是对盖尤斯准备东征帕提亚而作的赞颂；

第 217-228 行：回到正题，介绍如何在军事凯旋游行中寻觅伴侣。

拉丁原文与译注

Primus sollicitos fecisti, Romule, ludos,①　　　　　罗慕路斯啊，你首创这混乱的游戏，
　　Cum iuvit viduos rapta Sabina viros.②　　　　　　当萨宾女子被抢来悦单身男子。
Tunc neque marmoreo pendebant vela theatro, ③　　彼时，遮阳棚还未垂悬在大理石剧场，
　　Nec fuerant liquido pulpita rubra croco; ④　　　　舞台也未洒上赤色的番红花汁；
105　Illic quas tulerant nemorosa Palatia frondes ⑤　彼处，葱茏的帕拉丁山上草叶花环
　　Simpliciter positae scaena sine arte fuit;　　　　简陋朴实地将舞台布景渲染；
In gradibus sedit populus de caespite factis, ⑥　　人们席地坐于土阶之上，
　　Qualibet hirsutas fronde tegente comas. ⑦　　　　草叶随意将杂乱的头发遮藏。
Respiciunt oculisque notant sibi quisque puellam　他们环视四周，搜寻各自中意的女孩
110　Quam velit, et tacito pectore multa movent;⑧　一言不发，内心却翻江倒海；
Dumque rudem praebente modum tibicine Tusco　当笛声奏着托斯卡的乡土节拍
　　Ludius aequatam ter pede pulsat humum, ⑨　　舞者在平地三声跺踩，
In medio plausu (plausus tunc arte carebant)　　欢呼响起之际（那时的欢呼毫不高雅）

---

①　101 奥维德在此讲述罗马人掠走萨宾女子的故事，故事发生在传说中建立罗马城的罗慕路斯任期内。他邀请附近的萨宾人到罗马参加八月中旬的康苏斯节（Consualia，Consus 为谷物保护神），在节日戏剧表演期间，单身的罗马男人掠走大量萨宾女人为妻，从而解决罗马性别不均衡无法繁衍子嗣的难题。这句语言上可能有普罗佩提乌斯诗句的影响："imbuis exemplum primae tu, Romule, palmae"（4.10.5："罗慕路斯啊，你自己提供了这种荣誉的范例"，《哀歌集》，王焕生译，华东师范大学出版社，2010 年）。为某种传统追根溯源的写法符合说教诗歌传统，而奥维德在此处把在剧院猎取女孩的传统追溯到罗慕路斯，颇有点略带戏谑的玩世不恭。

②　102 意即萨宾女子被抢作罗马单身男人之妻。rapta Sabina 以单数作复数意；viduos 指单身的、无妻子的人，而不是鳏夫、丧妻者。

③　103 奥古斯都时代的罗马人颇爱想象和再现罗马城古老原始的模样，如普罗佩提乌斯那句"quid tum Roma fuit?"（4.4.9："罗马当时处境怎样？"，王焕生译），言外有怀旧之情，此处也有罗马昨日的朴实乡野与今日的现代宏伟不可同日而语的自豪。奥维德将罗慕路斯时代原始的舞台和庞培剧场做比较，后者用大理石建成于公元前 55 年，是罗马第一座永久性的剧场。

④　104 通常用混着甜红酒的番红花（crocum）为舞台（pulpita 常作复数）喷洒香气营造氛围。

⑤　105 Palatia 指罗马七座山丘中最早住人的帕拉丁山，此处是诗化的复数。

⑥　107 指人们坐在帕拉丁山的土坡上观看，与后来的木制或石头座椅形成反差。

⑦　108 抢掠发生在盛夏八月，在没有阳棚的剧场人们用草叶遮阴。

⑧　109-110 比较李维《建城以来史》1.9.11：magna pars forte in quem quaeque inciderat raptae（谁抢得哪个女子大多是偶然随机的），而奥维德则相反，认为罗马男子在为自己物色中意的女子。

⑨　111-112 罗马人为萨宾邻居们准备的和乐起舞是一种伊特鲁利亚（Etruscan）风格的娱乐，李维认为这最早在公元前 364—前 363 年的瘟疫之后引入罗马（7.2）。

Rex populo praedae signa petita dedit. ①	国王向众人放出期盼的讯号：开抢！
115　Protinus exiliunt animum clamore fatentes,	庶众蜂拥而上，喧哗中透着欲望
Virginibus cupidas iniciuntque manus.	饥渴的双手扑向少女。
Ut fugiunt aquilas, timidissima turba, columbae	正如胆怯的鸽群躲避老鹰的爪牙，
ut que fugit invisos agna novella lupos; ②	又如小羊逃离恶狼的眼下；
Sic illae timuere viros sine more ruentes; ③	同样，女孩们惊惧着一哄而上的男人，
120　　Constitit in nulla qui fuit ante color.	无不尽失先前神采。
Nam timor unus erat, facies non una timoris: ④	人人恐惧，个个惊慌的表现却不相同：
Pars laniat crines, pars sine mente sedet;	有人披头扯发，有人失神呆坐；
Altera maesta silet, frustra vocat altera matrem;	有人伤感沉默，有人徒劳喊娘：
Haec queritur, stupet haec; haec manet, illa fugit. ⑤	或悲泣，或瞠目，或驻足，或逃窜；
125　Ducuntur raptae, genialis praeda, puellae,	被掳女子成为新婚战利品，
Et potuit multas ipse decere timor. ⑥	恐惧反而装点了许多人的容颜。
Si qua repugnarat nimium comitemque negarat, ⑦	若有女子反抗激烈欲挣扎逃走，
Sublatam cupido vir tulit ipse sinu, ⑧	男人就将她抱到渴求的胸口，
Atque ita 'quid teneros lacrimis corrumpis ocellos?	说道："为何让眼泪损毁你娇嫩的眼睛？
130　Quod matri pater est, hoc tibi 'dixit' ero.'	今后我于你，便是你父亲对你母亲。"
Romule, militibus scisti dare commoda solus: ⑨	罗慕路斯啊，只有你知道给士兵丰厚回报：
Haec mihi si dederis commoda, miles ero.	若有如此大礼，我也响应军队征召。
Scilicet ex illo sollemni more theatra	不错，此后传统的剧场表演
Nunc quoque formosis insidiosa manent.	至今仍为美人挖坑设陷。

---

①　114 Petita 为学者对抄本原文中 petenda 的修订，因为 signa petenda 很难解释通顺（直译为"一定要被寻得的讯号"），而修订后的 signa petita 更讲得通（"众人渴望的讯号"）。

②　117-118 鸽子逃离老鹰（《伊利亚特》22.139-40）和羊羔逃离恶狼（Theocritus 2.24）均是传统的讲法，这两个形象在《变形记》中（1.505-6）用来形容求爱。

③　119 Timuere=timuerunt（现在完成时第三人称复数），因为韵脚的需要采取代替形式。

④　121 原文"timor unus erat"直译为"恐惧是同样的"，此处采取意译。

⑤　122-124 奥维德用这几行极少的笔墨勾勒出一幅生动的画面，以文字为画笔再现出蜂拥上前的罗马男子和神色各异的萨宾女人，有如此文本作参照，难怪达维特最著名的那幅《劫夺萨宾妇女》可以如此传神。

⑥　126 少女脸上羞涩的红晕让她更加迷人。又见《变形记》4.230 "ipse timor decuit"；《岁时记》5.608 等。

⑦　127 爱情诗歌中常见的写法，被劫掠的女子可以显得不情愿，但若一味强行抵抗就不对了，如本诗 665-666，《恋歌》i.5.13-16，贺拉斯《歌集》1.9.21-24。

⑧　128 这次劫掠也成了一个新婚习俗的缘起：罗马的新郎要抱着新娘跨过新居的门槛。见普鲁塔克："罗慕路斯"15。

⑨　131 Solus 强调罗慕路斯的显赫卓越。有学者认为诗人在此有暗讽奥古斯都的嫌疑。Commoda 指罗马士兵除了日常工资之外的福利，比如以分地或是现金形式给予的退休补贴，或是节假日、攻城略地等特殊状况下的津贴。罗马军队中素来有抱怨士兵福利太低的声音，因此军队征召常面临困难。奥维德戏谑地表示，若将一两个美貌女子作为军队津贴的一部分，定能解决这一问题。

135 Nec te nobilium fugiat certamen equorum: [①]	你也切莫错过骏马竞赛的机会：
Multa capax populi commoda Circus habet.	人头攒动的竞技场有诸多回馈。
Nil opus est digitis per quos arcana loquaris, [②]	无需手指助你窃窃私语，
Nec tibi per nutus accipienda nota est;	也不必看她点头获取爱的讯息；
Proximus a domina nullo prohibente sedeto, [③]	坐到女士身边，无人阻碍，
140 Iunge tuum lateri qua potes usque latus.	与她并排，尽量紧挨；
Et bene, quod cogit, si nolis, linea iungi, [④]	也是妙，场地迫，爱不爱，排排靠，
Quod tibi tangenda est lege puella loci.	因座位缘故，她必须与你肌肤相贴。
Hic tibi quaeratur socii sermonis origo,	此时你要找机会开启友善攀谈，
Et moveant primos publica verba sonos: [⑤]	无伤大雅先来几句搭讪：
145 Cuius equi veniant facito studiose requiras: [⑥]	热切的你，赶紧问清谁家马儿正在竞比，
Nec mora, quisquis erit cui favet illa, fave.	切勿迟疑，她爱哪匹你就押注哪匹。
At cum pompa frequens caelestibus ibit eburnis,	而当举着象牙神像的游行队伍入场，
Tu Veneri dominae plaude favente manu. [⑦]	你要挥起手来，为女神维纳斯鼓掌。
Utque fit, in gremium pulvis si forte puellae	若姑娘的大腿恰巧落上尘土，
150 Deciderit, digitis excutiendus erit;	你一定要用手指轻拂；
Etsi nullus erit pulvis, tamen excute nullum:	哪怕并无灰土，你也掸去虚无；
Quaelibet officio causa sit apta tuo.	愿这成为表达你殷勤的契机。
Pallia si terra nimium demissa iacebunt,	若她裙摆垂地，
Collige et inmunda sedulus effer humo:	赶紧为她从肮脏的地面拾起：
155 Protinus, officii pretium, patiente puella	很快你的辛劳必有犒赏，姑娘默许
Contingent oculis crura videnda tuis.	一睹她的美腿便是赠你的大礼。
Respice praeterea, post vos quicumque sedebit,	此外要留意，确保无论谁坐你们身后，
Ne premat opposito mollia terga genu.	膝盖别将她娇柔的后背触碰。

---

① 135-162 讲述另一个寻觅女孩的好去处是罗马大竞技场，这里有比赛和公共展会。这一段取自作者之前所做的《恋歌》3.2 的一段，有删改，有学者认为此处的改写令人失望，不及《恋歌》（详见 Hollis, p.58）。

② 137 比较本诗从 1.569 开始的描述，宴会上眉目传情、窃窃私语是惯常做法。

③ 139 在竞技场男女可以坐在一起，而在剧场男女座位则必须分开（奥古斯都规定女士必须坐在剧场后排）。比较《哀怨集》第 2 卷 283-284：non tuta licentia Circi est: / hic sedet ignoto iuncta puella viro（竞技场的自由放任不安全：/ 这里女孩就坐在陌生男子身边）。

④ 141 这句以两词一组，一共四组，形似竞技场紧紧相挨的座位。此外译文也尽量模仿原文形式。

⑤ 144 Publica verba 指一般性的评论，适合在公共场合说的话，或是竞技场里所有人都在讲的话。目的是告诫追求者搭讪要循序渐进，不可以过于亲密的语言开始。

⑥ 145 facito [ut] requiras "确保你问清……"（省略了 ut）。Studiose 是呼格，暗示追求者可能自己并不是真心的赛马爱好者，只是为追女孩而来。

⑦ 148 在赛马开始之前，会有各路神祇的象牙雕像（caelestibus...eburnis）入场游行，人们通常会致敬各自的守护神（如士兵致敬马尔斯，水手致意尼普顿），求爱之人自然应致敬爱神维纳斯。《恋歌》从 3.2.43 开始对该游行有详细描述，一般从卡皮托林山（Mons Capitolinus）开始，走到市集（Forum）和屠牛广场（Forum Boarium），再到竞技场。8.149-162 讲述如何通过细微的举动打动心仪的女孩。

Parva leves capiunt animos: fuit utile multis
160　Pulvinum facili composuisse manu;①
Profuit et tenui ventos movisse tabella②
　　Et cava sub tenerum scamna dedisse pedem.
Hos aditus Circusque novo praebebit amori,
　　Sparsaque sollicito tristis harena foro.③
165　Illa saepe puer Veneris pugnavit harena
　　Et, qui spectavit vulnera, vulnus habet:④
Dum loquitur tangitque manum poscitque libellum⑤
　　Et quaerit posito pignore, vincat uter,
Saucius ingemuit telumque volatile sensit⑥
170　Et pars spectati muneris ipse fuit.⑦
Quid, modo cum belli navalis imagine Caesar⑧
　　Persidas induxit Cecropiasque rates?
Nempe ab utroque mari iuvenes, ab utroque puellae⑨
　　Venere, atque ingens orbis in Urbe fuit.⑩
175　Quis non invenit turba, quod amaret, in illa?
　　Eheu, quam multos advena torsit amor!

小举动能赢得轻浮的心，好多人发现
　　用巧手调调坐垫，方便实用；
有效的办法还有轻摇罗扇生风，
　　或是为她纤足垫上小凳。
竞技场为爱情新手提供契机，
　　情殇的沙粒则洒满忙碌的广场。
维纳斯之子常征战于这片沙场，
　　观看别人伤痕者，自己遍体鳞伤；
他开口要来小册，触到玉手，
　　问起谁将胜出，赌注已投，
带刺利箭让他受伤呻吟，
　　看客反倒成了戏中小丑。
最近是什么，当恺撒模拟军舰海战
　　带来了波斯和雅典的舰船？
可不，四海的青年，四海的少女
　　咸集于此，全世界尽在此城。
谁没在那人群中寻到爱恋的对象？
　　啊，异国的情爱让多少人目眩神恍！

---

①　160 facili 此处指"有经验的、灵巧的"，修饰 manu。

②　161 tabella 一般指写字用的平板，此处指扇子（也可能是暂时用作扇子的薄书），由 tenui 修饰。

③　163-170 讲述如何在角斗士表演赛场猎取女孩。1.164 角斗士表演一般在罗马广场（Forum Romanum）或是屠牛场举行，场地撒上沙砾以吸收血迹，并确保地面平整。Sollicito 用来形容 foro（广场），指角斗士厮杀激烈，伤痕不断，也指观众焦躁不安。

④　166 当角斗士在比赛中受伤，罗马观众会大喊 "habet" 或是 "hoc habet"（"他伤了！"）。此处作者将角斗士的伤痕和恋爱者的情伤作比较。

⑤　167 libellum 指角斗士表演的小手册（program）。诗人描述男人在问女孩要小册时一不小心坠入爱河。

⑥　169 telum volatile 指丘比特之箭。

⑦　169-170 这两句中动词用了完成时，表示追求者还没悉知自己被爱俘获的命运，便已受伤。打猎、受伤一类的意象常出现在爱情诗（erotic poetry）里。

⑧　171-176 公元前 2 年 8 月 1 日（在本诗写作前不久），奥古斯都命令安排上演模拟萨拉米海战（the Battle of Salamis），许多人在看戏时坠入爱河。该戏在台伯河右岸的人造湖中上演，是给复仇者马尔斯神庙献礼的一部分，欢庆持续多日。学界因此认为《爱的艺术》前两卷可能成书于公元前 2 年或是前 1 年。希腊城邦与波斯之间的萨拉米海战发生在公元前 5 世纪，以雅典人的胜利告终。

⑨　173 ab utroque mari 从世界东西海岸，寓指从世界最远之地；这句中 ab utroque 的重复用了首语重复修辞法（anaphora）。

⑩　174 在对罗马的颂词中，将 orbis（世界）和 Urbs（都城）放在一起是常用手法，有种身为 caput mundi（世界之都）的骄傲。

Ecce, parat Caesar domito quod defuit orbi ①　　　　看啊！恺撒厉兵秣马，正欲扩张帝国版图；

　　Addere: nunc, oriens ultime, noster eris.　　　　　此刻，至远东方，你将为吾国领土。

Parthe, dabis poenas; Crassi gaudete sepulti　　　　帕提亚，你将受罚；已逝的克拉苏们，欢笑吧，

180　　Signaque barbaricas non bene passa manus. ②　　还有那旌旗，曾受蛮夷凌辱。

Ultor adest primisque ducem profitetur in annis ③　　汝等复仇者在此，年纪尚轻便担纲领袖，

　　Bellaque non puero tractat agenda puer.　　　　　　弱冠之躯任起少年所不能之战场运筹。

Parcite natales timidi numerare deorum:　　　　　　　胆怯者，别再细数神灵的生日了：

　　Caesaribus virtus contigit ante diem. ④　　　　　　勇武美德不待时日便已降临恺撒。

185　　Ingenium caeleste suis velocius annis　　　　　天赐才华增长快过年岁

　　Surgit et ignavae fert male damna morae.　　　　　难忍任何慵懒颓废。

Parvus erat manibusque duos Tirynthius angues ⑤　　褪褓中的赫拉克勒斯徒手绞死两条巨蟒，

　　Pressit et in cunis iam Iove dignus erat;　　　　　　摇篮之中已配得上朱庇特的荣光。

Nunc quoque qui puer es, quantus tum, Bacche, fuisti,　还有少年的你，巴库斯，彼时年方几许，

190　　Cum timuit thyrsos India victa tuos? ⑥　　　　当受你征服的印度惧着你的手杖？

Auspiciis annisque patris, puer, arma movebis　　　　依乃父之权威与经验，男孩，你将操持干戈，

---

①　177-219 与正筹备东征帕提亚的盖尤斯·恺撒（公元前 20 年—公元 4 年）作别。1.220-228 讲如何在罗马的军事凯旋式上（military triumph）寻找对象。东征的缘起：帕提亚国王弗拉阿特斯四世（Phraates IV）被自己与意大利女奴所生的儿子弗拉阿塔西斯（Phraataces）暗杀篡位。老国王其他四位有合法继承权的王子多年来一直在罗马，奥古斯都显然计划让他们其中之一成为亲近罗马的新国王，然而弗拉阿塔西斯的篡位打乱了这一计划，故而是罗马所不能容忍的。第 177 行中的 Caesar 是奥古斯都，本次东征的发起者和幕后指挥。domito...orbi 指已被征服的世界，即罗马帝国。

②　179-180 signa 指罗马军队的旗帜，即"鹰旗"（Aquila），公元前 53 年罗马和帕提亚之间的卡莱战役（the Battle of Carrhae）中，罗马将军克拉苏及其子被杀，罗马军旗也被敌军缴获，这被认为是对罗马的巨大羞辱。克拉苏当时是所谓的"三头"之一，其余二人为尤利乌斯·恺撒和庞培。

③　181 复仇者指东征军事领袖盖尤斯·维普萨尼乌斯·阿格里帕（Gaius Vipsanius Agrippa），他是马尔库斯·维普萨尼乌斯·阿格里帕（Marcus Vipsanius Agrippa）和大尤利娅之子，奥古斯都的外孙，无子嗣的奥古斯都收养盖尤斯为子，希望培养成自己的接班人，但盖尤斯不幸于公元 4 年因伤去世。

④　184 对盖尤斯的年轻有为的赞赏也让人联想到奥古斯都本人，他不到二十岁便参与罗马内战。

⑤　187-188 Tirynthius 指赫拉克勒斯，提林斯（Tiryns）是他的故乡。他的父亲是朱庇特，母亲是阿尔克墨涅（Alcmene），朱诺因为嫉妒二人结合，派两条巨蟒意图杀死褪褓中的赫拉克勒斯，殊不知摇篮中的婴孩徒手绞死了蟒蛇。见奥维德：《变形记》9.66-69。

⑥　189-190 狄俄尼索斯 / 巴库斯征服印度的故事在希腊化时期广为流传。传说这位希腊神灵在教导世人葡萄养殖技巧的征途上，曾用了几年时间征服印度，以至于传闻亚历山大大帝到达印度河流域的城池时，有当地人告诉他此城是狄俄尼索斯所建。关于巴库斯"年方几许"这个问题并不成立，据传，跟日神阿波罗一样，酒神永远年轻。

Et vinces annis auspiciisque patris. ①

Tale rudimentum tanto sub nomine debes,

　　Nunc iuvenum princeps, deinde future senum. ②

195　Cum tibi sint fratres, fratres ulciscere laesos,

　　Cumque pater tibi sit, iura tuere patris. ③

Induit arma tibi genitor patriaeque tuusque; ④

　　Hostis ab invito regna parente rapit.

Tu pia tela feres, sceleratas ille sagittas;

200　Stabit pro signis iusque piumque tuis.

Vincuntur causa Parthi: vincantur et armis; ⑤

　　Eoas Latio dux meus addat opes. ⑥

Marsque pater Caesarque pater, date numen eunti; ⑦

　　Nam deus e vobis alter es, alter eris. ⑧

205　Auguror en, vinces; votivaque carmina reddam

　　Et magno nobis ore sonandus eris.

Consistes aciemque meis hortabere verbis ⑨

　　(O desint animis ne mea verba tuis!)

依乃父之权威与经验，你将出发征服。

你须担起初次考验方能符名之盛名，

　　此时青年之冠，未来长者之首。

既然你有兄弟，就为兄弟之殇复仇，

　　既然你有父亲，便为父亲律法坚守。

乃父亦是国父为你披上戎装；

　　你的敌人却强夺其父父权。

你将扬起正善之矛，他则执罪恶之箭；

　　公道正义将立于你的麾下阵前。

帕提亚人乃不义之师，必将折戟沙场。

　　愿我军领袖为拉丁添置东方宝藏。

父亲马尔斯和父亲恺撒啊，请助力踏上征途之人，

　　你们一人为神，一人终将为神。

让我预言，啊，你将征服；我将报以许诺的赞歌，

　　而你必会受我宏大诗篇的称颂：

你将屹立，如我所言号召战阵；

　　（噢，愿我的诗作不缺你的精魂气魄！）

---

① 191-192 annis 本意为 "年岁" "年月" 等，这里转义为（因年月而获得的）"经验"。许多人担心年少的盖尤斯无法担起东征重担，奥维德在此暗示，盖尤斯的权威和经验均来源于皇帝奥古斯都（"乃父"：实际上奥古斯都是盖尤斯的外祖父，无子的奥古斯都收其为养子，希望培养成接班人）。诗人需在颂扬盖尤斯和赞美奥古斯都上达到微妙的平衡。

② 194 被作为帝国接班人培养的盖尤斯和弟弟鲁奇乌斯（Lucius）很年少就被冠以青年之首（princeps iuventutis）之名，奥维德暗示未来盖尤斯将成为 Princeps，这个词的意思可能是 "公民之首" 或 "第一公民"（princeps civitatis）之意，也可能指 "元老之首"（或译元老院首领）（princeps senum/senex），这是奥古斯都持有的荣誉，中文通常译为 "元首"，罗马帝国前两个世纪的帝制通常被称为 "元首制"（Principate）。

③ 195-196 原文中所讲 "兄弟之殇" 和 "父亲律法" 既指盖尤斯对自己兄弟与父亲的忠诚和责任，与弗拉阿塔西斯弑父篡位、不顾兄弟对比鲜明。诗人强调盖尤斯兴正义之师，前去讨伐帕提亚的叛乱贼子。然而盖尤斯其实并未真正与弗拉阿塔西斯交战，不久两国和谈，罗马承认弗拉阿塔西斯继位合法。奥维德对东征的赞美看上去更像是政治宣传。

④ 197 奥古斯都正式被元老院授予 "祖国之父"（pater patriae）这一荣誉称号是在公元前 2 年的 2 月 5 日，也是本诗写作的年份，在此引用可能是刻意为之。

⑤ 201 原文后半句直译为 "愿他们也在战场上被征服"。

⑥ 202 东方的富庶是盖尤斯东征的一大驱动力。拉丁姆（Latium）位于台伯河流域东南部，一般用于代指罗马。

⑦ 203 Marsque pater Caesarque pater，直译为 "父亲马尔斯和父亲恺撒"，因为马尔斯是建立罗马城的罗慕路斯兄弟的父亲，所以是罗马人的祖先；而恺撒被称为 "父亲"，是因为他是盖尤斯的父亲，也可以说是因为他是 "祖国之父"（见第 197 行注）。

⑧ 204 诗人预言奥古斯都终将成神。

⑨ 207 诗人开始叙述自己将为盖尤斯凯旋罗马写作的赞歌包含的内容。

Tergaque Parthorum Romanaque pectora dicam [①]　　　我将歌唱帕提亚的后背和罗马的胸膛，
210　Telaque, ab averso quae iacit hostis equo. [②]　　　　还有暗箭，敌人从败走的马背投射。
Qui fugis ut vincas, quid victo, Parthe, relinques? [③]　　佯败以求胜的帕提亚人啊，被征服时你将如何是好？
　　Parthe, malum iam nunc Mars tuus omen habet.　　　帕提亚人，马尔斯给你的神谕凶黯。
Ergo erit illa dies, qua tu, pulcherrime rerum, [④]　　　于是那日终将来临，当你，俊朗无人能及，
　　Quattuor in niveis aureus ibis equis; [⑤]　　　　　身披镶金紫袍，驾四乘雪白马匹；
215　Ibunt ante duces onerati colla catenis, [⑥]　　　　脖颈被缚的敌军将领，
　　Ne possint tuti, qua prius, esse fuga.　　　　　　无法像从前一般获救逃离。
Spectabunt laeti iuvenes mixtaeque puellae, [⑦]　　　人群中欢快的青年男女将会看到，
　　Diffundetque animos omnibus ista dies.　　　　　这一天将让所有人心神荡漾。
Atque aliqua ex illis cum regum nomina quaeret,　　　当某位女孩问起将领的名字，
220　Quae loca, qui montes quaeve ferantur aquae, [⑧]　什么地域、哪方山川正在登场，
Omnia responde, nec tantum siqua rogabit;　　　　你要一一回应，甚至不必等她问起，
　　Et quae nescieris, ut bene nota refer.　　　　　哪怕不懂，也要答得成竹在胸。
Hic est Euphrates, praecinctus harundine frontem; [⑨]　这是幼发拉底，额前芦苇环绕；
　　Cui coma dependet caerula, Tigris erit;　　　　垂着天青发丝的，是底格里斯；
225　Hos facito Armenios, haec est Danaëia Persis; [⑩]　说这些是亚美尼亚人，这是源自达娜厄的波斯；
　　Urbs in Achaemeniis vallibus ista fuit;　　　　阿契美德的山谷有这座城市；
Ille vel ille duces, et erunt quae nomina dicas,　　　这个那个将领，你总能说出名字，
　　Si poteris, vere, si minus, apta tamen.　　　　　若可以，说出真名，若不行，也编得煞有介事。

---

①　209 落荒而逃的帕提亚人露出后背，而罗马将士则敞开胸口迎难而上。

②　210 帕提亚人会在佯装败走时在马背上突施冷箭，即所谓的"回马箭"（Parthian shot）。

③　211 意为，如果假装溃败是帕提亚人获取胜利的唯一途径，那么当真正溃败的时候他们还能做什么？

④　213 "你"指盖尤斯。

⑤　214 罗马的凯旋游行中，胜利的将军身着镶有金边的紫袍（toga picta），乘坐二轮四驾马车。

⑥　215 被缚的敌军将领走在凯旋游行最前面，往往在游行队伍行至卡皮托林坡道（Clivus Capitolinus）后被拉走处决。

⑦　217-228 诗人终于回到正题，讲述如何在凯旋游行时寻觅佳人。

⑧　220 凯旋游行中常有对被征服的王国、地域的再现，以类似巨大的人物化造型、绘画或雕塑形式来表现。诗人说，当有女孩问起将领或是地域的名字，追求者应热情地解答。

⑨　223-224 河神的雕塑，在罗马艺术中常见。

⑩　225 达娜厄和宙斯之子为珀尔修斯（Perseus），他和安德罗墨达（Andromeda）的儿子之一佩尔塞斯（Perses）被认为是波斯人的祖先，所以说波斯人源自达娜厄。

奥维德笔下的凯旋式：
文学传统与奥古斯都时代的宣传之间

保拉·加利亚尔迪，巴西利卡塔大学

（Paola Gagliardi, Università degli Studi della Basilicata）

康凯　译

凯旋式这一主题在奥维德的作品中占据着主导性的地位。他对待这一主题的方式随着他本人的生活处境以及他对文类的考虑而变化。所以，在他早期的哀歌体爱情诗中，对凯旋式的处理是"降格"手法：凯旋式被用来作为爱情诗歌的一种隐喻，也用来隐喻艳遇。而他的流放诗歌则让凯旋庆典展现了一种乡愁。

和在他的其他作品中一样，奥维德在流放诗中使他的诗歌和前人的作品保持着密切的互文关系，尤其是和普罗佩提乌斯以及伽卢斯的作品之间的互文，他们对奥维德诗歌中凯旋式主题的影响已经为近来的研究所关注。

因此，本文的重点是凯旋式这一主题的先声（foreshadowing），奥维德的这一主题承袭了伽卢斯作品残篇的第 2-5 行，奥维德在此基础上进行了再创作，参照的是普罗佩提乌斯对伽卢斯的改编，但也从一个非常不同的视角做了改动。在奥维德的流放诗中，凯旋式这一主题再次发生了很大的变化，牵涉诗人是否真诚地赞颂奥古斯都和提比略，以及他对凯旋庆典庄严性的解释这两个困难的问题：奥维德对凯旋式的描述有时候带有模糊的多义性。而奥

古斯都时代的诗人也将凯旋式视作他们诗性荣耀的隐喻。奥维德
对凯旋的这一方面做了进一步的拓展，赋予了这一主题一种原创
性，以及多义性的特征。

最近有关罗马凯旋式的研究已经注意到了这一仪式此前一些
被忽视的，或者不够重视的方面，以往凯旋式仅仅被视为对胜利
的庄严庆祝，带有明显的政治目的和宣传性，如今则认为凯旋式
具有复杂性和多面性，可以有多重的解读和解释。[①] 凯旋式在视觉
层面上的重要性已经受到特别强调，它常是对历史事件真实特征
进行模糊化或者歪曲的一种方式，目的是为了强调或者控制观众
所感知的信息。凯旋式中安排设计的多种表演方式尤为重要：比
如，除了凯旋者（*triumphator*）以及和他一起参加凯旋式的随行人
员外，被打败的战俘（他们常常是历史性事件中的主要角色）可
成为凯旋式上的焦点。[②] 亦有其他方面因视觉上的设计而能够获得
特别的强调。

因其丰富的视角，多重呈现的机会以及一种变化多端的、
难以捉摸的、虚幻的真实性，凯旋式自然而然地激发了奥维德这
样的诗人的想象与兴趣。幻想、多变性和表象与真实之间的游走
切换是他诗歌的基石。奥维德实际上是奥古斯都时代最经常、最
多变地处理凯旋式主题的诗人。考虑到凯旋式的公共性和官方
性，他的这种做法使他和当时意识形态中的一些关键因素之间形
成了一种非常微妙的关系。对奥维德来说，他并没有回避这样的
关系。即使这一主题在奥古斯都时代前期的诗歌当中已经可以看

---

① 有关这一问题的最重要论述，参阅 Beard 2004; Beard 2007; Pandey 2011。

② Beard 2006, pp.110-111, 135-137.

到。奥古斯都"重新解读"了共和时期的制度与传统，凯旋式正在受到严格的限制，使得这一仪式完全集中于当权的皇室。① 与此同时，在新的政治环境前所未有的迫切需求下，诗人们探索了凯旋式的另一些层面，将其分析成公共生活和私人生活之间的"分界线"（*discrimen*）。②

因此，对诗人们来说，凯旋式能被用作奥古斯都荣耀的象征，及其所代表的价值观的综合呈现，比如维吉尔在《埃涅阿斯纪》第 8 卷第 714-728 行中对奥古斯都公元前 29 年凯旋式的描述。③ 但凯旋式除了作为相应的公共层面的庆典外，也同样是一个可以涉及私人空间的时刻。就像贺拉斯在《歌集》第 4 卷中试图将这两方面结合在一起。④ 而可以预料的是，对凯旋式最具独创性和最大胆的解读来自哀歌歌体爱情诗诗人，他们在诗歌中反而将其纳入了实质上属于私人的领域。⑤ 提布卢斯的诗歌中对凯旋式有顺带

---

① Beard 2007, pp.70, 296-297. Torelli 1982, pp.121-128, 132 区分了共和时期的凯旋式和帝国时期的凯旋式。共和时期的凯旋式描述了凯旋将军真实的胜利和功绩，而帝国时期的凯旋式则充满了象征和寓意，颂扬了皇帝的形象。

② Beard 2007, p.296.

③ 关于维吉尔笔下的这次凯旋式见 Pandey 2011, pp.128-132: Pandey 认为维吉尔站在官方视角写作，旨在把凯旋式看成是值得永久纪念的丰碑，而并没有去关注与之不同的以及边缘性的视角。而对维吉尔凯旋式的解读可以更加微妙和模糊：如"哈佛学派"以及与之齐名的剑桥的学者们，如帕里、约翰逊、托马斯。Lyne 1987 中提出盾牌上的图案实际上是欺骗性的：比如 *non enarrabile textum*（第 625 行）以及 *rerumque ignarus imagine gaudet*（第 730 行，主语是埃涅阿斯；他欢呼可能是因为他没有理解其内容，否则为何要把两者并列？）。

④ 关于这一点见 Barchiesi 1981, p.158 以及 Nicastri 1984, pp.109-110。

⑤ 特别是普罗佩提乌斯使凯旋式成了拉丁哀歌体爱情诗十分偏爱的题材。参见 Galinsky 1969, p.91。

的评论，而到了普罗佩提乌斯那里则"整合了"这一主题。[①] 虽然他在《哀歌集》第 4 卷中详细地探讨了这一主题，但他对凯旋式最具独创性的处理则是《哀歌集》3.4。在那首诗中他显然盼望着未来的远征，其中隐藏着互相冲突的理念，致使诗人决定性地确认了爱情对他的重要性以及他对公共事务的漠不关心：他将自己描述成一个仅仅混杂在人群中的旁观者。普罗佩提乌斯在这里转变了场景的焦点，将注意力从凯旋者身上转移到了庆典仪式的视觉上（第 13-18 行）。他所突出的是将这一事件展现为和他所爱的女孩交往的机会（第 17-18 行）。

奥维德并没有忽视普罗佩提乌斯处理凯旋式这一主题时的创新。他也沿用了这样的处理，正如他通常改造他所模仿的对象时那样，将这一主题的潜力扩展和利用到了极致。可能普罗佩提乌斯和奥维德对凯旋式的这一看法最初源于伽卢斯[②]，后者在 Qasr Ibrîm 纸草第 2-5 行（PQI 1, 2-5）书写了这一主题：[③]

> Fata mihi Caesar tum erunt mea dulcia quom tu
>
> maxima Romanae pars eri ⟨ s ⟩ historiae
>
> postque tuum reditum multorum templa deorum
>
> fixa legam spolieis deivitiora tueis

---

① 这一表述来自 La Penna 1977。提布卢斯诗歌中的凯旋式见 Galinsky 1969, pp.77-80；普罗佩提乌斯作品的第 4 卷中的凯旋式，见 Galinsky 1969, p.91（尤其是《哀歌集》4.6, Galinsky 1969, pp.85-88）。

② Cairns 2006, p.404, 429，认为普罗佩提乌斯《哀歌集》3.4 和奥维德《爱的艺术》1.177-228 都来自于伽卢斯。

③ 译者注：意大利文译文为本文原作者所提供。

"Il mio destino, Cesare, sarà dolce quando

tu diventerai la parte più grande della storia romana

e quando, dopo il tuo ritorno, leggerò che i templi di molti dei

sono [diventati] più ricchi perché adornati dei tuoi trofei"

我的命运，恺撒啊，会是甜蜜的，

当您成为罗马历史最伟大的部分；

在你凯旋之后，我纵览众神之殿，

因点缀着你的战利品而更加充盈。（金逸洁译）

　　哀歌体爱情诗中公共生活和私人领域之间的张力至少在一定程度上已经存在于伽卢斯的诗歌和生活中。即使伽卢斯曾经果断地许诺要展现他的政治和军事生涯，但我们或许仍然能够想象在他的诗歌里他可能将自己描述为对公共活动漠不关心。这是从新诗派（Neoterics）那里继承来的姿态，可能甚至是哀歌体意识形态的基础。因此，将关于伽卢斯诗歌纸草的争论，以及这些留存的诗行是否可能（或者不可能）互有关联的问题放在一边①，对第2-5行的客观分析可以看到诗人对恺撒（即奥古斯都）远征后果的担忧，但同时又偏离了这一论述的发展，正如这四行诗中以第一人称和第二人称所做的对比强调的那样（尤其是第 2 行中的 *mihi mea*, 第 4 行中的 *tuum* 以及第 5 行中的 *legam* 和 *tueis*），也如他所声称的他将只会论述恺撒成功的业绩。我们自然并不知道伽卢斯

---

① 　关于对 *legere* 的不同的解释，参见 Gagliardi 2014, pp.37-43 及注释。

在他处理凯旋式这一主题时是否多少也提及了他的 *puella*（女郎、情人）①，而第 2-5 行则不仅清晰地体现出他对凯旋式这一主题的兴趣，也体现出他对凯旋式的态度和他的后继者并无不同。与他们（即普罗佩提乌斯和奥维德）相比，伽卢斯更加注重描写凯旋式的成就，但是和他的后继者一样，他也和凯旋式保持了一定的距离。

在普罗佩提乌斯《哀歌集》3.4（以及他之后的奥维德的作品）中，对凯旋式的预测甚至预言可能是来自伽卢斯《残篇》2（Gallus fr. 2）的另一个主题，这是"告别诗"（*propemptikòn*）的一种特色。②伽卢斯《残篇》2.2-5 看起来就像是这种体裁。当然这样做的并不仅仅是伽卢斯，贺拉斯《歌集》4.2 的结构亦如此。甚至在"事后"（*post eventum*）撰写的《埃涅阿斯纪》8.714-728 也以完美的技巧展现了对整个罗马未来的预测。③但普罗佩提乌斯在《哀歌集》3.4 中的范式并非贺拉斯或维吉尔的这些作品，而显然完全是来伽卢斯的。这可以从他几乎**逐字逐句**地引用了 Qasr Ibrîm 纸草上的字句来证明。④普罗佩提乌斯显然希望和他的前辈诗人展开"对话"，

---

① 问题当然是第 2-5 行和第 6-9 行之间的关系：它们是否属于同一首哀歌体诗？如果是这样的话，在一个意思不是很明朗的片段中，凯旋式可能会和爱情诗的主题，而不是爱情本身联系起来。但第 2-5 行和第 6-9 行是同一首诗的一部分的可能性在我看来是渺茫的。关于这一点，见 Gagliardi 2010, pp.55-58 注释 2-5 中的讨论和书目。

② 见 Cairns 1972, pp.185-186。注意这里预言性的立场。这在普罗佩提乌斯《哀歌集》3.4（*omina fausta cano*）以及奥维德的作品（《爱的艺术》1.205 中的 *auguror* 等）中是突出的，继承发展了伽卢斯在 *mea ... fata* 中已经展现出的东西以及他四行诗中预言性的语气。

③ 关于奥古斯都时代的诗人们所特有的描述凯旋式时的这种趋势，参见 De Vivo 2011, pp.80-81。

④ 参见第 1 行（*Arma deus Caesar*；见 PQI 1, 2: *Fata mihi Caesar*）；第 10 行（*ite et Romanae consulite historiae*；见 PQI 1, 2: *maxima Romanae pars eris historiae*）。对普罗佩提乌斯 3.4 和伽卢斯之间直接关联的确认，见 Cairns 2006, p.429。

以恢复和"修正"他的一些陈述，并且从哀歌体爱情诗的层面上将这些论述推向极致。[①] 在这里普罗佩提乌斯将伽卢斯对恺撒远征的有限的兴趣（如果我们按照纸草上的先后顺序来阅读四行诗的话，这一兴趣似乎旨在弥补他在爱情上的痛苦）放置在他本人选择的完全和纯粹的爱情哀歌体生活方式中，这没有给其他的兴趣留下任何空间。在这其中凯旋式仅仅是和他的爱人相遇并且和她一起分享壮观的凯旋场景的一个契机。[②]

　　伽卢斯在第一人称和第二人称之间创造了一种清晰的对比。而普罗佩提乌斯则插入了一段长长的呼喊，以第二人称祈愿语气为标志，在这段内容中诗人匆匆地出现，重申了他作为预言歌者的角色（第9行，*omina fausta cano*）。[③] 这样的表达通过祈愿语气的强调（第7-8行：*ite, agite ... date ... ducite*；第10行：*ite ... consulite*），表现出了诗人全然不关注已经出发的士兵，而第18行中的 *legam* 引用了伽卢斯的动词，但只是造成了差别：伽卢斯希望在凯旋庆典之后去解读战利品的标牌（*tituli*）[④]（在我看来这是对棘手的第5行的最可靠的解释）[⑤]，而普罗佩提乌斯则想在凯旋游行时解读它们，强调了它们也是凯旋式景观的一部分。并且

---

① 这类情况的例子有 2.13.14（关于这段见 Gagliardi 2012）和 2.1.3-4（关于这段见 Gagliardi, 即将发表）。

② 不同的观点见 De Vivo 2011, p.79, 他将普罗佩提乌斯 3.4 解读为对参与政治的推却（recusatio），但是认为诗人在精神上接近奥古斯都的远征。

③ 根据 Cairns 2006, p.405, 这样的表述能够被看成是对维吉尔的 *arma virumque cano*（《埃涅阿斯纪》1.1）的回应。

④ 译者注：*Tituli* 在此处的意思是标注战利品、被征服地区及族群等的牌铭，这里采用了王焕生的译法"标牌"。见普罗佩提乌斯：《哀歌集·拉丁语汉语对照全译本》，王焕生译，华东师范大学出版社，2006年，第251页。

⑤ 见 Gagliardi 2014 的讨论和书目。

最后关注了凯旋式的游行队伍，将之视为和卿提娅（Cynthia）相遇的机会。他将在圣路（Via Sacra）上喝彩（第 17 行："*in ... sinu carae nixus ... puellae*"）。

　　意识到普罗佩提乌斯《哀歌集》3. 4 和伽卢斯文句之间所存在的对话是理解奥维德对同样的场景进一步改造的前提，他仿效的是他的两位前辈诗人。在他处理凯旋式场面最有名和最大胆（provocative）的《爱的艺术》1. 177-228 中 [①]，他通过场景的对比和精确的引用表明了他对普罗佩提乌斯 3. 4 的模仿：祝愿出发的远征队伍（在这里，他和普罗佩提乌斯 3. 4 一样，所提到的是对帕提亚人的远征）[②]、赞颂年轻的领袖（比普罗佩提乌斯的诗歌更加充分也可能更加真诚）[③]、提到了卡莱、希望诸神保佑、预见了胜利和凯旋，将它们描绘成将发生之事。[④] 这一段落中的关键特征是奥维德如何扩展了这一"主题"（τόπος）：他对年轻的盖尤斯的强调让人怀疑他的赞颂是否真诚。[⑤] 这一段的结尾尤其出人意料，在那里诗人停止继续扮演这一事件的"官方"歌者的角色，转而

---

　　① 学者们注意到了这个段落和之前的"海战"（*naumachia*）一样，貌似打断了叙述的逻辑顺序。在此基础上，Cairns 2006, pp.412-413 认为这段话可能之前是另一首诗，后来才被插入到《爱的艺术》中。

　　② 这是盖尤斯·恺撒的东征（公元前 1 年），结合第 171-176 行中发生在前些年的"海战"，可以让我们推测出《爱的艺术》的写作时间（关于这次远征见 Pianezzola 2005, p.209 关于第 177-178 行的讨论）。根据 Miller 2004, pp.76-78 以及 Cairns 2006, pp.406-411, 436-437，这是一次对帕提亚人的远征这一事实支持如下推测：伽卢斯的诗可能也是为一次帕提亚远征而创作的，即恺撒在公元前 44 年去世前曾经计划的远征。

　　③ Labate 1979, pp.48-49 认为这些诗句中高调是真诚的，判断这些诗句是颂诗，另见 Meyer 1961, pp.82-86；与之相反的观点见 Galinsky 1969, pp.97-99。

　　④ Pianezzola 2005, p.210 关于第 177 行的讨论注出了其他模仿普罗佩提乌斯 3. 4 之处。

　　⑤ Pianezzola 1999, pp.12-13 认为对盖尤斯的赞颂是真诚的，在这些诗句中看到了诗人希望年轻的皇帝养子继承奥古斯都的皇位，因此这些诗句证明了人们往往低估了奥维德对政治的兴趣以及对官方宣传的赞同（Pianezzola 2005, p.212 关于第 194 行的讨论）。

回到了他《爱的艺术》的主题，以及他作为"爱的导师"（*praeceptor amoris*）的角色，向他设想的学生展示如何将凯旋游行变成一个赢得女孩芳心的契机。混杂在欢呼的人群中，他的学生要满足女孩的好奇心，她可能会要求解释标牌或者俘虏的身份，奥维德的学生应该炫耀对这些事件和细节的知识，而在他不知道的方面他要明目张胆地自己进行虚构。

　　所以，和普罗佩提乌斯一样，奥维德把凯旋式带入了他的哀歌体爱情诗歌的视野中，并且把它和他作品中的主题和人物结合在一起。观察者的边缘性视野成了爱情征服的一个有利契机，凯旋式的场面不过是施展求爱策略的一个媒介。奥维德利用他对凯旋式的描述来提升他的教谕诗歌（didactic poetry）：如果说普罗佩提乌斯在他的诗歌中能够借助凯旋庆典来重申他挽歌体爱情诗中的两个特点，即对公共事务的疏远，以及完全以他的爱情事务为中心，那么对奥维德来说凯旋式是一个实践他作为"爱的导师"的好机会。由此完成了庆典的降格，真正重要的元素是被凯旋式吸引的群众，在其中诱惑者能够发现他的目标。凯旋式和其他的机遇并无不同，就如同一场宴会和一次马车竞技表演一样。①

　　奥维德对凯旋式本身的漠不关心通过主人公完全不顾事实而对信息和细节的随意捏造表现出来。② 阅读标牌的细节有趣地展现了伽卢斯、普罗佩提乌斯和奥维德各自的不同之处：在伽卢斯的

---

　　① 并非所有的学者都同意这种解释：一些学者认为奥维德的教导性诗歌中所表现出的态度并非是反对奥古斯都的统治，而是试图与之妥协，见 Labate 1987, p.96。

　　② 捏造回答之易，Beard 2007, p.184 将之视为对凯旋式壮观而虚幻的本质的折射，其中形象、重构甚至囚犯都具有误读性。

四行诗中，这是他将来欢乐的一个基本元素（当恺撒返回时，当他"阅读"充斥神庙的战利品时他将会很高兴）；普罗佩提乌斯则适时地重现了这样的处理方式，可能是为了向他的前辈致敬：被征服的族群和地区也是满足好奇心的元素。而更重要的是，这样的处理也让他从充满战利品的神庙的场景回转到了现实中凯旋式的事件上，从而有机会展现他对凯旋式本身的漠不关心，衬托出他与卿提娅关系的核心地位。奥维德了解普罗佩提乌斯的手法，并且利用标牌的细节来构建他教导性诗歌的特点：他建议他的学生在阅读标牌时展现他的知识，即便他需要假装了解和捏造。因此标牌成了一种引诱的手段，完全满足了他的目的，并且反映了奥维德教导性情爱诗的本质。因此光荣的凯旋式让位给了诱惑者的目标。但是，对奥维德来说，对凯旋式的利用甚至还没有普罗佩提乌斯那样的正当理由。普罗佩提乌斯将他的私人生活和他的全部感受置于公共庆典和凯旋式的官方重要性之上。奥维德将全心全意对一个女人的爱换成了轻浮地勾引女孩们的机会，不在乎任何道德上的深刻性和情感上的正当性。[①] 考虑到这一点，对年轻的盖尤斯的冗长赞颂如果不是刻意讽刺的话，至少听起来一定也是有些不合时宜。[②] 当然，与段落的结尾及其轻浮的目的相比，最开始的庄严语调，以及诗人声称要用他的诗歌来鼓

[①] 正是从专注的爱情到多重的情爱征服的转变体现了奥维德哀歌体诗的新意，奠定了破坏这种文体的基础：见 Labate 1979, p.29。

[②] 奥维德研究者对这一问题分成两派，一派学者认为奥维德对政权持批评态度（甚至是敌视），另一派不认为奥维德有这样的观点，并且认为奥维德忠于元首，并且多少有些感激他的政治功绩，让公民们在一个和平的世界里过上宁静而优雅的生活 (Labate 1979, pp.39-49)。

舞士兵并且庆祝胜利，便失去了可信性。[1] 最初对这些事物的强调看起来就是为了无礼而轻浮的结尾部分对这些描写的反转和嘲弄。

为了让凯旋的主题来适应他的教导目的，奥维德也转变了伽卢斯和普罗佩提乌斯对凯旋式的处理方法，在这两个人看来，诗人自己参与凯旋庆典是特别重要的。伽卢斯说只有当恺撒将来获胜，并且也只能因为这个原因他才会高兴。他以此显示出自己，至少在想象中，对凯旋式的深度参与。普罗佩提乌斯将注意力转移到了凯旋游行上，他当然把自己描绘成游行的参与者。即便他试图表现出他对凯旋式游行所展现出的意识形态的漠不关心。[2] 正是游行队伍的经过让他有机会和他的爱人在一起并且和她一起享受游行的表演。在这一方面，奥维德的创新和他教导性诗歌的主旨一致，排除了诗人和凯旋式之间基本的联系：随着他对盖尤斯的赞颂，许诺成为他获得的光荣的歌唱者，以及他对游行队伍的描述，他看起来的确不耐烦以个人的身份出现。而当他给他的学生建议时，他从场景中消失了，将参与这一事件和利用这一场合的任务留给了意欲勾引人的人。很明显，特定凯旋式的主题无关紧要，凯旋式仅仅是一个人群聚集，而诱惑者能够方便邂逅女孩的时机。凯旋这一事件的平凡化在此完成：对凯旋式的解读没有

---

[1] 关于允诺献诗给胜利者，见 Pianezzola 2005, p.214 对第 206 行的讨论，认为这里和《农事诗》3. 294 相关。 奥维德提议作为官方诗人来为盖尤斯庆祝，Davis 2006, p.101 认为这十分具有讽刺性。

[2] 这种漠然在普罗佩提乌斯 3.4 最后一行的第一个词 me（"我"）体现了出来，明确地将普罗佩提乌斯和胜利远征的参加者们隔离了开来。

比这更越界的了。①

　　凯旋式的官方性在《爱的艺术》里被反转到了极致。② 凯旋式反而变成了一个构思新式的情色教导诗文类并肯定其挑衅性特征的契机。但是凯旋式主题也给奥维德一个来和普罗佩提乌斯（以及和伽卢斯）就哀歌体这一文类展开对话的机会。这本身也是大胆的。③ 当和主流意识形态比较时，哀歌体的"边缘性"和"他者性"允许作者们在分析凯旋式时发展出不同于官方的观点和视角，从历史角度和社会学角度上来说，他们的视角不仅有着更加丰富的暗示，也更加富有诗歌成就。

　　但是奥维德的探索并未止步于《爱的艺术》，即使在这部作品中他看起来已经将这一主题发挥到了极致。 他生活环境的变化致

---

　　① 　第 223 行对维吉尔《农事诗》3.15 的模仿也加强了颠覆性的效果：见 Galinsky 1969, pp.101-102, 但他强调这并非来自奥维德反对奥古斯都统治的意愿，而仅仅来自他想弱化凯旋式主题庄严性的意图。

　　② 　研究者们对于这一段落的观点分歧很大：一些人认为这些诗句有讽刺的意味，而且可能敌视当局（比如，见 Sullivan 1976, p.65），并且认为诗中的语气不敬，将凯旋式和轻浮的求爱联系在一起；相比之下，另一些学者从诗中感受到了诗人对这次远征的真诚态度（Labate 1979, pp.48-49），并且不认为奥维德对当局有任何的抨击（Labate 1984, p.107; Galasso 2011, p.255）。更加微妙的是 Pianezzola 1999, pp.9-27 的立场，他在《爱的艺术》中发现了奥维德对当局的某些政治和道德取向有颠覆性的看法，但并不认为奥维德对政权和奥古斯都的意识形态存在着真正意义上的敌视或者抨击的意图。根据 Hollis 1973, p.87 的观点，奥维德在《爱的艺术》中并没有反对政权，而是将其官方特征中造作炫耀的本质去除了。同样地，Barchiesi 1997, p.4 指出《爱的艺术》中奥维德从未试图颠覆什么，因为诗人宁愿离开政治关怀，但是在奥古斯都眼里奥维德的诗却显得很反动，因为奥古斯都把道德看成是他统治的关键问题。

　　③ 　Labate 1979, pp.32-34 认为奥维德倾向于减少拉丁哀歌体诗的僭越性特征，拥有多个女性情人们，并且把爱情描绘成是一种年轻人的经历。这样他就和罗马传统观点（见泰伦斯在这种情形下的态度，西塞罗在 pro Caelio 中延续了这一看法）相一致了。根据罗马传统，在成年之前，年轻人可以有自由以及情事上的违规行为，而成人的责任与义务所要求的生活方式则中规中矩得多。

使他以截然不同的流放的视角返回了这一主题。这时他重新塑造
了他作为诗人的角色，反思了他先前的作品并且重新思考了他与
皇权的关系。流放诗歌近年来受到了特别的关注[①]，在学者中引发
了很多的问题，他们不再将这些流放诗歌看成是一位疲倦的诗人
的作品，不再像此前很长时间里的看法那样将之看成是缺乏激情
的创作。如今也不再将这些作品看作是伪装在表面的奉承下对政
权的爆发性抨击。[②]流放诗歌现在被看成是复杂的、具有多面性的
作品，其中和皇帝之间微妙的对话让奥维德重新觉察到了他作为
一个诗人的才智以及他诗歌艺术的价值，是他此前作品的后续，
并不一定就是和以前的作品背道相驰。[③]他与皇帝之间的关系十分
难以捉摸，而且因为他的流放变得更加微妙，对这一关系应该以
更加广阔的视野来看待[④]：在不可避免的奉承背后可以窥见独立评
价的充分空间，以及与之前同样的思想自由，这让诗人带着幽默
评价官方意识形态的一些选择和趋向。虽然，根据许多学者的看
法，他真诚地赞美了奥古斯都统治的很多方面，我们不必期待在
每一段话的背后都隐藏着某些讽刺或者抨击的暗示。[⑤]但有时候批
评睿智地伪装成了奉承，而诗人的纯真只是表面上看起来显得真

[①]　更加详细的书目见 Claassen 1999; Claassen 2003 和 2007。

[②]　见 Marg 1959, *passim* 所创始的解释模式，其支持者包括 Syme 1978, 特别是 pp.190 ff.;
215 ff.；Bernhardt 1986, pp.110 ff.；Claassen 1987, *passim*。相反的观点，参见 Evans 1983, pp.10ss.
（pp.1 以下，以及其他的书目）；Labate 1987, p.125, note 65; Galasso 1995, p.41 和 note 8; Galasso
2011, p.VII。

[③]　Oliensis 2004, p.296; Claassen 1987, pp.39-40.

[④]　关于这一点见 Citroni Marchetti 2000, 尤其是 pp.213 ff。

[⑤]　见 Labate 1979, pp.44-50, 66; Labate 1987, pp.95-96。

诚。[①] 相应地，奥维德抗议说他后悔他情色作品中过度的自由，但是他说的这些话实际上看起来恰恰和他选择哀歌体来写作流放诗歌相矛盾。[②] 奥维德的这一选择（作为翻案诗）并非是为了抹除他此前哀歌体抒情诗中不道德和可耻的内容[③]，而是为了维持这些内容的存续。诗人以这种方式——在做了必要的修正（mutatis mutandis）之后——重申了他情色诗歌的有效性，不仅时常复述形式上的元素，还有直接的回忆。[④]

　　所有的这些在凯旋式主题中特别明显。奥维德在流放诗中经常运用这一主题。在表面上奥维德是为了表示他和统治者的宣传和指示保持一致，此外还让自己成了一个预言者，能够庆祝统治者的光荣，并且使之永垂不朽。[⑤] 但是在奥维德的流放诗里，他处理凯旋式的方式是矛盾的，也具有多重意义，以至于令人难以严肃看待奥维德给他自己描绘的新形象。即便从相反的观点上来看，他时常提到《爱的艺术》1.177-228，实际上是确认而非改变了这部诗歌的生命力。[⑥] 即使凯旋式在一些篇章中是官方的庆典，

---

　　① 　这样理解的有 Luisi 2001, p.76; Claassen 1987, p.40; Evans 1983, p.181, note 4; Williams 2002a, p.240。关于辨别奥维德对奥古斯都真实态度的困难，我们只能够说是一种矛盾的心态，见 Claassen 2009, p.181; cfr. Maltby 2013, p.283; Williams 2007, pp.154-158。

　　② 　Labate 1987, pp.92-128.

　　③ 　这样理解的有 Galinsky 1969, p.106; 相反观点, Labate 1987, p.95。

　　④ 　见 Labate 1987, pp.92-95; Galasso 2011, p.XX。Claassen 1987, p.40: 在流放诗里奥维德选择了此前导致他悲剧的同类型的哀歌体诗，这是为了向奥古斯都展示他诗歌的作用以及他诗歌中并没有对政权的抨击和敌视。另见 Williams 2002a, p.241。

　　⑤ 　在他的流放作品中，奥维德表示自己可以通过诗歌来确保自己永垂不朽: 见 Galasso 2013, p.200。在流放诗中，奥维德所用的是 vates（"诗人"）这个词的庄重的含义，而在此前的诗歌中这个词出现在轻浮的语境里，或者被用来强调诗人并不可靠: 参见 Galasso 1995, ad v. 55, p.123。

　　⑥ 　Labate 1987, pp.99-101.

它也并没有失去多义性和模糊性。① 在三首大量涉及凯旋式的哀歌体抒情诗，即《哀怨集》4.2、《黑海书简》2.1 和 3.4 中，我们不仅能够看出奥维德的思路，也能够发现他和他的作品范式之间持续的对话。在"反思性"的流放诗歌中，他的作品模版主要是他自己以前的诗歌。

在这三首以凯旋式为主题的诗歌中，《哀怨集》4.2 的年代最早，这首诗歌对凯旋式的讨论也是最值得注意的。这首诗歌一直以来被看成是对《爱的艺术》1.177-228 中对凯旋式毫无敬意的描述的"翻案诗"②，但仔细阅读这首诗歌便可以发现其文本要比想象的更加复杂。③ 此诗与《爱的艺术》相关段落之间的关联是明显的：也是一个想象中而非现实中的凯旋式④，一段对凯旋式场景的描述，注重描绘战俘、观众的各种疑问以及有时不太正确的回答。⑤ 从中也能识别出这部诗作和之前作品范式之间的对话：以伽卢斯为范式，诗中出现了公共和私人场景的融合，并且将凯旋式作为对辉煌远征的预言与征兆。在这首诗作中，奥维德强调他的描述无法精确，因为来自罗马城的消息是遥远而含糊的。在这里他对普罗佩提乌斯《哀歌集》3.4 的参照更加明显：《哀怨集》4.2

---

① 见 Williams 2007, pp.157-160。

② 这是 Galinsky 1969, p.106 中的解释，相反的观点见 Galasso 1995, p.93。

③ Hardie 2002b, pp.308-311 认为，这首诗并不仅仅是一首"翻案诗"（palinody），它最显著的特征是再现实情的技巧。Heyworth 1995, pp.145-149, 认为这是一种将《爱的艺术》中的凯旋式现实化的方式。

④ 这首诗可能写于公元 10 年（Beard 2004, p.118），或许暗示了提比略为了纪念日耳曼尼亚战争而可能举行的凯旋式。Syme 1978, pp.39, 45 认为，这首诗可能写于公元 11 年。

⑤ 见 Labate 1987, pp.97-101 中对这两个段落的比较，他发现在《爱的艺术》1.177-228 和《哀怨集》4.2 中对凯旋式的描述通过同样的感情和共同的欢喜之情而统一在一起。

的第 20 行（*cumque ducum titulis oppida capta leget*）几乎是逐字引用了普罗佩提乌斯《哀歌集》3.4 第 18 行（*... titulis oppida capta legam*，"按标牌朗读座座被征服的城市"）。[1] 此外在合并公共与私人场景时，可以看到像贺拉斯（《颂诗集》3. 14 和 4. 2）那样的处理。这一系列的参考和暗示当然不仅仅是为了显示诗人运用先前文本资源的能力。[2] 作者还强调了这部作品与先前这些作品的不同：奥维德如今作为一位模范公民和奥古斯都的忠实臣民，重新以官方的立场描绘了凯旋式。从相反的立场上反省了他的前辈文人和他自己的作品中对凯旋式的不敬之处。他以这种方法重新回到了官方的立场上，将**凯旋者**作为作品的焦点，即使当焦点转向群众时，诗人趁机将群众描述为一个整体，他们在这一时刻分享凯旋者的喜悦；甚至对有关凯旋式的问题和回答的细节描述现在也被用来描绘观众们对凯旋式的好奇心和兴趣，而这些内容在《爱的艺术》中则是诱惑女孩的一种手段。[3]

　　这和《爱的艺术》中的引诱者视角非常不同，在《爱的艺术》中，凯旋式只是寻求爱情事件的一个契机。而在《哀怨集》4.2 中，奥维德则从普罗佩提乌斯那里往后退了一步。普罗佩提乌斯对凯旋式漠不关心，他将凯旋式仅仅描述为和自己的情人相遇的一个场合；贺拉斯也描绘了他本人对凯旋式这一事件或多或少的疏远，这体现在他对凯旋式的私下庆祝（《颂诗集》 3.14），也体现

---

[1]　译者注：译文来自王焕生（《哀歌集》，2006 年），第 251 页。

[2]　Heyworth 1995, p.146, 125，认为《哀歌集》4. 2（尤其第 47-56 行）是一系列先前凯旋式诗歌的地点和引用的文选的集合。

[3]　关于《爱的艺术》1.219-228 和《哀怨集》4.2.25-46 中问答的不同态度，见 Beard 2004, pp.123-124。

在《颂诗集》4.2中的"谦辞"（recusatio），他请尤路斯·安东尼乌斯（Iullus Antonius）撰诗称颂凯旋式，而他自己则选择较为短小的诗歌来庆祝凯旋式。[①]奥维德的想法和所有上述这些范式大相径庭。尽管他被流放所困扰，在地理上又远离事件的发生地，但是他展现了至少在情感上他充分地参与凯旋式，而且特别是他真心地和罗马人民一起处于集体的欢乐之中。[②]

　　但是在这一完美无瑕的表面下有一些若隐若现的线索述说着另一个故事。首先是诗人反复强调的理念，他所描绘的只是他的一种幻想，是他的一种幻想游戏，他并没有描绘一场实际举行的凯旋式，他只是预言了有一天这场凯旋式将会发生。仔细分析的话，他对凯旋者的关注也并不明显，因为他经常离题描绘凯旋式上俘虏的感受，最后转而关注他们和他们所构成的场面。[③]对俘虏们的耻辱、流血、痛苦和失败的描绘实际上形成了一种和胜利的欢庆唱反调的暗示，让人们意识到凯旋式的另一面是征服带来的死亡与痛苦。[④]此外，随着群众的提问和回答，我们听到了玩笑般的建议在回响，那是"爱的导师"给他学生的建议，还有实质上对真实凯旋式的漠不关心。奥维德以这种方式利用了凯旋

---

　　① 通过《哀怨集》4.2和贺拉斯 Hor. carm. 4.2之间的对比，Oliensis（2004, p.308）推测奥维德想要向奥古斯都表明他像"新的贺拉斯"那样能够赞颂奥古斯都。

　　② Labate 1979, p.50认为，在《爱的艺术》1.177-228对凯旋式的描述中，奥维德已经将自己与贺拉斯以及普罗佩提乌斯区分了开来：和他们把公私简单结合的做法所不同的是，奥维德将这两者真正融合，因为除了将凯旋式作为艳遇的场合之外，他还会显示对公共事件的真心参与。

　　③ Beard 2004, p.124指出，被俘虏的国王穿着紫袍，仍然高傲，这一描述和凯旋者本身并无很大的差别。

　　④ Beard 2004, pp.122-123，强调凯旋式的另一个层面，说明奥维德暗示了罗马人在日耳曼尼亚遭受到的哀伤与悲痛（比如条顿堡，德鲁苏斯）。

式最引人注目的一个方面，即角色的虚幻性。他对凯旋式的所有展现都巧妙地利用了这一特色，而在这首诗歌中它获得了最充分的表达。如果被描绘的事件并不是真实存在的，而且奥维德不知道这一事件是否将会发生，那么实际上重要的只是视觉元素：受到称颂的凯旋者和屈辱的失败者；欢庆的群众，他们观看凯旋式但并不知道或者不能确切地理解他们所看到的景象。而奥维德的描绘当然是一种幻象，因为他描绘的事件并没有实际发生过；它的细节仍然反映了真实的凯旋式庆典的各个方面，但它本身只是一个场景，这幅图像或许并不能反映出真实的场景。无论是否真实，重要的是人们看到的是什么。凯旋式本身是由图像、象征符号和重构所组成的。其可靠性无人知晓，因此也可以进行多重的解释。因此凯旋式失去了它本质上的重要性，它的作用只在于它提供了一个场景；这里的一场完全虚构的凯旋式被等同于一场真实的凯旋式，真实的凯旋式上的一切都同样是虚幻的 [1]，这就如同《爱的艺术》中引诱者所捏造的那些名字一样，和真正的、无人知道的名字有着同样的价值。[2]

照着这样的思路，《哀怨集》4.2 中的凯旋式可能要比《爱的艺术》1.177-228 中冷漠，而且实际上不太成熟的表述更具有挑衅

---

[1]　这一想法见 Hardie 2002b, p.309，他将《哀怨集》4.2 看成是"虚像的虚像"。

[2]　我认为"虚构的凯旋式"最初源于伽卢斯的诗歌，伽卢斯选择描述了一场"预言凯旋式"（*praedictio triumphi*）而非现实的凯旋式，这在诗歌创作上完全是可行的。普罗佩提乌斯和奥维德出于各自的目的利用了虚构性凯旋式这种可能性。伽卢斯的选择十分值得注意并且很有影响。我认为不仅是奥维德和普罗佩提乌斯（不仅仅是他的哀歌集 3.4），而且在《农事诗》3 的序言中，维吉尔笔下的神庙既提及了屋大维先前的功绩，也预言了他之后的功绩（比如对不列颠和帕提亚的战争）。甚至《埃涅阿斯纪》8 中的盾牌也可能有伽卢斯的影响，通过一场本质上是"预言凯旋式"的手法，从更加久远的古代来看待历史事件。

性，奥维德在这里毫不犹豫地揭露了这一体制的虚伪，并且表明他对之毫不关心。同样，在《哀怨集》4.2 中，这一庆典的矛盾也被奥维德揭露了出来。但是以一种更加微妙和掩饰性的方法，这可能更加具有颠覆性，因为它是在暗中以一种欺骗性的方法破坏了凯旋式的庄严。而要完整解读这首哀歌体诗歌需要有其他的考虑：首先在诗歌的结尾部分存在着对比，即凯旋式参与者们集体性的欢欣和诗人与凯旋式的隔膜。他不得不等候迟来的、零星的消息，所以他只能想像其他人会在凯旋式上看到的事物（特别显著的是第 57 行的 *ego*［我］，它突然打破了此前所描绘的幻象。同样的还有 *verba videndi*，之前指的是群众，现在则是指奥维德本人）。对自己只能在想象中，通过虚构出来的短暂时刻回到罗马城的遗憾，使庆典的场景流露出一种黯淡的色彩。结尾部分的细节带着奥维德的苦涩，看起来是对他表面上和人群一起分享喜悦之情的一种沉默的否认。① 只有当他知道他迄今为止的想象确凿的真实性时，他的欢乐才会到来。通过这样的表述他摧毁了他对凯旋式的全部描述。唤起了凯旋式的虚无和不真实。当然，他本人的喜悦仰仗于领袖的凯旋式，这使人回想起了伽卢斯的诗歌。而在这里奥维德拓展了这样的理念，最重要的是把它放在了诗歌的末尾，留下了一个痛苦的印象，破坏了之前喜悦的氛围，用苦涩的语气结束了文本。

这首哀歌体诗（《哀怨集》4.2）中最重要的元素无疑是诗歌的提升。它不仅是想象性的，而且还是生成性的（poietic）——就

---

① 见 Oliensis 2004, p.310。而 Danesi Marioni 1985, p.95 则察觉公众的喜悦都超过了个人的悲伤，这是《哀怨集》4.2 和 Qaṣr Ibrîm 第 2-5 行的一个共有的特征。

是说，诗歌在本质上是一种"制作"（poiesis），是一种意象的建构。它允许奥维德暂时回到罗马城并且创造（invent）一场凯旋式，他创造的凯旋式就和一场真正的凯旋式一样可信。[①] 他以这种方式挑战了皇帝的权威，并且违背了皇帝将他放逐到托米斯（Tomis）的禁令。他甚至挪用了元首的特权，自己宣布并且编排了一场凯旋式。奥维德最强调的是诗性灵感的力量[②]，这是奥维德引以为傲之事，但也是他着重要告诉奥古斯都的一点[③]，几乎证明了奥古斯都的法令并没有削弱奥维德，反而让他可能成为一个更加有价值的盟友或者更难以对付的敌人。正如奥维德的流放诗歌中经常体现的那样，奥维德对诗歌本身的想象力以及安慰作用进行了反思：通过诗歌，奥维德相信他可以展现出自己即使不比皇帝更加优越，也是和他平起平坐的。[④] 在这首献给诗歌艺术的优美赞歌中，在这"想象的凯旋式中"[⑤]，奥维德写出了他关于凯旋式的最复杂的，也可能是最具颠覆性的诗文，这不再仅仅是与其他诗人之间变化多端的游戏性对话，而是一个反思艺术的价值和意义的契机。

　　奥维德在《黑海书简》2.1 回到了凯旋式的主题上。让自己和各种他模仿的对象对话，尤其是与《哀怨集》4.2 这个最直接的先例对话。这首诗特别引人注目是因为其中对日耳曼尼库斯十分直

---

①　Bonvicini 2013, pp.361-362.

②　这一问题值得注意的分析参见 Rosati 1979, pp.101-123。

③　Oliensis 2004, p.311 认为这首诗是呈现给奥古斯都的一个试探，让奥古斯都知道如果元首需要，奥维德可以为他写出什么。

④　Galasso 1995, p.44.

⑤　这一观点见 Williams 2002a, p.237。

白的献词和赞誉，以及提议做他的宫廷诗人。创作这首诗歌的理由是提比略皇帝在伊利里亚获胜后举行的凯旋式（公元 12 年 10 月 23 日）。[①] 但实际上凯旋者本身的人物形象被掩盖了：他的名字从未被提及，相反，日耳曼尼库斯则被描述成皇帝的随行人员，伴随着对另一场凯旋式的预言（第 53-56 行）。[②] 两场重叠的凯旋式使得诗歌的结构复杂化。一场是真实的凯旋式，虽然在远方的诗人没有亲眼看见，只能依靠自己的想象。另一场是想象出来的凯旋式，它还没有举行，仅仅是诗人所期望的。欢乐的开篇，以及文中宣称这些快乐的消息给流放中的奥维德的痛苦处境带来喜悦，似乎扭转了《哀怨集》4.2 中的看法，那首诗中充斥着苦涩；最后欢乐的假象在结尾处消失了。而在这里，奥维德的视角看起来转变了。但实际上《哀怨集》 2.1 重复了此前诗歌中一些最重要的因素，其中包括真实与虚幻之间的游戏（play）。[③] 这种游戏由于奥维德在描写中采用了一种双重的不真实而更进了一步（在《哀怨集》4.2 中，奥维德用想象描绘了一场现实中的凯旋式，而在这首诗里，奥维德甚至虚构了整个场景）。这首诗的重要性在于，它能够无中生有地创造出某些已经发生的，或者甚至是从不存在的

---

①　关于这首诗的创作时间，参照 Galasso 2011, p.XXV；关于《黑海书简》第 1-3 卷创作年代的概括性介绍，见 Claassen 1987, p.32；Galasso 1995, p.15。

②　奥维德以这种方式暗示了较之于提比略，他更加希望日耳曼尼库斯成为奥古斯都的继任者：Knox 2001, pp.179-181 认为，奥维德对提比略的反感可以追溯到《爱的艺术》1.177-228，他在这首诗中对盖尤斯的赞颂表明希望他而非提比略继任为元首；这也可能是奥维德被流放的原因，当时随着盖尤斯和鲁奇乌斯·恺撒的去世，提比略对奥古斯都的影响力与日俱增（另见 Luisi 2001, pp.87, 131, 141）。关于奥维德倾向于日耳曼尼库斯的理由，可能是因为这位年轻的皇室成员是一位诗人，另见 Barchiesi 1997, pp.177-180。

③　关于这一主题在诗歌中的重要性，见 Galasso 2011, pp.XXI-XXII。

事物，并且以这种方式来和日耳曼尼库斯进行"协商"，为诗人获取一个官方性的角色。[1] 但是，正是这一点标志着这首诗与《哀怨集》4.2之间的差距，也体现了这首诗低其一等。诗人把自己展现为赞颂日耳曼尼库斯功绩的官方诗人，他的这一目标实际上遮蔽了《哀怨集》4.2中最模糊和最有趣的特征。《黑海书简》2.1采用了一种更加庄严和预言性的语调，并且把视角限制在凯旋式的官方性质上：对凯旋式的描述失去了生命力，描述变得软弱而传统，把凯旋式的情况当作对 Fama（传言）的汇报而不是诗人的自由创造。[2]

因此我们得到的印象是，这首诗旨在强调诗人与事件之间强制性的距离，强调这是一个脱离历史真实的故事，这一事件被简化成了一个符号。与《哀怨集》4.2相比，奥维德似乎在这首诗中严肃地看待了诗歌的拟真。虽然他设计了一场预言中的凯旋式，隐约让人想起了伽卢斯的诗句，诗歌中存在着现实与虚构之间的张力以及事件的戏剧化，但最重要的是，这首诗的基本特征没有受到《哀怨集》4.2中凯旋式在视觉上的多元性和文本上的多面性的影响。《黑海书简》2.1对所涉及的其他文本，包括提布卢斯2.5、贺拉斯《颂诗集》3.14以及4.2，并没有以一种批判性的方法加以应用。[3] 诗人展现出他自己和这些诗人们一样对凯旋式的热衷和参与，但并没有在此基础上创造出与凯旋式之间的隔离（这种隔离

---

[1]　Galasso 2011, pp.XX-XXI.

[2]　Ibid., p.255.

[3]　Ibid., p.254. 关于《黑海书简》2.1 的范式，见 Galinsky 1969, pp.103-104; Galasso 1995, pp.92-93。

最能够体现在贺拉斯作品中）。① 在这首诗里这是不可能的，因为
奥维德要将自己当作一位官方诗人，并且努力令人信服地扮演这
一角色。

　　更加缺乏原创性的是《黑海书简》3.4，这是在奥维德作品中
最后一次出现凯旋式主题。这首诗几乎在各个方面都以《黑海书简》
2.1 为范式。这首冗长而乏味的诗并没有体现出独创性 ②，但其中
保留了过去诗歌中有关这一主题已经出现的特征。所以在诗中又
出现了预兆这一设置 ③，在流放诗中这成了一个必要条件，以此来
说明作者有理由来处理凯旋式这一主题。诗歌具有幻想的力量也
同样被提及，但奥维德在这首诗里更多地抱怨说他因为远离事件
的现场而缺少这样的力量。诗人本身不在现场的特点被强调，反
复突出了作者本人的孤独与参加凯旋式庆典的人群的欢欣。但即
使作者在这里比《黑海书简》2.1 更加严肃地宣称他自己是"诗卜"
（vates），却对自己尝试预言的成功显得不太有信心。④ 或许这首
诗中最显著的特点是第 39-44 行所表达的焦虑，为诗歌中凯旋式
细节描述的不准确和无知而道歉，这是对《爱的艺术》第 1 卷中
睿智而幽默形象的明显反转。诗人想要赋予自己一个新形象，这
种态度也是可以理解的。因此在这首诗中凯旋式显得比之前的作
品更加传统，更加具有象征性。他自己创造和描述的凯旋式庆典
丝毫没有历史真实性，并且证实了凯旋式的虚无，以及主题的琐

---

①　关于贺拉斯《颂诗集》4.2 中的凯旋式主题，见 Galinsky 1969, p.75。

②　根据 De Vivo 2011, p.87 中的看法。

③　他可能暗示了日耳曼尼库斯在日耳曼尼亚的战事：见 Galasso 2011, p.292。

④　关于奥维德在此处对他"诗卜"这一角色的解释是否真诚，见 Galinsky 1969, p.105。

碎。在这一最后的令人厌倦的凯旋式主题后，奥维德确实是无话可说了，并且放弃了这一题材。

奥维德对预言凯旋式这一主题的处理方式往往是将之放入"告别诗"（*propemptikon*）中，这主要是借鉴了之前哀歌体诗人们的做法。他既直接借鉴了伽卢斯的处理方式，也继续了普罗佩提乌斯已经建立起来的与前辈诗人的对话；奥维德自己的贡献不仅仅是运用所有可能的方式和视角来处理这个题材，而且还有使其适应不同环境和不同目的的技巧，从轻松俏皮的《爱的艺术》到模糊的、充满保留和弦外之音的《哀怨集》4.2。以这种方式，凯旋式在奥维德的笔下从引诱女孩的场所转变成了官方庆典的时刻，而最主要的是它给予了作者让诗歌获得荣耀的机会，在和皇帝商谈他的回归时，这是一个有利的交易筹码。[1]

对于奥古斯都时代的诗人们来说，凯旋式不仅仅是"告别诗"或者对胜利庆典的想象的产物。诗人们也利用凯旋式来升华自己的作品，作为对最伟大的诗性荣耀的隐喻。屋大维正在改变凯旋式的体制，而诗人们则常常对凯旋式进行反思，并且将它作为他们艺术的一个影像。因此维吉尔在《农事诗》第 3 卷的序言里描述自己在凯旋式中带领着赫西奥德的缪斯女神们从赫利孔山下来前往拉丁姆。贺拉斯在《颂诗集》3.30 的"印章"（σφραγίς）[2]中运用凯旋式的语言和特征升华了他的抒情诗。[3]但是像常见的那

---

[1]　Galasso 2011, p.292.

[2]　译者注：σφραγίς，见张巍：《特奥格尼斯的"印章"——古风诗歌与智慧的传达》，《外国文学评论》2008 年第 1 期。

[3]　在颂歌中有许多暗示凯旋式庆典之处：见 Ziogas 2015, pp.116-117; Beard 2007, p.50。

样，以最具有独创性和最精妙的方式把凯旋式和诗歌的升华结合起来的是那些哀歌体诗人。特别是普罗佩提乌斯，他给予了这种隐喻一个突破性的、不虔敬的基调。他在《哀歌集》3.1中描述自己坐在凯旋者乘坐的马车中，紧挨着丘比特和缪斯女神们 [1]，后面跟随着一群其他诗人。这样就把最具官方色彩的凯旋式庆典的严肃氛围和他挽歌体情色诗歌中的私人色彩结合了起来。从卡利马科斯（Callimachus）诗歌标准的角度上来说，高度程式化的哀歌体诗是对战争和史诗的否决。所以凯旋式出人意料地和以和平为主题的诗作联系在了一起。[2] 或许普罗佩提乌斯将他自己的诗作和名声与凯旋式做比较是想说明他看待自己的作品有多么认真 [3]，将罗马最尊贵的庆典和为人所不齿的哀歌体爱情诗结合在一起，与此同时还拒绝了战争和军事上的荣耀，这听起来至少是有争议的，是对罗马传统和官方意识形态的不敬。回响在维吉尔《农事诗》开篇中的令人印象深刻的戏仿（parodic）证实了哀歌体诗的嘲笑性基调。[4]

　　奥维德十分了解这种突破性的冲击力，也知道普罗佩提乌斯场景的潜力，并且在一个纲领性的文本，《恋歌》 1.2 中直面这一

---

①　普罗佩提乌斯是第一位将凯旋题材和爱情题材的拉丁哀歌体诗联系在一起的诗人：见 Athanassaki 1992, p.125 。（当然伽卢斯可以算是一个先驱，他在《残篇》fr. 2.2-5 中可能一直都将这两个题材联系在一起，或者也可能他把凯旋式题材放到了其他地方：在所有的哀歌体诗人中，他是唯一一个有着出色的军事生涯并且可能真的参加过凯旋式庆典的人，虽然他显然不是凯旋将军。）

②　Galinsky 1969, p.89.

③　Ibid., p.91.

④　对普罗佩提乌斯《哀歌集》3.1 的这种解读见 Miller 1995, p.290。

点。① 但是他按照自己的态度拓展了普罗佩提乌斯的意象，并且使其成了整首诗的主题。② 其结果是一首精妙的诗歌，可能比普罗佩提乌斯的诗歌更加不尊敬，他将这种风格发展到了极致：凯旋式现在属于爱神，而诗人则成了爱神的受害者／俘虏。因此，奥维德不再强调他自己诗性荣耀的意象，而是强调他对自己作品所属文类的臣服。诗人个体的庆祝让位于整个文类的庆祝，在和普罗佩提乌斯的比较中显露出了与之不同的特征和独创性。③ 普罗佩提乌斯庆祝他本人和他包罗万象（all-encompassing）的爱情故事，而奥维德则秉持着哀歌体诗的典型精神，庆祝抽象的"爱情"，不拘泥于征服某个女性：这是他哀歌体诗的一个主要创新。这样的作品不再显得像是爱情故事的陈述，而仅仅是爱情诗，也就是一系列多种多样的有关情爱的主题。④（实际上在《恋歌》1.2 中奥维德还没有开始恋爱，而且，自相矛盾的是他在见到偷了自己心的女子之前，他成了爱情的俘虏。）⑤ 与拉丁哀歌体诗人常见的挣扎与抵抗比起来，他立即向不可战胜的爱神屈服，这或许暗示了奥

---

① 对于这首诗的纲领性，见 Reitzenstein 1935, *passim*。一些研究者推测这可能是奥维德《恋歌》第 1 版开头：见 Cameron 1968, pp.320 ss.; 但是 McKeown 1989, p.33 和主流的观点不同。关于《恋歌》1.2 和普罗佩提乌斯《哀歌集》3.1 之间的关系，见 Galinsky 1969, p.91。

② Galinsky 1969, p.94.

③ 这种意义上的解读见 Athanassaki 1992, *passim*。

④ 根据 Labate 1979, pp.29-31，奥维德的做法旨在去除拉丁哀歌体诗中反对政权的颠覆性特征：实际上，通过消除爱情和一位女性之间的排他性关系，他移除了哀歌体诗的总体性本质（totalizing nature），这种本质是将哀歌体诗中的爱情看作是一种与传统观念相对立的真正的生活方式。这样，他反而给予爱一种正常程度的经验，甚至在官方意识形态中都可以容忍。从更大的方面来说，选择了放荡不羁的生活正是为了化解哀歌体诗的矛盾，并且调和哀歌体诗中的观点和当时的社会道德（p.66; 有关这一问题更加概括性的看法见 Labate 1984, p.94）。

⑤ 见 Athanassaki 1992, p.127。

维德哀歌体诗的这一特征。^① 他自己被纳入爱神的凯旋式中被牵引着的俘虏行列里（类似普罗佩提乌斯诗歌里马车后面的那些诗人们）^②，这并不意味着他的诗歌比前人争议更少，也不是意在对普罗佩提乌斯的过度自信进行微妙的批评。^③ 这只是表明奥维德给挽歌体情爱诗做出了新的安排。^④ 从挽歌体诗的层面上来说奥维德不仅仅涉及了普罗佩提乌斯《哀歌集》3.1，也可以看出他借用了提布卢斯2.5，这首诗中严肃的观点在一场戏谑的游戏中被推翻了（但是把描述的凯旋式作为发生在未来的事件仍然是这两个文本共同的特征）。^⑤ 和普罗佩提乌斯一样，在《恋歌》1.2.13-16中，奥维德开玩笑式地模仿了《农事诗》第3卷（这一卷里描述了诗人的凯旋式）^⑥，但对维吉尔作品的参考主要关注的是埃涅阿斯，从相反的视角暗示一些重要的主题。因此拟人化的"狂怒"（*Furor*）和"奉承"（*Blanditiae*）以及"错误"（*Error*）一起跟随在爱神的马车后，这和维吉尔《埃涅阿斯纪》1.294-296中被枷锁绑住的"狂怒"

① 这一观点见 Miller 1995, p.291。

② McKeown 1989, ad v. 36, p.51，认为奥维德在想象中将自己包括在了普罗佩提乌斯3.1.12 的"成群的诗人们"（*scriptorum turba*）中，普罗佩提乌斯的文本在这一段中几乎被逐字逐句地模仿了。见普罗佩提乌斯《哀歌集》3.1.12(scriptorumque meas turba secuta rotas) 和奥维德《恋歌》1.2.36 (adsidue partes turba secuta rotas)：当奥维德想强调自己和他范式的不同时，他经常会十分精确地再现范式（Morgan 1977, pp.107-109）。

③ Cameron 1968, p.326.

④ Du Quesnay 1973, p.8 不认为奥维德在《恋歌》中对普罗佩提乌斯有什么批评的态度，而是认为奥维德的作品中试图展现出更加脱离现实（detached）和更加活泼戏谑的（playful）爱。

⑤ 关于和提布卢斯 2.5 之间的关系，见 Maltby 2013, p.291; Miller 1995, p.289; Galasso 1995, p.123。尤其是第 34 行几乎和提布卢斯 2.5.118 一样，由此产生了这两首诗相关的年代顺序的问题。学者们一般倾向于认为提布卢斯的诗歌更早（Miller 1995, ibidem; McKeown 1989, ad loc. p.50 认为伽卢斯可能是这两首诗的范式）。

⑥ 关于第 13-16 行中动物的比喻令人想起《农事诗》，cfr. McKeown 1989, *ad loc.*, pp.41-42。

正好相反。① 而在奥维德《恋歌》第 51 行中归于奥古斯都的"吉祥的武器"（*felicia arma*）只能让人想到《埃涅阿斯纪》7.745 里注定遭到失败和毁灭的乌芬斯（Ufens）的 *felicia arma*（《埃涅阿斯纪》12.460）。② 进一步而言，在对爱神的最后恳求中，我们能够识别出诗歌中唤起的是图尔努斯（Turnus）在临死前对埃涅阿斯所说的精彩言辞（《埃涅阿斯纪》12.931-938），以及安喀塞斯的警告"饶过被征服者"（*parcere subiectis*，《埃涅阿斯纪》6.853）。③ 这种戏仿肯定不仅是意在触及奥古斯都时代诗歌中微妙和重要的部分，也触及了奥古斯都时代的意识形态。

　　但是这首哀歌体诗（《恋歌》1.2）并不仅仅是对此前文学范式的突破。就像他经常所做的那样，奥维德触及了奥古斯都时代官方宣传的方方面面。他将凯旋式分配给了最轻佻的神，并且把凯旋式和爱情中不太庄重的一面联系起来，这样就减低了凯旋式的价值。④ 而且凯旋式典礼的各因素和符号都显得不那么重要了，因为这是属于爱神的凯旋式，它们失去了所有的庄严。⑤ 就这样，维纳斯的桃金娘取代了凯旋者的桂冠⑥，战车前的白马变

---

①　让这种暗示更加明显的是：在所有奥古斯都时代的诗歌中，只有在这两个段落中"狂怒"以拟人化的形象出现（McKeown 1989，关于第 35-36 行的讨论，p.51）。

②　关于提到乌芬斯可能的意义，见 Goh 2015, pp.174-175。

③　见 Labate 1979, p.67; Goh 2015, pp.168-169。

④　McKeown 1989, ad vv. 51-52, p.58; Beard 2007, pp.52, 113; Harvey 1983, p.89。

⑤　见 Athanassaki 1992, p.140; Miller 1995, p.294。Davis 2006, pp.74-77 认为哀歌体诗中的爱情和生活与军事方面融合在一起，是对当时意识形态的一种拒绝。

⑥　桃金娘实际上是在小凯旋式（*ovatio*）上使用的，这是一种次要的凯旋式，而在这里当然是因为和维纳斯的关系而将它与凯旋式联系在一起；奥维德可能只不过是利用了这一巧合：McKeown 1989 认为（见 p.45 对第 23-24 行的讨论），对桃金娘的详细描绘可能仅仅只是和小凯旋式联系在一起，以表示奥维德已经投降的爱情的凯旋只是一次次要的小凯旋式。

成了爱之女神的白鸽；爱神披带着珠宝，这对一位胜利归来的将领来说是非常不合适的。① 随从的队伍由一些消极的拟人化形象组成②，诸如"错误""狂怒"和"奉承"，而一些积极的人物形象诸如"明智"（Mens Bona）和"得体"（Pudor）则在囚犯队伍中（"明智"是一个特别被崇拜的神）③，这十分令人震惊。④ 在凯旋式游行途中，神让观众们坠入爱河，这种感觉让人想起了《爱的艺术》1.216-228，他的游行队伍被酒神巴库斯从印度前往西方的游行队伍同化了。⑤ 一些细节非常接近元首的形象和他的意识形态：整个凯旋式的场面明显参照了奥古斯都广场中的绘画。在广场上有一幅画描绘了亚历山大大帝率领的一支凯旋队伍⑥，还展现了被锁链束缚住的"狂怒"（这和奥维德的诗歌中的景象相反），这曾经激发了维吉尔在《埃涅阿斯纪》1.291-296 中描述的场景。⑦ 而奥维德提及的 felicia Caesaris arma（"恺撒吉祥的武器"，第 51 行）和埃涅阿斯纪中打败乌芬斯的 arma⑧产生了令人尴尬的

---

① 这一观点见 McKeown 1989, ad vv. 41 和 42, p.54。

② 关于这个典型的具有凯旋式意味的词汇，见 McKeown 1989, ad loc., p.51。

③ 尽管 Pudor 并非是一位真正的神，貌似是奥古斯都时代的诗人将它拟人化的：见 McKeown 1989, ad loc., p.49。

④ 关于这一段强烈的颠覆性见 Miller 1995, pp.289, 292-392; Goh 2015, pp.172-173。Du Quesnay 1973, p.41, 反而认为 Amores 里没有对政权的抨击和敌视。

⑤ 这首诗里的巴库斯这一角色有多种不同的解释：例如 Labate 1984, p.69, 将他视作一位有文化（civilizing）的神，就和爱神以及奥古斯都一样。而 Athanassaki 1992, p.134 在狄奥尼索斯身上看到了对悲剧的暗示，就是说，挽歌体爱情诗和悲剧一样有吸引观众的能力。关于巴库斯和凯旋式之间的关系，cfr. McKeown 1989, pp.32, 57。

⑥ Miller 1995, p.293; McKeown 1989, ad vv. 31-36, pp.48-49.

⑦ Miller 1995, pp.292-293; McKeown 1989, ad vv. 31-36, pp.48-49.

⑧ McKeown 1989, p.59 将 felicia arma 短语和奥古斯都的宣传联系起来，旨在将当时的元首呈现为一位凯旋的将军。

联系。[①] 诗歌的最后一组对句显得尤其具有挑衅性，因为通过强调爱神与奥古斯都之间的亲缘关系，奥维德不仅把奥古斯都和这位轻佻的神联系在一起[②]，在轻浮的爱情文学中嘲笑了奥古斯都广受赞誉的仁慈（*clementia*）[③]，还可能——如人们认为的那样[④]——暗示了只能由奥古斯都家族成员举行凯旋式的限制。[⑤] 这足以让这首诗成为奥维德以凯旋式为题材的诗歌中最无礼的一首诗。[⑥] 即便这首诗并没有敌视政权，也并不旨在暗中诋毁政权，而是把一个庄重的主题变得轻浮，重中了奥维德的生活和诗歌写作的方式，这种方式远离对公事的关注，也和"肃穆"（*gravitas*）相去甚远。[⑦] 形成鲜明对照的是，奥维德的这首诗也被解读成是在尝试缩短哀歌体诗的观点和罗马传统之间的距离，试图展现出爱情的选

---

① 乌芬斯在全诗中的一个关键时刻被埃涅阿斯残忍地杀死了。当时对乌芬斯违背停战协议的愤怒在英雄心中燃起了真正的"狂怒"，他忘却了自己的"虔敬"（*pietas*），并且实行了残暴的屠杀。此外我们不应该忘记，在《埃涅阿斯纪》10.518 中，当年轻的王子去世时，在英雄的另一次丧失理智的愤怒中，乌芬斯的孩子们将会被埃涅阿斯献祭给帕拉斯：用英雄的这种不光彩的行为来暗示奥古斯都如此相似的事迹，这是奥维德诗歌中的另一个冒险举动。特别是考虑到当他占领了佩鲁西亚后他以同样的方式屠杀了数百名公民，这一幕可能激发了埃涅阿斯所实行的屠杀以及他向已经去世的帕拉斯献上人祭。

② 这种联系因为维纳斯这一人物得到了巩固，她是爱神的母亲，也是埃涅阿斯的母亲，因此办为尤利乌斯家族的祖先：见 Labate 1984, p.81。关于爱神和奥古斯都的关系，另见 Galinsky 1969, p.92。

③ Labate 1984, pp.67-69，而 Miller 1995, p.294 对于这一段落中对仁慈的暗示表达了两种相反的观点。Athanassaki 1992, p.140 认为对仁慈的提及表明了一种心照不宣的暗示，即暴力不可避免地是每次凯旋式的前提。

④ Harvey 1983, *passim*.

⑤ 这一观点见 Harvey 1983, *passim*; Miller 1995, p.293。

⑥ Miller 1995, p.294; Athanassaki 1992, p.140; Harvey 1983, p.90.

⑦ 见 Galinsky 1969, p.94。McKeown 1989, pp.33, 58 认为《恋歌》1.2 中奥维德戏仿凯旋式的目的仅仅是为了开玩笑，并没有任何评价政权的意图。

择（choice of love）和集体价值观之间的妥协。[1] 要明确地弄清奥维德这样一位杰出的、多才多艺的诗人的意图往往是困难的，但以开玩笑的方式描述凯旋式，使他有机会来提出很多理念。其中有和他之前的诗人们的比较，他和诗人们之间建立起了一种诗学上的对话，也有他和当时意识形态的比较，他贬低了这种意识形态，但并不试图去讨论它的有效性。

对奥维德来说，《恋歌》1.2 中对凯旋式的描述之所以有价值可能还有另一个原因：通过假设囚犯们的视角，他实际上探索出了凯旋式庆典的一个独特之处。在不断地寻求多样性和变化性（这是奥维德所有作品的特征）之中，这种方式扭转了官方的仪式性视角，探索了描述凯旋式的各种可能性。实际上这种方式也展现出了凯旋式庆典中痛苦的一面，其使用的视角在此后对这一事件的描述中也时常出现，以此来揭示凯旋式在意义上的多样性和模糊性。

奥维德在《恋歌》中继续探索了凯旋式这一题材所能够提供的可能性，在另外一些场景中使用了凯旋式的意象和隐喻来强调哀歌体诗中与当时的社会准则所不同的另类的生活方式。这种处理方式在他的挽歌体爱情诗中仍然非常具有颠覆性。比如在《恋歌》1.7.34-38 中，当主人公打了他心爱的女人后，他感到遗憾，并为他的轻松获胜感到羞愧，并且讽刺性地把自己比作一位凯旋者。抨击性地提及唾手可得的胜利，我们是否能够将其看成是一种对现实中真实的凯旋式的隐喻？但是除了《恋歌》1.2 以外，《恋歌》2.12 无疑贬低了这一事件。在这首诗歌的胜利场景中，当作

---

① Labate 1979, pp.66-67. Labate 1984, p.67 认为，这首诗歌的目的是为了营造出哀歌体诗中的生活和罗马传统准则的相似性。

者进入心爱女孩的屋子时，他扮演了凯旋者的角色。对于这一成果，奥维德形容自己是一位军事凯旋者，并且将爱情军事（*militia amoris*）和战争军事做了对比：将最崇高的罗马荣誉授予了如此微不足道的一个场合，这是十分不敬的。[1] 然而比之更甚的是，奥维德将自己的胜利描述得比普通的胜利更加崇高，因为这是一次不流血的胜利。第 5-6 行中的声明（*haec est praecipuo victoria digna triumpho / in qua, quaecumque est, sanguine praeda caret*）正面挑战了罗马传统的军事精神和意识形态，诗人用他和平主义的观点与之做了对比。他仿效的是普罗佩提乌斯《哀歌集》3.5.1（*Pacis Amor deus est*），或者普罗佩提乌斯 2.14.23（*haec*，即对爱人的征服 —— *mihi devictis potior victoria Parthis*）。通过这首诗，奥维德再次证明了他处理凯旋式这一题材的技艺，也展现了这一事件的矛盾性。他强调凯旋的胜利者和受难者的角色是可以互换的[2]，正如他后来经常在流放诗里暗示的那样。因此，受难者们似乎将自己的角色反转了，他们从凯旋者那里夺走了关注的焦点。[3] 而且奥维德还探索了凯旋式这一事件中其他视角的可能性，他在《恋歌》1.2 中扮演了爱神凯旋式中囚犯的角色后，在《爱的艺术》1. 213-228 和《哀怨集》4. 2.19 ff. 中把自己的视角定位成群众的视角之前，还尝试了胜利者的官方视角。[4]

　　凯旋式的场景，对胜利者的强调，对桂冠详细描述以及和凯旋式联系在一起的情爱的范畴（ambit）都是对《恋歌》1.2 的

---

① Pianezzola 1999, p.83.

② 这一凯旋式的普遍特征在 Beard 2007, pp.136-137 中有所阐述。

③ 这一凯旋式庆典的典型元素也参见 Beard 2007, pp.135-136。

④ 关于奥维德选择从各种视角来探索凯旋式，见 Beard 2007, p.142。

有意暗示：但曾经作为囚犯跟在神的马车后的诗人现在承担了神的角色，暗示了诗人和神的同化，使这首诗获得了最重要的诗性意义。事实上，如果爱神的凯旋式是挽歌体情爱诗成功的简单隐喻和象征（神的形象表明并且确保了这一陈述最大程度上的普遍性），那么荣耀就完全属于奥维德的哀歌体诗，凯旋式由此成了文学成就的反映和象征，而且令人震惊地和情爱诗联系在一起。值得注意的是这里和《恋歌》1.2一样也影射了《农事诗》3.219-223，在一组对句中描述了两头公牛为了一头母牛而争斗（第25-26行），这里的影射和《恋歌》1.2.13-16中一样，还是《农事诗》的第3卷，其中包含了诗性的凯旋的内容。所以这两首挽歌体诗有一系列的相似性，奥维德为了拔高他的色情诗而将它们结合了起来，并且在诗歌中穿插了一连串的先例，但同时又具有自己与众不同的独创性。另外值得一提的是这两首诗中对罗马传统意识形态的态度。它们运用了辉煌而庄严的凯旋式这一最正式和最富有象征性的事件作为诗歌的题材，通过颠覆凯旋式的这种形象来表明，诗歌中所选择的那种不虔敬的、遗世独立的生活方式所具有的他者性（otherness）。

　　总之，奥维德对奥古斯都时代诗人们所发展出的凯旋式的两种形象进行了深入而且多样的探索。首先是将凯旋式庆典描述为功绩的成果，而这种功绩在"告别诗"里被预见了，这可能是伽卢斯首创的。其次是将凯旋式作为文学荣耀的一种隐喻。奥维德用他的智慧把两个领域融合在一起，成功地在不那么虔敬的庆贺凯旋式中拔高了诗歌的地位：在哀歌体流放诗中，他自己作品的创作技巧使他至少从概念上而言仍然能够在故乡。相比之下，当凯旋式的形象被奥维德用来赞美他自己的诗歌时，他还能加入对传统（*mos maiorum*）的批评和嘲笑，如 *Amor.* 1. 2 and 2. 12。[①]同样，凯旋式激发了他非凡的才能，以不同的视角来看待和描述现实。诗人不时地从每一个视角来分析现实场景中的各个方面，揭示了凯旋式庆典中意识形态的复杂性以及突出的视觉本质。但在这一庄严的公共事件中奥维德也利用了它的矛盾性和虚幻的元素，这些特征能够将凯旋式变成一种对其自身的戏仿，对令人不齿的哀歌体诗及其生活方式的隐喻，但也是诗歌荣耀的一种强有力的意象（image）。

---

①　《恋歌》1.2 在流放诗中也被引用了，这并非是巧合：《恋歌》1.2.40 在《哀怨集》4.2.49-50 和《黑海书简》2.1.35-36 中被复述。

奥维德《岁时记》：时间的政治划分

王晨

　　与《变形记》和《爱的艺术》相比，中国读者对《岁时记》要陌生得多，较之爱情主题和生动的神话故事，罗马的历法和宗教似乎不那么吸引人。在西方的奥维德研究中，对它的重视程度长久以来同样不如诗人的其他一些作品。不过，近几十年来，随着一批重要专著和论文的涌现，我们开始认识到《岁时记》的重要性和独特价值，不同角度和层面的研究让我们对作品本身及其背景有了更深入的了解。笔者在 2017 年和 2019 年发表的两篇译注中曾简略地谈及《岁时记》的历史背景、文学意义、解读、版本等。[①] 本文将侧重介绍围绕《岁时记》的一些争议，并以近期研究为主。

　　《岁时记》现存 1-6 卷，每卷对应一个月，解释了月名和节日的由来，还描绘了星辰起落状况。[②] 这种"探源"主题可以追溯到卡利马科斯的《起源》(Aetia) 和普罗佩提乌斯的《哀歌集》第 4 卷，而对星座的描绘可能受到阿拉托斯 (Aratos)《星象》(*Phaenomena*) 的影响。[③] 对节日进行解释则是罗马的独特传统，因为罗马的节日本身并没有固定不变的意义，而是可以有不同的解读。玛丽·比

---

① 见王晨 2017，pp.355-367；2019, pp.215-229。

② 《岁时记》1.1-2。

③ Fantham 1998, pp.11-18, 23-24; Newlands 1995, p.29.

尔德（Mary Beard）更是将对节日的各种解读视作罗马宗教的组成部分。[①] 这方面的一个先例是以碑铭的形式部分保留下来的"普莱内斯特历"（*Fasti Praenestini*），编纂者是普莱内斯特（Praeneste）本地的文法学家维里乌斯·弗拉库斯（Verrius Flaccus），他对罗马历中的节日进行了注解。

奥维德的《岁时记》采用哀歌双行体，早期的古希腊诗人也将这种格律用于"公共"主题，卡利努斯（Callinus）和堤耳泰俄斯（Tyrtaeus）号召年轻人参战和赞美军功，梭伦解释自己的政治原则，忒奥格尼斯（Theognis）提出道德训诫时都采用了哀歌体。[②] 但到了罗马帝国初期，哀歌体主要用于私人和爱情主题，史诗格律用于战争主题，格律和主题有了相对固定的对应关系。就像奥维德在《恋歌》中所说的，他原本准备用适合武器和战争内容的格律来创作（*materia conveniente modis*），但丘比特偷走了一个音步，让他只能改写爱情主题，因为维纳斯用不来密涅瓦的武器，密涅瓦也无法点燃爱情之火。[③] 因此，以哀歌体描绘节日的起源等内容对奥维德是全新的尝试，他在诗中对此表达了不安。虽然普罗佩提乌斯做过类似的尝试，表示将要歌唱圣礼和节日(《哀歌集》4.1.69：*sacra diesque canam*），但撰写一部像《岁时记》这样长达5000多行的教谕诗仍然是前所未有的。因此，奥维德在《岁时记》一开始就称自己的作品为"胆怯的船只"（1.4: *timidae...navis*），又说那是哀歌第一次张着更大的风帆航行（2.3: *nunc primum velis*,

---

① Feeney, p.127; Beard 1987, pp.2-3.

② Fantham 1998, p.7.

③ 《恋歌》1.1.1-8。

elegi, maioribus itis），自己是在"斗胆用小体叙述大题"（6.22:
ause per exiguos magna referre modos；引文中 exiguos modos 也可
译为"纤弱的格律"，暗示它无法支撑宏大的主题，这里采用了杜
恒的译法）。这固然是诗人的自谦（*recusatio*），但也暗示了他面对
的挑战。在作品的后几卷中，叙事者甚至表现出疲态，越来越不
确定如何继续。①

　　关于《岁时记》的最大疑问是奥维德是否完成了后六卷。诗
人曾表示，他已撰写《岁时记》十二卷，但命运打断了他的作品
（《哀怨集》2.1.549: *sex ego Fastorum scripsi totidemque libellos...
sors mea rupit opus*）。这里的"命运"指公元 8 年他遭到流放，
一般认为诗人从公元 2 年左右就开始创作《岁时记》，与《变形
记》之间的呼应和相互参照暗示他曾同时写作两者。②《变形记》
在公元 8 年已经基本完成，因为他希望奥古斯都让人为自己朗读
一点这部作品（*et vacuo iubeas hinc tibi pauca legi*），尽管还有待
最后的完善（*manus ultima coeptis defuit*）。③ 因此疑问就产生了，
sex...totidemque 这一表达在奥维德作品的其他地方也出现过，或者
意思明确，如"十二天"（*sex et totidem luces*），或者指明分别是什
么，"右边六个，左边六个"（*sex...dextris totidemque sinistris*）。④
大部分学者认为 *sex...totidemque* 应该指的是十二卷。有少数学者
认为这个表述的意思是：我书写了年历的六个月，用了同样数目
的卷章。假如有十二卷的话，那剩下的六卷去了哪里呢？另一方

---

①　Newlands 1992, p.47.

②　Fantham 1998, p.3.

③　《哀怨集》2.1.558, 555。

④　《岁时记》6.725,《变形记》2.18。

面，诗人没有请求皇帝读这部原本献给他的作品，暗示他其实没有完成。事实上，我们甚至不知道当时他是否写完了前六卷，*rupit* 不一定暗示拦腰打断。奥维德在谈到《变形记》时也曾用过 *rupit* 这个提法：不幸的流放打断了他的作品（《哀怨集》1.7.14: *infelix domini quod fuga rupit opus*）。而《变形记》十五卷的作品显然无法拦腰均分。[①] 塞姆（Syme）认为奥维德是在夸大其词，为了给他人留下尽可能好的印象，不同时代都有作者会像这样对自己的未完成作品做出乐观的表述。[②] 不过，无论《岁时记》在奥维德流亡之前的完成状况如何，诗人在公元 8 年之后肯定没有停止对它的创作。最明显的是他在《哀怨集》中表示《岁时记》这部作品是献给奥古斯都的（《哀怨集》2.1.551-552: *Caesar, et tibi sacratum*），但在《岁时记》现有的版本中却被转献给了日尔曼尼库斯（1.3-4: *excipe pacato, Caesar Germanice, voltu hoc opus*）。此外，诗中提到的一些事件也显然发生在公元 8 年之后。[③]

　　奥维德的《岁时记》创作于罗马共和国向帝国转型的时期，是同时代人对奥古斯都统治时期的文化和宗教观念的重要见证。但长久以来，这部作品一直没有得到应有的重视，甚至饱受批评。不完整无疑是一个重要原因，主题和文体也是它遭到诟病的地方。弗兰克尔（Hermann Fränkel）认为它根本算不得诗，称奥维德走了歧路，因为"用诗歌来描绘和妆点日历本身就不是好主意"[④]。与以希腊神话为主的《变形记》不同，罗马宗教缺乏能让

①　Heyworth 2019, p.6.

②　Newlands 1995, pp.3-5.

③　Newlands 1995, p.5, n.17.

④　John Miller 1992, p.1.

作品变得有趣的神话,令《岁时记》显得逊色不少。此外,日历的形式本身也束缚了诗人的发挥,而哀歌体并不适合进行长篇叙事。出于上述原因,学者对《岁时记》的兴趣长期集中在宗教或古物学上。如弗勒(Fowler)、维索瓦(Wissowa)和弗雷泽(Frazer)等人都视之为一座罗马宗教的信息宝库,忽略了它与当时的政治背景,以及与作者的文化环境和立场的关系。[1] 洛布版《岁时记》的译者弗雷泽本身是人类学家,以《金枝》一书闻名。他还为《岁时记》撰写了一部五卷本的注疏,内容偏重于对诗中所描绘的罗马宗教仪式的解读。[2]

这种情况在近几十年有了改变。随着新的托伊布纳版校勘本问世[3],学者们对《岁时记》重新燃起了兴趣,研究角度也扩大到文学和史学上。目前,《岁时记》的第 1、2、3、4 和 6 卷都推出了新的注疏本[4],并有新的英译本问世。[5] 此外还出现了一批研究专著,如赫伯特 - 布朗(Geraldine Herbert-Brown)的《奥维德与〈岁时记〉》(*Ovid and the* Fasti, 1994)。她在书中提出,《岁时记》是同时代人对奥古斯都后期的意识形态与王朝政治的重要见证,强调要把它放在奥古斯都时代的历史背景下看待,为此她特意给自己的专著起了"一部历史研究"的副标题。她的研究专注于罗马

---

[1] Herbert-Brown 1994, p.vii.

[2] James Frazer 1929, p.x.

[3] Alton, Wormell, Courtney, 1978.

[4] 分别是 Steven J. Green, *Ovid, Fasti 1, A Commentary*. Brill, 2004; Matthew Robinson, *A Commentary on Ovid's Fasti, Book 2*. Oxford, 2011; S. J. Heyworth, *Ovid: Fasti Book III*. Cambridge, 2019; Elaine Fantham, *Ovid: Fasti Book IV*. Cambridge, 1998; Joy Littlewood, *A Commentary on Ovid's Fasti, Book 6*. Oxford, 2006。

[5] Wiseman and Wiseman 2011.

历中的"尤里乌斯王朝纪念日"，这些内容是统治者最感兴趣的，刻画了他们的政治—宗教角色，也最符合在《岁时记》开头提到的作品的献礼性质。

纽兰兹（Carole E. Newlands）的《游戏时间：奥维德与〈岁时记〉》（*Playing with Time: Ovid and the* Fasti, 1995）把《岁时记》视作奥维德进行的一场激动人心的文体游戏，对奥古斯都后期和提比略早期罗马社会的变化和矛盾做了深刻的思考，总体上经历了从乐观到失望的过程。[1] 纽兰兹认为奥维德用口历提供的不连续叙事框架打破了元首对时间和空间的完全控制。

穆尔加特洛伊德（Paul Murgatroyd）的《奥维德〈岁时记〉中的神话与传说叙事》（*Mythical and Legendary Narrative in Ovid's* Fasti, 2005）关注《岁时记》中的"叙事"，即诗人或诗中人物讲述的故事。这些故事的主题涉及希腊神话，以及罗马的起源和早期历史。作者认为，它们深深扎根于作为《岁时记》模板的卡利马科斯和普罗佩提乌斯等人的作品中，不仅解释了节日和仪式的起源问题，还让原本枯燥的材料变得丰富多彩和令人难忘。[2]

学者们最关心的问题之一是作品的归类。长久以来，《岁时记》在文体和主题上的矛盾一直令人困惑。德语版注疏本的作者博默（Franz Bömer）曾表示，"古典时代没有哪部诗像《岁时记》这样色彩丰富，但又同样巧妙地将不同元素结合在一起"。[3] 范瑟姆（Elaine Fantham）在《岁时记》第 4 卷注疏的序言中尝试解决这个

---

① Newlands 1995, p.18.

② Murgatroyd 2005, p.2.

③ Bömer 1957, p. 45; Miller 1992, p.2.

问题，梳理了影响奥维德选择的两种文学传统的源流。一方面，《岁时记》在主题上深受卡利马科斯的《起源》影响，还模仿了维吉尔和瓦罗作品的古物学内容；另一方面，奥维德选择了哀歌体来写作，当奥古斯都时代的诗人不愿描绘战争等宏大主题时，他们会选择这种文体。[1] 海因兹（Stephen Hinds）提出文体和主题的关系是动态的，而不像海因茨（Richard Heinze）认为的那样保持不变。[2]

　　另一个重要问题是作品与政治的关系。学者们围绕着《岁时记》是否反对奥古斯都的统治及其理念众说纷纭。历法是奥古斯都确立其王朝秩序的重要媒介，其中注入了大量尤里乌斯家族的元素。赫伯特－布朗认为，奥维德选择日历作为主题主要是一种政治上的权宜之计，他看到了奥古斯都对历法的看重，想以此来取悦皇帝。但奥维德利用罗马节日没有固定意义的特点，对其做了不同的解读，而且常常给出多种说法，并莫衷一是，从而动摇了奥古斯都的权威。巴尔基耶西（Alessandro Barchiesi）和纽兰兹均持此观点。不过，巴尔基耶西没有简单地认定奥维德是在反对奥古斯都，而是提出了"话语"（discorso）的概念。在《诗人与君主：奥维德与奥古斯都时代的话语》（Il Poeta e il Principe, Ovidio e il Discorso Augusteo, 1994）一书中，他表示那个时代的罗马文化面对的是统治者前所未见的"劝服和对生活的重塑"（di persuasione e di riformulazione dell'esistente）。这种话语的特点是其毛细作用（capillarità），即渗入到艺术、建筑和历法等各个方面。[3] 奥维德反

---

[1]　Fantham 1998, pp.17-25.

[2]　Hinds 1992, pp.81-112.

[3]　Barchiesi 1993, p.238.

对的是奥古斯都的"话语"。

最后，不同学者对《岁时记》中具体段落的解读经常截然不同。如赫伯特－布朗认为《岁时记》没有得到史学家的充分重视，而从文学角度进行的分析过于关注作品的文体、结构和体裁方面。对于一段诗人对占星家的赞美，她做出了截然不同的解读。

> felices animae, quibus haec cognoscere primis
>
> 　　inque domos superas scandere cura fuit!
>
> credibile est illos pariter vitiisque locisque
>
> 　　altius humanis exseruisse caput.
>
> non Venus et vinum sublimia pectora fregit
>
> 　　officiumque fori militiaeve labor;
>
> nec levis ambitio perfusaque gloria fuco
>
> 　　magnarumque fames sollicitavit opum.
>
> admovere oculis distantia sidera mentis
>
> 　　aetheraque ingenio subposuere suo.
>
> sic petitur caelum, non ut ferat Ossan Olympus
>
> 　　summaque Peliacus sidera tangat apex.
>
> nos quoque sub ducibus caelum metabimur illis,
>
> 　　ponemusque suos ad vaga signa dies.

> 幸福的灵魂啊，他们最先认识这些，
>
> 　他们关心的是攀上神明的住处！

可以相信，人类的缺点和居所，

　　都高不过他们昂起的头。

情欲和美酒压不垮他们崇高的胸膛，

　　公职或军旅的忧扰也不能够；

反复无常的野心，浓墨重彩的荣耀，

　　对庞大财富的渴求也无法动摇。

他们把遥远的星辰带到我们眼前，

　　让苍穹臣服于他们的才智。

像这样登上天空：奥林波斯不必托着俄萨，

　　好让佩里昂的峰顶触及最高的星辰。

追随这些领路人，我们也将测量天空，

　　把漂泊的星座归入它们的时日。[①]

　　纽兰兹从占星家在文学传统中的形象出发，认为这段诗代表了整部作品的哲学立场，奥维德提出了另一种进入天界的图景，但不是通过军事荣誉，而是通过哲学。[②]巴尔基耶西则表示，奥维德把日尔曼尼库斯视作皇帝家族中唯一的希望，这位皇子对阿拉托斯的天象诗很感兴趣，而星辰的起落正是《岁时记》的内容之一。诗人希望日耳曼尼库斯能够受到《岁时记》中的古物学和天文学内容启发，成为像传说中罗马历史上的第二位国王努马一样的博学统治者（governo doto），追求和平与智慧，而不是罗慕路斯

---

① 《岁时记》1.297-310，王晨译。

② Newlands 1995, p.43.

那样的黩武政治（ *politica militarista* ）。①

　　赫伯特－布朗批评纽兰兹和巴尔基耶西的解读完全基于这段描绘在文体方面的关联以及概念根源，忽视了作品的时代与背景。② 她认为，这段话的背后是占星家在当时扮演的角色，他们对奥古斯都、提比略和日尔曼尼库斯都有重要的影响。但这些人没有官方职务，而且来自外邦。作为辩护，奥维德称占星家是最早认识星辰起落的人，而不是新出现的政治投机者，他们不沉湎于情欲和美酒，不像罗马人指责异邦人生活堕落时说的那样。赫伯特－布朗沿袭了她关于《岁时记》是对奥古斯都统治的赞歌的一贯观点，认为奥维德是通过回护占星家来表达对统治者的理念的支持。

　　上述争论显示出《岁时记》正在受到的关注。从各个方面看，这都是一部与众不同的作品。一方面，它是罗马文学史上少见的历法诗，提供了关于宗教、神话和词源等方面的大量信息。另一方面，这位善用哀歌体的诗人用他所熟悉的轻快随意的文体描绘严肃的主题，展现了他别样的面貌。奥维德全集译注项目将弥补这部重要作品缺少翔实的中文译注的缺憾，让我们更好地了解这位诗人，并引发更多的思考。

---

① Barchiesi 1994, pp.166-167.

② http://bmcr.brynmawr.edu/1997/1997.10.11/.

附录：奥维德《岁时记》第一首 第99-188行译注

王晨

导读

奥维德《岁时记》第 1 卷所讲述的是一月的来历、相关神祇以及习俗，采取与双面神雅努斯一问一答的方式。本节的上文（第 1-100 行）和下文（第 189-300 行）的译注已经发表。以下是这三个节选的概述：

第 1-100 行：介绍《岁时记》的主题，将之献给日尔曼尼库斯，并引入双面神雅努斯，"流淌岁时的无声源头"（《岁时记》1.65），祈求他赐福，并开始提问；

第 99-188 行：雅努斯现身解答提问，并对自己的双面形象进行了两种解释。所回答的问题包括为何一月第一天也有诉讼，为何要取悦其他神明得先向他焚香酹酒，为何要馈赠椰枣、卡利亚无花果干、蜂蜜等。

第 189-300 行：雅努斯继续解答问题，包括一月送铜子的习俗；旧时铜币上一面印着船只，一面有雅努斯的图像的原因；为何雅努斯在和平时隐身，在兵戈大动时开放。雅努斯一一作答并借机谈起了罗马早期的朴素生活和道德，以及自己如何来到罗马。他还描绘了自己如何帮助罗马人击退萨宾人的袭击。诗人也祈愿和平永存。

　　本译注的拉丁文本主要参考了托伊布纳本（E.H. Alton, D.E.W. Wormell, E. Courtney, *P.Ovidi Nasonis Fastorum libri sex*, Leipzig, 1978）和洛布本（Ovidius Naso, Publius, *Fasti*, translated by Sir James George Frazer, revised by G.P.Goold, Loeb Classical Library 253, Cambridge, MA: Harvard University Press, 1931, 2nd ed., 1989）。第 1 卷最新最全的注释本为格林 2004 年的注释（Steven J. Green, *Ovid, Fasti 1, A Commentary*. Brill, 2004）。

拉丁原文及译注

ille tenens baculum dextra clavemque sinistra	他右手执权杖，左手拿着钥匙，
100　　edidit hos nobis ore priore① sonos:	用前边的嘴向我如是言语：
"disce metu posito, vates operose dierum,②	"放下惧意，时日的勤勉诗人啊，
quod petis, et voces percipe mente meas.	领受你所求教的，倾听我的话语。
me Chaos③ antiqui (nam sum res prisca) vocabant:	古人称我为卡俄斯（因为我乃原始之神）：
aspice quam longi temporis acta canam.④	请聆听我将要歌唱的久远岁月的往事。
105　　lucidus hic aer et quae tria corpora restant,	这明亮的空气，还有其他三种元素，
ignis, aquae, tellus, unus acervus erat.	火、水和土，曾经混成一团。
ut semel haec rerum secessit lite suarum	有一次，它因为元素的纷争而崩离，
inque novas abiit massa soluta domos,	分裂的物质各奔新家，
flamma petit altum, propior locus aera cepit,	火追求高空，气占据了较低的地方，
110　　sederunt medio terra fretumque solo.	大地和海洋则留在中间地带。
tunc ego, qui fueram globus et sine imagine moles,	然后，曾经没有形象，囫囵一团的我
in faciem redii⑤ dignaque membra deo.	恢复了神明应有的面目和肢体。

---

①　1.100：Hardie 认为，ore priore 可能表示更常见的 prior ore，即"在我面前"，参见《埃涅阿斯纪》7.149、9.319；《岁时记》2.124。见 "The Janus Episode in Ovid's *Fasti*"，*Materiali e discussioni per l'analisi dei testi classici* No. 26 (1991), p.63。

②　1.101：Bickel 表示，vates 原指罗马早期用萨尔图努斯诗体从事预言和治疗活动的人，在拉丁语中常被用来对应希腊语的先知（μάντις）。维吉尔在《埃涅阿斯纪》中大量使用 vates 表示诗人，而非使用来自希腊语、世俗色彩更强的 poeta，以便突出诗歌原始的宗教意义。见 Vates bei Varro und Vergil: Die Kult- und Ahnenlieder, Seher-, Zauberund Heilverse des vates, *RhM*, Neue Folge, 94 (1951), pp.257-314。Newman 认为，《岁时记》比奥维德的其他作品更有 vates 的特点，反映了诗人被流放后的绝望，证明后来作品经过修改，见 "Vates operosus": Vatic Poetics and Antiquarianism in Ovid's "Fasti"，*CW* 93.3 (2000), p.277, n9。vates operose dierum 这一表述（另见 3.177）可能指涉了赫西俄德的《劳作与时日》，后者在主题上可以作为《岁时记》的模板之一，但内容更多与自然世界有关，见 Pasco-Pranger 2000, p.275, n2 和 2006, p.8。"勤勉"（operose）还暗示奥维德并非只是得到神明的启发，他的创作也是"古物研究"（antiquarianism）的一部分。《爱的艺术》1.25-30 表达了类似的想法，奥维德表示他的诗艺并非得自阿波罗、鸟鸣和缪斯，他自称"老练的诗人"（vati...perito），暗示他的艺术是实证研究。

③　1.103：雅努斯给出了自己名字的第一种来历，即 hiare（张开口），相当于希腊语中的 χάσκειν，后者被认为是卡俄斯名字的词源。这种解释纠正了诗人在 1.90 的说法，即希腊人没有与雅努斯相当的神明。

④　1.104：雅努斯关于宇宙起源的说法与《物性论》5.432-448 的描绘相似，元素冲突的理论来自恩培多克勒，见 Charles Tyler Ham, *Empedoclean Elegy: Love, Strife and the Four Elements in Ovid's Amores, Ars Amatoria and Fasti* (2011), doctoral dissertation, pp.225-228。

⑤　1.112：Green 认为，使用 redii（恢复）一词有些奇怪，因为那是雅努斯新获得的形态，见 *Ovid, Fasti 1, A Commentary*, Brill (2004)。Ham（2013）的解释是，雅努斯代表了恩培多克勒的生灭循环，因此是恢复之前循环中的形态（p.235）。

nunc quoque, confusae quondam nota parva figurae,[①]　现在，作为昔日混沌形象的小小印记，
　　ante quod est in me postque videtur idem.　　　　　我的正面和背面看起来还一样。
115　accipe quaesitae quae causa sit altera formae,　再听听你所询问形象的另一原因，
　　hanc simul ut noris officiumque meum.　　　　　　好让你同时也知道我的职责。
quicquid ubique vides, caelum, mare, nubila, terras,　无论你在哪里看到了什么，天空、大海、云彩还是大地，
　　omnia sunt nostra clausa patentque manu.　　　　　一切都由我亲手打开和关闭。
me penes est unum vasti custodia mundi,　　　　　　庞大世界的守护由我一己承担，
120　et ius vertendi cardinis[②] omne meum est.　　　转动天枢的权力完全由我掌握。
cum libuit Pacem placidis emittere tectis,[③]　　　当我乐意将和平女神从肃静的屋宇中放出，
　　libera perpetuas ambulat illa vias:　　　　　　　获得自由的她将畅行无阻；
sanguine letifero[④] totus miscebitur orbis,　　　　而整个大地将带来死亡的鲜血浸透，
　　ni teneant rigidae condita Bella serae.　　　　　若非坚实的门闩将战争女神藏起。
125　praesideo foribus caeli cum mitibus Horis[⑤]　　我同温和的时序女神一起坐在天界的门前
　　(it, redit officio Iuppiter ipse meo):　　　　　　（朱庇特自己的往来也属于我的责任）
inde vocor Ianus[⑥]; cui cum Ceriale sacerdos　　　所以我被称作雅努斯；当祭司为我摆上小麦祭饼，
　　imponit libum farraque mixta sale,　　　　　　　以及混合了盐的麦粒，
nomina ridebis: modo namque Patulcius idem　　　　你会为那些名字发笑：在祭司口中，我时而是
130　et modo sacrifico Clusius ore vocor.[⑦]　　　　'开放者'，时而又被称作'关闭者'。

---

①　1.113：雅努斯对自己形象的第一种解释。Hardie 指出，恩培多克勒的循环中会出现"两张脸和两个胸的生物"（ἀμφιπρόσωπα καὶ ἀμφίστερνα φύεσθαι，残篇 DK B61）。见 "The Janus Episode in Ovid's *Fasti*", *Materiali e discussioni per l'analisi dei testi classici* No. 26 (1991), p50。

②　1.120："转动户枢"（cardinem vertere）是对打开凡间门户的标准表达，这里用来表示打开宇宙的门户，即"转动天枢"，见 Green（2004）。

③　1.121：指"双面"/"奎里努斯"雅努斯（Ianus Geminus/ Ianus Quirinus）的神庙，庙门在战时打开，和平时关闭（奥古斯都都在《功业录》13 中称，在他之前庙门只有两次关闭，但在他担任元首期间有三次）。这里的说法是，关门是为了藏起战争。但雅努斯在后文（1.281）又给出了相反的说法，表示关门是为了不让和平离开。赫伯特·布朗对此的解释是，奥古斯都时代对雅努斯神庙大门开闭的意义尚不明确，见 *Ovid and the Fasti: An Historical Study*, Oxford: Clarendon Press (1994), p.187-196。Green 则认为，1.281 中，discedere 的主语并非和平，而是 populus，即和平时关门是为了阻止人们再次走向战场。见 "Multiple Interpretation of the Opening and Closing of the Temple of Janus: a Misunderstanding of Ovid *Fasti* 1.281", *Mnemosyne* 53 (2000), 302-309。

④　1.123：Green 2004 指出，鲜血不会带来死亡，而是死亡的标志，类似的用法见《情伤疗方》26。

⑤　1.125：即有序（Eunomie）、正义（Dike）与和平（Eirene），见赫西俄德《神谱》902。荷马史诗提到，她们掌管着天界的门户，见《伊利亚特》5.749 起，8.393 起。

⑥　1.127：雅努斯名字的第二种来历，即"门"（ianua）。西塞罗给出了另一种说法，他把 Ianus 拼成 Eanus，认为这个名字来自"走"（eundum），见《论神性》（*De natura deorum*）2.27.1，马克罗比乌斯（Macrobius）《农神节》（*Saturnalia*）1.9.11。

⑦　1.130：Patulcius 来自 pateo（开放），Clusius 来自 claudo（关闭）。

scilicet alterno voluit rudis illa vetustas
  nomine diversas significare vices.

vis mea narrata est; causam nunc disce figurae:
  iam tamen hanc aliqua tu quoque parte vides.

135　omnis habet geminas, hinc atque hinc, ianua frontes,
  e quibus haec populum spectat,[①]at illa Larem,[②]

utque sedens primi[③] vester prope limina tecti
  ianitor egressus introitusque videt,

sic ego perspicio caelestis ianitor aulae

140　Eoas partes Hesperiasque simul.

ora vides Hecates[④] in tres vertentia partes,
  servet ut in ternas compita secta vias:

et mihi, ne flexu cervicis tempora perdam,
  cernere non moto corpore bina licet."

145　dixerat: et voltu, si plura requirere vellem,
  difficilem mihi se non fore pactus[⑤] erat.

sumpsi animum, gratesque deo non territus egi,[⑥]
  verbaque sum spectans pauca locutus humum:[⑦]

"dic, age, frigoribus quare novus incipit annus,

那些粗鄙的古人无疑想通过交替的
  名字来表示不同的职责。

我的职权就说到这儿；现在听听我外形的缘由：
  既然你已部分看到了它。

这边和那边，凡是门都有两面，
  其中这边望向人群，那边望向家神，

就像你们的守门者坐在屋槛边
  看着进出的人们，

作为天宫的守门者，我也这样
  同时注视着东方和西方，

你看到赫卡忒的脸面对三个方向，
  好让她守卫分成三岔的路口：

而为了让我不因扭头浪费时间，
  我可以不动身子就看到两边。"

说罢，他用表情同意，若我问更多，
  他将不会为难我。

我鼓起勇气，无畏地感谢了神明，
  盯着地下说了寥寥数语：

"请说说为何新的一年始于寒冷的日子，

---

①　1.136：Green（2004）指出，spectat 更适合有生命的主语，而不是无生命的门，暗示了门与雅努斯的关联。

②　1.136：指家庭的保护神 Lar familiaris，通常被放在中庭或壁炉边。

③　1.137：这里的 primi 表示入口，参见《拟情书》4.8：三次话都在嘴边停住（ter in primo restitit ore sonus）。

④　1.141：赫卡忒是珀耳塞斯和阿斯忒里娅的女儿，宙斯让她掌管一部分大地、天空和海洋，各种祭祀中都会呼唤她的名字，见赫西俄德《神谱》411-452。三岔路口（trivium）设有赫卡忒的三头神像，因此她也被称为 Trivia，见 1.389。雅努斯借赫卡忒的形象给出了对自己形象的第二种解释。

⑤　1.146：参见《变形记》7.739 和 9.425。梵蒂冈拉丁文藏和牛津本作 fassus（承认，表明），Green 2004 认同 pactus，表示奥维德在这部作品中非常强调 pax（和平），用了很多不常见的衍生词。

⑥　1.147：相比 gratia，grates ago 这种用法更加少见和古老，通常用于祈祷和严肃的表达，见 R.J. Tarrant, *Seneca: Agamemnon, edited with a commentary*, Cambridge University Press (2004), p.243。

⑦　1.148：诗人所谓的"寥寥数语"（verbaque... pauca）长达 12 行，而在 161 行，他又表示自己"问了很多"（quaesieram multis）。为了解决这个矛盾，学者们曾试图用 pacta, tarda, larga 或 plura 等代替 pauca。还有人提出，149-160 的问题是奥维德在被流放后加入的，他在 161 行用 multis 取代了 paucis，但忘了修改 149 行的 pauca。Green（2004）的解释是，这代表了奥维德的视角，因为他只是从新年应该从春天开始的众多理由中选取了几个。类似的例子是《埃涅阿斯纪》4.333，埃涅阿斯的"简短回答"（pauca refert）却是他在诗中最长的一段发言，因为从他的视角来看，无论他说多少都无法道尽心声。

150　qui melius per ver incipiendus erat？

omnia tunc florent, tunc est nova temporis aetas,

　　et nova de gravido palmite gemma tumet,

et modo formatis operitur frondibus arbor,

　　prodit et in summum seminis herba solum,

155　et tepidum volucres concentibus aera mulcent,

　　ludit et in pratis luxuriatque pecus.

tum blandi soles, ignotaque prodit hirundo

　　et luteum celsa sub trabe figit opus:

tum patitur cultus ager et renovatur aratro.

160　haec anni novitas iure vocanda fuit.”

quaesieram multis; non multis ille moratus

　　contulit in versus sic sua verba duos:

"bruma novi prima est veterisque novissima solis:

　　principium capiunt Phoebus et annus idem.”[①]

165　post ea mirabar cur non sine litibus esset

　　prima dies. "causam percipe" Ianus ait.

"tempora commisi nascentia rebus agendis,

　　totus ab auspicio ne foret annus iners.

quisque suas artes ob idem delibat agendo,

170　nec plus quam solitum testificatur opus.”

mox ego,[②] "cur, quamvis aliorum numina placem,

　　Iane, tibi primum tura merumque fero?”

"ut possis aditum per me, qui limina servo,

　　ad quoscumque voles" inquit "habere deos.”

175　"at cur laeta tuis dicuntur verba Kalendis,

　　et damus alternas accipimusque preces?”

tum deus incumbens baculo, quod dextra gerebat,

　　"omina principiis" inquit "inesse solent.[③]

ad primam vocem timidas advertitis aures,

180　et visam primum consulit augur avem.

templa patent auresque deum, nec lingua caducas

　　concipit ulla preces, dictaque pondus habent.”

desierat Ianus. nec longa silentia feci,

　　sed tetigi verbis ultima verba meis:

185　"quid volt palma sibi rugosaque carica" dixi

从春天开始岂不更好？

那时万物绽放，那时是时间的新生，

　　沉重的葡萄藤上抽出了新芽，

树木被刚刚成形的叶子所覆盖，

　　地表探出了种子萌发的幼苗，

鸟儿用和谐的歌声轻抚温和的空气，

　　畜群在草场上嬉戏和作乐。

那时，阳光明媚，陌生的燕子到来，

　　在高处的屋梁下筑起泥巢：

那时，土地接受耕耘，被犁锄翻新。

　　它理应被称作一年的新始。”

我问了很多；他没有太多迟疑，

　　如是作诗两行作为答言：

"冬至乃新太阳的开始，旧太阳的结束：

　　福波斯和一年都以此为起点。”

然后，我又惊讶于为何第一天也不会

　　没有诉讼。"听我解释”雅努斯说：

"我把岁首的时间留给要做的事，

　　免得一整年因兆头而倦惰。

每个人因此会试手他们的活计，

　　但只需见证平日的工作。”

紧接着我又问："为何无论想取悦其他哪位神明，

　　雅努斯啊，我都要先向你焚香酹酒？”

他说："因为通过守护门槛的我，你才能走近

　　你希望觐见的任何神明。”

"为何在你的朔日要说喜悦的话，

　　相互给予和接受祝愿？”

这时，神明倚着他右手所持的权杖说：

　　"征兆常常与开头相联系。

你们把不安的耳朵转向听见的头一句话，

　　鸟卜师用看见的头一只鸟占卜。

神庙和神明的耳朵会开放，没有舌头会发出

　　落空的祝愿，话语会有分量。”

雅努斯言罢，我没有沉默多久，

　　就用我的话接上了他方才的，

我说："椰枣和卡利亚无花果干表示什么，

---

①　1.164：古时的冬至为 12 月 25 日前后，新年为 1 月 1 日，但两者通常被混为一谈。

②　1.171：这里省略了动词，可能是为了突出说话人的急迫心情。参见 1.183-184。

③　1.178：Frazer（1929）认为这里描绘的是 cledonism，即根据无意中听到的某句话和某个声音来占卜吉凶，见卷二，p.113。比如《奥德赛》20.101，奥德修斯乞求宙斯给自己一个兆示，宙斯打了响雷，女奴将其解释为预示着求婚者的末日，奥德修斯由此展开了报复。西塞罗《论占卜》1.102 表示，声音不仅来自神明，也可以来自凡人。

"et data sub niveo candida[①] mella cado?"

"omen" [②] ait "causa est, ut res sapor ille sequatur

　et peragat coeptum dulcis ut annus iter." [③]

还有那用雪白陶罐呈上的纯洁蜂蜜？"

"因为兆头"，他说，"好让那种滋味伴随万事，

　让全年的道路延续甜蜜的开始。"

---

①　1.186：女王抄本作 condita（藏着的），参见 3.752；它贪婪地去取藏在树干里的蜂蜜（atque avide trunco condita mella petit）。

②　1.187：罗马人认为事情的开端预示着吉凶，比如点兵和统计人口时通常会从名字吉利的人开始，参见《恋歌》1.12.3-4：方才想出门，因为脚绊在门槛上而作罢（modo cum discedere vellet, ad limen digitos restitit icta）。

③　1.188：罗马人有在 1 月 1 日交换礼物的习俗，以示祝福，称为 strena。马提亚尔 8.33 提到，有的椰枣上还包裹着金箔。吕底亚人约翰（John Lydus）在《论月令》（De mensibus）4.4-5 中表示，strena 最初是无花果干和月桂叶，后来代之以蜂蜜饼（πόπανα）和钱。Baudy 分析了 strena 的社会功能，认为那是一种建立关系的仪式（ein bandstiftendes Ritual），见 Baudy, D. "Strenarum Commercium", Rheinisches Museum für Philologie (=RhM), Neue Folge, 130 (1987), 1-28。

第二部分
文本传承

中世纪的奥维德：抄本新发现

弗兰克·T.库尔森，俄亥俄州立大学

（Frank T. Coulson, Ohio State University）

马百亮　译

　　1982 年，我在多伦多大学攻读博士学位已接近尾声。我的博士论文研究的是《变形记》在 13 世纪的一部重要拉丁语注疏，学界称其为"通俗本注疏"（the Vulgate Commentary）。[①] 我的论文导师之一弗吉尼亚·布朗（Virginia Brown）当时刚刚担任《翻译和注疏总目》（*Catalogus Translationum et Commentariorum*）[②] 的主编，正在积极物色年轻学者为古典作品在中世纪和文艺复兴时期的注疏者编订总目。受其邀请，我承担了为《变形记》注疏本编目的工作，但是我知道，这个任务可能会相当艰巨，因为奥维德是中世纪盛期和文艺复兴时期读者最多的作者之一。在本文中，我将强调从事古典学术传统研究的学者所面临的一些变化和挑战，并提前透露一下这一研究领域的一些重要成果。现在我对《变形记》的研究行将告终，我们希望相关成果能够发表在下一卷《翻译和注疏总目》中。

---

① Coulson 1982.

② *Catalogus Translationum et Commentariorum*（CTC），1960—2016 年，共十一卷，有多位主编和编辑。

一、追踪抄本

文本编辑和抄本总目编撰过程中，最大的困难之一当然就是找到抄本，尤其是当你面对的是此前尚未经过编辑的材料时。就中世纪和文艺复兴时期对《变形记》的注疏而言，这些问题由于流传的特征而变得更加复杂，因为这些注疏常常是写在《变形记》抄本的页边空白处，还有时则是以通常所说的"注疏集珍"（*catena commentaries*）的形式出现，也就是说，这种注疏是以题注（*lemmata*）和注释的形式而单独流传的。就《变形记》抄本的页边注而言，笔者受益于弗朗哥·穆纳里（Franco Munari）的抄本总目。[①] 这部总目对当时已知的抄本进行了简单的描述，但是它也有某些不足之处。例如，作者的兴趣主要集中于诗的文本，对与之一起出现的辅助材料并不关心。因此，《变形记》的某部抄本可能被提及，可是重要的评注却几乎完全被忽略了，包括简介（*accessus*，中世纪对这首诗的介绍）、奥维德生平、摘要信息和目录。这里举一个关于这一倾向的极端例子：在沃尔芬比特尔市的奥古斯特公爵图书馆（Herzog August Bibliothek）藏有一部抄本，排架号是"Cod. Guelf. 5.4. Aug. 4°"（图二）。穆纳里（no.105）是这样描述的："有边注和行间注的《变形记》，前面有四个序言。"仔细阅读一下这部抄本，就会发现其中包括奥尔良的阿尔努夫（Arnulf of Orléans）的《〈变形记〉之隐喻》（*Allegoriae*）、嘉兰的约翰（John of Garland）的《奥维德之隐喻》（*Integumenta Ovidii*）、阿尔努夫的奥维德生平简介、提吉斯的威廉（William of

---

[①]　Munari 1957.

Thiegiis）① 的评注，此外还有在这首诗其他抄本中发现的简介。② 因此，有必要对这首诗所有的已知抄本——无论是以缩微胶卷的形式，还是在实地——进行考察，只有这样才能确定每一部抄本对这一项目的关联性。

对于那些以简介的形式独立于《变形记》而单独流传的注疏，又该怎么办呢？ 在这种情况下，要想找到和奥维德注疏有关的内容，就不得不阅读

图二　沃尔芬比特尔市的奥古斯特公爵图书馆
（Herzog August Bibliothek）抄本，
Cod. Guelf. 5.4. Aug. 4°

所有已经出版的总目。于是，在 20 世纪 80 年代中期，我们坚韧无畏的编目者花了好几年的时间，在教皇学院中世纪研究图书馆的古文书室和多伦多大学的罗巴茨研究图书馆（Robarts Research Library）里，埋头钻研已出版的抄本总目。这本身就是一件十分艰巨的任务，但是由于有了新出版的《1600 年前的拉丁文抄本目录》（Latin Manuscript Books before 1600），大大方便了我们的研究。③

① 对提吉斯的威廉的详细讨论，见 Coulson 2012, vol. 4, pp.293-211。

② 所有这些文本现在都已经被识别，见 Coulson and Roy 2000: Arnulf (nos. 257, 419), John of Garland (no. 333), William of Thiegiis (no. 16), accessus (nos. 271, 450)。

③ Kristeller (and revised by Sigrid Krämer) 1993.

除了较易找到的已出版的目录之外，还有很多藏本并没有已出版的目录，只有在图书馆里以手写书目的形式才能读到。在 P.O. 克里斯蒂勒（Kristeller）和 F. 爱德华·克兰茨（Edward Cranz）的指导下，《翻译和注疏总目》编委会将这些手写书目进行缩微拍摄，以缩微胶卷的形式有选择地收藏在几个馆藏点，其中包括华盛顿特区的国会图书馆和康涅狄格州新伦敦的康涅狄格学院。[①]因此，在 1984 年和 1985 年，我就沉浸在这些缩微胶卷中间，寻找和奥维德有关的内容。这一研究过程产生了很多发现，这里我无法一一列举，但只要说一点就够了，我们发现了 130 份穆纳里所不知道的《变形记》新抄本，现在已经在各个出版物上加以编目。这里我不妨强调一下，这些新发现的抄本中有很多位于很大的馆藏点，如佛罗伦萨的洛伦佐·美第奇图书馆（Biblioteca Medicea Laurenziana）、米兰的安布罗斯图书馆（Biblioteca Ambrosiana）和梵蒂冈的梵蒂冈图书馆（Biblioteca Apostolica Vaticana）。[②]

对这些馆藏抄本进行过滤以寻找可能的抄本之后，就有必要从中提取各种注疏和辅助材料。鉴于这些材料流传的方式变幻无常，这也并非易事。寻找维吉尔的《埃涅阿斯纪》或者沙蒂永的瓦尔特（Walter of Chatillon）的《亚历山大纪》（*Alexandreis*）可能会很简单，抄本研究者可以有这些文本可靠的首词（*incipit*）作为辅助。[③]然而，中世纪的注疏却并非总是如此，因为已知注疏者

---

① Cranz 1987.

② 这些新抄本现在已经被编入目录，见 Coulson 1988, pp.111-112; Coulson 1993, pp.285-288; Coulson 1994, pp.3-22; Coulson 1995a, pp.91-127。

③ 在中世纪抄本中，文本的识别通常借助其首词，即 "*incipit*"。有很多专门的首词集，尤其见 Boyle 1984。

的材料常常会嵌入另外一套注解中间。或者有时抄本没有开头，而是从第二页开始，抑或是第一页受损。还有一种情况更加糟糕，即注疏是以文艺复兴时期一位人文主义者的名义流传的，但实际上是更早的注疏，这是奥维德研究的伟大时代（即 12 世纪文艺复兴）的产物。奥尔良的阿尔努夫 [①] 又被称为 "红发阿尔努夫"（Arnulfus Rufus），因为他红头发，又脾气暴躁。他是主教座堂城市奥尔良一位很重要的教师，为奥维德的《情伤疗方》《岁时记》《黑海书简》和《变形记》作了广为使用的注疏 [②]，到了 15 世纪，他对《变形记》的注疏被意大利人文主义者所借鉴，如波拉的达米亚诺（Damiano da Pola）和皮斯托亚的索卓门诺（Sozomeno of Pistoia），并以他们的名字进行摘抄。达米亚诺还曾于 1415 年和 1430 年分别在帕多瓦和威尼斯讲解奥维德。 [③]

二、研究成果

我们对于奥维德学术传统的研究成果丰硕。我们已经发现了以前的编目者所不知道的《变形记》新抄本。此外，我们还发现了奥维德传记传统的很多抄本新证据。这些新发现已经发表在《缮写室》（Scriptorium）、《中世纪研究》（Medieval Studies）和《抄本》（Manuscripta）等刊物上。 [④] 此外，我们还出版了《奥维德首词检

[①]　关于阿尔努夫，见 Ghisalberti 1932, pp.157-234; Coulson 2011, pp.48-82; Gura 2015, pp.131-166。

[②]　有些文本现在已经有了评注版，见 Roy and Shooner 1966, pp.135-196; Rieker 2005。

[③]　关于波拉的达米亚诺，参阅 Gura 2010a, pp.171-188；皮斯托亚的索卓门诺，参阅 Irene Ceccherini, *Sozomeno da Pistoia (1387-1458). Scrittura e libri di umanista*。

[④]　见 Coulson 1987, pp.152-207; Coulson 1997, pp.111-153; Coulson 1998, pp.122-123。

索集》（*Incipitarium Ovidianum*）①，为学者研究中世纪对奥维德的接受提供了某种研究手册。在这本书中，我们对于和奥维德在中世纪的接受有关的文本，根据其首词（*incipit*）进行了编目。我在俄亥俄州立大学和其他地方的很多研究生利用了我们前期的研究成果，作为他们博士论文的基础。大卫·古拉（David Gura）现在是圣母大学的抄本管理员，他在 2006 年至 2010 年在俄亥俄州立大学攻读博士学位时研究的就是奥尔良的阿尔努夫。② 基于我们的抄本研究成果，迈克尔·让（Michael Jean）③ 对波普尼奥·勒托（Pomponio Leto）的《岁时记》注释进行了研究。斯德哥尔摩大学的博士生罗宾·瓦尔斯滕·博克曼（Robin Wahlsten Böckerman）刚刚完成论文答辩，他研究的是 12 世纪的教学法。在论文中，他详细考察了 12 世纪德国南部一些重要的奥维德注疏。④ 最后，我们的研究已经发现了大量出自重要注疏者之手的《变形记》新抄本，或者是在很多情况下，让我们可以有把握地对曾经被认为是文艺复兴时代的注疏本进行重新断代。我现在简单举四个案例研究来说明这些发现的重要意义。按照其出现顺序，分别是奥尔良的阿尔努夫（1180 年）；《通俗本注疏》（1250 年）；人文主义学者乔凡尼·弗朗西斯科·皮切那蒂（Giovanni Francesco Picenardi）；还有两部重要的抄本，一部现藏于德国茨维考的市立学校图书馆（Ratsschulbibliothek），另外一部藏于哥本哈根的皇家图书馆。

---

① Coulson and Roy 2000.

② Gura 2010b.

③ Jean 2015.

④ Böckerman 2016.

案例研究一：奥尔良的阿尔努夫

1932 年，福斯托·基萨尔贝蒂（Fausto Ghisalberti）让学界注意到中世纪学者奥尔良的阿尔努夫身上。阿尔努夫是奥尔良大教堂学校的教师，对奥维德的作品和卢坎的《内战记》（*Bellum Civile*）都进行了注疏。除了对《变形记》进行语法注疏之外[①]，阿尔努夫还创作了一系列寓喻，这开创了中世纪的一个悠久传统，其集大成者是皮埃尔·贝苏瓦（Pierre Bersuire）的《教化版奥维德》（*Ovidius moralizatus*）。[②] 在写作时，基萨尔贝蒂只知道阿尔努夫的一个抄本，现藏于威尼斯的圣马可国家图书馆（Biblioteca Nazionale Marciana），排架号是 Marc. lat. XIV.222 (4007)。我们的研究已经发现了从 12 世纪晚期到 15 世纪的另外 27 部抄本。此外，我们还证明阿尔努夫远非一位与世隔绝的注疏者，而在法国和意大利都广受欢迎，并且经常被文艺复兴时期的人文主义学者所借鉴。

通过对阿尔努夫的文本进行研究，我们还可以了解很多关于文本流传及所谓拼版（*mise-en-page*）的情况，因为可以证明这部注疏的流传不仅有汇编这一形式，还有各个抄本中的边注和行间注。[③]

案例研究二：《通俗本注疏》

1932 年，在讨论里卡迪图书馆（Biblioteca Riccardiana）所收藏抄本的一篇文章中，路易吉·卡斯蒂廖尼（Luigi Castiglioni）称《通

[①]　见 Ghisalberti 1932, Gura 2010b 以及 Coulson 2011。

[②]　贝苏瓦是多明我教派的传教士，在 1348 年至 1360 年之间完成了《教化版奥维德》。此书还没有完整的评注版本或翻译。当前对贝苏瓦的最佳介绍是 Kretschmer 2016, pp.221-244。

[③]　和阿尔努夫的注释的流传形式有关的问题，见 Gura 2010a, pp.171-188。

俗本注疏》为从中世纪以来最重要的奥维德注疏。[①] 从 1982 年开始，我试图通过一系列的文章和著作证明这一论断的真实性。[②] 卡斯蒂廖尼只知道这一注疏的 4 份抄本，我现在已经将这个数字增加到了 22 部，并且成功描绘了法国和意大利的教师对其广泛使用的情况。包括福斯托·基萨尔贝蒂在内的一些学者声称但丁就是用《通俗本注疏》阅读奥维德的。[③] 虽然《通俗本注疏》没能得以印刷出版，却似乎影响了威尼斯的人文主义者拉斐尔·雷吉乌斯（Raphaelis Regius），他于 1493 年出版了一本《变形记》的注疏，广为阅读。有趣的是，《通俗本注疏》被抄入一本《变形记》之中，这一事实似乎表明，在 1475 年以后，它依然被阅读。[④] 我们还知道，阿尔萨斯重要的人文主义者、塔西佗的早期编辑者比亚图斯·雷纳努斯（Beatus Rhenanus）年轻时在巴黎购买过一本《通俗本注疏》的抄本，现藏于塞莱斯塔的人文主义图书馆（Bibliothèque humaniste），编号为 92，这是否有可能表明他当时将其当作学习用书了呢？

案例研究三：乔凡尼·弗朗西斯科·皮切那蒂

B. L. 厄尔曼（Ullman）的纪念文集中收录了伯纳德·皮布尔斯（Bernard Peebles）的一篇论文，探讨的是文艺复兴时期一位人文主义者对《变形记》的注疏，现藏于摩德纳的埃斯腾斯图书馆（Estense library），排架号为 Est. lat. 304（alpha.W.4.13）。根据这部注疏最后的版本记录，它初步被认为出自乔凡尼·弗朗西斯

---

① 见 Castiglioni 1920, pp.162-166。

② 见 Coulson 2015a。

③ 特别是 Ghisalberti 1966, pp.267-275。

④ 见 Coulson 1995b, pp.321-322。

科·皮切那蒂之手。[①] 对于注疏传统的研究让我们发现了 3 则新的13 世纪时的证据，清楚地表明这部注疏并非源自文艺复兴时期的意大利，不过是抄写了 12 世纪文艺复兴时期奥维德研究高潮时出现的一部法语注疏。[②] 这部注疏和奥尔良的阿尔努夫差别很大，现有 7 份抄本，时间从 12 世纪晚期一直到 15 世纪晚期。我已经确定其断代并发现被弄错作者的注疏有很多，这仅仅是其中一个例子。

案例研究四：茨维考的市立学校图书馆和哥本哈根的皇家图书馆

在过去的 20 年里，原民主德国的很多小图书馆开始对学者开放。在茨维考的公立学校图书馆，我偶然发现了一部很不寻常的抄本，此前学者对它的存在几乎一无所知，其中包括一系列对奥维德作品的注疏，皆出自维腾贝格的菲利普·梅兰克通（Phillip Melanchthon）圈子里的宗教改革人文主义者之手。[③] 这部抄本就是克里斯蒂勒在其《意大利之路》[④] 3.440 中所提到的 123 号抄本，说里面有菲利普·梅兰克通对奥维德《岁时记》的注疏。在那里，我找到了这部抄本，发现其中不仅包括梅兰克通对《岁时记》的注疏，还有其他很多此前没有编目和编辑过的注疏，包括对《变形记》《拟情书》和《哀怨集》的解析。如此丰富的材料怎么没能引起克里斯蒂勒的注意呢？在我现场考察了手写的目录之后，很

---

① Peebles 1964.

② 关于这些抄本的完整清单，见 Coulson 1996, pp.251-252。

③ 关于对这一抄本的讨论和详细描述，见 Coulson 2015b, pp.43-57。

④ 译者注：这部著作名为 *Iter Italicum*，字面的意思是《意大利之路》，是一部文艺复兴时期（1350-1600）抄本清单，其全名为《意大利之路：意大利和其他图书馆中文艺复兴时期未编目或编目不全的人文主义抄本查询清单》（*Iter Italicum: A Finding List of Uncatalogued Or Incompletely Catalogued Humanistic MSS of the Renaissance in Italian and Other Libraries*）。

快就意识到克里斯蒂勒的条目是从这份手写目录中抄来的，但他并没有考察抄本本身。

现在让我们将注意力转向第二个例子，即我在哥本哈根皇家图书馆相对鲜为人知的法布里修（Fabricius）藏书中发现的一部抄本。这些藏书的收集者是古典学者和藏书家约翰内斯·阿尔贝图斯·法布里修（Johannes Albertus Fabricius），他生于1668年，卒于1713年。这部抄本之所以会引起我的注意，是因为20世纪80年代初玛格丽特·吉布森（Margaret Gibson）寄给加德森·博伊斯·艾伦（Judson Boyce Allen）的一张明信片。在这张明信片中，她提到了法布里修抄本29，2°，并称其为"对某些人而言的金矿"。这的确是一个金矿，因为其中包括对多个古典作家的注疏和简介，包括克劳狄安（Claudian）、阿维阿努斯（Avianus）、斯塔提乌斯（Statius）和奥维德。这些简介和注疏大部分都没有被编辑，尽管这部抄本已经被全面编目。[①] 该抄本现藏于索斯特（Soest）一家多明我教派的女修道院中。

三、北美、澳大利亚和欧洲藏书中的文本残篇

要想找到此前没有被发现的奥维德抄本，另外一个可以带来丰富成果的地方是大部分大学和国家图书馆珍本书库所收藏的残篇。这些残篇通常品相很糟糕，常常被用作印刷图书的封里衬页，缺损严重。它们通常被装在大盒子里，杂乱无章，并且通常没有经过鉴定。我不敢说已经过滤了每一个盒子，但是我所考察

---

① 见 Coulson 2013, pp.21-38。

的为数不多的几个提供了有趣的样本。我现在讲一讲两个这样的残篇。

在澳大利亚发现的《变形记》残篇

在澳大利亚国家图书馆，有一份奥维德残篇，其内容是《变形记》第 4 卷末尾和第 5 卷开头的文本和注疏。这是这个图书馆于 1964 年从克利福德（Clifford）家族的私人藏书中买来的。仔细考察之后，发现其中还包括在上文的案例分析二中提到的《通俗本注疏》的部分内容。这里我要提一下，之所以能够发现这件残篇，是因为有一本已经出版的澳大利亚抄本总目中提到了它[①]，否则的话很可能会错过。

在纽约福特汉姆大学 (Fordham University) 发现的乔凡尼·德尔·维吉利奥（Giovanni del Virgilio）的残篇

下面我谈一件最新发现的残篇，它出自意大利人文主义者乔凡尼·德尔·维吉利奥之手。在 1322 年至 1333 年，他曾在博洛尼亚的大学城工作，为奥维德的《变形记》写了两部重要的注疏。[②]其中一部被命名为《释义》(*Expositio*)，是对原文的某种散文化意译，将奥维德有时有点复杂的诗变成更加平易近人的散文。现藏于福特汉姆大学沃尔什书库（Walsh Library）的一件残篇被标注为"有环注的奥维德《变形记》"（图三）。经仔细考察，我发现这里所谓的环注其实就是乔凡尼的《释义》。在此之前，它一直没有被人识别出来，就连这一文本的现代编辑者、伯尔尼大学的格琳

---

① 见 Sinclair 1969。

② 乔凡尼是人文主义运动中的重要人物，关于他的参考书目有很多。关于他对《变形记》的注疏，见 Coulson and Roy 2000, nos. 424 and 427。

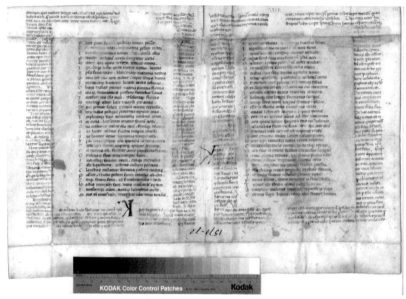

图三　纽约福特汉姆大学沃尔什书库残篇 frag. 14

达·胡伯－里伯尼克（Gerlinda Huber-Rebenic）也没有。

四、结论和研究成果

我们的编目工程已经新发现了大量的抄本证据，它们可以表明中世纪和文艺复兴时期对奥维德的接受情况。在本文中，我主要关注《变形记》的抄本，但必须要指出的是，和奥维德的其他作品有关的材料同样非常丰富。在本文的结尾，我简单概括一下和《变形记》有关的研究成果。

我们已经发现了流传于大约 450 件抄本中的 110 部《变形记》注疏。

穆纳里所不知道的大约 110 件《变形记》新抄本和抄本残篇已经被编目。

已知中世纪和人文主义者注疏的很多新抄本已经被发现，如奥尔良的阿尔努夫对《变形记》的注疏本来只知道有现存于威尼斯的一件残缺抄本，而我们已经将这个数字增加到了 27 件。以前只知道《通俗本注疏》有 4 件抄本，现在已经增加到了 22 件。关于皮埃尔·贝苏瓦的《教化版奥维德》，我们已经发现了大约 30 件新抄本，此外还发现了乔凡尼·德尔·维吉利奥《〈变形记〉的隐喻》（*Allegories on the Metamorphoses*）的 6 件新抄本。

对于 1260 年前后成书于法国奥尔良地区的《〈变形记〉通俗本注疏》，我们已经发表了部分版本和翻译。[①]

对于与中世纪对奥维德的研究和接受有关的文本，《翻译和注疏总目》促进了其新校勘本的出现。伯尔尼大学的格琳达·胡伯－里伯尼克正在写作乔凡尼·德尔·维吉利奥《释义》（*Expositio*）的校勘本，原作成书于 1322 年前后的博洛尼亚。皮萨高等师范学校的瓦莱里娅·科察（Valeria Cotza）刚刚完成乔凡尼《〈变形记〉（*Allegorie*）的隐喻》的评注版。圣母大学的大卫·古拉最近宣布打算翻译出版奥尔良的阿尔努夫对《变形记》中隐喻的研究和注疏。

我们的这卷《变形记》定于 2021 年 1 月 1 日出版，我们希望它在《翻译和注疏总目》的最终发表能够进一步促进对奥维德《变形记》在中世纪和文艺复兴时期传承的研究。[②]

[①]　Coulson 1991 以及 2015a。

[②]　对中世纪抄本和古文书学感兴趣的读者，可进一步见书后 "参考书目" 中 Coulson 的诸多出版物。

奥维德文本的碑铭传承：初探两例[①]

吉安马可·比安基尼，多伦多大学

（Gianmarco Bianchini，University of Toronto）

曾毅　译

在过去几十年中，古代和中世纪对奥维德的接受受到了特别的关注。[②]就奥维德对罗马帝国时代文学的影响而言，奥维德的两千年祭促生了更为广泛的研究。[③]在这个方面，碑铭文献已经为我们理解这位诗人在罗马帝国头几个世纪中的命运贡献甚多。[④]尽管如此，这一非主流传统在奥维德文本批评领域的潜在功用似乎被校勘者们忽略或无视了。

《拉丁语诗体铭文》（*Carmina Latina Epigraphica*）是一部由比歇勒（Bücheler）编撰并由洛马奇修订的分析性文献集。从这部文献集出发，再参考一些后来的书目[⑤]以及新的考古发现，我们

---

①　感谢"全球语境下的奥维德"国际会议，它让我有机会重启我与吉安·卢卡·格雷戈里共同开展的一项研究，即奥维德碑铭传承对于构建文本的用途。格雷戈里鼓励我深入分析这一主题。在此我也一并向他致以谢意。

②　仅举几例：Ronconi 1984, pp.1-16; Munari 1989, pp.237-247; Gatti 2014; Bessone and Stroppa 2019。

③　Conte 1985; Cristobal Lopez 1991, pp.371-379; Esposito 1995, pp.57-76; Sicilano 1998, pp.309-315.

④　重要参考文献包括：Bömer 1982-1984, pp.275-281; Monda 1993-1994, pp.231-251; Cresci Marrone 1996, pp.75-82; Munzi 1996, pp.93-107; Gómez Pallarès 1999, pp.755-773; Mayer 2002, pp.95-102; Cugusi 2013, pp.233-249; Nelis and Nelis-Clement 2013, pp.317-347; Graverini 2019。

⑤　其中尤为值得注意的有：Cugusi 1996; Cugusi 2007; Cugusi 2008, pp.43-102; Cugusi and Sblendorio Cugusi 2011, pp.161-245; Cugusi 2012。

迄今已经从拉丁语铭文中辨识出了超过 100 种来自奥维德的内容（ *loci Ouidiani* ）。他诗中的半句、全句乃至整个双行在铭文语境中被改写的例子比比皆是。然而，一字不差的引用也并不少见，尤以庞贝为甚。[①] 简单地让人联想到奥维德的例子比精准的引用更为常见，然而大部分时候我们不能确定它们是否引自奥维德；这些引文也具有欺骗性，非常难以界定它们引自何处（令人联想到奥维德的引文数量巨大，我们也许可以认为其中有一部分只是恰好与标准诗歌语言相吻合）。对铭文的考古学、文学、格律和语法分析也许可以让我们理解这一间接的文本传承的潜在功用。如果考虑到奥维德著作抄本传统的复杂性，这一分析将会变得更加有趣。

下文将分析两篇铭文。首先讨论的是一个范式性的案例。这一案例十分值得关注，因为它对奥维德《哀怨集》抄本传统贡献巨大。在此之后，我将审视一段有疑点的文本，同样来自《哀怨集》；与前者相反，人们从未认为后一段铭文的内容在文本意义上有任何价值。

一、奥维德《哀怨集》1.11.12

对于奥维德前往托米斯途中所写的其他诗歌，《哀怨集》第 1 卷的哀歌 11 相当于一篇结语。诗人声称这首诗创作于他乘坐的船

[①]　在庞贝的部分铭文中，引用奥维德的意象是毫无疑问的；铭文文本与奥维德诗句之间的一致性也基本上证实了这一点（如 *CIL* IV 1520; 1893; 1895; 5296; 9847）。然而，有时候我们不能完全确定：铭文是对奥维德的引用，或者仅仅是与当时诗歌语言的重合（如 *CIL* IV 1595; 1069a; 1837; 1928; 7698）。较近的研究包括：Pepe 1974, pp.223-234; Kruschwitz 2004, pp.27-58; Kruschwitz 2008, pp.225-264; Hunink 2011。

航行在亚得里亚海上之时（3-6 行）。接下来他展示了一种奇迹——在如此艰难和前途未卜的时刻，自己仍能保持灵感（7-10 行）。让他得以忘记其他焦虑的，唯有创作诗歌的渴望（11-12 行）：

> Seu stupor huic studio siue est insania nomen,
>
> omnis ab hac cura cura leuata mea est.

> 这激情的名字无论是震惊，还是疯狂，
>
> 我所有的焦虑都因这一苦痛而减轻。

在所有的校勘本中，第 12 行的五音步格诗句是 *omnis ab hac cura cura leuata mea est*。[①] 然而抄本传统所流传下来的都是另一种形式：*omnis ab hac cura mens relevata mea est*。为了复原所谓的奥维德原文，校勘者参考了间接传统。第 11 行和第 12 行都曾在一篇罗马时代的格律体铭文中出现（*CIL* VI 9632 = *CLE* 89）：

> L(ucius) Valerius Zabdae mercatoris venalici l(ibertus) Aries.
>
> Seu stupor est huic studio siue est insania nomen
>
> omnis ab hac cura cura leuata mea est.
>
> monumentum apsolui et impensa mea, amica
>
> tellus ut det ho(s)pitium ossibus, quod omnes
>
> rogant sed felices impetrant. nam quid

---

① 《哀怨集》文本传承问题综合研究，见：André 1968, pp.XXXIII-XLVIII。Luck 1967, pp.11-20 亦是必要的参考资料。

egregium quidue cupiendum est magis quam

ube (sic!) lucem libertatis acceperis lassam (sic!) senectae

spiritum ibi deponere. quod innocentis signum

est maximum.

　　鲁奇乌斯·瓦勒里乌斯·阿里厄斯，扎布达（贩奴者）
的释奴。

　　也许这样的激情该被称作震惊，也许该被称作疯狂，

　　但我所有的焦虑都因这一关注而减轻。

　　我已为我的墓碑付了费，以便土地

　　善纳我的骸骨：这是所有人

　　所期望的，但只有幸运之人才能得到。因为

　　比起在疲惫的老年失去生命之时获得自由之光，

　　还有什么更了不起、更值得渴望呢？

　　这是清白之人的至高标志。

　　这一文献今已佚失，但在一份 15 世纪的誊抄本中得以幸存。
它原来刻在大理石上，是献给释奴鲁奇乌斯·瓦勒里乌斯·阿里
厄斯（Lucius Valerius Aries）的。死者的名字以主格形式出现在题
头中，题头之后是一段带格律的文字：鲁奇乌斯·瓦勒里乌斯提
到他已自己付费（impensa sua）买下坟墓，并总结说没有什么能
比度过长久的一生并在获得自由之后得到安葬更加幸福。这条铭
文的年代也许可以被定位于公元 1 世纪，这个断代主要基于以下
几点：Zabda 这个名字在其他文献中的出现、题头中的主格形式，

以及铭文中缺少对"死者之灵"（*Di Manes*）的祷告。其中的第 2、3 两行是文学化的开篇（*incipit*），旨在突出文本的诗歌色彩；其内容几乎完全是对《哀怨集》第 1 卷第 11 首第 11-12 行的复制（其中 *est* 的重复可以简单归因于刻字者的失误）。

直到 19 世纪末，校勘者们似乎仍对这条引文一无所知。[①] 三次校勘《哀怨集》的欧文（Owen）起初在接受册子本中的文本时毫无疑虑。[②] 我们所知的第一位对上述铭文有所了解的学者是埃瓦尔德（Ehwald）。[③] 然而他拒绝了其读法，并且认为它不可信（*varietas vero lectionis sive incuria memoriaeque lapsu sive mutatione arbitraria sive interpolationis genere quodam late diffuso orta est*："异读的缘起或是因为漫不经心，或是因为记忆的错失，或因为武断的改动，或因为某种广为流行的篡改方式"）。1915 年，欧文出版了《哀怨集》的全部五卷。此时他终于读到了这条铭文，并接受了其中 *cura cura* 的读法。自那以后，铭文中所发现的第 12 行的读法被认为优于抄本中的文字，*CLE* 89 也开始被纳入文本证据之中。

按照安德烈（André）的看法，导致原来的 *CVRACVRALEVAT-*

---

① 关于这一问题，André（1968, p.XLIII）追溯到 1896 年由 Bücheler 编辑出版的《碑铭中的拉丁语诗歌》（*Carmina Latina Epigraphica*）第 1 卷。*CLE* 89 在这部文集中首次出现。

② 欧文在《哀怨集》第 1 卷的评注中（Ovid, *Tristia Book I*, Oxford 1885），将第 11 首哀歌的第 11-12 行译为："Call my devotion to poetry folly or madness as you will, my heart has been comforted in its troubles entirely by this occupation"（"你可以随意将我对诗歌的热情称为愚蠢或是疯狂，我的心完全是因为忙于这一事务，才在苦难中寻得了安慰"）。这清楚地表明他将 *mens* 解作了"心灵"。在 4 年后出版的书中（*P.Ovidi Nasoni Tristium libri 5*, Oxford 1889），他继续使用这一文本，J. P. Postgate 在《拉丁语诗集》（*Corpus Poetarum Latinorum*, London 1894）中同样如此。

③ Ehwald 1889.

AMEAEST 变成 *CVRACVRELEVATAMEAEST* 的，可能是误读，或错误的音节划分，或者是 -*LE*- 同化了前面的元音。后来的抄写员们认为这种写法中的第二个 *CV* 并无意义，因此用意义与上下文相当切合的 *MENS* 替换了它。当然如下情况完全有可能：抄写员看到 *CVRA* 重复出现，认为那是上一位抄写员所犯的错误，并将之改正。这两种解释（抄写错误或矫枉过正）都是可能的，并且同样有说服力。

奥维德在不同场合都曾表现出将相同的词并置或联系在一起的倾向，这被视为支持 cura cura 的又一条证据。关于这一方面，安德烈给出的例子有：*quaelibet huic* curae *cedere* cura *potest*（《情伤疗方》170）；*sed modo tu* uolucris（uolucrem *tamen ille tenebat*）（《变形记》11.243）；*ossibus ossa* meis, at nomen nomine *tangam*（《变形记》11.707）；*heu quantum scelus est in* uiscera uiscera *condi*（《变形记》14.88）；*congestoque auidum pinguescere* corpore corpus（《变形记》15.89）；*alteriusque* animantem animantis *uiuere leto!*（《变形记》15.90）。此外，他还为同一个五音步格诗行中跨越两个半句（hemistiches）的叠叙（polyptoton）找到了重要的参照：*uanescit* culpa culpa *repensa tua*（《恋歌》1.8.80）；*et posita est* cura cura *repulsa noua*（《情伤疗方》484）。[①] 卢克（Luck）想到的则是 *non inquit uerbis* cura *leuanda* mea est（《岁时记》5.238）：这一行的后一半几乎与《哀怨集》1.11.12 完全一样。我还要提出此前从未

---

① 在 Wills 1996, p.465 中，我们还可以看到其他例子：*diues eras,* nuda nuda *recumbis humo*（《黑海书简》14.100）；*ut melior* causa causa *sit illa tua*（《情伤疗方》696）；*ultimus, a* terra terra *remota mea*（《哀怨集》1.1.128）。关于这个问题，还可参考 Tola 2004, pp.150-158; Tola 2005, pp.957-965。

被纳入考量的另外两行，作为支持这种看法的例子：*quod nimium dominae* cura *molesta* tua est（《恋歌》2.2.8）；*Tlepolemi leto* cura *novata* meast（《黑海书简》1.20）。事实上，这两个五音步格诗行中的第二个半行与《哀怨集》1.11.12 具有相同的结构。因此，这些类比看起来同样切题，并且为将 *CLE* 89 视为对奥维德的真实引用的观点提供了进一步支持。

总而言之，《哀怨集》1.11.12 的抄本传统总体上来说包含着一种"平庸化"，校勘者却可以仰仗间接传统包括铭文进行修订。

二、奥维德《哀怨集》1.3.25

在《哀怨集》第 1 卷第 3 首哀歌中，奥维德回忆起他在罗马的最后时光，回忆起与家园、妻子和友人分别的情景。诗中的前几行描述了奥维德家中那如葬礼一般的气氛，时间是在他离家前往托米斯之前的那个晚上。很快，这种哀痛便与被希腊人征服的特洛伊的创伤联系在一起。由此，诗人的个人遭遇与那座小亚细亚城市的毁灭之间便出现了一种平行关系。这种类比在第 25-26 行中首次被明白表达出来，而后贯穿于全诗之中：

> Si licet exemplis in paruis grandibus uti,
>
>   haec facies Troiae, cum caperetur, erat.

> 如果可以用伟大的例子来比拟渺小的事
>
>   特洛伊陷落之时，她的面容便是如此。

奥维德在此请求读者允许他进行这一比较（"如果可以用伟大的例子来比拟渺小的事"）。之后，被放逐的诗人便将自己的不幸与埃涅阿斯的遭遇加以类比，后者在特洛伊城毁灭之际从那里逃亡。

各种册子本对第 25 行的记录各不相同。其中一些采用复数的读法，其他的则采用单数读法。此外，校勘者们用以建立文本的最好材料也不过是第三流的抄本，因为他们没有 M 抄本和 Tr 抄本（就算有，相对于提供了《哀怨集》第 1 卷哀歌 11 第 12 行正确读法的那个版本而言，它们也只是第二流的）。[①] 现代的各种评注版便反映了直接传统中的不一致。欧文接受的是 *paruis* 这一写法，而安德烈、卢克和哈尔（Hall）则选择了 *paruo*。[②] 就算到了晚近时代，关于这个问题人们仍未达成一致。使用和引述这一行的学者们几乎是交替地选择单数和复数版本。

就第 25 行的文字而言，五音步格律或表达上的清晰性这两个参考系数都无法协助解决问题。因为两种文本的意思几乎完全一样。人们也许会想到二者的指涉差异：*paruo* 更偏于直接指向诗人的个人情况，而 *paruis* 则包含更普遍、更为人熟知的意义。不过，这个因素并不能一锤定音。卢克假设要理解全句就必须采纳单数形式，这个观点看起来也并不具有严格意义上的决定性。值得注

---

① 考虑到就连这些抄本也不能免于错讹和篡改，我们可以清楚地认识到：如果没有它们，《哀怨集》的文本可能会出现多么大的错误。根据 André 1968 在其导言中的计算，1）在其所包含的总计 1769 行中，M 提供了 60 种左右的正确读法；2）Tr 在所包含的约 120 行中提供了 3 种正确读法；3）我们可以合理地猜测：在总共 3532 行中，两份手稿之间的一致还可以为我们提供大约 140 行原初的版本（分别为 60 行和 80 行）。因此，如果没有 M 和 Tr，《哀怨集》的直接传统出错的地方很可能超过 100 处。

② Hall 1995.

意的是第 25 行模仿了维吉尔诗中的两个片段：其中 *noram; sic paruis componere magna solebam*（《牧歌集》1.23）讲述的是罗马与曼图亚（Mantua）相较的伟大之处，而 *non aliter, si parua licet componere magnis*（《农事诗》4.176）则是关于蜜蜂对拥有的渴望与为朱庇特打造霹雳的独眼巨人的劳作之间的比较。然而，众所周知，奥维德通常会对范式加以改动。由于他在文学上效法前人时的这种倾向，我们不能把他与其他作者的呼应视为一成不变的引用。另一方面，也许我们应该注意到：*paruo* 优于 *paruis* 似乎比相反的猜测更为"经济"；事实上，*paruis* 也许是来自附近词语词尾的影响（*exemplis*；就意思而言，还有 *grandibus*），因此可能本身就不是最优选择。

　　我们还有更多证据。这行诗被记录在了一条铭文中。该铭文是一条墓志，即"阿丽亚·波泰斯塔斯"（Allia Potestas）的墓志铭（*CIL* VI 37965 = *CLE* 1988）。[1] 其文本包含了大约 10 条来自奥维德的引文，都大体上准确。尽管文本中并无关于年代的信息（这在非基督教文献中并不鲜见），但其中对奥古斯都时代的诗歌的呼应、古雅的字体、套语，以及其所在的考古环境[2] 都更为精确地指向公元 1 世纪上半叶。从第 30 行到第 35 行，碑文将这位逝去的女子为" 两名年轻人"（*duo iuvenes*）[3] 所做过的好事与海伦对特洛伊的背叛所造成的后果进行了比较。紧接着在第 36 行，这首悼

---

[1]　Horsfall 1985, pp.251-272; Saltelli 2003; Evangelisti 2012, pp.545-547.

[2]　这篇铭文于 1912 年发现于"品丘路"（*uia Pinciana*），距离萨拉里亚 – 品丘墓群（Salarian-Pincian sepulchre）不远（关于后者的发现情况，参见 de Gubernatis 1913, pp.385-400）。从罗马共和国晚期到弗拉维王朝，这片地区都甚为繁荣。

[3]　关于这个问题，参见 Rizzelli 1995, pp.623-655。

亡诗的作者又为做出这一比较而请求许可：*sit, precor, hoc iustum: exemplis in parvo grandibus uti*（"我希望这样做是合理的：用伟大的范例来比拟渺小之事"）。这一表达的后半部分显然来自《哀怨集》1.3.25。与奥维德的做法一样，这首诗也使用了特洛伊这样的伟大范例。

　　从来没有学者将这一文献纳入考虑，将它视为支持 *paruo* 的另一条证据。另外，尽管前半句的文字和格律形式都不同，这条铭文的真正价值却在于它所包含的奥维德用语的习语化（*proverbialisation*）。在我看来，尽管 *CLE* 1988 第 36 行后半句的组织并不完美，却可以被视为一种精致的诗歌点缀。它的前一半有所变化，然而这种改动无损于其作为支持奥维德文本中 *paruo* 读法之进一步证据的价值。

奥维德的伊诺和菲罗墨拉：
近期纸草中的新互文

帕特里克·J.芬格拉斯，英国布里斯托尔大学

（Patrick J. Finglass, University of Bristol）

康凯　译

几年以前曾经出版过一部专门研究悲剧对奥维德作品影响的专著：丹·科雷（Dan Curley）的《奥维德作品中的悲剧：戏剧、元戏剧以及一种文学体裁的转变》（*Tragedy in Ovid. Theater, Metatheater, and the Transformation of a Genre*）。[①] 如果我说这部著作刚一出版便已经过时了，我并不是要对作者进行任何批评。他可能并不知道，在他的著作发售之际，有一份希腊纸草将会出版。这份纸草的年代为公元3世纪，来自现代开罗往西南方向大约100公里的古代小镇奥克西林库斯（Oxyrhynchus）。这份纸草文献中含有一段欧里庇德斯《伊诺》（*Ino*）的残篇，它和奥维德作品中的一段存在着耐人寻味的关联。而我在2016年初向上海奥维德国际会议递交会议论文的题目和摘要之时，并不知道还有另一份纸草将会在这一年的晚些时候发表，它为奥维德与希腊悲剧之间耐人寻味的相似性提供了进一步的资料。这意味着我不仅必须把原来的题目"奥维德的伊诺：一篇近期纸草中的新互文"改为"奥维德的伊诺和

---

① Curley 2013；有关奥维德与希腊悲剧的研究，也可参见 Coo 2010。

菲罗墨拉：近期纸草中的新互文"，而且得在同一篇文章中涵盖两篇颇有难度的纸草文书。

　　一如你们将会清楚地看到的那样，我的文章并不试图作文学和理论上的分析。我只是一个纸草学家，我的目的很简单：将这些发现传达给尽可能多的奥维德研究者，并且期望就这些发现而言，他们之中的有些人能够比我有更多、更好的分析。此外，文章中对许多问题未加阐释；因为这里没有足够的篇幅从头到尾讨论这些纸草的每一方面。对于这些纸草更加细致的描述及论证，可参阅本页脚注中的书目。①

　　首先，《伊诺》——编号为 *P.Oxy.* 5131 的纸草，根据写本来看，可以断代到公元 3 世纪，其中包含欧里庇德斯《伊诺》尾声部分某一幕的开场片段。在写本的页边空白处是一位说话者阿塔玛斯（Athamas）的名字，边上可以发现希腊字母 beta，这表明这一部分将由第二演员（deuteragonist）来表演。在这份纸草的更下方，留有另一位说话者的名字，边上是另一个标记，它的弧线和希腊字母 alpha 吻合。这是第一演员（protagonist）的标记。这份纸草的编辑者谨慎地评论称下面那位发言者有可能是 'ῑν（ω），但无法进一步确认。② 不过我们可以放心地还原这个名字。我们必须

---

① 　《伊诺》(*Ino*) 这篇纸草由 Luppe 和 Henry 发表于 2012 年。此后出现了下列讨论这份抄本的文章：Finglass 2014; Finglass 2016a; Finglass 2016b; Kovacs 2016; Finglass 2017。钟 – 格萨德（Chong-Gossard）也在自己的文章中讨论了这份文献（Chong-Gossard 2016, pp.41-42）。这份纸草的图片可以在下面网站上看到：http://www.papyrology.ox.ac.uk/POxy/。《忒柔斯》(*Tereus*) 这篇纸草由 Slattery 在 2016 年出版。此后唯一一篇讨论该纸草的文章是奥克西林库斯纸草文书 2016c；亦见 Finglass 2020。将来这份纸草的图片可以在下面网站上看到 http://www.papyrology.ox.ac.uk/POxy/。此文中的某些部分是从下列文章中翻译过来的：Finglass 2014 和 Finglass 2016c。我希望在其他文章中更加详细地讨论这两篇纸草文献与奥维德作品之间的关联。

② 　Luppe and Henry 2012, p.25.

问的问题是：这个版本的神话故事中有哪个名字符合这些线索？伊诺完全符合这些特征，没有其他相关的名字合适。残篇的开头一定是由歌队来表演的，其中包括一首短短长格的歌队合唱颂的结尾部分，宣告新角色的登场。因此，这份纸草由歌队的歌唱和诵唱开始，接下来是阿塔玛斯的 4 行台词，随后是伊诺的一首歌曲的开始部分。我们不知道伊诺的这首歌有多长，也不知道歌队和阿塔玛斯是否要一起唱。下面是纸草文本的翻译，文本似乎表明一位男性死者，可能是个孩子，被带到了阿塔玛斯的宫殿里：

〔歌队歌唱的结尾。人们看见侍从们带着勒阿耳科斯（Learchus）的遗体从入场通道（eisodos）进场。〕

> 歌队：另一个……
>
> 因为这些人已经来了……
>
> 天上的厄运……
>
> 卡德摩斯的……
>
> 带到了主人的房间里……

〔侍从们带着勒阿耳科斯的遗体登场〕

> 阿塔玛斯：过客们，请轻轻地将他放在屋前，
>
> 他的重量对你们来说微不足道，对我来说却是痛苦。
>
> 脱下他的衣服，让阳光照着他……
>
> 这样罩袍下面的部分也不会遗漏……

〔侍从们将勒阿耳科斯的遗体放在剧场中，并且脱去了盖在他身上的罩袍〕

伊诺（歌唱）：……灵魂……

　　　　　　……

可怕的……啊，不幸的……

……痛苦的……

阿塔玛斯当时是帖撒利亚的一个国王，他在婚姻上遇到了问题。众所周知，他的第二任妻子伊诺试图杀死她的两个继子佛里克索斯（Phrixus）和赫勒（Helle）。然而她自己的孩子们却遭遇了不幸：赫拉让阿塔玛斯发疯，并且杀死了他自己的儿子勒阿耳科斯，陷入恐惧之中的伊诺和她的另一个儿子墨利刻耳忒斯（Melicertes）跳入了大海中，母子两人都被变成了神祇。幸好神话编纂者叙吉努斯（Hyginus, *Fabula* 4）为我们总结了欧里庇德斯戏剧的情节：

Euripidis Ino

　　Athamas in Thessalia rex, cum Inonem uxorem, ex qua duos filios 〈susceperat〉, perisse putaret, duxit nymphae filiam Themistonem uxorem; ex ea geminos filios procreavit. postea resciit Inonem in Parnaso esse atque bacchationis causa eo pervenisse. misit qui eam adducerent; quam adductam celavit. resciit Themisto eam inventam esse, sed quae esset nesciebat. coepit velle filios eius necare. rei consciam, quam captivam esse credebat, ipsam Inonem sumpsit; et ei dixit ut filios suos candidis vestimentis operiret, Inonis filios nigris. Ino suos candidis, Themistonis pullis operuit; tunc

Themisto decepta suos filios occidit. id ubi resciit, ipsa se necavit. Athamas autem in venatione per insaniam Learchum maiorem filium suum interfecit; at Ino cum minore filio Melicerte in mare se deiecit et dea est facta.

帖撒利亚的国王阿塔玛斯和他的妻子伊诺生了两个儿子。他以为伊诺去世了，于是娶了一位宁芙的女儿忒弥斯托（Themisto）为妻。后来他发现伊诺在帕纳索斯山上，她之前参加了酒神的狂欢。他派人把她带回家，并将她藏了起来。忒弥斯托发现了她，但并不知道她的身份。忒弥斯托设想杀死伊诺的儿子们，她以为伊诺是一个俘虏，便把她当成这一计划中自己的心腹。忒弥斯托告诉伊诺，让自己的孩子们披上白山羊皮，让伊诺的孩子们披上黑山羊皮。伊诺将自己的孩子们披上白山羊皮，让忒弥斯托的孩子们披上黑山羊皮。随后，忒弥斯托误杀了自己的孩子们，她在发现后便自杀了。而阿塔玛斯在打猎时陷入了疯狂中，杀死了他的长子勒阿耳科斯。伊诺和她的另一个年幼的儿子墨利刻耳忒斯一起跳入了大海，她被变成了神祇。

我们的残篇只符合欧里庇德斯戏剧中的一幕：即阿塔玛斯的儿子勒阿耳科斯死后，勒阿耳科斯就是那位死去的男孩。他足以让伊诺悲痛。而且，由于他是在狩猎时被阿塔玛斯杀死的，所以他的遗体被侍从带入宫殿也说得通。

在一些其他版本的神话中，勒阿耳科斯死后，伊诺和墨利刻耳忒斯就立即跳海了。在某些故事版本中是因为阿塔玛斯仍然处于疯狂中，伊诺担心自己母子的性命。我们从这份新发现的纸草上的剧本中所了解到的重要一点是：上述版本中的情节并没有出现在欧里庇德斯的剧本中。在欧里庇德斯这里，阿塔玛斯从疯狂中恢复了，还让伊诺对着她儿子的遗体发表了一段动人的哀叹，而并不是怀着恐惧立即逃走。此后伊诺和她的儿子墨利刻耳忒斯一起跳海的情节可能安排在剧本最后，由一位"解围之神"（*deus ex machina*）来叙述，并且宣告他们被变成了神祇。我们有一段被引用的残篇，可能来源于诸如此类的台词中。①

　　这样的情节设计可以让欧里庇德斯描绘出在谋害了另一个女人的孩子后，当伊诺获悉自己儿子被杀时所受到的冲击。相比之下，安排伊诺在勒阿耳科斯死后立即和她的儿子墨利刻耳忒斯一起跳海，就没有机会让观众们看到伊诺对她的儿子勒阿耳科斯死亡所做出的反应。而伊诺对着勒阿耳科斯遗体歌唱为这部戏剧提供了极富感染力的一幕场景，一段情感强烈的哀叹。如果她这个角色的剧本流传下来的话，可能成为欧里庇德斯戏剧中最令人印象深刻的女主角之一。

　　唯一可以和这个版本的神话故事类比的段落出现在奥维德《岁时记》第 6 卷。在讨论生育女神节（Matralia）时，奥维德提到了伊诺被赫拉追逐。在这一段落中，奥维德讨论了生育女神（Mater Matuta）崇拜的起源。这个女神就是成为神祇后的伊诺。她在跳海后被带到了拉丁姆。而此前，她因照顾狄奥尼索斯引起了赫拉的

---

① Tr. Adesp.frr. 100-101 *TrGF*; 见 Finglass 2014, p.72。

愤怒，这导致了以下后果（奥维德《岁时记》6.489-494）：

hinc agitur furiis Athamas et imagine falsa,

　　tuque cadis patria, parve Learche, manu;

maesta Learcheas mater tumulaverat umbras

　　et dederat miseris omnia iusta rogis.

haec quoque, funestos ut erat laniata capillos,

　　prosilit et cunis te, Melicerta, rapit.

于是阿塔玛斯被愤怒和幻觉所缠绕。

　　而你，幼小的勒阿耳科斯，死于你父亲之手。

勒阿耳科斯哀伤的母亲将他的灵魂带入了坟墓。

　　将自己的荣耀交付给了痛心的柴堆。

而后，当她悲伤地撕扯她的头发时，她纵身一跃，

　　还从你的摇篮里抱起了你，墨利刻耳忒斯。

根据《岁时记》第 6 卷最新的评注者乔伊·利特伍德（Joy Littlewood）的观点，"奥维德复述了伊诺的故事……将伊诺这位酒神崇拜者和杀婴者转变成了罗马式的母性关怀的典范"[1]。然而，纸草迫使我们考虑奥维德的复述是否还有来自欧里庇得斯的影响。实际上，这个版本的神话故事十分值得注意——就我所知，它只有在这两段文献中出现过——它们互相之间一定有关联，特

---

[1]　Littlewood 2006, p.152.

别是因为《伊诺》在古典时代是一部流行的戏剧。普鲁塔克和菲罗斯特拉图斯（Philostratus）都提到了他们那个时代《伊诺》在罗马帝国中的表演；① 公元 3 世纪奥克希林库斯有一份这出剧的纸草，带有标注，暗示某种表演，也进一步印证了这一情况。对我们来说，知道奥维德所选择的神话故事此前曾出现在悲剧中，并不是否认奥维德的原创性。两位诗人为了各自的目的利用了伊诺的两个儿子去世之间的重要间隔，强调了勒阿耳科斯之死所引起的悲痛，升华了痛惜儿子的母亲形象。奥维德唤起了人们对欧里庇德斯的伊诺的回忆，也有助于让他自己笔下伤心并且受到迫害的角色引起人们的同情。

现在来讨论第二份纸草，*P.Oxy.* 5292，这份残篇是索福克勒斯的悲剧《忒柔斯》（*Tereus*）中一个著名而动人的片段。由忒柔斯的妻子普洛克涅（Procne）念白，被斯托拜乌斯（Stobaeus）所引用，文本如下：

> νῦν δ' οὐδέν εἰμι χωρίς. ἀλλὰ πολλάκις
> ἔβλεψα ταύτηι τὴν γυναικείαν φύσιν,
> ὡς οὐδέν ἐσμεν. αἱ νέαι μὲν ἐν πατρὸς
> ἥδιστον, οἶμαι, ζῶμεν ἀνθρώπων βίον·
> τερπνῶς γὰρ ἀεὶ παῖδας ἄνοια τρέφει.   5
> ὅταν δ' ἐς ἥβην ἐξικώμεθ' ἔμφρονες,
> ὠθούμεθ' ἔξω καὶ διεμπολώμεθα

---

① Plutarch, *De sera numinis vindicta* 556a; Philostratus, *Vita Apollonii* 7.5.

θεῶν πατρώιων τῶν τε φυσάντων ἄπο,

αἱ μὲν ξένους πρὸς ἄνδρας, αἱ δὲ βαρβάρους,

αἱ δ' εἰς ἀήθη δώμαθ', αἱ δ' ἐπίρροθα.　　　　　　10

καὶ ταῦτ', ἐπειδὰν εὐφρόνη ζεύξῃ μία,

χρεὼν ἐπαινεῖν καὶ δοκεῖν καλῶς ἔχειν

　　就像这样，我现在微不足道；但我经常注意到女人的这种天性，我们都是微不足道的。在童年我们父亲的家中，我们过着最幸福的生活，因为我觉得对全体人类来说，无知总是能够让孩子们无忧无虑。但当我们到了懂事的年龄，有了青春的活力，我们就被撵出去，被卖掉，远离父母和祖先所崇奉的神祇。有的人去了外邦人丈夫那里，有的人去了野蛮人那里；有的去了陌生的家，还有的到了受尽凌辱的家。而一旦那一夜我们套上了轭，我们就必须赞同并且认为这就是幸福。

　　这一神话的标准版本人们十分熟悉。色雷斯国王忒柔斯娶了雅典国王潘狄翁（Pandion）的女儿普洛克涅，并且把她带回了家。他们生了一个儿子伊提斯（Itys）。过了一段时间，普洛克涅感到孤独，想见一见自己的妹妹菲罗墨拉（Philomela）。忒柔斯去雅典把菲罗墨拉带了回来，却在路上强奸了她，并且割了她的舌头以防她控诉。然而在抵达色雷斯之后，菲罗墨拉通过在挂毯上写字和编织图案告诉普洛克涅发生了什么事。于是两姐妹谋划杀死伊提斯，以此来惩罚忒柔斯，还将伊提斯的肉做成一顿饭，让他不知情的父亲吃。忒柔斯发现了真相后追逐她们，这三个人被诸神变为三只鸟。普洛克涅变成了夜莺，菲罗墨拉变成了燕子，而忒柔斯变成了戴胜鸟。

P.Oxy.5292 出版于 2016 年 6 月，该纸草的年代可以追溯到公元 2 世纪，和上文中所引用的段落互相重合。纸草留下了两栏文本。我们可以略过左面几乎没有文字的一栏，而关注右面的那一栏。文字重合的部分位于这一栏的顶部。最初的三行和上文所引用的 21 行残篇的最后三行相关。纸草上告诉我们的第一件事是普洛克涅的发言，只是多继续了 4 行。因为在这一栏的前 7 行之后，有一条横线，位于字母阿尔法的顶部。这条横行被称为 *Paragraphos*①，在古希腊语的抄本中表示念白者的切换。这份纸草中这样的 *Paragraphoi* 一共有 6 处，表明念白者的切换速度是相当快的。最后一位念白者似乎引入了一篇相当长的演说。第 10 行以 Δέσποινα——"女主人"这个词开始。某个人正在向一位地位很高的女性，也就是普洛克涅讲话。但讲话者是谁？页边空白处的墨迹给了我们提示。墨水的印记很不醒目，但解读起来也不难。这些印记是希腊字母 chi 的残留，顶上还有一个 omicron，这是表示歌队的常见方式。然后我们还看到了 ποιμ 这个词，这只能是 ποιμήν 这个词的开始部分，意思是牧人。

这些记号使我们可以看到这段文本的整体结构。这一栏的前 7 行是普洛克涅念白的结尾部分。当我们把纸草中所没有的那段被引用的残篇加上去时，我们知道这段讲话的长度至少有 16 行，可

---

① 译者注：paragraphos=para（旁边）+graphos（写），直译是"写在旁边"，可译为"分隔号""分段号"。

能还要长得多，也就是说至少有 30 行。然后是来自歌队的 2 行，正如一段主要讲话的结尾所经常出现的那样。之后是牧人的讲话，之后，在纸草中断于牧人的长篇叙述前，是普洛克涅和牧人的交谈。

文本的结构就是这样。文本的语言如何呢？每一行我们都只有不到一半的内容。当我们将这些文本翻译过来时，好像没有什么令人印象深刻的内容。译文如下：

> 普洛克涅：有的到了陌生的家，还有的到了受尽凌辱的家。而当那仅有的一夜给她套上了轭，她就必须接受这命运并且认为她这样做很好……习俗……如果出于这样的……我认为……因为……
>
> 歌队：但是……美好的……
>
> 牧人：女主人……希望……一些事……
>
> 普洛克涅：随后……讲话……
>
> 牧人：发誓……我将会述说……
>
> 普洛克涅：已经说过了……相同的/共享的……
>
> 牧人：我将会……但是从狩猎……谁
>
> ……给我们……去……来自……奠酒……我
>
> 站在……小屋

纸草上可能并没有为索福克勒斯的诗作提供任何新的片段。这里的文字没有任何我们所期望的希腊悲剧中能够打动读者的强烈感情。不过，这些文字仍然在很多方面有助于我们对这部作品的了解。其中，这份纸草排除了几种剧情发展的可能。普洛克涅在剧中的这一时间点上不可能知道忒柔斯对她的妹妹菲罗墨拉所犯下的任何罪行，也不可能已经和舌头被割掉的妹妹见过面，或是通过其他渠道了解到她妹妹的这一状况，她也不可能（误）以为她的妹妹已经死了。如果她的确知道或者确信如此可怕的命运正折磨着她的妹妹，她在最后用了长达 16 行的讲话来论述妇女出嫁后的普遍状况就显得奇怪。同样地，如果歌队简单地用两行来回应一段提及如此骇人听闻事件的讲话也是不正常的，这两行可能是介绍牧人的登场。这些新发现的诗行只有开头部分被保存了下来，但没有足够的篇幅来论述菲罗墨拉被割舌或者死亡，同样也不可能表达复仇的意愿，或者表示来自歌队的支持和 / 或慰藉。

普洛克涅的反应导致牧人发誓，或者说他愿意发誓，他将要说的话是真实的。在悲剧中，发誓用来表示一些让倾听者难以接受的重要谈话的真实性。谈话中可能有好消息或者坏消息。因此，无论普洛克涅对牧人说了什么，牧人迅速地借助发誓来保证他消息的真实性，这表明他将要传达一些非同寻常的信息。

这些讯息会是什么呢？很可能是牧人表示他发现菲罗墨拉被割了舌头。在开始说话前，牧人反常地不太情愿说出消息的主旨，而且他很乐意发誓来保证这一消息的真实性，这都和我们推测的信息吻合。如果"小屋"这个词恢复得准确的话（由于纸草这个地方的痕迹残缺不全，也很难看出还有什么希腊语单词符合这些痕迹）——这可能指的是菲罗墨拉此前被监禁的地方。忒柔斯秘密地监禁了被割了舌头的菲罗墨拉。奥维德在《变形记》

（6.520–524）里也有这样的说法：

> rex Pandione natam
>
> in stabula alta trahit, silvis obscura vetustis,
>
> atque ibi pallentem trepidamque et cuncta timentem
>
> et iam cum lacrimis ubi sit germana rogantem
>
> includit

> 国王将潘狄翁的女儿
>
> 带到隐于古林之中的深宅，
>
> 他将她囚禁于此。她，惊慌失色，浑身颤抖，
>
> 哭着求问她的姐姐在哪里。

　　随后忒柔斯割了她的舌头，把她留在了那里。在利巴尼乌斯（Libanius）那里也有这样的说法："忒柔斯把她藏在远离她姐姐的村子里，设立了守卫。"（《纪事》*Narrationes* 18.1）还有其他类似的例证。我们可以看到，菲罗墨拉被关在这样的地方，很适合被牧人发现。

　　在奥维德的故事里，忒柔斯告诉普洛克涅，菲罗墨拉之所以没有出现是因为她在从雅典到色雷斯的路上去世了。这样的欺骗手段在我们的剧本里是不可能出现的。当普洛克涅讲出纸草残篇（fr. 583）上的话时，她并不知道她的妹妹遭到了什么不幸。我们不必担心这样的不一致。奥维德没有理由必须要在任何细节上都遵照索福克勒斯的剧本，如果他真的那样做了倒反而会令人惊讶。

近两百年来，学者们试图根据奥维德的论述来复原索福克勒斯的剧本。但这种尝试在方法上存在着明显的问题：在没有其他证据的情况下，不可能弄清有哪些细节是奥维德照搬索福克勒斯的剧本，哪些经过了他的改编，哪些是被他省略的。而从我们这篇文章的意义上来说，值得注意的是，有多少学者在这份纸草出版以前在文章里明确地表示索福克勒斯的剧本里不可能有菲罗墨拉被监禁的剧情。

按照霍尔穆奇亚德斯（Hourmouziades）的看法，"索福克勒斯的忒柔斯为了掩盖他的兽行，有两种选择：要么不让菲罗墨拉和她姐姐说话，要么永远不让她与她姐姐见面。在我看来，这两种选择是互不相容的。如果忒柔斯选择了其中的一种方法，另一种则显得很不必要"①。同样地，根据马奇（March）雄心勃勃的重构，在索福克勒斯的剧本中，忒柔斯一定已经将菲罗墨拉带到了宫殿里，她剪短了头发，被打扮成一位奴隶，而且她也没有被她的姐姐认出："在一个成文的故事中，缺乏相认的环节说起来有点牵强，所以后来奥维德把情节合理化了，为了让故事更加说得通，就让菲罗墨拉被关在远离宫殿的地方。"② 这一观点的基础是一种假设：要么奥维德熟悉索福克勒斯所不知道的其他神话故事版本，要么故事文本的情节必须要比戏剧表演更加合理（无论怎样定义这种"合理"）。不管怎么说，这样的假设都是没有根据的。这份纸草的出现可以提醒我们，我们所认为的对不同作者的准确看法，至少可以说是有问题的。上面所引用的一些观点认为，奥

---

① Hourmouziades 1986, p.135.

② March 2003, pp.158-159.

维德作为一位较晚的作家，他随心所欲地创作，无疑不受索福克勒斯权威剧本中经典情节的束缚，希腊文化研究者们（Hellenists）是时候抛弃这些观点了。如果这份纸草能够让人们放弃这样的看法，那么它就有了重要的意义。

我们希腊文化研究者是幸运的。我们一直在获得新的古代文本——仅仅在最近 20 年里，萨福、阿基洛科斯（Archilocus）、索福克勒斯、欧里庇德斯、希佩里德斯（Hyperides）、波希迪普斯（Posidippus）以及阿基米德的纸草改变了我们对古希腊诗歌和散文的认知。但不幸的是，发现奥维德作品纸草的可能性非常小。但对于那些关心奥维德对古希腊神话的利用和改编的学者来说，持续关注不断出现的希腊语纸草文献并不是毫无意义的。

第三部分
爱情诗文学分析新角度

身份政治：女性与男性，读者与文本 [①]

艾莉森·沙罗克，曼彻斯特大学

（Alison Sharrock，University of Manchester）

曾毅　译

　　本文所采取的角度是 21 世纪读者看待一部古代文本的视角。这一文本的接受史在欧洲已经延绵 2000 年，在欧洲之外也有数百年。不过，直到 20 世纪，它才与现代中国受众发生接触。我感兴趣的是奥维德及其文本对于今天的"我们"意味着什么，但也不会忽视他在不同的时间和地点（包括奥维德本人所属的、公元初年以意大利为中心的欧洲文化在内）所具有的意义。我为"我们"这个群体阅读并阐释这一古代拉丁语文本，而这个群体至少与我共享着我的多重身份中的一部分，主要是"学术"（严格地说，是"古典学"）身份，此外还有一定程度的"女性主义者"身份（尽管是相当宽泛意义上的）。我呈现出的身份中的其他部分（例如，作为一名英国人、女性、中年人、白人、基督徒、母亲、残疾人的我）也许并未得到如此广泛的共享，却不可避免地会在某种程度上塑造我的阅读。[②] 在我的大部分作品中，"我们"也是"西方

---

　　① 译者注：本文中所有奥维德诗歌引文都来自相应的牛津版校勘本（OCT），引文的中译文均基于本文原作者的英译文，即作者对拉丁原文的理解。引文中的 u 和 v 都作 u。

　　② 古典学术中的"个人声音"已经引起了一些学者的兴趣，Hallet 和 Van 1997 便是例子。在更广泛的意义上，我们对它的审视应在接受理论这一语境中展开。关于这一点，Martindale 1993 的研究迄今仍然不可忽视。

的"，或多或少共享着欧洲／北美文化的价值。在这部文集的语境中，我也无法轻巧地将"我们"转入某种完全全球化的甚或直接属于"远东"／中国的身份认同。我更希望我所要表达的能够借鉴共同身份（以学术的和女性主义的身份为例）中的其他元素，为开启关于 21 世纪的所有读者该如何面对奥维德诗歌的挑战这样一种讨论贡献力量。因此我要提出的问题是：如果我们在阅读中借助现代女性主义、革新男性气质和当代性别理论等当今理念，将会发现什么？

在西方文艺批评中，尤其是 20 世纪初以来，有一种颇有影响的潮流或多或少赞成这样一种观点——试图解释"作者意图"的陈旧理念不足以成为文本阅读的目的。在 20 世纪的很长一段时间中，这种观念的影响都十分强大，让众多西方批评家不愿声称他们的解读应被视为对原作者思维过程的描述。[①] 我同意以下这种看法：哪怕作者的意图是可知的，也不应成为读者和批评家对文本的全部言说的边界。在我看来，文学解读是一个动态的过程，其中既可以包含尽力接近文本的最初读者（即其作者）的可能反应以及他／她所属文化的努力，也可以包含其他各种回应，其中一部分也许涉及对原作者和最初读者表面上给出的解读的揭露和拒斥。[②] 此外，最近约 50 年时间对古代诗歌（尤其是第一人称

---

① 关于这一问题的参考文献十分广泛，例如 Bennett 关于"作者"这一主题的出色介绍，还有最近 Farrell 2017 摆脱意向论种种问题的尝试。关于"隐含作者"，Booth 1983 的研究当属经典，要了解更为晚近的评价则可参见 Kindt 和 Müller 2006。

② Fetterley 1978 有力地阐明了读者可以"拒绝"文本意图或作者意图的观点。

诗歌）解读的一大贡献正在于人格面具（persona）理论的发展。[①]
在此，关于作者身份与文本话语，有两种必要却并不完全相同的
理解，这两者之间存在着互动（乃至潜在的交融）：一种理解认为
说话的“我”是文本中的角色，哪怕与某个历史人物联系紧密，
在某种程度上仍然总是虚构的；另一种理解则认为读者所看到的
作者形象总是与作品归于其名下、对作品生产负主要责任的那个
人保持（至少）一段距离。我们可以将这些角色中的第一个称为
“人格”，将第二个称为“隐含作者”（implied author）。[②] 就古代文
本的当代阅读而言，这种划分的贡献颇有价值，是传统“传记式”
解读基础上的一种进步——传统解读认为哪怕在虚构作品中，第
一人称讲述也是作品归于其名下的作者的历史生活的证据。对历
史作者与隐含作者加以区分，对我们理解文学文本和文学意义的
动态与历时本质也是有价值的，因为它可以帮助显示意义何以无
法完全局限于某个年代久远的历史人物的（根本上不可知的）意
图，也因为它有助于我们理解阅读过程。“隐含作者”既“隐含”
于历史作者，也“隐含”于读者——这指的是任意给定时刻的读
者，而整体语境则是由所有读过文本的读者所构成的。更直接地
说，“人格”是作者（此处我指的主要是“隐含作者”）的创造，
这既是因为我们在阅读文本时主要是在与隐含作者打交道，也是
因为人格理论的形成和将第一人称讲述解读为虚构的做法主要是

---

① 译者注：persona 既可译为“人格面具”，也可简译为“人格”。

② 关于《恋歌》中人格的构建问题，尤为值得参考的是 Volk 2005 的研究。它是关于这
部诗集之诗学复杂性的深入解读，但在我看来，在对诗人－言说者的不同层次的分离上过于
草率。

一种现代现象。① 在文学欣赏中，将第一人称诗歌中的讲述者当作虚构人物来探究可以带来巨大的好处，但这种方法也包含了风险。风险在于："人格"这个词被现代批评家们用来容纳古代诗人所说的话中一切不讨他们喜欢的内容。与此类似，批评中的反意图理论所蕴含的风险之一就在于它可能让作者不需要为他或她所说过的任何东西负责。

但让我深感欣慰（尽管它同时也应当令人困扰）的是，这些关于文学与生活和虚构与传记之间关系的问题恰恰是、也明显是由奥维德本人有意识引入的。当他身处流放之中，每当他的诗歌语涉淫猥，让他试图通过衍自罗马时代第一人称诗歌的一种经典套路的巧妙手法来为自己脱罪时，这一点表现得尤其明显。这种套路在罗马诗歌中相当常见，卡图鲁斯的申辩便是一例（《歌集》16.4-6）：

nam castum esse decet pium poetam

　　ipsum, uersiculos nihil necesse est.

因为，真正的诗人本人应当纯洁，

　　他的诗行却不必如此。

尽管众多古代诗人都曾发出类似的宣言，将这种观点发展为全面

---

① 古代的文学批评往往有很强的传记性，但更好的说法是古代文学传记在很大程度上具有文学批评性和解读性。我们早就知道，大量关于古代诗人生活的材料完来自诗歌本身。近来的一些重要研究工作已将文学、批评－解读和传记之间的交互发展为一种三向过程。关于这个问题，Fletcher 和 Hanink 2016 以及 Hardie 和 Moore 2010 的工作尤为值得参考。

否定诗人对自己作品所负责任的却是奥维德。在他写给奥古斯都、为自己及自己的诗歌所做的"辩护"中，奥维德不无诙谐地企图声称：他已经做出了足够的事先警告；如果罗马的女子们读到那些本非为她们所写的内容，那不是他的过错（《哀怨集》2.251-256 以及 353-356 ）：

> Ecquid ab hac omnes rigide summouimus Arte,
>
> 　　quas stola contingi uittaque sumpta uetat?
>
> "At matrona potest alienis artibus uti,
>
> 　　quoque trahat, quamuis non doceatur, habet."
>
> Nil igitur matrona legat, quia carmine ab omni
>
> 　　ad delinquendum doctior esse potest.

那些穿着庄严衣袍，带着头巾，而不得调戏的女子，我难道没有严格地让她们远离这"艺术"？"然而主妇也可以用得上他人的艺术，可以拥有能让自己从中学到新知的东西，哪怕她并非受教之人。"那么，就不要让一位主妇阅读任何东西，因为从每首诗中，她都可以变得更加精通堕落之行（more learnèd in vice ）。

> Crede mihi, distant mores a carmine nostro
>
> 　　(uita uerecunda est, Musa iocosa mea)
>
> magnaque pars mendax operum est et ficta meorum:
>
> 　　plus sibi permisit compositore suo.

相信我，我的行为与我的诗歌完全不同（我在生活中谦逊恭谨，我的缪斯却不安分），我的作品中有许多虚妄与编造——它对待自己比作者更宽容。

假设历史上的普布利乌斯·奥维狄乌斯·纳索（P. Ovidius Naso）的确曾被奥古斯都流放，就像隐含作者奥维德曾确凿无疑地被流放一样，他在流放中——因此也是在面对文学与生活间的巨大冲撞之时——对这一套路的使用便构成一种精彩的讽刺。这种讽刺完全是一个贯穿流放生活的，关于文学、阅读、罪过与惩罚的复杂游戏的一部分。[①] 我也会提到否认一切责任的企图所引起的伦理问题，却不希望将我们的注意力从这个游戏的艺术光辉上转开。就他被流放到托米斯这个具体案例而论，我会将我的全部同情与判断放在诗人而不是皇帝一方，然而我们仍然需要面对原则问题。事实上，在阅读奥维德时，我很希望将他本人视为提出和探究以下这个问题之人，即作者能否拒绝对其作品负一切责任。（这正是隐含作者发挥作用之一例。）

当在古代诗歌中遭遇与现代情感相冲突的元素时，当代读者所面对的问题会更加激烈。我要举的第一个例子是《恋歌》1.7。[②] 这是一首长久以来一直让读者饱受挫折的诗。然而，比起哪怕二三十年前，如今的世界（正确地）更加重视家庭暴力问题，因此这首诗的理解难度更达到了新的高度。我将在下文中对这首诗

[①] 参见 Fulkerson 2013a, ch.6; Williams 2002a。

[②] 关于这首诗的近期研究，可参见 Pandey 2018; O'Rourke 2018, pp.112-118; Turpin 2016, pp.85-97; Perkins 2015; Oliensis 2014; Drinkwater 2013; Pasco-Pranger 2012。但 Greene 1998 的研究仍不容忽视。

展开更详尽的探究，但首先请允许我强调一下本文所涉及的阅读问题。问题在于：当一名诗人 / 情人沉湎于对自己施于爱人的暴力的自我中心式感伤，尔后又残忍地否认问题的严重性时，现代的读者面对他该做出何种反应。在种种减轻读者不适和让讲述者变得"更像我们"的策略中，有一种是将人格理论当作游戏中的"脱狱卡"来使用的。在对这首诗的简短考察之后，我将在下文中继续讨论这个问题。在接下来的讨论中，我会用"奥维德"这个词来指代隐含作者和讲述者双方。之所以如此，是因为原诗正是这样做的。

《恋歌》1.7 的讲述者——也就是我们必须称之为奥维德的那个人——显然沉浸于悔恨与懊恼之中，因为他出于某种原因未明的怒火，以某种身体冲突的方式攻击了自己的爱人（《恋歌》1.7.1-6）：

Adde manus in uincla meas (meruere catenas),

　　dum furor omnis abit, siquis amicus ades!

nam furor in dominam temeraria bracchia mouit;

　　flet mea uesana laesa puella manu.

tunc ego uel caros potui uiolare parentes　　　　　5

　　saeua uel in sanctos uerbera ferre deos.

若有任何朋友在我身边，请将我的双手束缚（它们理应戴上枷锁），直到所有疯狂消散无踪！因为疯狂让鲁莽的双臂挥向爱人；我的女郎被发疯的手伤害，吞声哭泣。这样的我甚至会伤害我亲爱的父母，甚至会对天上的神祇挥起粗暴的皮鞭！

这首诗中有一个方面既才华横溢，也令人不安，那就是它为读者创造出一道道诱人探究的、必须填补的裂缝；读者为此受到鼓励，想要搞清楚到底"发生了什么"。在这开头几行和稍后的另一部分中，讲述者巧妙地将责任从自己转移到双手，又从双手转移到征服了它们的疯狂。[①] 他用自己的双手做了一些事，但我们并不知道是什么事。在以上引用的几行之后，是神话中的两个有关疯狂的经典例子——埃阿斯和俄瑞斯忒斯（《恋歌》1.7.7-10），从而通过神话—文学语境，也通过对疯狂是从外界降临于人之物这种观念的悄然利用，进一步扩大了距离。

然而，哪怕我们拒绝奥维德将罪责从自身转移到双手的企图，我们仍对他的双手到底做了什么一无所知。第一次看似认罪的讲述出现在接下来的部分中，但并非如他自称的那样明晰（《恋歌》1.7.11）：

ergo ego digestos potui laniare capillos?

难道我竟能撕扯那优雅的头发？

首先，我们应该注意到这是一个（反）问句，而不是陈述句。

---

① 关于将罪责转移给双手这一点，参见 McKeown 1989, pp.163-164。在我看来，McKeown 淡化了这首诗中暴力的严重性，强调其中幽默与滑稽的方面。

其次，奥维德曾撕扯爱人头发这一貌似真实之事，包含着对暴力的确认，当我们解读这一暴力时，也许不得不做出相当的努力，才能抵抗这样一种暗示，即 laniare（"撕扯"）一词是对事件的夸张。这暗示是在通过"优雅的"（digestos）这个词（在一行同样"优雅的"诗中）来引入头发和陈述时发出的。也许他并未真正撕扯她的头发，而只是将它弄乱了？尽管如此，作为诗中几处对爱人的审美物化描述中的第一个，它仍然立即将我们从这条思路上引开了。[①]（注意，在接下来这行中，被扰动或"移动"的头发似乎仅仅是被弄乱了，让此前的损伤最小化的暗示得以延续。）（《恋歌》1.7.12）：

nec dominam motae dedecuere comae

被扰动的头发也并未让情人减色。

我已尽力让我的译文贴近拉丁原文，但英语仍旧无法将重点充分表达出来。从讲述者的视角出发，重点在于"风乱云鬟的神采"让这名女子格外迷人。在拉丁语爱情诗中，隐含的 decus 一词是有强烈感情色彩的，而双重否定的表述使之成为一种优雅的表达，呈现了讲述者邀请读者进入的那种审美和情欲反应的力量。身为一名 21 世纪的女性读者，我惊讶地发现自己不得不努力抵抗，才能避免陷入讲述者的视角。接下来的几个双行提到了神话中的三

---

① 关于将女性的恐惧美学化这一问题的研究，例见 O'Rourke 2018, p.113; Greene 1998; Kennedy 1993, p.56。

位女主角——她们头发散乱、成为美貌女子中代表审美和情欲的典型——从而再次造成一种距离化效果。

一位对话者（我们将在稍后讨论）在此时以直接引语的方式插入进来，然而"她却一言不发"（*ipsa nihil*，1.7.20）。爱人的沉默不仅让她被物化的过程得以继续，也阻止她向我们讲述发生了什么。这沉默反而让那位情人陷入一阵突然的懊恼，而这懊恼又发展为对自己双手的进一步责备。责任再一次被推卸，不过一种叙事状况却得到了暗示（《恋歌》1.7.21-30）：

> sed taciti fecere tamen conuicia uultus;
>
> 　　egit me lacrimis ore silente reum.
>
> ante meos umeris uellem cecidisse lacertos;
>
> 　　utiliter potui parte carere mei.
>
> in mea uesanas habui dispendia uires 　　　　　　25
>
> 　　et ualui poenam fortis in ipse meam.
>
> quid mihi uobiscum, caedis scelerumque ministrae?
>
> 　　debita sacrilegae uincla subite manus.
>
> an, si pulsassem minimum de plebe Quiritem,
>
> 　　plecterer, in dominam ius mihi maius erit? 　　　　30

尽管如此，她一言不发的神情仍是对我的控诉；她沉默的面容上的眼泪让我成为被告。我多么希望我的双臂在这一切发生之前便从肩上断折；失去身体的这一部分对我更有好处。我拥有为自己招致祸患的疯狂力量；我的强健有力只是对自己的惩罚。司掌屠杀与恶行的工具，我与你有何相干？冒渎神圣的双手，你活该戴上镣铐！哪怕我只是殴打众人中最低贱的公民，我也会得到惩罚。难道我对自己的爱人却享有更高的权利？

这几行诗中有一种诱人的暗示：他的确以某种方式殴打了那名女子。如果我们接受这一暗示，就会在接下来的双行中发现它似乎得到了证实。在这个双行中，另一个来自神话的例子让讲述者获得英雄的地位，又将神性赋予那位爱人。[①]在《伊利亚特》中，狄俄墨得斯击伤阿芙洛狄忒，树立了一个糟糕的榜样，但他攻击的至少是敌人。奥维德的罪过要大得多，因为他攻击的是自己宣称爱着的人（《恋歌》1.7.31-34）。但这是否真的表明他承认自己殴打那名女子呢？狄俄墨得斯用的是投枪，刺伤的是阿芙洛狄忒的手（《伊利亚特》5.335），因此无法构成精确的类比。《伊利亚特》中例子的军事色彩让描述从史诗战争转向历史战争，并伴随着对战争凯旋的讽刺性戏仿（《恋歌》1.7.35-40）。[②]同样地，奥维德与爱人之间的关系和凯旋的将军与他所俘之敌之间的关系难以相提并论。因此，尽管我们受到诱惑，想要一探究竟，却再次从戏剧化的当前时刻偏离开来。对凯旋的描述结束于另一条看似明显却颇具欺骗性的线索（《恋歌》1.7.39-40）：

---

① 关于 *diuina puella* 的问题，Lieberg 1962 的论述至今仍然重要。

② 关于 *militia amoris* 这一常见套路，Drinkwater 2013 的看法尤为值得参考，此外还可参见 Cahoon 1988。

ante eat effuso tristis captiva capillo,

　si sinerent laesae, candida tota, genae.　　　　　　　　　40

让她，让这可悲的俘虏走在前列。她的头发飞舞，

　若非因为那受伤的双颊，便是遍体苍白。

那么，这是在暗示情人殴打了自己爱人的面孔吗？然而对此他并未明言。这不仅是因为这部分仍属于对想象中的凯旋的描述，也是因为（未曾明言的）红色面颊可能来自情绪反应，来自耻辱、愤怒和悲痛，而非身体接触。（鉴于也许会有人对此抱有怀疑，我想要强调一点：我并非在尝试证明诗中的戏剧化情景里没有发生肉体伤害。相反，我的目标正在于揭示这首诗如何诱使读者认为"没有真正的伤害发生"。）

无论诗中所暗示的女子面颊发红的原因为何，以红色来标记白色的潜在念头都暗示着与此类似的情欲主题，并挑起一种让情感与暴力之间的分界线变得模糊的性幻想（《恋歌》1.7.41-42）：

aptius impressis fuerat liuere labellis

　et collum blandi dentis habere notam.

若她的瘀伤来自嘴唇的碰触，若她脖颈上的伤痕

　来自爱的啮咬，那会更让人称心如意。

一个反事实的念头又激发了另一个。奥维德开始想象自己

本该对爱人"合理"使用哪些表达怒意的方法，以代替他事实上的所作所为。他本可以冲她怒吼，或是撕开她的衣袍（《恋歌》1.7.45-48）：

> nonne satis fuerat timidae inclamasse puellae,　　　　45
>
> 　　nec nimium rigidas intonuisse minas
>
> aut tunicam a summa diducere turpiter ora
>
> 　　ad mediam (mediae zona tulisset opem)?

> 当然，本来我只需要冲这娇怯的姑娘怒吼，
>
> 　　或是发出不太严厉的恫吓，
>
> 或是粗暴地将她的袍子从脖子撕开
>
> 　　直到腰间（在那里她的腰带会帮她一忙）?

　　那么，他到底有没有撕破她的袍子？接下来奥维德将会利用这一段来玩味一个问题：《恋歌》中的人格与《爱的艺术》中的教喻者在多大程度上是重合的？然而此刻我关注的却是他如何使用反事实的叙事图像来挑战和扰乱读者想要"知道发生了什么"的欲望。[1] 顺便提一下，现代读者也许还会想要抵抗讲述者（顺便）挑起的情欲气氛和羞耻感。

　　诗歌的下一部分（《恋歌》1.7.51-58）恣意展开审美的和情欲的物化，这是罗马哀歌中广为人知的做法。在这之后，诗人兼情

---

　　① 关于《恋歌》和《爱的艺术》中的人格面具切换，参见 Armstrong 2005, p.34; James 1997; Rimmel 2006, pp.83-84。

人转向自身，在懊悔中不可自拔（《恋歌》1.7.59-62）。这样的情绪笼罩了他随后对那名女子发出的请求，他求她以同样的办法报复他（《恋歌》1.7.63-66），求她抓烂他的脸，也不要放过他的眼睛和头发。这再次构成一种关于他对她做了什么的错位暗示，但同时也是对某个可能的未来事件（并不真实，或许还带有性的意味）的暗示。

接下来就是人所共知的奥维德式结尾转折（《恋歌》1.7.67-68）：

neue mei sceleris tam tristia signa supersint,

　　pone recompositas in statione comas.

然而，为了抹去我的罪行如此可悲的痕迹，

　　梳理你的头发吧，将它恢复原样。

从前我一直认为：这最后两行表明整首诗只不过是一场无事生非，讲述者所做的不过是弄乱了爱人的头发，而对懊悔的展示则与隐含的现实（当然，指的是虚构中的现实）全不协调。[1] 我相信这样的反应相当普遍。然而现在我要说的是：身为读者的我们是被奥维德的这一天才笔法欺骗了。关于家庭暴力的隐蔽性，

---

① McKeown 1989, p.164 表达的便是这种观点。把讲述者的懊悔当真的读者可以参阅 O'Rourke 2018, p.112 的讨论，以及他的注释 10。认为那只是戏拟（parody）的读者则可以参阅 O'Rourke 2018, p.118。将这首诗解释为戏拟的读者包括 Barsby 1973, p.91; Lyne 1980, pp.249-251; Boyd 1997, pp.156-157。在我看来，Drinkwater 2013, p.202 的观点最接近真相："诗人似乎来到某种原型女性主义抗议的边缘"，然而，"即便如此，这种看似让读者加入奥维德的共情的邀请很快就黯然失色，在全诗结尾戳破了那种貌似针对性别不平等而发的持续批评的东西。"（p.203）

关于受害者掩盖自己所受伤害的共谋做法，如今我们已经有了了解，足以让这些诗行的恐怖慑人之处毫不逊色于它们的夺目光彩。

还有另一种办法可以摆脱这首诗所带来的不适，那就是以另一种方法来填充裂缝，将女子本身建构为一个操纵者。这正是奥维德本人在上文提到的《爱的艺术》第 2 卷那一段中所采用的手段。在这一段中，奥维德戴上了爱情导师的人格面具，警告他的学生（这名学生注定"贫穷"，这样才会通过艺术而非金钱来获得爱情）：他在与爱人打交道时应当小心谨慎，不要与她争斗（除非争斗本身是艺术性的，参见《爱的艺术》2.427-462）。《爱的艺术》2.169-172 写道：

> me memini iratum dominae turbasse capillos;
>
> 　　haec mihi quam multos abstulit ira dies!　　　　　　170
>
> nec puto nec sensi tunicam laniasse, sed ipsa
>
> 　　dixerat, et pretio est illa redempta meo.

> 我还记得自己曾在怒火中弄乱爱人的头发：
>
> 　　那次发怒让我失去了许多时光！
>
> 我不记得我曾撕开她的衣袍，对此我毫无印象，
>
> 　　然而她却声称我那样做了，而我必须为弥补它 / 补偿
>
> 她而付出代价。

因此，也许有人会声称这名（将假设的读者拉入其中的幻想里的）女子小题大做，利用这样的局面来为自己博取金钱上的好处。然而，关于奥维德与他的部分读者的这种做法，还可以有另

一种视角，即它是与那种将男性对女性的伤害归咎于女性的漫长传统相契合的。我倾向于认为我们应该重视这种可能性。

即使我们拒绝接受那种突然转折（无论它在修辞意义上多么迷人），也没有迷失于奥维德天才的跨文本自我构建，那些希望将奥维德重树为革新现代男性气质之典范的读者仍有其他退路。其中最简单的就是诉诸人格，将诗的讲述者与作者兼诗人分割开来，由此将奥维德建构为揭露者和戏拟者，其对象则是那些如此作为之人，也许是罗马的一名普通人，甚至可以更加具体，是其他哀歌诗人。[①] 接下来我会提供一些思路，以解释为何我认为我们不应如此轻易地放过奥维德，而是应该承认这首诗本身为我们清晰区分人格兼讲述者（persona-speaker）与诗人兼作者（poet-author）的做法提供了一点辩护。或者，也许我们应该承认的是：这首诗在对其讲述者的负面建构上走得有多么远。

从现代女性主义读者的视角来看，诗中的一些明显问题在于前面提到的那种众所周知的、对受伤女子的物化和情欲化，还有她的声音的完全缺失。[②] 在考察读者如何能够、为何应当对这种无声的物化做出回应时，不容忽视的一点是在诗中出现的第三方。那名爱人也许是沉默的，但发声的另有其人（《恋歌》1.7.19-20）：

quis mihi non 'demens' quis non mihi 'barbare' dixit?

---

① 参见 Perkins 2015。

② 关于这一点，James 2003 的观点颇有价值，而 O'Rourke 2018 的同样如此。

ipsa nihil: pauido est lingua retenta metu. ①

谁不会称我为"疯子"和"野蛮人"呢？

她却一言不发：战栗的恐惧扼制了她的唇舌。

也许，这位评论者与诗人在开头部分的诉说对象是同一个人（《恋歌》1.7.1-2）：

Adde manus in uincla meas (meruere catenas),

dum furor omnis abit, siquis amicus ades!

若有任何朋友在我身边，请将我的双手束缚

（它们理应戴上枷锁），直到所有疯狂消散无踪。

这位"朋友"是谁？他（原文如此）为何要出现在一对恋人的冲突现场？这是哀歌世界中的一种微妙建构：看似专属个体男性情人和女性爱人之间的事其实是以同性互动为背景的；在这样的互动中，男性友人带着强烈的"现实"意味进入诗歌之中。② 与通常情况一样，这个案例里的"朋友"角色的作用在于成为诗人的隐含读者的代理人。读者受到驱使／被赋予资格，称奥维德残忍而野蛮，并受邀将他锁起来以阻止他造成更多伤害。我们能够

---

① 有个可怕的刹那，这行诗似乎令人回想起（尽管严格说来，它在前）《变形记》6.555-560 中遭受强暴的菲罗墨拉被割舌。

② 在 Sharrock 2000 中，我曾就普罗佩提乌斯对这一问题展开探究。

将这当作作者关于如何合适地回应讲述者的教导吗？这样的想法很有诱惑力，但我不这么认为。

　　同样是这个讲述者，在与男性友人互动时，又邀请对方从自己的角度来看待问题（《恋歌》1.7.51-58）：

adstitit illa amens albo et sine sanguine uultu,

　　caeduntur Pariis qualia saxa iugis;

exanimes artus et membra trementia uidi,

　　ut cum populeas uentilat aura comas,

ut leni Zephyro gracilis uibratur harundo,

　　summaue cum tepido stringitur unda Noto;

suspensaeque diu lacrimae fluxere per ora,

　　qualiter abiecta de niue manat aqua.

她失神伫立；她的面容苍白，没有血色，

　　如同帕罗斯的山上切下的大理石。

我看见那毫无生气的四肢，战栗的躯体，

　　就好像轻风拂过杨叶，

好像柔和的西风摇动纤柔的芦苇，

　　或是温暖的南风吹过浪尖。

忍了许久的眼泪流下她的面颊，

　　好比融雪的水流。

　　这名一言不发的女子（第 20 行）在审美上先是被建构为一

尊雕像（第 51-52 行），然后又被建构为一组无生命的明喻：叶间的风、海上的浪，最后是融化的雪。[①] 此外，只有在第 53 行这唯一一行中，这名女子才可以说是以自己形象出现的，她毫无生气的四肢和战栗的躯体被描述为讲述者 / 诗人眼中所见（*uidi*）之物。

当然，这一切指控指向的都可以是讲述者而非诗人。我要承认，如果声称我在上文中提到的那些"合理理由"都只能构成根本无效的阅读，那也是错误的。然而，在当下这个时代，在这个MeToo 的世界里，我要提出的是：负责任的解读也应该要求我们严肃承担起悲观阅读的风险。在这种阅读中，无论作者是隐含的还是历史的（如果我们对历史作者有任何了解的话），都与诗歌的厌女暴力脱不了干系。面对这样的结论，我认为合理的反应并非贬低这首诗的文学光辉，而是承认针对女性的暴力共谋的现实与程度。哪怕如德林克沃特（Drinkwater 2013）所说，我们的确相信"诗人似乎来到了某种原型女性主义抗议的边缘"，哪怕我们的确将恣意表达的懊悔视为戏仿的标志，我们仍然很难否认这一点：与她的肉体魅力相比，与全诗末尾那种常见的对真正意义上的申诉的消解相比，这首诗所表现出的对女性的真正同情和对受害者人格的尊重少得可怜。我认为，我们不应接受戏仿或人格面具这种站不住脚的借口；哪怕真要接受，我们也需要辨明这个创造了人格面具的戏仿作者在多大程度上只是来自 21 世纪的建构。

---

① 关于哀歌中的女性被比作雕像的问题，参见 Sharrock 1991。关于此处的种种明喻，参见 Korenjak 和 Schaffenrath 2015。

　　在此次以现代视角对古代文本阅读方式的探究中，我要考察的第 2 首诗，或者说第二组诗歌，是库帕西斯（Cypassis）双联诗，即《恋歌》2.7 和 2.8。[①] 接下来，我会有意从诗中所涉女性的视角来阅读。她们作为虚构女性这一事实不应该削弱文本与阅读的社会－政治意义。在第 1 首诗中，奥维德向科琳娜（Corinna）否认自己与她的侍女库帕西斯有染。然而，当他在下一首诗中指控这名为主人打理头发的女奴引起了科琳娜（理由充分的）疑心，并以进一步暴露为威胁，逼迫女奴继续与他同床时，他的谎言便被揭穿了。在第 1 首诗中，库帕西斯在场，却被视若无物，不得不亲耳听到欺侮者（即讲述者，也就是"奥维德"）对自己的侮辱和贬低，同时还要担心事情败露，那对她的伤害会比对他的大得多。[②] 在《恋歌》2.7.19-22 中，奥维德侮辱性地拒绝"人人鄙视"的"肮脏女友"（2.7.20：*sordida contemptae sortis amica*），又毫无掩饰地贬低拥抱鞭痕累累的背脊的行为。当他在 2.8 中为自己上面的话找借口时，一切便真相大白。他提出自己与库帕西斯是类似阿喀琉斯和布里塞伊斯或阿伽门农和卡珊德拉那样的英雄情侣（《恋歌》2.8.11-14），以此作为理由。尽管这两个例子听起来像是恭维，然而只要库帕西斯了解一点希腊文学，就不会觉得其中任何一个有什么安慰作用。

　　亨德森（Henderson）关于这两首诗以及阅读本质的探讨虽然

---

　　① 关于这两首诗，参见 James 1997；Green 2015；Henderson 1991 及 1992；O'Rourke 2018，尤其是第 112 页和 118 页；Fitzgerald 2000, pp.63-67；Watson 1983。关于其双联诗的性质，可参见 Kutzko 2006, pp.169-172。

　　② 参见 James 1997, pp.66-67；Green 2015。

艰深，却内容丰富，对于展示奥维德——科琳娜——库帕西斯三角关系里多重身份的复杂性来说不容忽视：在这个三角中，任何两方都可能找到一种排斥第三方的相互认同。[①] 最值得注意的是，在种种建立相互关系的机会中，看起来最缺乏吸引力的是性别。科琳娜和库帕西斯是不同于奥维德的两个人，但她们的共同性别并未得到在彼此之间建立共情联系的机会，尽管就虚构语境中的真实意义而言，她们事实上都是讲述者的受害者。相对于库帕西斯的奴隶身份而言，奥维德与科琳娜所共有的是自由。正是这种自由造就了这组双联诗中最有力也最令人困扰的互动。出于自己的修辞和情欲目的，奥维德可以装作与库帕西斯共处被奴役的状态，那将正好与"爱的奴隶"（*seruitium amoris*）这一形象的要求相符，但在这种状态下，隐喻与现实之间存在着巨大的鸿沟。[②] 在《恋歌》2.8 的开篇，奥维德将自己和库帕西斯描述为科琳娜的疑心将带来的潜在风险的分担者，仿佛二人同为奴隶。然而，他们中只有一个是（喜剧传统中的）"聪明奴隶"，因为在面对危险之时，他奥维德才是更为头脑清醒的（2.8.17：*praesentior*）那一个，并且是迅速发誓说自己清白无辜的那一个。这一"好意的效劳"让讲述者得到要求回报的机会，从而暴露了两个角色各自有利和不利条件的资产负债表中的不平衡性。当库帕西斯对女主人的反应感到恐惧时，她的情人使用了一种格外厚颜无耻的"逻辑"来说服 / 胁迫她继续与他同床。他的话是："好好服务于你的主人中

---

① 　Henderson 1991；1992.

② 　O'Rourke 2018, p.123；Fulkerson 2013b；Kennedy 1993；James 1997, p.61.

的一位就已经足够。"（2.8.24：*unum est e dominis emeruisse satis*）
如果她拒绝，他就会向科琳娜告发她，因为他心知肚明：那样对
她的伤害会比对他的伤害更大。他不再与库帕西斯共担奴隶身份
（他也从未真正如此），而是摇身一变，与科琳娜同为主人。这后
一种宣称同时也是一种盗用，因为在这个虚构的世界中，库帕西
斯只属于科琳娜，而非科琳娜与奥维德所共有。然而，他却拥有
更强的力量，即使在与科琳娜的关系中也是如此（更不用说在与
库帕西斯的关系中）。他能够对科琳娜的奴隶发号施令正反映了这
一点。①

　　从奥维德的时代到我们身处的时代，身份之争在强度上已
经发生了指数级的增长，而这种斗争中的又一种转向便是种族问
题，尤其是基于肤色的种族身份。在这组双联诗将近结束的部
分，仅仅一个单词便向我们表明：库帕西斯属于我们今天所称的
"黑人"（*fusca*，《恋歌》2.8.22）。从某种意义上来说，"黑人"这
个分类在奥维德时代并不存在，因为当时的奴隶制并非基于肤色
或族群出身。然而，鉴于后来出现的那段可怕历史，我们的阅读
无法不受到这种分类的较大影响。② 我们只能假定奥维德与科琳
娜都是"白人"，库帕西斯是"黑人"，而这些基于肤色的族群
身份，尽管我们知道它们都只是现代分类，（对我们而言）又令

---

① 如 Mckeown 1998, p.166 所言："奥维德如此说话，好像他与科琳娜是夫妻，好像他因
此对库帕西斯拥有主人之权。"

② 关于古代地中海人与黑皮肤非洲人之间的互动，以及肤色歧视在古代世界中的缺
席，参见 Snowden 1983，Snowden 颇为令人信服地认为 *fusca* 这个说法在古代并无贬义，具
体可见他书中的第 77 页。然而，奥维德评论家们倾向于降低库帕西斯肤色的重要性，例如
Booth 1991 的相关评论。

人不安地对应了自由和身为奴隶的不同状态。这组双联诗由此可以成为围绕性别和种族的现代话语的有用素材。它是对古罗马文化中那种潜在的厌女倾向的控诉，在这样的倾向中，被一个男性情人操纵的两名女子之间无法因为她们的共同性别成为同盟。同样地，它也是对当代西方文化——尤其是美国文化——中残余的种族主义的控诉：库帕西斯可以被视为一种象征，代表着黑人女性与男性或白人女性结成同盟的努力。[1] 当然，若是认为奥维德"有意"让人在这些概念中阅读他的诗，那未免愚蠢，但我的论点在于：从现代视角来看，这样的解读是站得住脚的，也是恰如其分的。

也许有些令人奇怪的是，这组双联诗并不像《恋歌》1.7 那样背负累累骂名。关于双联诗中涉及的道德困境，最为成熟的呈现来自莎伦·詹姆斯（Sharon James）。在她的描述中，《恋歌》2.8 与《爱的艺术》1.351-398（即那位爱情导师探讨引诱其情人的侍女是否可行的部分）"暴露了罗马家庭奴隶每天所面临的两难处境"。[2] 她采纳了这样的观点：这些诗的本意在于揭露而非宽宥"对这个阶级中的女性的肉体暴力和剥削"[3]。我要说的则是：我们无从知道历史上的奥维德是否有意揭露这样的行为，但无论如何，现代读者已经有效地对这首诗做出了如此解读。在我看来，问题在于这样的反应已经在相当大的程度上被噤声了。对奥维德在双联诗中的行为的主要不满（我认为这些不满往往带有仰慕色彩）都倾向关

---

① 关于这个问题与古典学的关系，Haley 1993 的观点尤为值得参考。

② James 1997, p.71.

③ Ibid. 1997, p.74.

于他对科琳娜的欺骗，而这桩欺骗本身并未被太当一回事。重点在于，读者已经受了并置对比的戏剧性光辉的迷惑，迷惑于奥维德以攻击为最好防守的磅礴修辞力量，也许还迷惑于诗中的情欲诱惑（以最后两行为甚，《恋歌》2.8.27-28）：

quoque loco tecum fuerim quotiensque, Cypassi,

narrabo dominae quotque quibusque modis.

你我曾在何处多少次同寝，库帕西斯，

以多少种、什么样的姿势我要告诉女主人。

这一招相当下流，却又令人不安地有着某种诱惑力。

我担心的是，这组双联诗未能如其应得的那样声名狼藉（就道德而非审美角度而论），其原因部分在于读者已经陷入对罗马式主奴关系规则的认同。在这样的关系中，被奴役者"自然"成为方便的性对象。在我看来，这些诗歌的阅读史也许包含了某种罪状，指控的是当代批评中对奴隶和男性不忠现象的无视。有一种观点在古典学者中相当常见——性关系中的男子不忠几乎不算是一个问题，在私通对象是一名奴隶时尤其如此。然而我想要指出的是：文学为我们描绘出的图景带来的是另一种印象。在这一虚构中，科琳娜的确介意奥维德与她的侍女私通之事。如果被奴役者仅仅是方便的性对象，我们甚至无法将这种关系视为不忠。在古代人际关系的研究中，女性对男性不忠行为的感受通常都得不到足够的重视。然而，在该行为涉及被奴役者时，这种忽视尤为严重。

　　另一种解读同样具有贬低涉事女性和为男性开脱的效果，即认为科琳娜只是在展示一种抗议姿态，而这种抗议只是她对情人的操纵中的一部分，正如这位情人本人在《爱的艺术》中的建议。不过，如果她是在遵循导师的建议，她就更应该将侍女当作从情人那里索取利益的工具来利用。然而我们在这里看到的，却是一名女子请求哀歌式情人对其保持忠贞，一种时常被承诺却鲜少兑现的价值。她追求的忠贞并非仅仅关乎如何让顾客保持忠诚，因为通过库帕西斯得到的任何收益都归科琳娜所有。她所追求的忠贞是人与人之间的，超越了自由与奴役的问题，然而她的请求却遭到了利用和无视。

　　另外，在这组双联诗中发挥作用的操纵还有另一个未受足够重视的方面，那就是奥维德在第 1 首诗中将注意力从他自己和他的行为中转移开的方式，在《恋歌》2.7 的前 16 行中（即全诗过半篇幅中），也就是在提到具体事端之前，他就为科琳娜构建了一种过分妒忌的形象。① 缺乏节制和冲动的女性形象在《爱的艺术》中亦有表现。不过，从我们的角度来看，我们会注意到这种形象是由讲述者构建而成的。通过这种方法，讲述者表达并很可能创造出了自己在情感上对科琳娜的控制力。如果她对他毫不在意，她就不太可能如此沮丧。正如那位爱情导师所言（《爱的艺术》2.447-448）：

o quater et quotiens numero comprendere non est

---

① 关于奥维德在这两首诗中所运用的法律用语和修辞手段，参见 McKeown 1998 对此的评论，Booth 1991, pp.12, 48 及注释，以及 Watson 1983。

felicem, de quo laesa puella dolet!

啊，若能让心伤的女子为自己垂泪，

那男子便能得享四重乃至无穷多重的快乐。

由于只能从奥维德对呈现中窥见科琳娜，我们所看到的便只是暗示着重大感情的过分妒火。真相甚至可能是：奥维德对两名女子的操纵都要更深一层，他可能正是为了激起这样的反应，有意将自己与库帕西斯有染的线索透露给科琳娜。

当然，这一切都是虚构。我们并没有理由从这种戏剧化的呈现中得出什么关于历史作者奥维德生平的结论。然而我们可以（事实上必须）将讲述者视为一个人格面具，他恰好以奥维德的名义使用了第一人称动词，但他也可能是为了揭露这种可鄙的行为，正如莎伦·詹姆斯所认为的那样。不过，我认为我们不能匆忙将虚构和人格面具功能引为掩蔽，而是应该审视它们是否构成了一种过于方便的借口。负责任的阅读并不要求我们否定诗中展现的天才与戏谑意味，而是要求我们辨清历史现实和强者对弱者的操纵可能，二者至今同在发挥作用。

在我阅读奥维德诗歌的种种目的中，有一种是为了从文本中引出女性的意识、主体性和体验（在同一个文本中，它们却遭到种种力量的压抑），并探索奥维德的虚构世界里的权力动态与性别动态。我不会排除某位古代读者对本章中所讨论的问题有所感受的可能性，但是在公元1世纪，也许很少有读者能留意到那种由诗歌所建立并使之持续存在的对女性的操纵、噤声和控制所达到的程度，并对之加以谴责。无论我们是否愿意纠正将暴力、欺骗和压迫归于人格面具或虚构人物的做法（由此为历史上的那位诗人开脱），我都相信：辨清诗中的这些元素并不会让我们对诗中才华的欣赏有所降低。事实上，我愿意将这种阅读视为来自诗人奥维德的馈赠，如果不是来自那位真实的历史人物的话。

诗歌类别边界处之嬉笑戏谑：
以奥维德《恋歌》为例

凯莱布·M. X. 丹斯，华盛顿与李大学

（Caleb M. X. Dance，Washington and Lee University）

翟康　译

　　我曾经论证将诗歌类别看作拼图玩具，格律是当中不变而且关键的一块，这在很大程度上归因于格律在古代对类别讨论中的角色。在《诗学》（1447b13-17）中，亚里士多德提出诗人的身份通常取决于他写诗时采用的格律，并在解释该论断时提到了两种特定的格律：哀歌体和史诗体。他认为将诗人称为"哀歌体创作者"（ἐλεγειοποιός）或"史诗体创作者"（ἐποποιός）要胜过那些取决于诗歌内容的称谓。以格律给诗人命名，并因此定义了诗人的身份。

　　然而，以格律定义类型，并不能准确地反映一首诗。比如，按照亚里士多德对于格律的解释，贺拉斯的《讽刺诗集》和维吉尔的《牧歌》这两部诗集的作者可以被称为史诗作者。但在古今读者看来，这两部诗都不在史诗之列，原因有很多，我认为其中之一就是"笑"在文本层面和基调方面都存在于这些作品中。

　　贺拉斯的《讽刺诗集》充满嬉笑，更适合与罗马讽刺诗而不是古代史诗归为一类。同样，维吉尔《牧歌》里的十首田园诗和他的史诗《埃涅阿斯纪》——在篇幅、叙事结构和基调上——也

大相径庭。若"史诗"一词同时运用在格律和类别的指称上，这种脱节便显现了出来。虽然老师会向学生指出《讽刺诗集》和《牧歌》是用"史诗格律"写成的，但他不会将这些诗歌作为史诗来介绍。

或许有人会认为哀歌也是这样，因为亚里士多德在《诗学》里对"哀歌体创作者"和"史诗体创作者"的并置意味着哀歌和史诗的格律都足以帮助人们有效地辨识出使用这些格律的诗人。但是与史诗相比，"哀歌"作为格律和类别的指称不会出现脱节的情形。"哀歌"这一标签被广泛用于格律名称、使用这种格律的诗人（即哀歌诗人）和采用这个格律的诗歌——尽管作品的主题内容各异。"谈及'哀歌'，我们通常想到的是一种郁郁沉思的诗。然而，古代文学里的'哀歌'则仅取决于其格律，由交替运用的六步格与五步格界定。"[1] 因此，哀歌既是一种格律指称又是一种类别指称。

许多希腊古风作家——卡利努斯、阿尔齐洛科斯、提尔泰奥斯、弥涅墨斯以及梭伦——都用哀歌格律进行创作，作品主题不尽相同，涵盖了战争、政治、爱情和死亡。正如希腊语 ἔλεγος 的词源一样，哀歌这一类别的早期历史颇为杂乱，很难找出一位创始人。[2]

---

[1]　参见 Luck 1969, p.19。

[2]　在《哀歌简史》（"A Brief History of Elegy"）一节中，Volk 2010, pp.35-39 着重阐释了希腊诗歌里哀歌双行诗涵盖的主题，随后在讨论罗马诗歌时，认为"将哀歌专门作为爱情诗歌的类别是一项具有创新意义的举措，让罗马哀歌诗人能够创作出一种截然不同的诗歌类型，这类诗自成一格，能够进行自我指涉式的思考"（p.39）。Luck 1969, pp.25-46 还著有一篇题为《哀歌的起源》的综述，虽然用他自己的话说比较"仓促"（p.42），但是可读性很强。Hunter 2013, pp.25-26 强调会饮为所保留下来的早期哀歌提供了理想环境。关于 ἔλεγος 的词源难以确定这个问题，见 Luck 1969, p.27 和 Brink 1971, p.165。

贺拉斯的《诗艺》介绍分析了哀歌与史诗、短长格诗和抒情诗[①]，描述了具有不同特性的四种类型，但是贺拉斯关于哀歌的诗行既反映出哀歌涵盖了各类主题又折射出这种类别的起源是有争议的（《诗艺》75-78）：

> uersibus impariter iunctis querimonia primum,　　　75
>
> post etiam inclusa est uoti sententia compos;
>
> quis tamen exiguos elegos emiserit auctor,
>
> grammatici certant et adhuc sub iudice lis est.

> 诗行长短交替，最早蕴含哀怨之情，
>
> 而后又涵盖了祷献还愿之意，
>
> 但谁是这些短小哀歌的开创者，
>
> 语法学家仍在争论，至今无公断。

除了表达"哀怨"（《诗艺》第75行）外，贺拉斯认为哀歌体还是祷献短诗的格律（第76行）。对语法学家们争论不休的描写（第78行的 *grammatici certant*）也可能是暗指卡利马科斯在《起源》开篇里的争论[②]，从而将希腊化时期的哀歌纳入了贺拉斯对该

[①]　Dance 2014 第四章的开头对该段文字做了详细探讨。

[②]　见 Cameron 1995, pp.185-232 的论述：卡利马科斯将自己的哀歌创作与其他哀歌诗人（而不是常说的史诗诗人）的作品加以区分。Strabo 1.2.37 称卡利马科斯是 γραμματικός（语法学家）。在鲁道夫·普法伊费尔（Rudolf Pfeiffer）的《卡利马科斯：残篇》465 中，有一处后古典时期（经由阿忒纳乌斯）的文字提到了卡利马科斯，称他为 ὁγραμματικός（语法学家）。

诗歌类别历史的讲述中。[①] 在提到哀歌的两种或三种不同变体时，贺拉斯实际上认可了哀歌的子类别。虽然诗歌内容会有不同，但是格律和类别标签保持不变。

值得注意的是，贺拉斯的描述没有明确谈及罗马的爱情哀歌，而这一哀歌子类正是本章要探讨的内容。[②] 同样值得注意（虽然不那么明显）的是，接下来的数页内容并不对希腊哀歌，或是卡图鲁斯、普罗佩提乌斯以及提布卢斯作全面的探讨。我的重点在奥维德，他是奥古斯都时期哀歌诗人中的最后一位，而且有学者认为，他代表了罗马哀歌传统的终结。[③] 我重点讨论奥维德的原因可以简洁恰当地表述为：他的哀歌弥漫着嬉笑。关于嬉笑滑稽的词汇贯穿奥维德的爱情哀歌，凭借这一特征，尤其是对这种类别传统的嬉笑戏谑，他将哀歌变成了一种完全属于自己的诗歌类型。[④] 我们不必在过去或现在的学术研究中苦苦寻觅，就为找到比

---

① Brink 1971 察觉到这些诗行其他地方也暗示了卡利马科斯，认为形容词 *exiguus*（短小的）"极可能另有深意，暗讽卡利马科斯得意于他那形式短小而又精心雕琢的诗歌"（p.167）。

② Brink 1971, pp.165-166："因为在数行之后（85 行）就谈到了爱情抒情诗以及当时爱情哀歌的广泛流行，所以略去爱情哀歌这个子类绝非偶然 [……]"（p.166）。我想 *adhuc sub iudice lis est* 是否在暗指罗马的爱情哀歌诗人（尤其是普罗佩提乌斯和奥维德）分别受到某位哀歌之神的灵感（普罗佩提乌斯 1.1.1-6，奥维德《恋歌》1.1.1-4），将自己塑造成这类诗歌的开创者（*auctores*）。他们（最初）不承认是在一种传统下写作，而是独立地开始创作哀歌，似乎每位诗人都单独地开创了这种诗歌类型。

③ Luck 1969, p.181："罗马情色哀歌的伟大时期以奥维德被流放而告终。"另参见 Boyd 1997, pp.140-141，指出奥维德的叙事技巧"使《恋歌》在罗马哀歌传统中独树一帜"。Volk 2010 认为奥维德"最终将这种诗歌类别改得面目全非"（p.39）。在《恋歌》3.15.2 中，奥维德自己也如此声称："这最后一根标锥被我的哀歌掠过。"（*raditur haec elegis ultima meta meis*）（译者注：这句引文中的 *meta* [标锥]，指赛道上的转弯柱。掠过最后一个"标锥"，意思是跑完了最后一程。）

④ Miller 2013, p.252 评论道，奥维德在《岁时记》中"拓宽哀歌类别的同时，通过再现拉丁语爱情哀歌的传统表现了他的诗歌身份"。我想用"重新定义"来替换"拓展"一词。

方说把奥维德称为"拉丁语文学中最欢快、最戏谑的作家"[1] 的例证，或是评介他在"哀歌诗人中的独特地位"[2]。很少有对奥维德或其诗作的研究避而不谈他的幽默或天赋。[3] 无论是关于奥维德作为诗人的品性还是关于他诗作的基调，这些评论放在一起就是在宣告他诗歌类别的非凡之处。这种基调不再是众多特征之一，而成了决定性的特征。但我接下来的讨论并不针对奥维德的接受史，而是认为奥维德将嬉笑当作一种文本标记，指示出哀歌类别方面的戏谑以及由此对这种诗歌类别的重新定义。[4]

奥维德的爱情哀歌始于《恋歌》，就好比拼图游戏，他从前人哀歌或其他诗作那儿收集了所有的拼块，然后通过不断戏谑（playful）的改变而构建出一种全新的拼图。此外，他一边改变，一边引起人们注意这些变化。而且随着他不断整修各种拼块上的凸起，并从其他诗歌类别中引入熟悉的模块，而后又将其移除，他就这样造出了一些在外形和大小方面相似的重复拼块。他将这些拼块放置在拼图的角落和边缘，重新定义并锚定其边界。这些拼块就是嬉笑。

---

[1]　Glover 1934, p.533（为 Luck 所引用，见 Luck 1969, p.166）称奥维德是"拉丁语文学中最欢快、最戏谑的作家"。

[2]　Katz 2009, p.163.

[3]　昆体良（Quintilian）评价奥维德"过分迷恋自己的才华"（*nimium amator ingenii sui*）；Luck 1969, p.180："阅读《恋歌》时能陪伴着作者和主角共享一场无限欢快且沉浸于自我的朝圣之旅。"

[4]　Boyd 1997, p.164："在《恋歌》中，他给出了一种新型哀歌，里面的爱情不是意图而是手段。这种风格和主旨之间的关系本身源于卡利马科斯；但在宣称这属于他自己时，奥维德标上了记号，给叙述者起了自己的名字。"

在诗歌类别边界的嬉笑戏谑

奥维德从荷马的《伊利亚特》中拿出格律的拼块，并将这"六步格拼块"塞进一份拼图。而相比荷马的诗作，这份拼图里的战争要少得多，叙述者的参与也更为轻松愉快，如此便形成了一种张力。原本的期望落空了。当人们注意到这种格律的不一致，并将其视作一种类似主题（motif）的东西，这种张力就得到了进一步强化。① 同样，在对哀歌的内容有了新的期待之后，奥维德又将战争及其影响引入哀歌叙事，格律和内容间的张力就产生了。虽然围绕战争的主题材料在提尔泰奥斯和阿尔齐洛科斯的古风希腊哀歌中并非不具代表性，但先于奥维德的罗马哀歌诗人及其诗作通常反对兵役生活②，奥维德本人也称自己的哀歌"不好战"（imbelles）。③ 我们可以想象，在真实的拼图游戏里，如果拼块不按常态并置——不"适合在一起"的话，边界处就会产生张力。我想象到的是，一个不胜其烦但又锲而不舍的人玩着拼图玩具，把拼块的凸起部分挤压进错误的位置，使拼图纸板在这过程中皱起，多出一小片空白，正好说明这些拼块根本就不适合拼在一起。

---

① 例如，Boyd 1997, p.141 察觉到一种贯穿诗集的"宣言式材料"，并认为这对于解读《恋歌》不可或缺，而不是无关紧要。

② Murgatroyd 1975 借用希腊诗歌里关于爱情和战争的孤证，认为哀歌中爱情之战与真实战争的对立源于"军事语言在爱情行动中的运用，这一点可以通过爱情行动与军事行动的相似之处得知"（p.60）。他还注意到提布卢斯和普罗佩提乌斯更为反对战争（Murgatroyd 1975, pp.76-77），"赋予 [爱情之战] 一种从未有过的严肃和肃穆"（p.77）。但我同意 Gale 1997 最后的谨慎之见，即"哀歌'外在的文学性'会开启多层反讽，这样就不可能（至少不足以）认为诗人是在向我们传达一种简单的思想或政治讯息"（p.91）。

③ 《恋歌》3.15.14。

　　但是张力一旦得到释放就会引发嬉笑，不管这种笑声是否因不协调性而起，还是一种释放的感觉，或者甚至说是一种不规则拼块最终滑入相应位置时的优越感。因为读者是通过组合构成其意义的所有词语来识别一部作品的内容的，那么关于嬉笑的单词和术语就相当于诗歌类别谜题里的众多拼块了。

　　虽然《恋歌》的最早出版日期仍不明确，正如五卷本首版与三卷本的再版之间的时间跨度难以确定[①]，但《恋歌》被普遍认为是奥维德的最早作品——他的"首次亮相"。[②] 从严格意义上来说，这部哀歌诗集在宣告一位奥古斯都时期新诗人的同时，第一次建立起了边界。此外，《恋歌》1.1 是在诗集的卷首，因而将边界描绘得更为精细。[③] 虽然我会研究其他出现在奥维德三卷本诗集里的嬉笑场合，但主要分析对象是《恋歌》1.1，通过循序渐进地阅读分析这首诗，展现出意义是如何逐渐构建起来的，并着重阐明，在《恋歌》中奥维德反复将嬉笑、爱情与哀歌联系在一起，反映了他在诗歌文类方面戏谑的自我意识，并创作出一种独特的奥维德式哀歌。

　　奥维德的《恋歌》里第 1 首哀歌就凸显了对格律、内容和诗歌类别之间关系的敏锐感觉：

---

　　① 关于《恋歌》的日期问题，参见 Syme 1978, pp.1-8 和 Mckeown 1987, pp.75-89。Boyd 1997, p.143 注释 27 有关于两种版本讨论的（非结论性）总结和参考文献。Boyd 认为首版可能从未存在过（p.146），对此我表示认同。另参见 Holzberg 1997, p.33 以及 Knox 2009, pp.207-208。

　　② Conte 1994b, p.343.

　　③ 最为精细的边界是奥维德用来给《恋歌》开篇的四行诗句，而我稍后会在文中予以分析讨论。

arma graui numero uiolentaque bella parabam

edere, materia conueniente modis.

par erat inferior uersus—risisse Cupido

dicitur atque unum surripuisse pedem.

兵戎与血战之事，我本欲以庄严的节奏

来歌颂，主题与格律相契合。

前后诗行要长短相当——据说丘比特

却嬉笑还盗走了一个音步。

　　奥维德让人明确注意到短语"以庄严的节奏"（*graui numero*）[1]所说的格律以及第 2 行中格律形式与诗歌主题的交集："主题要与格律相契合"（*materia conueniente modis*）。像贺拉斯一样，奥维德在《恋歌》的开篇就认为特定的内容最好通过特定的格律来表达。[2]贺拉斯在《诗艺》（第 73 行）中提到对"悲惨的战争"（*tristia bella*）的讨论属哪类诗、用何种格律，奥维德不仅将战争写入六步长短短格律诗的首句，同时还有武器，用了维吉尔给《埃涅阿斯纪》开篇的第一个词——*arma*。[3]这些是诗人奥维德先摆在读者面前的拼块，又因为出现在顺溜的六步格诗行里，奥维德让读者

---

　　① 关于格律的庄严（*grauis*，文中的拉丁引文，u 和 v 都用 u 来表示），参看亚里士多德在《诗学》1459b31-1460 对 ὀγκώδης 一词的使用："英雄体是所有格律中最庄严、最沉重的。"（τὸ γὰρ ἡρωικὸν στασιμώτατον καὶ ὀγκωδέστατον τῶν μέτρων ἐστίν）

　　② 在《情伤疗方》第 371-398 行中，奥维德最为清楚地表达出内容和格律之间的联系（例如：*fortia Maeonio gaudent pede bella referri*, 373 行）。

　　③ McKeown 1987, p.106 谈论到使用首句来指作品的这一传统，继而提到（第 107 页注释 11）"中世纪有时会用 *Arma* 一词来指《恋歌》"。

有足够理由相信他在开始一部史诗。一切都似乎进展顺利，直到诗人听到了笑声。

第 3 行诗里据传的丘比特之笑，发出顽劣窃喜的咝咝声——*risisse*。① 这一笑仿佛动摇了说话者对创作关于战争和武器诗歌的期盼，而诗人也为读者留下了一些这样的出其不意，他把表示笑的不定式放在了分句句首，紧接强中顿之后，置于动作发出者和动词（*dictur*）之前。说话者的诗歌幻想破灭了，不是因为看到了小男孩丘比特，而是由于据说是他所发出的笑声。

"据说是谁所为"是一个不同寻常的表达，但这是奥维德自己的表达，我稍后会回到这个问题上来。无论如何，在诗中的这一刻说话者的认识与丘比特的行为之间关系仍不明朗。前 4 行诗里他甚至没有看到丘比特这个小男孩。丘比特的笑声和盗窃反而变成了"传闻"——第 4 行中的 *dictur*，似乎奥维德过了一会儿才发现原来是丘比特所为。随后从第 5 行开始的 16 行诗句，说话者对丘比特讲的话并没有阐明问题："残忍的小男孩，谁给你这样的权力来掌管诗歌？"（*quis tibi, saeue puer, dedit hoc in carmina iuris?*）讲话人直接对丘比特说的这番话可以说明两人同处一个空间，但是 *dicitur* 一词又让人有疑虑，因而读者有理由认为诗人是在背地里咒骂丘比特。不管是哪种情况，奥维德都大声叱责了丘比特，进而说明若众神放弃传统责任，世界将变得颠倒错乱。在《恋歌》17-20 中，奥维德谈到了使其忧虑的根源：他自己的诗。

---

① 这种咝咝声从前一个词 *uersus* 就开始了，但是在诗的前两行却没有 s 这个音。

cum bene surrexit uersu nova pagina primo,

　　attenuat nervos proximus ille meos;

nec mihi materia est numeris leuioribus apta,

　　aut puer aut longas compta puella comas.　　　　20

新的一页随着首行诗句而兴起，

　　下一行却削弱了我的气势；

我没有与轻快格律相适应的题材，

　　既无男孩亦无长发女孩。

　　正如开篇的那几行诗，这里的内容、格律以及诗歌类别都是他所关注的。他甚至巧妙地在第 17 行中间接提及了六步格律诗专属的内容题材，把 rex（君王）一词隐藏在毫不起眼的地方：*sur*rex*it*。[①]奥维德以一种前所未有的举动，声称自己成功着手创作了一部史诗。这不是 *recusatio*（自谦），没有说因自身能力有限，无法写出"更崇高"类别的诗歌作品而为自己谦卑的文学创作辩护。[②]恰好相反，奥维德的问题不在于缺乏能力或内容而是他自己所强调的格律：较短的五步格诗行相对于他要表达的沉重题材来说太轻柔了。问题也不止如此。如果试图用哀歌体创作，就会面临内容上的问题：他缺乏一个心爱的人来赋予"轻快的格律"灵感。

　　这首诗读到这里，读者可以想象到奥维德实际上不是在对一

---

①　参见贺拉斯的《诗艺》73：*res gestae regumque ducumque et tristia bella*。

②　McKeown 1989 指出"通过声称自己能力不足，无法追求更优越、更合意的诗歌类别，从而为自己选择一种谦卑的类别辩解，这是诗人的传统做法"，并特别引证维吉尔《牧歌》6.3ff。Conte 把 *recusatio* 称为"奥古斯都时期诗歌最具特色、最恒定不变的要素"（p.123），继而认为"*recusationes* 最好被理解为文学体裁以及相关生活类型的展现"（1994a, pp.123-124）。

个具体的丘比特说话，而是在叱责爱情这一念头。他的拳头在空中挥动，因为遇到一种对诗人来说奇特的障碍——他只能用特定的格律来创作。但这首诗很快又变得离奇。原来丘比特在场，对说话者的呵斥做出了回应。奥维德在第 22-24 行说，他抱怨之后，那个小男孩打开箭袋，抓起一支箭，拉着弯弓，说道："收下你要歌唱的主题！" 至少从第 5 行对丘比特说话的那一刻开始，说话者和丘比特一直处在同一物理空间里，这在事后看来似乎是最合理的。

　　考虑到这一点，第 4 行 *dicitur*（"据说"）的用法变得更加令人费解。麦高恩（McKeown）认为 *dicitur* 是"有问题的"。[①]一种可能的解释是，丘比特是为了回应诗人的呵斥才出现的。这就意味着诗人确实不清楚他的史诗创作发生了什么。有人告诉他是调皮捣蛋的丘比特干的，他便叱责丘比特，随后丘比特便出现了。但是这种解读带来了两大问题。当盗窃发生时，丘比特在哪儿？又是谁告发了丘比特？

　　在《奥维德〈恋歌〉1.1 与 1.2 的戏剧连贯性》一文中，莫莱斯（Moles）提出了对 *dicitur* 的另一种解读：

　　　　"据说"，"他们说"，"有个故事"等，是常被用来表达"疏远"的惯用语，借助这些用词，作者不保证某件素材的真实性，尤其是超自然的事件。他因此不必违背现实主义的准则或者免于幼稚之嫌。（当然，这种技巧尤见于，虽不局限于，历史学。）

---

① Mckeown 1989, p.14："这不可能是诉诸文学权威 [……]，因为这里是个人经历。"

　　这里，我们可以认为奥维德或是直接使用这样的惯用语，抑或是宛如用在引号里有意暗指这类用词：" '据说'丘比特嬉笑。"不论何种情况，一个常被用于拉开作者和素材距离的惯用语，奥维德却将其用在自己的经历上，产生了一种莽撞、幽默、矛盾、反讽且伪理性的效果。①

　　根据集子里后面的诗（比如，1.6.11-12 丘比特和维纳斯在耳旁的显现），奥维德尤为不可能严格遵守"现实主义的准则"。此外，他哀歌创作生涯晚期的一首诗显示，对于在睡梦状态下经历一种可能不现实的互动，诗人能够清楚地示意出来。② 无论如何，莫莱斯的解释后半部分强调莽撞、幽默和反讽似乎更靠谱。

　　我认为奥维德用 *dicitur* 引入了"亚历山大注脚"（Alexandrian footnote）的一种变体。③ 亚历山大注脚的独特之处在于标注文本段落时不明确点明源文本。最令人无法容忍的是，这种注脚用 *dictur* 这样的词代替标注在右上角的数字，但当读者看向页面底端，却什么也没找到。稍好一点的是，这类注脚有时会告诉读者，面前的文本和其他文本存在着对话，而且可能代表一种不同的

---

　　①　Moles 1991, p.553.

　　②　参见《黑海书简》3.3.65-66 以及第 7 行（最为明确）：*publica me requies curarum somnus habebat / fusaque erant toto languida membra toro* [...] 这首诗里，诗人在床榻上回顾与丘比特的相遇，犹如他在《恋歌》1.2 初次与爱情的邂逅。

　　③　Ross 1975, p.78 造出了这个术语，但把读者（在他的注释 2 里）引向 Norden 1926 对《埃涅阿斯纪》6 的评注（pp.123-124），Norden 在给出自己的注脚前把这类表达法（*ut fama est* [据传说] 等）解释为 "das Zeichen der *diffidentia* des Dichters"（p.123，表示诗人不太肯定）。另参见 Nisbet-Hubbard 1970 对贺拉斯《颂歌》1.7.23 的评注；Hinds 1987, pp.8-9。关于用表示回忆的词汇"做注脚"这一概念的另一种表述，参见 Miller 1993。

传统。注释者可能是希望读者意识到有引用或者注意到有改变，在这种情况下，注释正如一个心照不宣的点头示意，也在发出挑战："你如果博览群书，就会知道出处。"

"亚历山大注脚"的一个简单例子是《埃涅阿斯纪》第 6 卷的开篇，这里维吉尔开始描绘库麦阿波罗神庙的大门：

> Daedalus, ut fama est, fugiens Minoia regna
> praepetibus pennis ausus se credere caelo [...]　　　15

> 据传说，代达罗斯为了逃离米诺斯的国土，
> 敢于凭着一双飞翼，飞上了云霄。

塞尔维乌斯（Servius）最初认为，*ut fama est*（据传说）是维吉尔在试图告诉读者，他要讲述一些奇妙的事物，这符合莫莱斯的第一种解释，但"注脚"最后揭示出维吉尔是让读者知晓，他呈现的是一则呼应卡图鲁斯《歌集》第六十四首诗的传统故事。[①]

一个更耐人寻味，且指征一种不同的传统的"注脚"出现在奥维德《爱的艺术》2.567-568：

> a, quotiens lasciva pedes risisse mariti
> dicitur, et duras igne vel arte manus.

---

① Austin 1986 关于第 6 卷 14 行的评注。卡图鲁斯在《歌集》64.115 中使用了 *inobserv-abilis error*，而维吉尔在《埃涅阿斯纪》6.27 相同格律位置的 *inextricabilis error* 改写了卡图鲁斯的用词，这一呼应尤为明显。这两个六音节词都是新造词。

啊，多少次据说那荡妇嘲笑丈夫的双脚，

以及因炉火或打铁工艺而粗糙的双手。

此处与《恋歌》1.1.3 中丘比特之笑的相似之处显而易见，但因为就在六行之前（《爱的艺术》2.561-562），*praeceptor amoris*（爱情导师）将接下来的故事表述成一则"非常有名的传闻"，这个"注脚"就易于理解了：

fabula narratur toto notissima caelo,

Mulciberis capti Marsque Venusque dolis.

那则众人知晓的故事传遍整个天庭，

马尔斯和维纳斯被穆尔奇伯用计捉奸。①

《奥德赛》的读者应该很熟悉这则故事，第 8 卷里吟游诗人得摩多科斯讲述阿瑞斯和阿佛罗狄忒的偷情。赫菲斯托斯抓了他们现行，将奸情公之于众，众神对此场面大笑不止（8.326-327），而后又嘲笑赫尔墨斯的蠢话（8.342）：

ἄσβεστος δ᾽ ἄρ᾽ ἐνῶρτο γέλως μακάρεσσι θεοῖσι

τέχνας εἰσορόωσι πολύφρονος Ἡφαίστοιο.

---

① Mulciber 即火神赫菲斯托斯，罗马人称为伏尔甘。

ὧδε δέ τις εἴπεσκεν ἰδὼν ἐς πλησίον ἄλλον·

"οὐκ ἀρετᾷ κακὰ ἔργα· κιχάνει τοι βραδὺς ὠκύν,

ὡς καὶ νῦν Ἥφαιστος ἐὼν βραδὺς εἶλεν Ἄρηα,　　8.330

ὠκύτατόν περ ἐόντα θεῶν, οἳ Ὄλυμπον ἔχουσι,

χωλὸς ἐών, τέχνῃσι· τὸ καὶ μοιχάγρι᾽ ὀφέλλει."

ὣς οἱ μὲν τοιαῦτα πρὸς ἀλλήλους ἀγόρευον·

Ἑρμῆν δὲ προσέειπεν ἄναξ Διὸς υἱὸς Ἀπόλλων·

"Ἑρμεία Διὸς υἱέ, διάκτορε, δῶτορέ ἄων,　　8.335

ἦ ῥά κεν ἐν δεσμοῖσ᾽ ἐθέλοις κρατεροῖσι πιεσθεὶς

εὕδειν ἐν λέκτροισι παρὰ χρυσῇ Ἀφροδίτῃ;"

τὸν δ᾽ ἠμείβετ᾽ ἔπειτα διάκτορος Ἀργεϊφόντης·

"αἲ γὰρ τοῦτο γένοιτο, ἄναξ ἑκατηβόλ᾽ Ἄπολλον.

δεσμοὶ μὲν τρὶς τόσσοι ἀπείρονες ἀμφὶς ἔχοιεν,　　8.340

ὑμεῖς δ᾽ εἰσορόῳτε θεοὶ πᾶσαί τε θέαιναι,

αὐτὰρ ἐγὼν εὕδοιμι παρὰ χρυσῇ Ἀφροδίτῃ."

ὣς ἔφατ᾽, ἐν δὲ γέλως ὦρτ᾽ ἀθανάτοισι θεοῖσιν.

常乐的神明们不禁纷纷大笑不止，

当他们看见机敏的赫菲斯托斯的妙计。

有的神见此景象，对身旁的神明这样说：

坏事不会有好结果，敏捷者被迟钝者捉住，

"如现在赫菲斯托斯虽然迟钝，却捉住了　　8.330

阿瑞斯，奥林波斯诸神中最敏捷的神明，

他虽跛足，却机巧，阿瑞斯必须作偿付。"

神明们当时纷纷这样互相议论，

宙斯之子阿波罗王对赫尔墨斯这样说：

"赫尔墨斯，宙斯之子，引路神，施惠神，　　　8.335

纵然身陷这牢固的罗网，你是否也愿意

与黄金的阿佛罗狄忒同床，睡在她身边？"

弑阿尔戈斯的引路神当时这样回答说：

"尊敬的射王阿波罗，我当然愿意能这样。

纵然有三倍如此牢固的罗网缚住我，　　　　　8.340

你们全体男神和女神俱注目观望，

我也愿睡在黄金的阿佛罗狄忒的身边。"

他这样说，不死的天神们哄笑不止。[①]

随后的叙述指出波塞冬是第 343 行中唯一没有笑的神，相反他却为阿瑞斯担保，设法释放遭受羞辱的通奸男女。

让我们回到《爱的艺术》里维纳斯的笑，而她早前的另一个化身——在《奥德赛》中得摩多科斯的歌声中的阿佛罗狄忒——根本没有笑。维纳斯和丘比特的笑是用同一个动词 *risisse* 来表达的，她扮演她那品位低又跛足的丈夫，她的笑是毫不掩饰的嘲笑。或许她甚至像《伊利亚特》第 1 卷里赫菲斯托斯那样蹒跚跛行，为的就是让她的神明观众——她的情人马尔斯——陪她一起笑。[②]

---

① 译者注：译文来自王焕生。

② 叙述者明确让读者注意到伏尔甘的双脚（2.567 的 *pedes*）是维纳斯的嘲笑对象。假若维纳斯真是学伏尔甘跛脚走路，如《恋歌》3.1.7-10 里所说的"哀歌"（Elegy）那样，读者很可能想到《恋歌》1.1.3-4 里哀歌长短不一的诗行和丘比特盗走的一个音步。

有人可能会认为任何对这则"特别有名的故事"（*fabula notissima*）的讲述一定含有笑声，因为笑声在荷马版本的故事里扮演中心角色，而且在奥维德叙述临近结束时出现的嘲笑之缘由十分近似于第8卷里赫尔墨斯的评论所引发的大笑。无论是因为维纳斯的笑声——虽然在《奥德赛》第8卷里她没有相似的笑——出现在一份诗人想引起读者注意的失传原始材料里，还是因为证明某一叙事中新增内容真实性的巧妙方法就是暗指它实际上不是新增的，奥维德这位爱情导师通过 *dicitur* 一词以注脚方式表现出他与荷马的不同。

引入亚历山大注脚的词语数量不一，但是奥古斯都时期诗歌里最常出现的是言语动词，通常是第三人称复数或无人称形式，如 *dicunt*, *ferunt*, *dicitur*（如《恋歌》1.1.4）或 *ut fama est*：他们说，据说，如故事所说的那样。说英语的人对其中一些会很熟悉，"智慧箴言"以这种方式留传下来："他们说一鸟在手胜过双鸟在林。"但是如果有人说"他们说生存还是死亡，那是一个问题"，听者可能会回应道："不，这不是**他们**说的，除非你所说的**他们**是指莎士比亚和哈姆雷特。"但如果真有人那样说，你可以认为他正过得愉快，而且简单地说爱打趣。奥维德在《恋歌》1.1 的开篇给出了一个更为极端的例子。他把一个故事非个人化，就好像一位教授走进教室说："我先前在准备这堂课，事情进展得很好，但他们说我的孩子撕掉了几页教案。"学生的第一和第二个问题很可能是："他们是谁？你又在哪？"

奥维德通过创造出一个本质上"摇摆不定的注脚"，戏仿了亚历山大注脚这一概念。他提及了一个事实上并不存在的传统，给的注脚"毫无意义"，只是在说"这是一个注脚"，这样就扰乱了读者的期望。同一分句里给出了针对这种扰乱的潜在回应：笑声。他在有意识地写关于诗歌类别的边界，并似乎不得不远离史诗时，就把一种笑书写进了叙事结构本身。虽然 *dicitur* 的不协调性显得格格不入，有些令人迷惑，但最终还是一种诗歌游戏——这种欣慰成为可能，是因为奥维德正从较为厚重的类型转向更为轻快的类型：

奥维德最后写到了诗的结尾（《恋歌》1.1.27-30）：

> sex mihi surgat opus numeris, in quinque residat:
>
>   ferrea cum uestris bella ualete modis.
>
> cingere litorea flauentia tempora myrto,
>
>   Musa, per undenos emodulanda pedes.   30

> 愿我的诗以六步而起，五步而落：
>
>   鏖战连同你的音律，永别了。
>
> 请将海滨的桃金娘系在金色的鬓角，
>
>   缪斯啊，吟咏你须用十一音步。

    如果我们回过头来考察这首边界诗的边界——它的开头和结尾，奥维德对格律的关注不可能被忽视。诗是关于他从英雄诗到哀歌的转变，诗行间贯穿着一种强烈的诗性自我意识。这首诗毫无疑问是在谈诗歌和诗歌类别，尤其格律类别。[①]

　　然而，"自我意识"的孤证似乎不足以说明一种戏谑的语气。维吉尔的《埃涅阿斯纪》开篇诗行也是关于诗歌的：*arma uirumque cano*——"我歌颂战争和英雄"。学者们早已注意到，维吉尔如何把荷马《伊利亚特》和《奥德赛》的主题压缩进他的新史诗的前两个字里——《伊利亚特》的战争和《奥德赛》的英雄[②]，诗人也将自己写进诗歌——"我歌颂"。虽然对抗的边缘包含着戏谑的元素[③]，但这首诗很快摆脱了这种明显的自我意识。《埃涅阿斯纪》的叙述者消失在背景之中，只在史诗的剩余部分偶尔出现。与维吉尔的另一首诗《牧歌》第6卷开篇相比，《埃涅阿斯纪》中这种对抗的戏谑显得更为厚重。以下为维吉尔《牧歌》6.1-8：

> prima Syracosio dignata est ludere uersu
>
> nostra, neque erubuit siluas habitare, Thalia.
>
> cum canerem reges et proelia, Cynthius aurem
>
> uellit, et admonuit: "pastorem, Tityre, pinguis
>
> pascere oportet ouis, deductum dicere carmen." 　　　5
>
> nunc ego (namque super tibi erunt, qui dicere laudes,
>
> Vare, tuas cupiant, et tristia condere bella)

---

① Boyd 1997 第四章强调了这一点。

② 例如 Barchiesi 1997。

③ 第二章探讨了诗歌的 ἀγών 及其与笑的潜在联系；另参见赫伊津哈（Huizinga 1955, pp.105-118）。

agrestem tenui meditabor harundine Musam.

> 起初我的塔利亚屈尊把玩叙拉古诗体，
> 也不会因为栖居于山林之中而羞赧。
> 正当我要歌唱帝王和战争时，卿提乌斯①
> 揪住我的耳朵，告诫道："提图鲁斯啊，牧羊人
> 应当养肥羊群，吟唱纤巧的歌谣。"　　　　　5
> 瓦卢斯，既然会有很多人渴望颂扬
> 你的功绩，叙述悲惨的战争，那我
> 就用纤纤芦苇沉思吟咏田园缪斯。

《牧歌》第6卷也讲述了诗歌类别的边界。诗中包含着另一个 *recusatio*（自谦）和在诗歌类型方面的自我意识，即不歌唱被后来贺拉斯认为属于史诗范畴的 *tristia bella*（悲惨战争）。诗的首行有一个关键词：*ludere*——把玩。这是名副其实的在诗歌类别边界"戏谑"。② 为何这种戏谑要比《埃涅阿斯纪》的戏谑更为轻快，答案在首行诗的另一个动词里：*dignata est*（屈尊）。她自降身份。如上所述③，维吉尔在《牧歌》第4卷结尾处使用了同一个词，描述一位愿意与人打交道的神。因此塔利亚在某种意义上"容忍了"诗歌类别上的转变。她**纡尊降贵**。表达降格的语言讲述了诗歌类

---

① 译者注：Cynthius，指阿波罗。
② 参见 Dance 2014 第五章的讨论，pp.275-288。
③ Dance 2014 第五章，pp.265-266。

别上的降格。①

　　考虑到这一点，我们就可以回到《恋歌》1.1 了。我在前文中说，奥维德在诗歌类别方面的戏谑而产生的语气效果有一个重要特征，那就是诗人叙述了一种从厚重诗歌到轻快诗歌的转变：第一行的 *grauis*（厚重）到第 19 行的 *leuior*（更为轻快）。厚重的史诗不见了。更为轻快的哀歌胜出。从重到轻、从黑暗到光明以及由难而易，在这些而非逆向过程之后，张力会得到释放，感觉到舒缓，任何一位卸下身体上重负的人对此都很熟悉。② 第 3 行中关于嬉笑值得注意的是，它既是导致张力的原因，又是张力得到释放后的效果。在第 1 行战争用语之后，诗人随即表示要朝轻快转型，因而产生了不协调性，于是 *risisse* 一词在主题之间建立起某种语气上的张力，但嬉笑本身又是对这种不协调性的恰当回应，消解了它所产生的张力，构建起轻快的感觉。

　　我故意挑选"轻快"一词。第 3 行的 *risisse* 并非奥维德的《恋歌》中第一次表明轻快之处，同样第 19 行的 *leuior*（更为轻快）也不是第一次。在丘比特笑着在《恋歌》1.1 出场并盗走叙述者新生史诗的一个音步之前，甚至在叙述者用第一个词 *arma*（战争）开篇之前，奥维德就用一首诙谐短诗宣告了他这三卷本哀歌集的轻快，而这首短诗引发了看似无法解答的学术推测：

　　　　qui modo Nasonis fueramus quinque libelli,

---

　　① Volk 2010, p.40："对公元前 1 世纪的罗马诗人来说，《起源》的序诗成了他们拒绝诸如史诗、悲剧这些'高尚'诗歌类别以及政治讽刺，而选择如田园诗和哀歌这些'低等'诗歌类型的蓝图。"

　　② 有关笑能带来舒缓的感觉这一理论，请参见 Dance 2014 引言部分，pp.31-32。

> tres sumus; hoc illi praetulit auctor opus.
>
> ut iam nulla tibi nos sit legisse uoluptas,
>
> at leuior demptis poena duobus erit.

> 过去我们曾是纳索的五卷本小诗，
>
> 如今是三卷；我们的作者厚此薄彼。
>
> 虽然读我们不会给你带来愉悦，
>
> 但没了那两卷煎熬会更轻一些。

这首短诗告诉读者《恋歌》出版过两个版本，但是数十年对这两版诗集创作和出版年代的推测尚未得出任何确定性的结论。[①]抛开创作过程和年代，以及这两个独立版本是否存在这些问题，我们可以看到这些诗行如何在奥维德的诗歌文本里起着纲领性的作用：

> 这首短诗暗示《恋歌》遭到删节，事实上这样的删减是为了赋予整部诗集一种明显的卡利马科斯式特征，通过实例让人想起了经过多次卡利马科斯式的验证而留传下来的箴言：μέγα βιβλίον μέγα κακόν（大书，大灾难）（见鲁道夫·普

---

① 参见 Cameron 1968 第 320 页注释 1，总结了关于这两个版本的有影响力的论述，包括一份参考文献。Cameron 和大多数其他学者理所当然地（除了前文提到的 Boyd 1997，参见本书第 183 页注释①）认为存在两个版本。

法伊费尔的《卡利马科斯：残篇》465）；这部诗集告诉我们，就篇幅变短来看，诗集本身则变得更好。[①]

博伊德（Boyd）接着指出奥维德的措辞 *auctor*（作者）中"戏谑的矛盾"，这个词经由 *augeo*（增长）衍生而来，似乎与卡利马科斯式精简的原则相左，而这些原则在短诗的其他地方却很明显，即作者声称要删节剪辑以及指小词 *libelli*（小诗）暗含出卡图鲁斯式的精巧和文雅。

虽然博伊德没有评论短诗第 4 行的 *leuior*（更为轻快），但奥维德在《恋歌》1.1 第 19 行对哀歌体的描写中使用了同一个词，这表明 *leuis*（轻快）一词在作为整首诗的纲领方面意义非凡。[②] 在这四行短诗和接下来的三十行的诗句之间也有着主题上的对应：二者都提到了一本更为宏大的著作——五卷本的诗集或六步格的史诗——通过删减而变得更精巧、更轻快。因此，*leuis*（轻快）恰当地描述了从五卷本变成三卷本以及从史诗变为哀歌后的结果。然而，奥维德这首充当引言的诙谐短诗中明显缺少一些学者所认为的爱情哀歌的纲领化形容词：*tenuis*（纤细）和 *mollis*（柔软）。虽然这些词及其同词源的近亲词语（如《恋歌》1.1.18 的 *attenuat* 和《恋歌》1.12.22 的 *mollia...uerba*）出现在诗集里的其他地方，指示着诗歌的类别，但却不在诗集卷首的短诗里。长期以来有观点认为 *tenuis* 有一种包含了希腊化理想典范（并超越哀歌）的美学思想，

---

① Boyd 1997, p.145.

② "[...] *nec mihi materia est numeris levioribus apta*[...]"（我也没有题材适合更轻快的格律。）

即 λεπτότης（纤细精巧）。① 但奥维德与他的六步格以及哀歌体诗人前辈不同，坚定地朝另一方向走去：

> 奥维德之前的爱情哀歌基本上是自相矛盾的。这种诗歌类别传统上被认为轻快且缺乏严肃性，甚至爱情哀歌的拥护者们也如此认为，但哀歌诗人们还是用严肃的手法写爱情。……《恋歌》的独创性很大程度上在于奥维德决心解决这一矛盾：他一个劲地用轻快的手法处理这种轻快的诗歌类型。提布卢斯和普罗佩提乌斯大部分诗歌作品里的强烈情感在《恋歌》中也毫无踪迹，取而代之的是对爱情带来的折磨采取一种粗率、欢愉而又超然的态度。②

上述短诗和《恋歌》1.1 中的诗句将这些诗看作不仅是 *leuis*（轻快的）——这个形容词常以原级形式出现在普罗佩提乌斯和提

---

① Keith 1994 集中讨论了 *tenuis*（pp.27-30）和 *mollis*（pp.34-35），将这些词作为哀歌的代表，并与代表了六步格的形容词 *durus*（刚硬）进行了对比。她没有提到 *leuis* 作为一个哀歌色彩很重的词经常出现在普罗佩提乌斯和提布卢斯的作品中。我们以前见过这些形容词被用于（描述）六步格诗歌，如贺拉斯的《讽刺诗集》1.10.44 中写到维吉尔的诗歌创作，或是被用于维吉尔《牧歌》的全本，可参见 Rumpf 2008。Clausen 1964, p.194 将 *tenuis* 等同于 λεπτός（纤细）："在《牧歌》第 1 卷里形容词 *tenui* 是装饰性的，是对诗行的平衡而不是意义很有必要——*siluestrem tenui musam meditaris auena*（拿着纤细的芦管将林间缪斯的歌谣琢磨——翟文韬译）；其中的词序暗示出希腊化诗歌的优雅。但是《牧歌》第 6 卷里的 *tenui* 则不仅仅是装饰性的——*agrestem tenui meditabor harundine musam.*（我用纤纤芦苇沉思吟咏田园缪斯）；它暗含着一种风格的概念，相当于 λεπτός 或 λεπταλέος：μοῦσαν... λεπταλέην, λεπταί/ ῥήσιες（细致优雅的缪斯／精巧的故事）。维吉尔因此间接地认为他的田园诗是卡利马科斯式的。看不到这一点就认识不到许多关于《牧歌》文章的特点。"有关反对将 λεπτότης 视为希腊化诗歌的一种理想典范的观点，请参见 Porter 2011。

② McKeown 1987, pp.13-14.

布卢斯的笔下——而且这里是比较级 *leuior*（更为轻快的），显露出奥维德一直记着哀歌前辈们，同时又想与他们有所不同。如果奥维德心里有那个希腊语词或是同源词①，那么 *leuis* 和 *leuior* 比 *tenuis* 和 *mollis* 有一个附加优势，即与 λεπτότης 押头韵。无论如何，通过使用 *leuior* 一词，奥维德宣告了对"更为轻快"的拥护。②读者还没读完那首短诗的前四行就会发现奥维德的《恋歌》比前一版要轻快很多（少了两卷！），正如读完《恋歌》1.1 后会认为他的哀歌比史诗要轻快。嬉笑伴随着这种不断增强的轻快语气也再恰当不过了。

但必须要承认，在短诗的第 3 行和第 4 行中奥维德只是间接提及了愉悦（*uoluptas*）和更为轻快（*leuior*），然后将这些主题与表示惩罚（短诗第 4 行的 *poena*）、武器、沉重以及战争（《恋歌》1.1.1 的 *arma*，*graui* 和 *bella*）的词汇并置在一起。正当读者在《恋歌》1.1 的开篇诗行之处设定期待时，一阵笑声突然迸发出来，主题上的张力得以释放、回到轻快的方向，并贯穿全诗。从《恋歌》1.1 开篇双行诗中第一次形成张力以及用大笑来消解张力开始，奥维德的自我意识告诉读者有其他充足的理由在第 1 首诗的余下部分里保持嬉笑。第 7 行到第 16 行里众神位置的颠倒表现的是整个寰宇层面上的不一致性，而诗人将格律上的困难比作世界末日其实是对格律不一致的拓展。

我认为语气的转变开始于第 3 行的嬉笑。此外，我们不能低

---

① λεπτός 或 λεπταλέος。

② 《牛津拉丁语词典》（*OLD*）中 *levis*（*leuis*）词条下第 14 条解释是"用于娱乐的、不严肃的、轻松的"，并针对这种用法给出了与诗歌创作有关的例句。

估笑声作为元传播方式对整部作品语气产生的影响。从第3行开始的戏谑在接下来的语境下得到加强，并且通过诗中不断的自我意识以及表现不一致性而引人发笑，这种戏谑贯穿《恋歌》1.1全诗，因而第3行的嬉笑对《恋歌》1.1剩余部分所起的效果也就显而易见了。《恋歌》全诗记录了嬉笑的出处、位置和频率，由此可见《恋歌》1.1中的嬉戏、轻快和戏谑作为元传播方式对诗集其余部分的影响也同样很明显。正如一首诗开头的笑声会赋予全诗一种特别的语气，在多卷本诗歌开篇的嬉笑则很可能会增强这一效果，尤其是当这种嬉笑贯穿全诗并得以强化。[1]因而奥维德《恋歌》1.1的嬉笑具有纲领性的作用——这种性质决定了他展现给读者的有关诗歌类别的拼图游戏。

看是谁在嬉笑

普罗佩提乌斯和提布卢斯的哀歌中被认为的纲领性诗歌只有很少的嬉笑[2]，但奥维德在《恋歌》诗集本身和叙事语境显著位置对特定"嬉笑者"的描述中强调了这样一个观点，即嬉笑在他的诗中起着纲领性的作用。如此，嬉笑的元传播力量周期性地得到加强，而且几乎总是在讨论诗歌类别的地方。

虽然我着重谈论了《恋歌》1.1中嬉笑的位置以及（经由传闻）在认识方面的不确定性，但我还未强调嬉笑的来源。据说是丘比特在这首诗第1卷的卷首处大声嬉笑。他是维纳斯的儿子，爱神

---

[1]　Dance 2014 第四章中就贺拉斯《讽刺诗集》1.1 开篇的笑声提出了相似的观点。

[2]　Morgan 1977, p.8 认为普罗佩提乌斯的宣言诗或纲领诗（programmatic poems）有 2.1, 2.10, 2.34, 3.1, 3.3 和 3.9，并说道："第 1 卷里没有宣言诗……"（注释 8）。Cairns 1979, p.42 认为提布卢斯的宣言诗是 1.1 和 2.1。

的私生子，青春爱情的神圣化身。《恋歌》1.1 的结尾处和《爱的
艺术》的开篇告诉读者，这位调皮的 *puer*（小男孩）有另一个名
字 *Amor*（爱神）。

《恋歌》1.1.25-26：

me miserum! certas habuit <u>puer</u> ille sagittas.　　　　　25

uror, et in uacuo pectore regna <u>Amor</u>.

悲哀啊！那个<u>小男孩</u>箭法精准。

我火烧火燎，空心受<u>爱神</u>支配。

《爱的艺术》1.7-10：

me Venus artificem tenero praefecit <u>Amori</u>;

Tiphys et Automedon dicar <u>Amoris</u> ego.

ille quidem ferus est et qui mihi saepe repugnet:

sed <u>puer</u> est, aetas mollis et apta regi.　　　　　10

维纳斯曾经让我担任<u>小爱神</u>的老师；

我将被人们称为蒂费斯和奥托麦敦。

他生性狂野，时常与我对抗；

但仍是小孩，柔顺而听话的年龄。①

---

① 译者注：此处的译文据本文作者提供的英文所译。《爱的艺术》1.7-10 现有肖馨瑶的
译文："我，维纳斯钦定为爱神阿莫尔的导师 / 世人将称颂我是爱的御者和舵手。/ 这阿莫尔
性情顽劣，常抗拒我的教导 / 但终归是孩子，年纪尚小易塑造。"见肖馨瑶：《〈爱的艺术〉
第 1 卷第 1—100 行汉译及简注》，《世界历史评论》第 8 辑（2017 年），第 319 页。

当丘比特在《恋歌》开篇第 3 行嬉笑时，其实是爱本身在笑，也就是说以他名字命名诗作的那个人物在嬉笑。而且，他在没做任何事之前——甚至在他盗走一个音步而导致诗的创作发生转变之前——就已经大笑了。这不仅是诗人也是读者对丘比特的第一印象。

在《恋歌》1.6.9-13 中，诗人回想起他开始当恋人和爱情诗人时，丘比特又笑了起来：

> at quondam noctem simulacraque uana timebam;
>
>   mirabar, tenebris quisquis iturus erat.   10
>
> risit, ut audirem, tenera cum matre Cupido
>
>   et leuiter "fies tu quoque fortis" ait.
>
> nec mora, uenit amor [. . .].

> 而我以前惧怕暮夜和虚假的幻象；
>
>   惊诧于每一位穿行于黑暗的人。
>
> 伴着温柔的母亲，丘比特笑出声让我
>
>   听到，轻轻说："你也会变得勇敢。"
>
> 很快，爱情就来了……

因此，在这部有五十首诗的诗集前六首里，爱神两次被刻画成在嬉笑，而且是故意地笑。① 他的母亲也一起在笑。② 此外，

---

① 第 12 行丘比特也轻轻地（leuiter）说话。维纳斯在《岁时记》4.5 笑了。

② 维纳斯的笑出现在《爱的艺术》2.567（如上所述）、《拟情书》16.83 和《岁时记》4.5。

在诗人要讲述自己进入爱情哀歌这类诗的传统主题时，丘比特的一笑传达出这样一层意思：诗人在爱情的"门外"渴求进门（paraclausithyron，原指爱情哀歌的一类主题，意为"求爱小伙被挡在心仪姑娘的门外而渴望进屋"）。

靠近《恋歌》第 2 卷与第 3 卷分界处，在第 2 卷 19 首诗中的第 18 首里 ①，奥维德向他朋友马凯尔讲述如何为自己的轻快话题而感到羞愧，并决定尝试一下悲剧。他穿戴上了悲剧作家的服装——斗篷、靴子和权杖。但是在第 15 行开始时，笑声就爆发了出来，下一个字便提到了笑声从哪儿而来。这次还是"爱神"（Amor，《恋歌》2.18.15-16）：

> risit Amor pallamque meam pictosque cothurnos
>
> sceptraque privata tam cito sumpta manu.

> 爱神笑话我的长袍和彩绘的靴子
> 　以及平凡之手疾速拿起的权杖。

被发现装扮成悲剧作家后，诗人快速穿回了爱情诗歌的服饰。在诗的结尾处，他认为原本写战争的马凯尔若写爱情会更快乐。关于诗歌类别的顾虑在奥维德心中是第一位的。

《恋歌》3.1 是诗集最后一卷的第 1 首诗，也是另一个重要的

---

① Lateiner 1978 有力地解释了潜藏在奥维德《恋歌》第 2 卷末尾这首诗里的卡利马科斯式和希腊化的诗歌理想如何赋予这首诗宣言式的力量。他还借鉴了游戏论和赫伊津哈（Huizinga），一位符合他心意的人。

分界处，诗人在这首诗里预言他将离开爱情哀歌（在《恋歌》3.15
这首缺乏笑声的诗里成为现实）。诗人讲述他倘徉在美景中，思索
着创作怎样的诗歌，突然看到哀歌之神（Elegy）本人朝他走来！
她跛着脚——别忘了，她一条腿长一条腿短——但奥维德认为她
的步态丝毫没有影响她的美，反倒更增其色。哀歌之神尚未张
口，悲剧之神就愤怒地朝奥维德冲了过来，质问他何时才结束无
聊的爱情诗。在第33行，诗人的注意力接着转回到这两类诗歌的
前者，即哀歌："另一位，我记得，侧着身眼含笑意。"（*altera, si
memini, limis subrisit ocellis*）哀歌之神本人——或这首哀歌作品本
身——在微笑，或者说是克制地笑。别的不谈，诗歌文本层面出
现了微笑是因为表示微笑的词含有大笑这个词：*subrisit*（*risit* 意
为"他大笑"）。

　　我从上文所列诗篇中得出三个结论：1)《恋歌》中的嬉笑在
卷与卷的衔接处或分界处反复出现；2）当奥维德称自己为爱情
诗人或有可能转向其他诗歌类别时，也就是说在诗歌内容的分
界处，嬉笑总是与诗歌叙事的这些时刻相吻合；3）两类嬉笑的
形象都以自己名字给爱情哀歌命名：爱神（Love）和哀歌之神
（Elegy）。奥维德《恋歌》里另一位嬉笑的人物形象是叙事者心仪的
puella（姑娘）。[1]

　　在《恋歌》1.1 开篇的诗句里，诗人先设定了对诗歌类别的
期望，紧接着——嬉笑地——打破这些期望。如此一来，他将我
们的注意力引到了诗歌类别的边界处并设定新的期望。他的诗歌

---

[1]　这位女孩在 2.5.51，3.2.83 和 3.3.20 都有笑，尽管在这些诗句里她都没有明确地被认
为是科琳娜。

包含着轻快、嬉笑，重要的是还有诗歌类别层面的自我意识——意识到自己在诗歌类别的边界处创作。没错，他在写哀歌，但是在创作他自己的哀歌：这种哀歌刚开始佯作史诗，试图谈论武器和战争来提升自己，直到另一诗歌类别的头领，或是拟人化的爱神（Love）或是跛足的哀歌之神（Elegy），猛地拉断它的一条腿。但是，正如诗人常常玩弄和打破史诗期望一样，他在哀歌方面也是一样。当涉及诗歌类别，他的《恋歌》就是拼图游戏——这种拼图与众不同，具有独创性，不依惯例使用其他谜题的拼块，而且随着搜集的进展，乐于变更和重组自我。无论奥维德抛给我们什么谜题，无论他让我们在《恋歌》中组合什么奇特的拼块而在下一首诗中却又要将其拆分，我们作为读者可以像爱神和哀歌之神那样，仅仅通过嬉笑就发挥作用，给奥维德的诗歌谜题提供一块拼图。

"奥维德"与丘比特：
层层推进与狡狯魔星的交锋

史蒂文·J. 格林，耶鲁 – 新加坡国立大学学院

（Steven J. Green，Yale-NUS College）

曾毅　译

　　奥维德全集不同作品之间存在着作者人格（persona）"奥维德"的连接点，即**跨**作品的而非个别诗歌**内部**的作者人格叙事。它们建立起一种"诗人的虚构自传"。奥维德诗歌中的一个重要方面就是这些连接点的丰富蕴藏。我热切期待其作品的新译注系列可以突出这一方面。[①]

　　奥维德有意识地讲述关于自己的"诗歌生涯"的故事，这种讲述是通过对自己其他作品的清晰回顾（有时候是前瞻）来成就的。此外，奥维德也让读者清晰地感受到作者对他／她在阅读眼前作品之前的阅读经历抱有何种期待，这种期待与作品真实的历史年代顺序无关。[②] 其结果就是，奥维德在诗歌中的自我意识成为一种稳定的人格和经验的积聚。这些人格和经验一直保留着在眼前作品中被激活的潜力。

---

　　① 　Thorsen 2014, p.27.

　　② 　从《恋歌》到《爱的艺术》再到《情伤疗方》的"虚构年代顺序"掩盖了建立真实创作年代表的困难。关于这一点，参见 Thorsen 2013, pp.115-117 及 2014, pp.22-25, 27-29。另外，也请注意奥维德是如何鼓励我们在阅读《变形记》之后再读《岁时记》的，尽管这两部作品很可能是同时创作的。可参阅 Green 2004, p.16 n.5, pp.28-29 等。

　　我曾讨论过《岁时记》的开篇部分如何展现奥维德人格的三种叙事，而这三种叙事相互形成对比：他既是一个"起源哀歌"（aetiological elegy）的新手，也是一个知道如何跟看门人交涉的（情场）老手，还是一个悲苦的流放者。[①] 在本文中，我将考察一种更为线性的（或至少在某种程度上是线性的）叙事，即作者人格——我将之称为"O."——与丘比特／爱神之间的关系。这种关系在《恋歌》的开篇部分，在爱情教谕作品中，以及在《变形记》中都得到了描述。学者们向来关注这种关系的个案，也已建立两个角色各次交锋之间的关联，然而我觉得，如果我们将目光更加专注于奥维德诗歌生涯的三个"阶段"（从爱情诗到爱情教谕诗到史诗）中这种关系的本质与发展过程，将其视为争取征服一位足智多谋的敌手的斗争经历，会颇有收获。[②]

交锋之一，《恋歌》：男孩征服对手

　　丘比特对奥维德诗歌生命的干预遽然始于《恋歌》的著名开篇（1.1.1-4）：

---

　　① 参见 Green 2008。译者注："看门人"（doorkeeper）这个词在格林（Green 2008）的原文中有不止一重含义，可以指奴隶地位的看门人，也可以指双面神雅努斯。

　　② 总的来说，学者们的注意力倾向于集中在《恋歌》到爱情教谕诗中的 O./ 丘比特关系的发展，以及《恋歌》1.1 与《变形记》第 1 卷中 O. 与丘比特的两次交锋之间的联系。然而，关于 O. 与丘比特的关系在奥维德的爱情教谕诗阶段和史诗阶段之间的发展过程，却论者寥寥。本文正是要集中讨论这一问题，旨在呈现一种更全面的图景。

arma gravi numero violentaque bella parabam

edere, materia conveniente modis.

par erat inferior versus; risisse Cupido

dicitur atque unum surripuisse pedem.

兵戎与血战之事，我本欲以庄严的节奏

来歌颂，主题与格律相契合。

前后诗行要长短相当——据说丘比特

却嬉笑还盗走了一个音步。

丘比特很快将一部以史诗体开篇的作品变成了哀歌体。O. 抗议了对手侵入文学领域的举动（1.1.5-20），丘比特却射出了一支箭（1.1.21-24），让 O. 迅速屈服（1.1.25-26）：

me miserum! certas habuit puer ille sagittas.

uror, et in vacuo pectore regnat Amor.

可怜的我啊！这男孩竟箭无虚发。

我爱火焚身，爱情统治了我空虚的胸膛。

《恋歌》中丘比特对 O. 的支配由此而始。在下一首诗中，这种支配被视觉化，以丘比特的军事胜利的形式呈现出来（1.2.19-48），并持续贯穿整个诗集，可能直到最后几行中对爱情和爱情哀歌的道别部分才结束（3.15.15-20）。在《恋歌》中，爱情所造成的伤痛和烧灼自始至终被描述为不可磨灭的苦难。① 任何关于 O. 压倒丘比特的一时幻想都很快遭到粉碎。最为值得注意的例子也许是：O. 曾发出胜利宣言——"我已将爱神降服，使他低头，将他踩在了脚下"（3.11.5, *vicimus et domitum pedibus calcamus Amorem*），然而这在下一首诗中立即得到了纠正，变成了"爱战胜一切"（3.11b.34, *vincit amor*）。②

交锋之二，《爱的艺术》：男孩被征服

然而，《爱的艺术》第 1 卷的开篇却为 O. 与丘比特之间的关系指出了新的方向（1.7-10）：

me Venus artificem tenero praefecit Amori,

　　Tiphys et Automedon dicar Amoris ego.

ille quidem ferus est et qui mihi saepe repugnet;

　　sed puer est, aetas mollis et apta regi.

我，维纳斯钦定为温柔阿莫尔的导师；

　　世人将称颂我是爱的御者和舵手。

这阿莫尔性情顽劣，常抗拒我的教导：

　　但终归是孩子，年纪尚小易塑造。③

---

① 参见《恋歌》2.1.7-8，2.4.12 中的"我燃烧"（*uror*），2.9.4-5 中的"我受伤……它燃烧"（*vulneror ... urit*），以及 3.1.20 中的"他点燃"（*urit*）。

② 关于丘比特对 O. 的持续支配，还可参见《恋歌》1.6.9-14，2.1.3、37-38，29.33-38、51-52，2.12.27-28，2.18.4、13-18，另外还可参阅 Cahoon 1988, Habinek 2002, pp.47-49 和 Drinkwater 2013, pp.202-204。

③ 译者注：《爱的艺术》1.7-10 的译文来自肖馨瑶。

这意味着自《恋歌》以来 O. 的生涯中的一次明显进步。带有规训色彩的语言此前被用来宣扬属于爱神的力量①，此时却被用在 O. 自己身上。男孩一如既往的凶蛮仍然得到承认②，但此时我们已经可以从一个更为超然的权威视角来看待他。通过对时态的谨慎运用，O. 对过去的事件、当前的局面和对未来的期待进行了分辨（《爱的艺术》1.21-4）：

> et mihi ***cedet*** Amor, quamvis mea ***vulneret*** arcu
>
> pectora, *iactatas excutiat*que faces.
>
> quo me *fixit* Amor, quo me violentius ***ussit***,
>
> hoc melior facti vulneris ultor *ero*.

爱神**将屈服**于我，尽管他正用他的弓**射伤**我的胸膛，

　　尽管他正挥舞着、投掷着他的火炬。

爱神过去刺穿我时越是凶暴，**烧灼**我时越是疯狂，

　　对他造成的伤痛，我就越能更好地复仇。③

我们可以在此觉察到 O. 的地位的微妙提升。爱神如从前一样发出

---

① 例见《恋歌》1.1.26："爱情统治了我空虚的胸膛"（*in vacuo pectore regnat Amor*）；1.1.13："男孩，你的王国强大，你的力量无边"（*sunt tibi magna, puer, nimium potentia regna*）。另可参见《恋歌》1.2 中对丘比特的胜利的描述。

② 参见《爱的艺术》1.9："他确然性情顽劣"（*ille quidem ferus est*）和 1.18："两个男孩都残酷无情"（*saevus uterque puer*）。另参见《恋歌》1.1.5："残忍的男孩"（*saeve puer*），13："男孩"（*puer*）及《恋歌》1.2.8："凶狠 / 顽劣……"（*ferus ...*）

③ 译者注：此处中译文据本文作者格林的英译文译出，着重强调时态的区分。肖馨瑶的译文为：爱神将臣服于我，他的利箭虽刺伤我胸膛，/ 他晃动的火炬虽耀眼明亮。/ 阿莫尔刺我越深，他的火烧我越烈，/ 越是助燃我替伤口复仇的火焰。

威胁，造成伤痕，但他显然不再像从前那样锋锐难当了：O. 急切地要将那种烧灼的感觉归于过去，并借此创造一种在情感上解脱于过去的氛围："（已然）烧灼"（ussit，《爱的艺术》1.23）取代了"爱火焚身"（uror，《恋歌》1.1.26，字面的意思是"正在燃烧"）。[①]丘比特之力的逐渐衰退带来了对未来的希望——爱情也许会最终屈服：相对于之前的"让我们屈服"（于爱神）cedamus (Amori)（《恋歌》1.2.7-10），"爱神将屈服于我"（mihi cedet Amor，《爱的艺术》1.21）意味着一种自信的进步。

　　《爱的艺术》代表了 O. 与丘比特之间角力的这一新阶段。此时的丘比特已经顺服于奥维德的诗工，或至少成了一个自愿的合作者，不再主导诗人勉强踏上的历程。例如，在《爱的艺术》第 2 卷的开头，丘比特便依顺于诗人对爱神行动的制约策略（2.15-18）。

交锋之三，《情伤疗方》：男孩遭到愚弄，或成为同谋

　　与促进成功爱情的举动合作是一回事，与对爱情的治疗合谋则完全是另一回事。在《情伤疗方》开篇，因为某种可能出现的爱情疗方，丘比特自然有所警觉（1-2）。随后 O. 才解释说：他只是要为那些危及性命的情伤提供治疗（13-24）。他的辩词最终说服爱神支持他的计划（39-40）。在这一过程中，O. 吐露了一些奇怪的宣言（3-4，7-8）：

---

① 　《爱的艺术》"回忆"了《恋歌》中诗人的一小部分爱情遭遇。其总体效果在于让 O. 更加超脱于"恋人"（amator）世界中那种束缚性的情感和等级秩序。Opsomer 2003 的论述尤为值得参阅。

parce tuum vatem sceleris damnare, Cupido

　　tradita qui totiens te duce signa tuli.

saepe tepent alii iuvenes; ego semper amavi,

　　et si, quid faciam, nunc quoque, quaeris, amo.

请不要用罪名将你的诗人控诉，丘比特，

　　他总是扛着你交给他的军旗，听从你的指挥。

其他青年时常无动于衷，我却向来爱火炽烈。

　　若是你问我何为——我此时仍深陷于爱中。

　　此处 O. 以丘比特的士兵的形象出现，并且正处于恋爱状态（amo）。这似乎与他在《爱的艺术》开篇为自己塑造的那个超然于情感的独立形象有所冲突。对这些诗句的解读有赖于我们对《情伤疗方》的整体看法：是相信它（真诚地）提供对爱情的疗方，还是（更富于颠覆性地）在它所提供的疗方本身中强化了爱情的统治。[①]

　　从这一点开始，便产生了两种不同的叙事。如果我们认同前一种观点，即《情伤疗方》是疗救爱情的真诚努力，那么 O. 的这些评论便成为他对丘比特的魅力攻势的一部分：丘比特拥有将爱情强加于不情愿者的无上权力，而 O. 会诱骗丘比特，使后者接受

---

① 关于这个问题的学术讨论，可参阅 Green 2006, pp.14-16。Rosati 2006 和 Hardie 2006 以出色的解读为这两种视角提供了支持。

一个让他上当受骗、失去其无上权力的计划。[1] 如果我们选择后一种看法，即《情伤疗方》是对爱情的统治的加强，那么 O. 对丘比特的权威的尊重就是"诚挚"的，并为自己成功取得共享权力铺平了道路：丘比特保留他对幸福的恋人的权力，而 O. 则得到"帮助"不幸恋人的力量。

在这两种解读中，我们都再次看到：先前 O. 与丘比特之间那种等级上的不平衡已经让位于（至少是）某种意义上的地位平等和权力平等。在《恋歌》中，丘比特违背诗人的意愿改变了后者刚刚着手的创作，且丘比特不为诗人的请求所动。到了《情伤疗方》中，丘比特的潜在干预经协商得到顺利解决，而诗人原先的计划得以实施。丘比特不仅被 O. 的论辩说服（39-40），并在后来（555-576）施以援手，以更为恰当的"忘川爱神"（Lethaeus Amor）——即"使人遗忘的爱情"——的身份帮助诗人进行教育（557-558）：

> o qui sollicitos modo das, modo demis amores,
>
> adice praeceptis hoc quoque, Naso, tuis

> 啊，你这时而赐予爱，时而夺去爱的，
>
> 将这加入你的说教，纳索。

诗人地位的提升再明显不过：此时使用近乎颂歌式语言的是这位

---

[1] Hardie 2006, pp.171-173 尤为值得参阅。

神祇，而他歌颂的对象正是诗人。① 诗人将自己既视为爱的提供者，也视为爱的祛除者。这一自我印象在此得到了爱神的认可（43-44）：

> discite sanari per quem didicistis amare;
>
>   una manus vobis vulnus opemque feret.

> 从教会你爱的人那里学习如何治愈情伤；
>
>   同一只手既能带来疗救，也能造成痛创。

交锋之四，《变形记》：同一个男孩，新的牺牲品

《情伤疗方》在表面上标志着 O. 的情诗生涯正式结束。至此 O. 终于可以重拾整个爱情事件发生之前被他抛下的东西，即我们在《恋歌》开篇得知的史诗开头。我们也许有理由相信丘比特对史诗创作所构成的威胁已经消失了——毕竟，O. 告诉我们：只要成功运用《情伤疗方》提出的建议，就能令丘比特那曾经对诗人造成巨大困扰的武器（弓和火炬）失效（《情伤疗方》139-140）。然而，O. 所选择的新的诗歌道路——《变形记》——仍然沦为神力操纵的牺牲品，其开篇揭示道（1.1-4）：

---

① 参阅 Hardie 2006: pp.178-186，尤其是 pp.178-179。我同意 Hardie 2006, p.178 中对《情伤疗方》第 555-556 行的解读：诗人所问的并非来者是否丘比特，而是丘比特的出现是真实的现身还是一场梦境。

in nova fert animus mutatas dicere formas

corpora; di, coeptis (nam vos mutastis et illa)

adspirate meis primaque ab origine mundi

ad mea perpetuum deducite tempora carmen!

我想叙述形体变化成新的体态。诸神啊，请你们赐下灵感助我开篇（因为你们**也**改变了这开篇），助我将这绵绵不绝的诗篇唱出，说尽从开天辟地直到今天（或"直到我自己的时代［*tempora*］"，即"我自己的诗篇《岁时记》"）的故事！①

我们在第 2 行中还原了 *illa* 一词，它是 *illas* 一词的中世纪变体，在现代得到肯尼（Kenney）的支持。② 它的还原恢复了关于这部初生诗篇的一种纲领性宣言。然而奥维德并未指明他心中想到的是哪些神（*di*），也没有说明他们造成了哪些变化。在所有可能的选择中，我认同海沃思（Heyworth）③ 在"诸神"中单独突出丘比特的看法，并将进一步思索这种可能性：此处的 *di* 可能意在专指维纳斯和丘比特——奥维德诗中的**两支**合谋的、代表着变化的

---

①　译者注：这里的译文据作者格林原文中的散文英译。*illa* 指 *coeptis*（字面上的意思是"所开始的事"）。诗体译文请参考，张巍：《诗人的变形》，《文汇报·文汇学人》2017 年 5 月 26 日第 3 版："我要叙说各种形体如何变化一新，／众神啊——变形正是你们一手造成——／开端伊始，请吹送灵感，从万物之初／引导我的诗歌，绵绵不绝，直至当下。"（张译所采用的读法是 *illas*，指形体的变化。）

②　Kenney 1976.

③　Heyworth 1994, p.75.

神圣力量。① 根据这种解读，丘比特对这些创作**同样**做了诗歌上的改变（与他在《恋歌》开篇的做法一样）。然而改变到底指的是哪些？我认为：此处的改变可能指向《变形记》第 1 卷后文中的一个故事——在那里，与丘比特直接交流的对象不是 O.，而是阿波罗（1.452-567）。

阿波罗在遇见丘比特时刚刚战胜了皮同（Python）。在一场唇枪舌剑之后，丘比特用一支爱情之箭射中了阿波罗。无论是在主题上还是在语言上，众多的相似让我们感觉到这个故事与《恋歌》1.1 中 O. 本人和丘比特的交锋之间的联系。② 两个故事有一种类似的发展过程。一个认为自己更适合于战事（或是在现实中，或是在诗歌上）的主人公遭遇了将爱情强加于他的丘比特；主人公将丘比特的举动视为对（现实中或诗歌中的）征战领域的侵略，发出抗议；随后这位被激怒的神祇射出一支箭；主人公很快意识到自己被这支箭征服。语言上的相似进一步增强了这种关联：丘比特是一个粗野的小男孩；③ 两个故事中的主人公都在交锋中被点

---

① 另一些观点也很重要：Kenney 1976, pp.47-50 认为 *di* 指的是全体神祇，其中特别是改变了奥维德史诗的方向的阿波罗——这种改变或许让它从平庸之作变成了新颖鲜活的作品（即"变形"），变得适合于一位在维吉尔阴影下写作的诗人；Kovacs 1987 则提出："诸神"是一个成熟的隐喻，指的是流放生涯中的"逆境"。这种"逆境"影响了奥维德的文体选择，鼓励他创作一种更为严肃的诗歌。

② Nicoll 1980, pp.175-176 和 Knox 1986, pp.14-17 都讨论了两个故事之间的关联，但并未以 O. 与丘比特那种贯穿诗人生涯的、不断发展的互文关系为语境。

③ 《变形记》1.453："丘比特的**狂野怒火**"；（*saeva Cupidinis ira*）1.456："鲁莽的**男孩**"（*lascive puer*）≈《恋歌》1.1.5："**残忍的男孩**。"（*saeve puer*）

燃，并承认丘比特箭无虚发；^① 这两个故事还同样表现了丘比特统御抽象之爱时那种超然而漫不经心的方式，而非表现某位特定的恋爱对象的魅力。^② 最后，阿波罗还曾徒劳地请求丘比特将他的力量局限在琐屑的爱情事务中，考虑到这种高度诗意的自我意识设定，我们应当在他的这个请求中发现更多意义（奥维德《变形记》1.461-462）：

> tu face nescioquos esto contentus **amores**
>
> inritare tua, nec laudes adsere nostras.

　　愿你满足于用火炬点燃那些琐屑的**爱情**之事，不来抢夺我的荣誉。

　　既然《恋歌》是奥维德爱情诗的正式标题，那么诗歌之神是不是在请求丘比特将他的干预局限于《恋歌》那样在文体上较为次要的诗歌呢（ *nescioquos ... Amores* ）？ ^③

　　丘比特的力量显然再次复苏了，不过这一次被他从史诗传统

---

①　《变形记》1.495-496："[那天神]胸中火焰**燃烧**；"（ *pectore toto/ uritur* ）1.519-520："然而有一支箭比我的还**准，在我空虚**的胸中造成可怕的伤痕"（ *nostra tamen una **sagitta**/ certior in vacuo quae vulnera **pectore** fecit* ）≈《恋歌》1.1.25-26："这男孩竟**箭无虚发**。我爱火焚身，而爱情统治了我**空虚的胸膛**。"（ *certas habuit puer ille **sagittas**./ uror, et in vacuo pectore regnat Amor* ）

②　《变形记》1.452-453："阿波罗的初恋是珀纽斯的女儿达芙涅。<u>这爱情</u>并非出于偶然，而是出于丘比特的狂野怒火"（ *primus <u>amor</u> Phoebi Daphne Peneia, <u>quem non fors ignara dedit</u>, sed saeva Cupidinis ira* ）≈《恋歌》1.1.26："爱神统治。"（ *regnat Amor* ）

③　因为《恋歌》是奥维德的爱情诗合集（第二版）的正式标题。参见《恋歌》3.1.69、3.15.1，《爱的艺术》3.343，或许还可参见《岁时记》4.1；此外可参阅 McKeown 1987, pp.103-107。

转入哀歌传统的并非诗人或诗篇的构造者，而是作品中的一个主要角色，即诗歌之神本人。如果说 O. 此刻已经免疫于丘比特的直接影响——毕竟《变形记》的史诗格律得以延续——他诗中的人物则仍未免疫：阿波罗就迅速地从一个史诗式的屠龙者被削弱为一个被爱火吞噬的、不幸的哀歌式情人。①

不过，如果以 O. 的整个生涯为语境，丘比特在《变形记》中的再度现身就带来了一种富于挑战意味的新信息。尽管此时丘比特的干预已被局限于诗中人物②，而 O. 也自以为已经在从《恋歌》开篇到《情伤疗方》结束的过程中获得并宣告了对爱情／爱神（love/Love）的支配，但丘比特的干预仍然表现出对任何此类支配的暗中拒斥。

正如马德（Mader 2009）的探讨所示，阿波罗对达芙涅的最初追求，是一个情窦初开的优雅男子在接受了《爱的艺术》教诲之后所展开的追求。他放弃了野蛮的举止（1.505-507），也放弃了粗鄙的身份及生活方式（1.512-514），转而投向《爱的艺术》的核心主张——优雅而文明的成熟风度。③事实上，他甚至还有余暇去品评不同的女子发式在审美上的差别（1.497-498），去关注他的爱人的保养细节（双腿被擦伤的危险，1.508-509），并说出甜言蜜

---

①　尽管他在对达芙涅的最后"胜利"中挽回了某种形式的史诗形象。关于这个故事中的文体互动（genre dynamics）的其他观点，参见 Keith 2002，pp.247-250; Mader 2009 和 Feldherr 2010, pp.90-92。

②　在这部作品的后文中，普路托也会成为丘比特之箭的受害者，因为维纳斯打算将她的统治扩张到全部三界（《变形记》5.362-384）。

③　如 Mader 2009, pp.18-19 所指出的那样，最强烈的反差是：两种追猎关系（羔羊／狼、鸽子／鹰）在《变形记》1.505-507 中被阿波罗拒绝引为自身形象的比拟，在《爱的艺术》1.117-120 中却恰恰被用来描述罗慕路斯对萨宾女子的粗野追求。

语（*blanditias*，1.531）。所有这些都反映出一种对奥维德的爱情
手册的良好实践。① 就连阿波罗对达芙涅的古怪恳求——"跑得慢
一些"，好让他能以同样的步伐跟随（1.510-511：*moderatius, oro,/
curre ... moderatius insequar ipse*）——也可以被视为对奥维德的爱
情教诲过于忠实的运用。②

　　或许阿波罗遵循了教导，但是《爱的艺术》对他却并不奏效。
在他完成求爱之前，达芙涅就从他身边逃开了（《变形记》1.525-
526）。对这位医神而言，如果他无法得到爱人，另一种符合逻辑
的选择就是疗救自己的情伤。可惜啊，那是不可能的事（《变形记》
1.521-524）：

> inventum medicina meum est **opifer**que per orbem
>
> dicor et herbarum subiecta potentia nobis.
>
> ei mihi, quod **nullis amor est sanabilis herbis**,
>
> nec prosunt domino quae prosunt omnibus **artes**!

---

　　① 关于对不同女性发式的品鉴，参见《爱的艺术》3.141-154；关于对爱人的保养细节的
关注，例见《爱的艺术》1.149-162；关于"甜言蜜语"（*blanditiae*）的重要性，例见《爱的艺
术》1.439："让它［蜡版］带去你的甜言蜜语"（*blanditias ferat illa [cera] tuas*）；2.159-160："说
出温柔的甜言蜜语"（*blanditias molles ... affer*）。然而，所有这些并非为了否认一位既是天生
的好色之徒又是纠结的求爱者的神祇身上那种可笑的矛盾——他正一边奔跑，一边被迫施展
他成熟的追求攻势。参见 Knox 1990, p.185, 200。

　　② Mader 2009, p.21 认为阿波罗可能是在尝试《爱的艺术》1.503 中所主张的策略式妥协：
"当她起身时，你也要起身；她坐着的时候，你要坐着。"（*cum surgit, surges; donec sedet illa,
sedebis*）在我看来，此处的情感在元诗学意义上（也）另有所指。尽管它在逻辑上没有意义——
如果两人同时减速，阿波罗又怎么追得上呢？——但是它预示了一种更为舒缓的诗律，即哀
歌双行体。在这种节奏中，两人的举止都可以更符合恋人的形象。

医药是我的发明；整个世界都将我呼为**救星**；百草的力量为我所用。不幸啊，**爱情是药草所不能疗救的**；这能医治众人的种种**技艺／艺术**（arts/*Arts*）对它的主人却毫无用处！

诺克斯（Knox）指出了此处的阿波罗与情伤难愈的典型哀歌式情人形象的契合[1]，这自然是正确的。然而，在我看来，考虑到奥维德的诗歌生涯这一语境，这一母题的持续存在本身才是关键。如果说阿波罗失败的求爱让《爱的艺术》蒙上了一层疑云，他在为自己的爱情寻找疗救时明显的无能为力则相当于对《情伤疗方》之功用的严重否定。

阿波罗陷入了听天由命式的难局。这与《情伤疗方》中雄心勃勃的计划以及阿波罗在其中明显的核心位置构成了有趣的对比（43-46, 75-78）：

discite **sanari** per quem didicistis amare;

　　una manus vobis vulnus **opem**que **feret**.

terra salutares **herbas** eademque nocentes

　　nutrit, et urticae proxima saepe rosa est.

从教会你爱的人那里学习如何**治愈**情伤；

　　同一只手既能**带来疗救**，也能造成痛创。

救人与伤人的**药草**在同一片大地上生长，

---

① Knox 1986, pp.15-16.

蜇人的荨麻往往就生在玫瑰近旁。

te precor incipiens, adsit tua laurea nobis,

　　carminis et medicae, Phoebe, repertor opis.

tu pariter vati, pariter succurre medenti:

　　utraque tutelae subdita cura tuae est.

我开口向你祷告，请让你的月桂伴我身边，

　　诗歌和医疗的发明者阿波罗

诗人和医生都同样地得到你的助力：

　　各种需求都有你的羽翼保护。

　　O.将言语和药草的治疗作用等同起来[1]，对自己带来救助、治愈爱情的能力充满信心；此外，开篇中诗人曾请求情伤受害者学会疗救之法（第 43 行，*discite sanari*）；这种请求又自然导致了结尾部分中"被治愈者"的庆祝仪式（第 814 行，*sanati*）。在这一努力过程中，由于他对诗歌和医药的襄助，阿波罗被宣告为一位理想的合作者。[2]

　　阿波罗在此对奥维德的计划给出了一种直截了当的矫正：爱情是无法治愈的，至少无法通过任何"药草"治愈（《变形记》1.523）；阿波罗著名的救助之力被再次召唤——"**医药是我**

---

① 还可参见《情伤疗方》313。

② 关于阿波罗在这部作品其他部分中的合作之举，参见《情伤疗方》251-252，489-490
和 703-706。

的**发明**；整个世界都将我呼为**救星**"（*inventum medicina meum est opiferque per orbem/ dicor*，《变形记》1.521-522）显然呼应着"诗歌和**医疗**的**发明者**阿波罗"（*carminis et medicae, Phoebe, repertor opis*，《情伤疗方》76）①——却已经适合并服从于限制。阿波罗对运用"医术"（*medicina*，《变形记》1.521）的无能为力对《情伤疗方》的计划造成了进一步的互文性破坏——奥维德此前只在疗救爱情的语境中使用过 *medicina* 这个词（见《情伤疗方》91，131，795）。最终，鉴于奥维德将自己的爱情教谕作品称为"诸艺"（*Artes*）的倾向，我们似乎可以将阿波罗的最后情绪解读为对奥维德**全部**爱情教谕——无论在获得爱情还是祛除爱情方面——的有效性的否定：这些教谕只对他人有用，却对医药和诗歌之神本人无用。②

如果我们在读过这些爱情教谕作品之后受到鼓励（直接）去读《变形记》，就会得到一种教谕遭遇了巨大失败的印象。阿波罗乃是诗歌和医药之神，在《爱的艺术》和《情伤疗方》中都曾直接伸出援手（《爱的艺术》2.493-510；《情伤疗方》75-78，703-706），却在对阵丘比特那稳固不移的权威时全无力量。③ 丘比特

---

①　*dicor* 一词在此起到的是它的常见作用，暗示着跨文本的联系（Hinds 1998, pp.1-5），即"我（在《情伤疗方》的文本中）被召唤"。

②　奥维德似乎用 *Artes* 来指整部《爱的艺术》。参见《情伤疗方》11，487；《哀怨集》2.345-346："这样的放纵让你为我的诸艺(*Artes*)而仇恨我，因你认为它们煽动了禁忌之爱"(*haec tibi me invisum lascivia fecit, ob Artes,/ quis ratus es vetitos sollicitare toros*)，3.14.5-6；《黑海书简》1.1.12, 2.2.104。然而奥维德同样将《情伤疗方》称为"艺术"（*ars*）（例见《情伤疗方》16，61，135: *ubi visus eris nostra medicabilis arte*, 233, 289, 512）。此外我也不排除另一种可能性：阿波罗在此对 *Artes* 的使用覆盖了所有爱情教谕行为。

③　奥维德坚持不懈地削弱阿波罗的力量以帮助丘比特，而《变形记》中的这个故事可能代表着这一策略的顶点。关于这个问题，可参阅 Armstrong 2004。

在此处的胜利或许提供了一种对治愈爱情这种观念本身的矫正，或许是对爱情之力的再次确认，这取决于我们在阅读《情伤疗方》时是将它当作一种真诚的爱情治愈教程还是相反。无论是哪一种情况，丘比特这个智计百出的魔星得以回归诗人的文学世界。

多层的阅读：奥维德《拟情书》中的美狄亚 [①]

刘淳，北京大学

　　基于对奥维德《拟情书》的细读，本文将剖析奥维德作品对美狄亚（Medea）的构建。奥维德作品中的美狄亚和欧里庇德斯悲剧中的美狄亚多有不同，尤其是因为《拟情书》中包括了伊阿宋（Jason）第一任"妻子"许普西珀勒（Hypsipyle）致他的一封虚拟"书信"，称美狄亚为"蛮族情妇"，指摘、诅咒美狄亚行为不端，是跨越性别空间与神人空间的巫女，且逾越了男性和女性、丈夫和妻子之间的界限。这和《拟情书》中美狄亚致伊阿宋的虚拟"书信"中的自我构建相对比，对读者来说，形成丰富的阅读层次和体验。

　　我们所知的奥维德《拟情书》，包括二十一封诗人虚构的书信，除第十五封萨福的信之外，写信者都是神话中的人物。前十五封是单篇书信（single letters），以女性的口吻写给自己的爱人，一般认为是奥维德早期作品，与《恋歌》写作时间相近；最后六封由三组往还书信（double letters）组成，是三对爱侣之间的通信，一般认为是奥维德流放期间所作。单篇书信的前十四封、第十五封以及往还书信，有各自不同的手稿流传过程，学者们对这二十一封信的真伪和写作时间，也有颇多争论。奥维德本人曾在《恋歌》2. 18. 21-26 中提到若干《拟情书》的人物：

---

① 部分内容曾发表于 2017 年 5 月 26 日《文汇学人》。

aut quod Penelopes verbis reddatur Ulixi

　　scribimus et lacrimas, Phylli relicta, tuas,

quod Paris et Macareus et quod male gratus Iason

　　Hippolytique parens Hyppolytusque legant,

quodque tenens strictum Dido miserabilis ensem

　　dicat et Aoniae Lesbis amata lyrae.

或者我写下珀涅罗珀寄给尤利修斯的话，

　　还有被抛弃的菲丽丝，你的泪水；

帕里斯和玛卡瑞俄斯，不知感恩的伊阿宋，

　　以及希波吕托斯父子会读到的内容；

可怜的狄多，手执利刃之时留下的话，

　　还有钟爱伊奥尼亚琴的、莱斯波斯的萨福。

　　故此，保守持重的观点认为，只有涉及这些人物的几篇，才算确凿无疑出自奥维德之手，其余皆有伪作的可能。但当代多数学者则认为这种观点太过谨慎拘泥，仿佛奥维德本人不会有所选择地谈论自己的作品，或是在此之后再添新作。故此，除少数质疑的声音外，学界多数观点认为，至少单篇书信前十四封都是奥维德所作。本文的讨论也仅限于单篇书简。

　　长久以来，学界对《拟情书》的关注不多，评价也不很高；这部作品甚至被认为过于哀怨，单调重复。20 世纪 90 年代之后，从欧洲特别是意大利学者开始，学界推进了对《拟情书》的研究，也重新评价了这部作品的艺术价值；近二三十年来，关于这部作品，有多种语言的优秀学术文章和专著问世。这些作品在讨论文本细节、论述学术问题的同时，其实也直接或间接地回答着每一个普通读者都可能疑惑的问题：这部作品到底是不是一部乏味的怨妇诗集？奥维德会不会重复了以往关于这些人物的作品？我们在阅读中会获得怎样的愉悦？要试着回答这些问题，我们先要对《拟情书》的文体略作了解。奥维德在《爱的艺术》3.346 中提到，自己（再）创造了一个不为他人所知的、新的文体：*ignotum hoc aliis ille novavit opus*。

　　其中的动词 *novavit*（原形 *novo*）既可以指"创造"，也可以指"翻新"旧的体裁，比如用拉丁文进行创作，"翻新"希腊文学的题材。[①] 就《拟情书》来说，"创新"可能是更合适的意思，因为在此之前，希腊和拉丁文学中并没有类似以哀歌双行体和书信形式写就的作品。唯一的例外可能是普罗佩提乌斯《哀歌集》4.3，这也是虚拟的书信，以一位妻子的口吻，写给征战在外的丈夫。然而，这首诗与《拟情书》创作时间的先后仍有争议；更重要的是，奥维德的女主人公，大多是虚构的神话人物[②]。因此关于《拟情书》的文学形式，有两方面特别值得注意。一是诗集主要是从女性人物的口吻来倾诉无望的爱情，而传统的拉丁文哀歌，总是由男性诗人，来抱怨自己所爱女子变化无常甚至移情别恋。[③] 故此，尽管是虚拟的书简，它们仍构建了女主人公个人的，甚至私密的角度。在重新叙述人们熟知的传统故事时，这些书信往往会

---

① Kenny 1996, p.1, n.3; Fulkerson 2009, p.81.

② Jacobson 1974 中有关于此话题比较完整的讨论，例见 p.10, pp.346-347。

③ Fulkerson 2009, p.83.

有不同以往的重点、鲜为人知的细节，它们似乎在暗示读者另一种不同于"权威"文本的可能性，从而给读者带来意外的感受。另一方面，虽然《拟情书》采用了书信的形式，很多时候，我们怀疑这些信是否能被送出，顺利到达收信人手中；在第10封阿里阿德涅致忒修斯那种最极端的例子中，读者更要好奇被弃荒岛的女主人公写信的物质可能性。还有很多时候，这些信很可能被第三者读到，甚至第三者比收信人更能先睹为快；而女主人公似乎也预见到这种可能，并在字里行间留下写给第三者的信息，例如第11封卡娜凯（Canace）的信。故此，我们很难用特别现实的态度来看待《拟情书》的体裁；与其说它们是有实用意义、在写信人和收信人之间传递信息的书信，不如说它们更像悲剧中被延长了的人物独白，更多是刻画了写信人此时的心理状态。

在这种独特的文学形式之下，《拟情书》其实是在一个深厚的文学传统中进行创作。书信集中的女主人公，除了第15封信的萨福，都是著名的神话人物，她们的故事，在荷马以降的各种文学作品中，也早已被刻画，甚至反复刻画过。奥维德在《拟情书》中，并不回避人们熟知的神话传统，遵循了世人熟知的人物命运走向和结局，同时，他还反复"用典"，或明或暗地指向关于这个人物的其他文本。奥维德的语言艺术相当高明，常常在遣词用句中引用、借用或化用先前文本中的词句和场景，这些妙处往往在翻译中很难传达。在故事情节方面，《拟情书》也常常呼应或指向其他作品。值得注意的是，虽然奥维德常常唤起读者对更早文本的回忆，他笔下的故事却未必发生在先前文本所叙述的故事之后。正如学者巴尔基耶西所指出的，一个文本指向更早文本，可以像《埃涅阿斯纪》卷一那样：主人公埃涅阿斯看到迦太基城壁画中的特洛伊战争场景，此刻，诗人、读者和故事中的人物处在同样的位置，他们共同回忆起之前发生、被其他作品描述过的事件，也清楚他们将一起进入将要发生、未曾被描述过的事件。然而，《拟情书》还有一种更为重要的方式，即"未来投射"（future reflexive）：后来的作品指向更早作品，从而令人意识到将要发生、但还尚未发生在人物身上的事情。[①] 也就是说，这种情况下，人物、读者和诗人并不处在同样的位置：人物还不曾经历未来的某个事件，但读者已从某个更早的作品中读到了，而诗人则戛然而止，令读者独自品味其中的意味。故此，《拟情书》中的故事，固然能让初次接触古希腊罗马文学的读者觉得有趣；但对深谙神话传统、熟悉以往文学作品的读者来说，阅读《拟情书》的过程更像是温习古希腊罗马文学史的过程，而在温习之中，常常可见奥维德对先前文本狡黠而隐晦的评论，这会带来更大的，或者说，不同的阅读的快乐。

此外，《拟情书》中书信之间，也存在着一定程度的互文。正如很多学者指出的，《拟情书》中的女性人物们，形成了一个虚拟的群体，她们仿佛可以互相读到彼此的书信，并彼此模仿、竞争、呼应。[②] 这在我们将要析读的第 6 封和第 12 封信中，表现得最为明显。在十五封单篇书信中，第 6 封是莱姆诺斯岛（Lemnos）的女王许普西珀勒（Hypsipyle）的信，第 12 封是科尔奇斯（Colchis）公主美狄亚所写；两封信所涉及的时间、地点各不相同，但都写给

[①] Barchiesi 1992, p.343.

[②] Fulkerson 2009, p.2.

希腊英雄伊阿宋，这在整部《拟情书》中是很特别的。有些学者曾争论第 12 封信的真伪问题[①]，但这里仅讨论作品本身的艺术性，试通过对这两封信的讨论，展现《拟情书》带来的阅读体验。

　　读者们首先会注意到，许普西珀勒的信，也在美狄亚身上花费了大量笔墨。于是，两封信都写给同一个男人、也都叙述了同一系列事件；两封信中的内容反复指向了更早有关美狄亚的作品，最主要的是欧里庇德斯的悲剧《美狄亚》(*Medea*) 和阿波罗尼奥斯的《阿尔戈英雄纪》(*Argonautica*)；而第 12 封信中很多地方模仿并回应了第 6 封信。美狄亚无疑是奥维德偏爱的人物：《变形记》卷七中也集中刻画了美狄亚；他还有一部名为《美狄亚》的悲剧，惜已失传。就《拟情书》来看，其中的两个美狄亚形象各不相同，而且也不同于我们所知的之前和之后的文学形象。欧的悲剧主要集中于美狄亚在科林斯，面对被伊阿宋抛弃、被克瑞翁流放做出的反应，直接描绘了美狄亚杀死孩子，腾空而去的情景。阿的史诗则聚焦于一众英雄，美狄亚更多是助力英雄事业的少女，作品也花了很大力气刻画少女美狄亚的痛苦抉择。奥维德将要写下的《变形记》中，则对美狄亚的巫术给予了大量正面的描述。《拟情书》则选择了相对"平淡"，并没有重大事件发生的时刻，来刻画美狄亚。但这也是一些非常重要的时刻，决定了写信人回顾过去事件的方式和态度；而奥维德似乎狡黠地告诉我们，女主人公此刻的心境，也决定着未来的事件。

[①]　Knox 1986, Hinds 1993.

《拟情书》6：蛮族女子的流放 ①

"听说，你已乘船归来，踏上帖撒利亚的海岸 / 金羊毛令你富甲一方。"（*Litora Thessaliae reduci tetigisse carina/ diceris auratae vellere dives ovis.*）书信的头两行，就写出了许普西珀勒的失落。跟《拟情书》中的很多女子一样，她一直在期盼爱人平安返还；不幸的是，她并不是终于等来丈夫的珀涅罗珀，而只是另一个奥德修斯的卡吕普索。许普西珀勒在伊阿宋的故事中戏份并不多：她与金羊毛毫无瓜葛（49-50：*non erat hic aries villo spectabilis aureo, nec senis aeetae regia lemnos erat* [这里并没有惹眼的山羊，一身金毛，/ 年迈的埃厄特斯的王座也并不在莱姆诺斯岛]）；在很多文学作品中，她与伊阿宋的关系非常短暂，在后者离开莱姆诺斯岛之后就结束了。② 然而，在这封信中，伊阿宋在莱姆诺斯岛生活了两年（56），两人正式成婚（41-46），而且在分别时，伊阿宋也表达了返回的愿望（59）。奥维德塑造的许普西珀勒无法忘记伊阿宋，无法原谅他既不在返航时造访，也不肯寄书一封。更糟糕的是，伊阿宋还带回一个新的妻子，一个远方的蛮族女子——这正是许普西珀勒第一次提起美狄亚的称呼（*barbara... venefica*，19）。

---

① 　《拟情书》6 的原文和译文，见本篇附录。

② 　荷马提到了伊阿宋与许普西珀勒的儿子、莱姆诺斯岛的王欧奈奥斯（Euneos，《伊利亚特》7. 467-471）。埃斯库罗斯和索福克勒斯有关阿尔戈斯号造访莱姆诺斯岛的悲剧，都失传了。欧里庇德斯悲剧《许普西珀勒》现存的部分讲述的是她后来的经历。在阿波罗尼奥斯的史诗《阿尔戈英雄纪》中，许普西珀勒与伊阿宋并无婚约，在伊阿宋离开时也并没有期待他会回来（"ἀλλ᾽ οὐ σύγε τήνδε μενοινὴν σχήσεις, οὔτ᾽ αὐτὴ προτιόσσομαι ὧδε τελεῖσθαι." 1.894-895）。欧里庇德斯的《美狄亚》中，女主人公杀死自己的孩子，从而令伊阿宋无后，似乎是默认伊阿宋与许普西珀勒并无子女。

作为一个小岛的女王，许普西珀勒一直担心伊阿宋会娶一个希腊本土的公主（79-80），却又深深鄙视来自科尔奇斯的美狄亚，称她是"蛮族的情妇"。于是，许普西珀勒根据自己听说的故事，大力谴责美狄亚行为不端。阿波罗尼奥斯的史诗中，大力渲染了美狄亚决定帮助伊阿宋之前，在自己房间中激烈的思想斗争，对廉耻的顾虑（3.616-824）；而许普西珀勒的信中则完全没有任何对美狄亚纯洁羞涩形象的描述，而是斥责她是"行苟且之事的少女"（*adultera virgo*，133），与伊阿宋私订终身。此外，许普西珀勒大力渲染了美狄亚的巫术。在她的描绘里，美狄亚影响日月的行迹，阻止水流，移动树木和岩石，行走在坟墓之间（85-90）：而这些都被认为不是有身份的女子应处的空间。许普西珀勒强调，美狄亚是靠巫术咒语（85）赢得了伊阿宋的爱，而不是靠美德和美貌（94）；她驯服凶猛的巨龙，也用同样的法术让伊阿宋顺从（97）。此外，美狄亚还逾越了男性和女性、丈夫和妻子之间的界限，因为她竟然进入男性的领域，渴求名誉："她要求把自己的名字也载入你和一众豪杰的功绩，／身为妻子，抢去丈夫的荣誉。"（99-100：*adde quod ascribi factis procerumque tuisque/ se iubet et titulo coniugis uxor obest*）美狄亚对自己的"娘家人"也做出了骇人听闻的事情。她背叛了自己的父亲帮助伊阿宋（136），并且杀死了自己的弟弟，磔碎尸体（129-130：*sparagere quae fratris potuit lacerata per agros/ corpora*）。对于公元前5世纪的雅典人，以及奥维德时代的罗马人来说，兄弟对于一个女子的意义可能比姐妹要大得多，因为他可以在父亲去世之后，代表女子的利益，甚至在她出嫁多年后仍给予她支持和保护。美狄亚的做法，可以说是亲手斩断了与父亲家族的联系，是特别决绝罕见的做法。

许普西珀勒花费了大量笔墨写美狄亚，但其实一直在与美狄亚的对比中刻画自己，把自己刻画成一个完美的妻子和爱人。她提到自己出身高贵，遵循妇道（134），不曾背叛自己的父亲（136），更愿意把自己和王国都奉献给伊阿宋（117-118）。然而，信的结尾却出人意料。在接近末尾的地方，许普西珀勒高呼："我也本可做个美狄亚，来对付美狄亚！"（151）曾经鄙视巫术的她，也像美狄亚一样，使用了诅咒。许普西珀勒祈求神明，让美狄亚像伤害自己的父亲和兄弟那样，伤害自己的孩子和丈夫，让她"遭到流放，满世界寻求庇护"（158：*exulet et toto quaerat in orbe fugam*），"等她穷尽了海上路上所有的可能，让她尝试天空"（161：*cum mare, cum terra consumpserit, aere temptet*）。读到这里，读者几乎会马上想起欧里庇德斯悲剧的最后场景：美狄亚在设计杀死科林斯公主和国王、亲手杀死与伊阿宋的孩子后，登上太阳神的车驾，高高站在舞台上方，而下面则是闻讯赶来、绝望而无助的伊阿宋。这个场景中的美狄亚，超越了性别的界限，甚至超越了人和神的界限，她展现了从前不为人知的能力，甚至进入了凡人一般不能到达的领域——天空。① 还有些读者也会想起欧里庇德斯另一部现已失传的悲剧《许普西珀勒》；根据该剧的残篇，她自己后来也被流

---

① 关于美狄亚飞上天空，欧里庇德斯在其悲剧中塑造的形象可能是最为著名的一个。此外，《阿尔戈英雄纪》中的美狄亚，想象了自己乘风跨越海洋，到伊阿宋面前去斥责他的情景（3. 1111-1117）；伊阿宋嘲笑这是无稽之谈。这段描写暗示了美狄亚飞翔的形象。奥维德本人也在《变形记》中描述了美狄亚杀死伊阿宋的叔叔后，乘太阳神的车驾飞行的情景（《变形记》7. 350ff）。显然，奥维德熟悉美狄亚飞入空中的意象。

放，被迫离开了莱姆诺斯岛。

这样一个结尾的意义也是多重的。从许普西珀勒的角度，其反讽之处在于读者和诗人才有的、对美狄亚和许普西珀勒未来的了解：诅咒者自己也会被流放，而被诅咒者则将展现强大且骇人的力量。而在诗人奥维德的角度，这个结尾的妙处，在于诗人避开了已有文本中对人物未来的直接描述——特别是欧剧中那样令人难忘、很难超越的描述，而是将美狄亚的未来行动全部置于许普西珀勒的诅咒中。他把未来的美狄亚——那个骇人的巫女，杀子的母亲，强大的复仇者——刻画成一个被咒语驱使的被动人物，甚至她像神一样飞上天空的行为，也是许普西珀勒宣判的惩罚。许普西珀勒诅咒了美狄亚，也为所有美狄亚未来的行为印上了自己的影子：这一切都是另一个女人对她的诅咒。这时的许普西珀勒，甚至令人想起欧里庇德斯诸多悲剧开场白中的女神，徐徐宣布主要人物接下来的命运：而她口中的美狄亚就要登场了。

第 12 封信：像希腊人那样？

在第 12 封信的开始，美狄亚已经失去了被许普西珀勒诅咒的婚床（devoto... toro 6.164），成了被抛弃的蛮族女人；许普西珀勒念念不忘的、地域上的高低贵贱，也成了伊阿宋另娶科林斯公主的理由。如果说第 6 封信中，许普西珀勒描述的美狄亚违背了所有女性应遵守的规范，第 12 封信中的美狄亚则无情地嘲弄了这些希腊人口中的规则。

这是一封高度自省的信，美狄亚深陷于对过去的回忆、对当下的考量和对未来的计划中，这些内容，与其说是要写给伊阿宋看，更像是她与自己的对话。信的第一行就提到了回忆（*memini*），之后反复出现的时间副词（3, 5）和完成时、过去完成时，也反复将读者的视线推向过去。美狄亚对过去的回忆，往往充满反省和现在的认识。例如，她后悔自己曾帮助伊阿宋，若他在重重危难中死去：

> quantum perfidiae tecum, scelerate, perisset,
>
> dempta forent capiti quam mala multa meo!　　（19-20）

> 亵渎神灵的你啊！那样的话，多少不忠都会随你消逝，
>
> 多少不幸都会从我脑中摒除！

对于美狄亚来说，回顾过去能让自己更好地理解现在；正如学者维尔杜奇（Verducci）指出的，正是回忆，把少女美狄亚和更为成熟的美狄亚整合在一起。[①] 更重要的是，美狄亚对过去的回忆，总是暗示着现在和未来。例如，她的回忆中反复涉及"火焰"和燃烧的意象（15，33）。这些词句无疑在提醒伊阿宋，自己曾帮助他免遭火牛的烈焰；这些词句也暗示着她将要在科林斯燃起的那把火——那火将吞噬她的敌人。有时候，我们简直分不清她是在谈论过去，还是对未来做出威胁；或许二者皆有。提到自己杀死兄弟时，美狄亚说"我的右手敢于做下的事，现在却没有胆量把它写下"（115：*quod facere ausa mea est, non audet scribere*

---

① 　Verducci 1985, p 71.

dextra）。这里的 *est* 换做将来时 *erit*，也很符合此处的上下文：美狄亚将要做下更加骇人听闻的事情（杀子），而她也不会把这件事写下来。

美狄亚要让自己显得哀婉动人，为此，她从许普西珀勒的信中学了很多办法。她提醒伊阿宋自己为他做过的事，把自己跟科林斯的公主比较，强调孩子与伊阿宋相貌酷似（12. 25-30, 103-4; 12. 189 cf. 6. 123），这些都是许普西珀勒用过的法子。但除此之外，美狄亚也挑战了包括许普西珀勒书信在内的所有关于她的故事。欧里庇德斯的美狄亚宣布是她亲手降服了火牛（479），许普西珀勒根据自己听说的传闻，声称美狄亚不仅制服了牛，也用同样的巫术降服了伊阿宋（6.97）。然而，美狄亚却在她的信中声称自己只是坐在那里，"面色苍白"（12.97），看着伊阿宋大战火牛。她在撒谎吗？如果是的话，读信的伊阿宋一定会知道，而这样明显的错误，一定更能提醒他美狄亚过去的好处。而对于别的读者来说，美狄亚的这番话也足够反驳用巫术俘获男人心的指控：她能够降伏恶龙和火牛，却无法俘获这个男人（163-164）。

第 12 封信中的美狄亚，也微妙地嘲讽了"蛮族女人"的标签。她回忆起制服恶龙时的自己，那个美狄亚，"现在终于成了你眼中的蛮族女人"（105：*illa ego, quae tibi sum nunc denique barbara facta*），只因伊阿宋已不再需要自己。美狄亚深知自己"外来者"的身份，但她也很善于用"希腊人"的方式来回击他们对自己的侮辱。许普西珀勒将自己的王国作为陪嫁，许诺给伊阿宋；于是美狄亚也想象伊阿宋向她索要嫁妆（199：*dos ubi sit, quaeris?*）。她不无讽刺地说，自己的陪嫁早已在伊阿宋的格斗现场"现钞付清"（199：*numeravimus*）；[①] 她的嫁妆不是别的，正是伊阿宋和他那些希腊伙伴们的生命（203）。嫁妆已经按照希腊人的方式给了，那么，现在要另娶别人的伊阿宋，是不是也该按照希腊人的方式，在离弃美狄亚的时候归还嫁妆？ 美狄亚想象了自己索要嫁妆的情景（202）：

dos mea, quam, dicam si tibi "redde!" neges.
我的嫁妆，若我跟你说"还来!"你会拒绝。

"嫁妆"和一系列与市场交易有关的词汇，也正是欧里庇德斯悲剧中反复提到和使用的；奥维德的美狄亚嘲讽式地模仿了所谓希腊人的做法，她不仅羞辱了伊阿宋，甚至也羞辱了所有希腊人。在很多方面，美狄亚都模仿了伊阿宋：她提到要哀求伊阿宋，就像伊阿宋从前哀求她那样（185），她的语言也充满伊阿宋擅长的、希腊式的修辞，极具说服力，同时也充满暗指，介于真实和谎言之间。美狄亚可以像希腊人那样；但同时，她也清楚地表示，自己远远超越了这些她可以轻易模仿的做法。接近信的末尾，美狄亚仿佛觉得自己已经"哀婉"了太久，也纡尊降贵地模仿希腊人太久。她的威胁更加直白 (181-182)：

dum ferrum flammaeque aderunt sucusque veneni,

　hostis Medeae nullus inultus erit!

---

① 关于 *numero* 一词的用法，参见 Palmer 关于此处的评注。Palmer 1898, p.399.

> 只要有利刃、火焰和有毒的药液，
> 　美狄亚的敌人就不会没有报应！

　　而书信的结尾更是耐人寻味。美狄亚不再试图用谦卑的言辞打动伊阿宋，甚至不再说明她要施加的惩罚；她的话说完了，但有位神明正在她胸中翻腾（211），有些"不可说"的东西正在酝酿（212）：

> nescio quid certe mens mea maius agit!
> 某种更大的东西正在我脑海中激荡！

　　我们不禁好奇，"某种更大的东西"是什么呢？除了她即将开始的杀戮，还有没有别的东西？这是许普西珀勒的诅咒在发生作用吗？还是美狄亚在暗示自己的神性？毕竟，她将要像神一样腾空而起，她的生活和故事也远远没有完结。《拟情书》中的大多数女子，在书信结束后，要么结束自己的生命，要么将继续无助而被动地等待。而美狄亚写完书信后，还将有更惊人的举动，还会到更多的地方，开始不一样的生活。在这种意义上来说，确实有"更大的东西"，超越了这封信，也超越了这部诗集；也许另一部悲剧，另一部史诗，才是适合这些东西的地方。

　　以上分析了《拟情书》中与美狄亚相关的篇章；而《拟情书》的其他书信中，写信人有着各自不同的情感、经历、目的，使用了不同的修辞手段，也面对着不同的对象；每封信也都以不同的方式，唤起读者对之前文学作品的回忆和对照。可以说，这些情书，并不是一篇篇主题重复、手法雷同的哀怨诗；每一封信对之前文学作品的引用和呼应，亦是其阅读体验的重要部分。正因如此，这部作品才给读者带来了多重的阅读体验和不一样的愉悦。

附录：奥维德《拟情书》
第六封（许普西珀勒致伊阿宋）译注

刘淳，北京大学

导读

　　在《拟情书》的单篇书信中，有两封写给希腊英雄伊阿宋，分别是莱姆诺斯岛女王许普西珀勒的第 6 封，和科尔奇斯（Colchis）公主美狄亚的第 12 封。关于许普西珀勒，荷马提到了伊阿宋与她的儿子——莱姆诺斯岛的王欧奈奥斯（Euneos，见《伊利亚特》*Iliad* 7. 467-71）。埃斯库罗斯和索福克勒斯有关阿尔戈斯号造访莱姆诺斯岛的悲剧，都失传了。欧里庇德斯悲剧《许普西珀勒》的存世部分讲述的是她与伊阿宋分手后的经历，根据该剧的残篇，她自己后来也被流放，被迫离开了莱姆诺斯岛。在阿波罗尼奥斯的史诗《阿尔戈英雄纪》中，许普西珀勒与伊阿宋并无正式的婚约，伊阿宋离开时，也并没有期待他会回来（1.894-895：ἀλλ᾽ οὐ σύγε τήνδε μενοινὴν σχήσεις, οὔτ᾽ αὐτὴ προτιόσσομαι ὧδε τελεῖσθαι. [可是你并不会有这样的愿望（译者注：指归来），我也不指望会如此]）。在欧里庇德斯的《美狄亚》中，女主人公杀死自己的孩子，目的是让伊阿宋再无后代，似乎是默认伊阿宋与许普西珀勒并无子女。故此，从传世文本来看，许普西珀勒在伊阿宋的故事中戏份不多：她与伊阿宋的关系非常短暂，在后者离开莱姆诺斯岛之后就结束了。然而，在这封信中，伊阿宋在莱姆诺斯岛生活了两年（56），两人正式成婚（41-46）；在分别时，伊阿宋也表达了返回的愿望（59）。奥维德塑造的许普西珀勒，无论在境遇上还是性格上，都与《阿尔戈英雄纪》中的女王大不相同：她无法忘记伊阿宋，无法原谅他既不在返航时造访，也不肯寄书一封；更甚的是，她听说伊阿宋已经回到帖撒利亚，还从远方带回了美狄亚。

　　这样的安排，似乎为这封信打下了哀怨的基调：许普西珀勒不仅仅是伊阿宋征程中的偶然风流，而是获得了"前妻"的身份。以许普西珀勒为第一人称的叙述中，也反复把自己渲染成一个完美的妻子和爱人，她强调自己出身高贵，遵循妇道（134），不曾背叛自己的父亲（136），更愿意把自己和王国都奉献给伊阿宋（117-118）。然而，奥维德对许普西珀勒的刻画，不乏复杂性和讽刺意味。众所周知，莱姆诺斯岛的女子曾杀死岛上全体男性。作为莱姆诺斯岛的女子，许普西珀勒也并非不懂得使用暴力。此信中语气和情感的变化也颇值得玩味。在信的开头，许普西珀勒努力控制自己的感情，保持女王的尊严。然而这种自持随着此信内容的推进而逐渐消融，许普西珀勒更多地流露出自己的悲愤；而在信的末尾，一直鄙视巫术的她，也像美狄亚一样，使用了诅咒，甚至高呼："我也本可做个美狄亚，来对付美狄亚！"这些似乎都说明，奥维德所刻画的许普西珀勒，也许并不是个心地简单的贤妻，而是有着复杂的过往和更多可能性的女子。

　　译者已发表过《拟情书》第1、2、4及12封书信的译注。关于《拟情书》的总体内容、版本、翻译问题等，可见这几篇译注：

刘淳：《奥维德〈拟情书〉两封》，《新史学》第 20 辑（2017 年），
第 301—316 页；《奥维德〈拟情书〉第 4 封：淮德拉致希波吕托
斯》，《世界历史评论》12（2019 年），第 191—214 页；《美狄亚
致伊阿宋（〈拟情书〉第十二封信）》，《世界文学》4（2019 年），
第 307—318 页；以及本书中前一篇文章《多层的阅读：奥维德
〈拟情书〉中的美狄亚》。涉及《拟情书》第 6 封的校勘本和注
释本主要有如下几种：

Bentley, E. Hedicke. ed. *Studia Bentleiana. v. Ovidius Bentleianus*. Freienwald, 1905.

Ehwald, R. *P.Ovidius Naso. Amores, Epistulae, Medicamina faciei femineae, Ars amatoria, Remedia amoris*. Leipzig: B. G. Teubner. 1907.

Godwin, John. *Selections from Ovid Heroides: An Edition for Intermediate Students* (Bloomsbury Classical Languages). London: Bloomsbury Academic, 2016.

Goold, G. P.rev. ed. of G. Showerman, ed. *Ovid: Heroides and Amores*. Loeb Classical Library. Cambridge, Mass., 1977.

Knox, Peter. *Heroides: Selected Epistles*. Cambridge University Press, 1995.

Palmer, A. ed. *P.Ovidi Nasonis Heroides*. 2nd ed. Oxford, 1898.

本篇的拉丁文来自 Shower-Goold 的洛布本，但对照了 Peter

Knox 的校勘本和 Palmer 本并做相应修改：第 29 行 'vivit,' ait. timidum quod amat; iurare coegi 据 Knox 本改为 'vivit,' ait timidus; timidum iurare coegi，第 55 行中的 iuvi 据 Knox 本改为 vidua，第 118 行 dotalis 据 Knox 本校为 dotales。异读在注释中标出。关于许普西珀勒和伊阿宋二人故事的文学源流，可参看 Knox 和 Palmer 所做的详细注释。

第 6 封信的内容和结构如下：

第 1-9 行：指出了写信人和收信人的身份，并点名了写信的大致时间和此时两人的关系。

第 10-40 行：许普西珀勒开始讲述自己听说的、伊阿宋的经历。

第 41-74 行：许普西珀勒回忆伊阿宋一行如何来到莱姆诺斯，在岛上的停留，以及伊阿宋的离去。

第 75-108 行：许普西珀勒从对两人过往的回忆，转向对美狄亚的憎恨。伊阿宋如她所愿平安归来，然而却没有回到她的身边，而是带回了美狄亚。此信接下来的部分中，美狄亚占据了相当多的篇幅。这也可能是奥维德第一次花费较多笔墨来描述美狄亚这个人物。

第 109-140 行：许普西珀勒重申伊阿宋对自己的义务和责任，并且将自己与美狄亚比较，从家世、孩子及品德几个方面强调自己的优势。

第 141-164 行：在书信的最后部分，许普西珀勒的语气变得更严厉，仿佛再难保持开头时冷静疏离的态度。在 112 行，她曾呼唤凯旋的伊阿宋继续做她的丈夫；但在这部分，许普西珀勒似乎不再幻想与他和好，而是讨论了对伊阿宋可能的惩罚，并对其与美狄亚进行诅咒。

拉丁原文与译注

Litora Thessaliae reduci tetigisse carina　　　　　1
　diceris auratae vellere dives ovis.

听说，你已乘船归来，踏上帖撒利亚的海岸
　金羊毛令你富甲一方。

gratulor incolumi, quantum sinis; hoc tamen ipsum
debueram scripto certior esse tuo.

在你能允许的范围内，我向平安返航的你道贺；
　然而此时
本该由你亲笔写信，好让我知道更确切的消息。

nam ne pacta tibi praeter mea regna redires,　　　5

　我曾将自己的王国许诺给你，但归航的路上，
你却不曾在这里停靠。

cum cuperes, ventos non habuisse potes;
quamlibet adverso signatur epistula vento.
Hypsipyle missa digna salute fui.
Cur mihi fama prior de te quam littera venit:

　或许这并非你的本意，只怪没有好风相送。
可任凭逆风如何肆虐，总能给书信钤上印信。
　我，许普西珀勒，值得你送上一纸平安。
为何流言先至，却不见你寄书传信？

---

1 Perseus 所采用的托伊布纳（Teubner）本（1907 年）开头还有两句：

Lemnias Hypsipyle, Bacchi genus, Aesone nato Dicit, et in verbis pars quta mentis erat:

Palmer 本、洛布本及 Knox 本皆无。

"帖撒利亚"对应原文 Thessaliae。伊阿宋的家乡在伊奥尔科斯（Iolchus），但他的叔父佩利阿斯（Pelias）篡夺了王位，伊阿宋据说是在帖撒利亚长大，也是马人喀戎（Chiron）的学生之一。

3 "在你能允许的范围内"：quantum sinis。在书信的开头，许普西珀勒的语气是压抑而矜持的；她要表达祝贺，却又不想显得过分热络，因为自己并不确定对方的心意：毕竟，伊阿宋并没有遵循承诺（60-62）回到自己身边。

5 ne... redires，结果从句。结果从句的惯常用法是 ut non，但这里用了 ne，比较罕见。Allen & Greenough 537a 提到："当这个结果暗示了一个本来打算的结果（而并非简单的目的）时，有时候会用 ut ne 或者 ne，因为它们比 ut non 更不肯定。"这样的用法，使得句子的意义更为微妙。也许许普西珀勒的言外之意是，就算风向不顺，令伊阿宋无法归来，这也许本来就是他希望的结果。pacta 则表示二人已有婚约，这一点，许普西珀勒之后还会再次强调。

7 Knox 及 Teubner 1907 年本作 signatur；Palmer 及洛布本作 signetur。被动语态的使用，回避了对施动者（伊阿宋）的提及；同时，不仅是写信而且还要"钤上印信"，令人想到正式封印的文件，似乎这样的信件才符合许普西珀勒的身份和期待。

8 值得注意的是，直到第 8 行，许普西珀勒才明确地给出了自己的名字，而直到 25 行，她才用埃宋的名字提到伊阿宋，并且回避了直接提及伊阿宋的名字。这似乎在告诉读者，写信人简直无法直接提及或者面对从前爱人的名字；而读者则必须从开头所提及的故事情节猜测写信人和收信人的身份。

isse sacros Marti sub iuga panda boves, 10

seminibus iactis segetes adolesse virorum

　inque necem dextra non eguisse tua,

pervigilem spolium pecudis servasse draconem,

rapta tamen forti vellera fulva manu?

o ego, si possem timide credentibus ista 15

　"ipse mihi scripsit" dicere, quanta forem!

Quid queror officium lenti cessasse mariti?

　obsequium, maneo si tua, grande tuli!

我听说，战神的圣牛套上了弯弯的轭，

种子播撒，结出累累的成年武士，

　他们自相残杀殆尽，不需你亲自动手；

还有那金羊毛——金山羊的皮毛，尽管有不眠的

　巨龙看守，

却终被摘取，落入你强有力的手。

　啊！假使我能跟那些不敢相信这一切的人说，

"他给我的信里这样讲"，我该有多么神气！

　你迟迟不至，我又何必抱怨你未尽丈夫的职责？

若我仍是你心上的人，便已心满意足。

10-14　其典故涉及"七雄攻忒拜"的故事。（亦见奥维德：《哀怨集》5.5.53-54）忒拜的建城者卡德摩斯杀死巨蛇后，种下蛇牙，它们生成的武士称为"地生人"（希腊语为 Σπαρτοί，Spartoi；本篇第 35 行中他们被称为 terrigenas populos，宾格）。这些"地生人"自相残杀，最终只有五名存活。

10　"战神的圣牛"。Godwin 对此行的注释提到，没有其他文献表明这些牛与战神 Mars 有什么关联，但这样写可能会令表达更有英雄气概，也有些近乎亵渎神明的意味（对比《奥德赛》卷十二中太阳神的牛群。奥德修斯的伙伴因为随意屠杀它们，招致毁灭性的灾难）。

12　"亲自动手"，原文是 dextra... tua，中文为了流畅，没有强调"右手"。但这个词在此处的微妙意义值得注意。右手（dextra）被认为是更灵巧、更幸运的一边，如果是文中战斗的场合，应该指更强壮的一边，用"右手"打斗，则强调更直接、更"硬核"的力量对抗。但根据神话传统，伊阿宋并没有直接与每一位地生人作战，而是向他们中间丢石头，引得他们自相残杀，从而靠巧计将他们除去。Godwin 对此行的评论认为"此处措辞完美"，因为右手还常常带有"诚信"或"可靠"的意味，尤其在达成和约时，比如维吉尔《埃涅阿斯纪》4.597。许普西珀勒似乎在暗示，伊阿宋在打斗的时候并没有用到右手，在对待自己的时候也不曾展示诚信（Godwin 32）。《拟情书》中多处有对 dextra 的使用，例如，II.31，菲丽斯提到自己和得摩丰右手相执，许下诺言；VII. 130 狄多女王对埃涅阿斯背信的控诉；X.101 和 105，阿里阿德涅提到忒修斯用右手杀人；XII.90 美狄亚提到自己的右手握住了伊阿宋的右手；XII.115 提到她自己右手做下的事（杀死弟弟），等等。

13　"金羊毛"（vellera fulva）出现在原文 14 行，为行文流畅，调整到第 13 行。"不眠的巨龙"，pervigilem ... draconem 在原文中占据了第 13 行的第一个词和最后一个词，把这句的其他词语囊括在中间，绝妙地传达了巨龙包裹环绕、不断守卫的意味。spolium 多用来指"战利品，虏获"，但在这里也指向这个词的本义："皮毛"。

15　"不敢相信"：timide 修饰的是动词的分词形式 credentibus，而 ista 则是 credentibus 的直接宾语。

17-18　Knox 关于这两行的注释指出，officium 和 obsequium 的对比值得注意。officium 是婚姻中的职责，这个词在奥古斯都时代的诗歌中罕少出现，是指与配偶性交和生产后代的法律义务（TLL s.v. 520.30ff）。obsequium 是情人的殷勤体贴乃至纵容，是哀歌中常见的词汇。奥维德强调许普西珀勒与伊阿宋有婚约，但这时的许普西珀勒似乎不愿计较伊阿宋对自己应承担的、丈夫的责任，只希望他仍以爱人相待。

barbara narratur venisse venefica tecum,

  in mihi promissi parte recepta tori.　　　　20

credula res amor est; utinam temeraria dicar

  criminibus falsis insimulasse virum!

nuper ab Haemoniis hospes mihi Thessalus oris

  venit et, ut tactum vix bene limen erat,

"Aesonides," dixi, "quid agit meus?" ille pudore　25

  haesit in opposita lumina fixus humo.

protinus exilui tunicisque a pectore ruptis

  "vivit? an," exclamo, "me quoque fata vocant?"

"vivit," ait timidus; timidum iurare coegi.

vix mihi teste deo credita vita tua est.　　　　30

Ut rediit animus, tua facta requirere coepi.

  narrat aenipedes Martis arasse boves,

人们说，你带来一位异族巫女，让她分享了
我们成婚时你许诺给我的床榻。
　　爱情真是令人轻信！但愿人们说是我唐突，
用不实的罪名指控自己的丈夫！
　　最近，有位帖撒利亚的异乡人从海摩尼亚来见我，
我连忙发问，几乎等不及他跨过门槛：
　　"埃宋之子，我的他，一切可好？"羞愧
令他迟疑，他双眼只盯着跟前的地面。
　　我一下子跳起来，扯起胸前的衣服喊道：
"他还活着吗？还是说，命数也在召唤我？"
　　"他还活着"，这人怯怯地说；我便命这胆小的
家伙起誓；
　　就算有神明作证，我也不敢相信你竟还活着。
待我心神甫定，便开始询问你的经历作为。
　　来人给我讲述了战神的公牛，足踏铜蹄，犁
过大地，

19　"异族巫女"，barbara ... venefica：指美狄亚。她的名字，要到 75 行才明确写出。许普西珀勒似乎避免提及美狄亚的名字；然而，作为更著名的神话人物和伊阿宋征程中的重要人物，美狄亚在某种程度上贯穿了整封信，甚至也占据了写信人的思绪。

　　"人们说"， narratur，继续了第 2 行的 diceris 和第 9 行的 fama，说明许普西珀勒的消息来源多是道听途说。这种被叙说的概念也在下文的 21 行（dicar）被继续。不过，Godwin 认为，这里的用词也说明，关于美狄亚的故事可能早已是为人津津乐道的传奇（Godwin 34）。

　　23　海摩尼亚（Haemonia）只是帖撒利亚的一部分，但在罗马诗歌中常用来指代整个帖撒利亚。在这一行中，Haemoniis 和 Thessalus 意义相同，但避免了重复。

　　23-25　依照希腊人的待客之道，有陌生人到访时，应该先款待以酒食，令客人休息充足后，再向对方询问任何信息。许普西珀勒大力描写了她的急切，因为太过迫切地要打听伊阿宋的消息，完全顾不上应有的礼仪。

　　27　"扯起胸前的衣服"：tunicisque a pectore ruptis，不同学者和译者对此有不同的解读。洛布本的 Showerman-Goold、Knox 的校勘本以及 Godwin 对这首诗的注释，都认为是许普西珀勒自己在撕扯自己的衣服；Perseus 采用的 1813 年英译本则认为是撕扯对方的衣服。读者的第一反应大多是第一种理解；古代文学作品中，女性撕扯自己的衣服，是表达巨大哀痛或愤怒的行为，参看卡图鲁斯 64.63-70 中的阿里阿德涅，以及荷马《伊利亚特》22.468-70 中的赫库芭（Hecuba）。但此时的许普西珀勒尚未确认伊阿宋的生死，下一行的 "vivit？" 仍在发问。此外，如果读完全诗，读者会意识到，许普西珀勒并不完全是她在此信开头时塑造的温良克制的贵族女性形象，她也有在愤怒中行使暴力的可能。故此，中译没有明确撕扯衣服的主语，保留了原文中多种解读的可能。

　　29　这一行有多种异文，比如，洛布本校作：vivit, ait. timidum quod amat; iuvare coegi. 其他异文可参考洛布本注，这里不一一列出。中译采用的是 Knox 的校订：vivit, ait timidus; timidum iuvare coegi。

　　31　此行第一词，Knox 本为 ut，Ehwald 本为 utque。

vipereos dentes in humum pro semine iactos,	巨龙的牙齿，像种子那样被播撒在土壤，
et subito natos arma tulisse viros—	忽然便长出披甲的武士——
terrigenas populos civili Marte peremptos　35	这些大地生出的人，在自相残杀中残杀殆尽，
inplesse aetatis fata diurna suae.	一日之间便走完他们命定的一生。
devictus serpens. iterum, si vivat Iason,	他还讲述了被你征服的巨龙。"伊阿宋还活着吗?"
quaerimus; alternant spesque timorque vicem.	我再次发问；希望与恐惧交替涌起。
Singula dum narrat, studio cursuque loquendi	一个个故事他娓娓道来，兴之所至，滔滔不绝，
detegit ingenio vulnera nostra suo.　40	却在不知不觉间，剥开我那重重伤口。
heu! ubi pacta fides? ubi conubialia iura	哎! 许诺的忠贞何在? 婚姻的盟誓何在?
faxque sub arsuros dignior ire rogos?	难道我婚礼的火把，更该去点燃我丧礼的柴堆?
non ego sum furto tibi cognita; pronuba Iuno	我并不是你苟且偷欢的情人，执掌婚姻的朱诺
	曾亲临见证，
adfuit et sertis tempora vinctus Hymen.	还有额系花环的许门。
at mihi nec Iuno, nec Hymen, sed tristis Erinys　45	然而那时来的并非朱诺，也不是许门，却
	是骇人的厄里倪厄斯，

38　"交替涌起"：alternant… vices。洛布本为 alternant… fidem，语义不通。Bentley 校作 vicem。Knox 认为该搭配需要复数词，参照《变形记》15.409，校为 vices。

41-74 许普西珀勒回忆伊阿宋一行如何来到莱姆诺斯，在岛上的停留，以及伊阿宋的离去。

41-46 与阿波罗尼奥斯《阿尔戈英雄纪》中的描述不同，奥维德塑造的许普西珀勒，反复强调自己曾与伊阿宋正式成婚。

42 将婚礼的火把和葬礼的火把并置、对比，是哀歌中经常出现的手法。参看 Knox 此处的注释。

43-46 这几行的行文令人联想起维吉尔《埃涅阿斯纪》4.165-172 中，埃涅阿斯与狄多在山洞中的"婚礼"描写。

44　"许门"（Hymen）来自希腊文的 Ὑμήν。许门奈俄斯（Hymenaius）是婚礼中队伍行进时的婚礼歌，其中反复出现的副歌（refrain）会呼喊 Ὑμήν；据说这是一位少年的名字，他在婚礼那一天失踪（Oakley and Sinos, *The Wedding in Ancient Athens*. University of Wisconsin Press, 2002. p.141）。涉及婚礼歌的文学作品，参考 Sappho frag. 111; 阿里斯多芬《和平》的末尾；欧里庇德斯《伊菲革涅亚在奥里斯》433-439 行，以及卡图鲁斯 61。

45　"厄利倪厄斯"是指复仇女神（Furies），也被称作 Eumenides 或者 Dirae。根据赫西俄德的《神谱》183-185，乌拉诺斯（Uranus）被阉割后，血滴溅落大地，后来生出了复仇女神。她们的职责是报复血亲杀戮的罪行，特别是子女对父亲或者母亲的杀戮。对她们的描写，参看《埃涅阿斯纪》7.456-457 中的 Allecto，以及卡图鲁斯 64.323-381。

praetulit infaustas sanguinolenta faces.
Quid mihi cum Minyis, quid cum Dodonide pinu?
　quid tibi cum patria, navita Tiphy, mea?
non erat hic aries villo spectabilis aureo,
　nec senis Aeetae regia Lemnos erat.　　　　　50
certa fui primo—sed me mala fata trahebant—
　hospita feminea pellere castra manu;
Lemniadesque viros, nimium quoque, vincere norunt.
　milite tam forti terra tuenda fuit!
Urbe virum vidua, tectoque animoque recepi!　　55

滴着鲜血，高举不祥的火把。
米尼埃与我何干？阿尔戈航船与我何涉？
　舵手提菲斯啊，我的家国又与你有什么关系？
这里并没有悦目的山羊，一身金毛，
　年迈的埃厄特斯的王座也并不在莱姆诺斯岛。
最初我很坚决——然而命数仍将我拖曳前行——
　我本要以女子之力，驱逐这陌生的军队；
我们莱姆诺斯女人，简直太懂得如何击败男人。
　如此勇猛的军队，我本该用来保卫自己的声名。
可我却让他进了我们寡居的城，把这男人纳
　入家门，揽入心灵。

47-48 许普西珀勒一连给出了三个反诘（rhetorical question）。

"米尼埃"：此行的 Minyis 是 Minyae 的阳性复数夺格，意为米尼阿思（Minyas）的后代，很早就用来指代阿尔戈英雄们。米尼阿思是一位波俄提亚英雄的后代，但并没有与他相关的神话故事，故此从古代作者开始就做了很多猜测和解释。

"阿尔戈航船"：Knox 校订为 Tritonide pinu。Palmer 本、洛布本和 Perseus 所用 Teubner 本均为 Dodonide。

48 "提菲斯"，原文中的 Tiphy 是希腊文呼格。提菲斯（Tiphys）是阿尔戈上的舵手，根据阿波罗尼奥斯 2.854，他死于前去获取羊毛的路上，但他的死发生在伊阿宋一行离开莱姆诺斯岛之后，故此许普西珀勒应该不知情。这里提到他，也许是因为作为舵手的他已经死去，标志着这次航程的不祥。

51-52 Godwin 指出，certa 加不定式的结构，在奥维德笔下并不少见（又见《拟情书》VII.7），但别处并不多见（Godwin 41）。

53 "简直太懂得"，nimium quoque... norunt。此处行文充满讽刺：希腊神话中说，莱姆诺斯岛的女人忽略了对阿弗洛狄特的崇拜，故此女神让她们身染恶臭。她们的丈夫便不再与她们亲近，而是到 Thrace 去寻找别的女人。莱姆诺斯岛的女子便联合起来复仇，杀死了 Thrace 来的情妇和岛上所有的男性（只有许普西珀勒放走了自己的父亲 Thoas）。此处的 nimium 一词，微妙暗示了此前杀戮的巨大规模。

54 "本该用来保卫自己的声名"：fama tuenda fuit，关于此行的校勘，参考 Knox 的注释。Fama 在很多手稿中读作 vita，不同编者有不同的校勘，如 causa、zona、porta、terra 等；洛布本就采用了 causa，Perseus 采用了 terra。Knox 本采用了 Delz（1986）提出的 fama。按照这一读法，这一句有着明显的讽刺意味。同《拟情书》中的许多女性一样，许普西珀勒自觉失去了美好的名声，声称接纳伊阿宋一行败坏了她的名誉；然而，与本集中的很多女性不同，莱姆诺斯岛的女人更为人知的故事，是她们集体杀死岛上的男性。有了这样骇人听闻的杀戮，即使没有伊阿宋一行，莱姆诺斯岛的女人名声似乎也不会太好。注意下文 100 行左右，许普西珀勒再次谈到了名声。此外，对比《埃涅阿斯纪》4.321-322 中，狄多女王哀叹自己失去了从前的声名。

55 Heinsius 抄本显示为 vidi；Palmer 本修订为 iuvi，Showerman-Goold 洛布本采用；Knox 本认为 vidua 更为妥当。中译从 Knox。

hic tibi bisque aestas bisque cucurrit hiemps.

tertia messis erat, cum tu dare vela coactus

　inplesti lacrimis talia verba suis:

"abstrahor, Hypsipyle; sed dent modo fata recursus,

　vir tuus hinc abeo, vir tibi semper ero.　　60

quod tamen e nobis gravida celatur in alvo,

　vivat, et eiusdem simus uterque parens!"

Hactenus, et lacrimis in falsa cadentibus ora

　cetera te memini non potuisse loqui.

Ultimus e sociis sacram conscendis in Argo,　　65

　illa volat; ventus concava vela tenet;

caerula propulsae subducitur unda carinae;

　terra tibi, nobis adspiciuntur aquae.

in latus omne patens turris circumspicit undas;

　huc feror, et lacrimis osque sinusque madent.　　70

你在此地，倏忽两番酷暑，两个寒冬。

第三次丰收之际，你不得不张帆远航

　饱含着恰如其分的眼泪，你这般诉说：

"许普西珀勒，离开你是我迫不得已；只愿命运准我返还，

　我身为你的丈夫离开此地，今后也永远都是你的男人。

你沉甸甸的腹中正孕育着我的孩子，

　愿他长成，让我们一同做他的父母。"

如此这般说着，泪水划过你虚伪的面庞，

　别的话你已哽咽难言，这些我都记得。

一众伙伴中，你最后一个登上神圣的阿尔戈。

　她飞驶而去，海风鼓起船帆。

航船行进，搅动其下碧蓝的海水；

　你凝望着陆地，我凝望着大海。

有座高塔能从各个方向瞭望海涛，

　我不由自主去了那里，眼泪濡湿脸庞与胸襟。

　　56　"倏忽"，cucurrit。Godwin 对此处的注释提醒我们注意这个词：两年的时光，在幸福的爱侣看来是飞快的（Godwin 42）。至少对于写信的许普西珀勒来说，那段时光因甜蜜而显得流逝太快。

　　58 字面的意思是，"你用眼泪充满了以下这般言辞"。suis... lacrimis：离别时的伊阿宋流下了泪水（另见 64 行）；而《拟情书》中有不止一个女子描述了爱人分别时的眼泪：对比第 2 封信中的得摩丰（51-52 行），第 5 封信中的帕里斯（43 行）等。奥维德在此处使用了 suis 而不是与 tu 一致的 tuis，值得注意；此时的许普西珀勒认为他当时的眼泪是虚伪的，眼泪属于"它们"（言辞），而不是伊阿宋的（参看 Godwin 43 对此句的注释）。Knox 对此行的分析指出，suis 应译作"恰如其分的"（suitable）。

　　61-62 原文中用来指代胎儿的 quod 是中性，这是拉丁文中的惯常用法。译文用了中文常用的"他"。"我的"，原文 e nobis 是指伊阿宋指代自己。这体现了古代世界中一个普遍认同的观念：孩子完全是父亲产生的，只是借母亲的身体来成长，母亲提供的只是"土壤"，而父亲提供的"种子"才最关键。

　　"愿他长成"，vivat：考虑到古代世界分娩中婴儿的成活率和孩童的死亡率，这并不是一句轻飘飘的祝福。此外，在古代世界，父亲有权决定是否将生下的婴儿养大。

　　64　"我都记得"：memini。对比《拟情书》第十二封信的开头，美狄亚也以"我记得"开头。被伊阿宋先后抛弃的两个女性，都强调自己"记得"对伊阿宋的帮助，而伊阿宋则是"埃宋那善忘的儿子"（《拟情书》12.15）。

　　68 Godwin 指出，此行中对名词和代词次序的安排是 ABBA 的结构：terra—tibi—nobis—aquae。指代两个主人公的代词被放在紧邻的位置，而实际上二人却正经历离别。Terra 和 aquae 被放在这句的两头，也形象地展示了二人天各一方的隔绝（Godwin 45）。

per lacrimas specto, cupidaeque faventia menti
　longius adsueto lumina nostra vident.
adde preces castas inmixtaque vota timori—
　nunc quoque te salvo persoluenda mihi.
Vota ego persolvam? votis Medea fruetur!　　　75

　cor dolet, atque ira mixtus abundat amor.
dona feram templis, vivum quod Iasona perdo?

　hostia pro damnis concidat icta meis?
Non equidem secura fui semperque verebar,
　ne pater Argolica sumeret urbe nurum.　　　80
Argolidas timui—nocuit mihi barbara paelex!

　non expectata vulnus ab hoste tuli.
nec facie meritisque placet, sed carmina novit

透过泪水我极目远望，心有所欲，助长目力，
　看得比平时更远。
更不要说那些虔诚的祈祷，充满忧惧的祈愿，
　如今既然你平安返还，该由我来为这一切还愿。
我真的要还愿吗？让美狄亚来享受我祈愿
的成果？
　我心摧神伤，盈盈爱意混杂怒火。
伊阿宋活着，可我却失去了他——还要不要将
祭礼送上神庙？
　要不要击打牺牲，让它为成全我的损失而倒下？
确实，过去我总放心不下，日日忧心你的父亲
要从希腊本土挑选儿媳。
我担心的原是希腊的女子：伤我的却是个蛮
族的情妇！
　我身被伤口，却来自想不到的敌人。
她迷住你，靠的既非容貌也非美德，只不过
是熟知咒语，

　75-78 许普西珀勒最终有没有还愿呢？ 76行中，许普西珀勒复杂的情感体现在三个词
中：dolet（伤心）... ira（愤怒）... amor（爱意）。其中的 ira，"怒火"，大概是许普西珀勒在
维持自尊的前提下所允许自己最多流露出的负面情绪了。不过，她显然不愿让另一个女人享
受她祈愿的成果——伊阿宋的平安。奥维德没有明确这一点，但诗人让许普西珀勒表达的犹
豫，似乎暗示这样的可能：伊阿宋接下来的漂泊和遭遇，某种程度上是被抛弃的许普西珀勒
没有还愿的后果。

　79-81 许普西珀勒的叙述体现了她的地域歧视：作为小岛的女王，她一直担心自己非
希腊本土的身份；同时她又深深鄙视来自远方科尔奇斯的美狄亚。80行的 Argolica 和81行
的 Argolidas，都泛指整个希腊。

　81-94 许普西珀勒自居为伊阿宋的希腊妻子，故此将美狄亚定义为 barbara paelex，"蛮
族的情妇"（81）。她用了十几行来描述美狄亚的巫术，包括带来月食（第85行，让月亮离
开其轨道）、将白日变成黑夜（第86行，"太阳的马群"是指太阳运行所依赖的车驾，参看《变
形记》2.1-328 中的描写）、让流水倒流或者停止（第87行，对比《埃涅阿斯纪》4.489）、令
本该静止的树木和岩石移动位置（第88行）等。许普西珀勒想要通过对巫术的描绘塑造负面
的美狄亚形象；但这些细致生动的描写，已令读者好奇，在从未见过美狄亚的情况下，许普
西珀勒何以对对方的巫术有这样多的了解。

　83 "咒语"：carmina，carmen 的复数宾格。该词在上下文中的意思是"咒语"；许普
西珀勒以鄙视的姿态提及，似乎表明这是她不会屈尊使用的手段。然而 carmen 的另一层意思
是"歌"，是诗人的作品。许普西珀勒此时正写下的书信，也是一种 carmen；而她在153-162
行对美狄亚的诅咒，又何尝不是一种"咒语"呢？在这个意义上，许普西珀勒也是一位熟练
使用 carmen 的女子。

diraque cantata pabula falce metit.

illa reluctantem cursu deducere lunam　85

nititur et tenebris abdere solis equos;

illa refrenat aquas obliquaque flumina sistit;

illa loco silvas vivaque saxa movet.

per tumulos errat passis discincta capillis

certaque de tepidis colligit ossa rogis.　90

devovet absentis simulacraque cerea figit,

et miserum tenuis in iecur urget acus—

et quae nescierim melius. male quaeritur herbis

moribus et forma conciliandus amor.

Hanc potes amplecti thalamoque relictus in uno　95

还会用法术驱动刀镰，收割那骇人的草药。

她尽力驱赶月亮，让她不情愿地离开自己的轨道，

将太阳的马群藏入暗影；

她令流水停滞，让蜿蜒的河水静止；

她驱动森林和岩石，令它们仿佛有了生命。

她在坟墓中游荡，衣裙不系，长发披散，

从尚余温热的火葬堆中收集特定的骨殖。

她诅咒不在场的人，给蜡制的偶像下咒，

把细针插进可怜的肝脏，

还有些事情我最好不要知道。靠药草追求爱情，这是不对的，

赢得爱情当靠德行与容貌。

这样一个女人，你可会去搂抱她？可能忍受与她同处一室

89　对比《变形记》7.182-183。裙裾解开、头发飘散是很必要的，因为女巫在试图用魔法之力系住别人时，一定要打开自己身上所有的结。但女子头发披散、裙裾解开的形象，也有性的意味，参看《爱的艺术》1.421 和 Persius 3.31 中对 discinctus 的使用。在《哀怨集》1.12 中，奥维德也用 "sparsis... comis"（"蓬头垢面"，刘津瑜译）形容他的小书，以小书的不加修饰，形容自己的凄惨境况和糟糕的心情。

90　人的骨殖在巫术中有很重要的地位，不同文献中多有记载。如普林尼《博物志》24 卷；佩特罗尼乌斯《萨蒂利孔》63；阿普列尤斯（Apuleius）《金驴记》2.21 等等。参看 Knox 对此行的注释。

91　"给蜡制的偶像下咒"：制造蜡像，并用它施咒的做法，在古代世界并不罕见。参看柏拉图《法律篇》933b，忒奥克里托斯（Theocritus）2，《田园诗》（Idyll），维吉尔《牧歌》（Eclogue）8，以及奥维德《恋歌》（Amores）3.7。已出土的大量实物也证明了这种做法的存在。

92　"肝脏"，iecur：古代占卜术中，卜者仔细查看牺牲的内脏以决定未来的吉凶，肝脏是常用的内脏器官。古代人也认为肝脏是人们情感的中心，特别是悲痛和愤怒的所在，故用针插入肝脏可能有特别的意义，让被施咒的对象不再对行使巫术的人动怒。参看 Godwin 对此处的注释（Godwin 51）。

93-94　这段话以"这些事情我最好不要知道"（93）结束，似乎暗示写信人还知道更多不可说的巫术，但自己身份尊贵，不便说出口。这种"欲说还休"的表达技巧，以不说表达了比直接言说更多的东西。许普西珀勒还知道哪些不该知道的事情呢？对比下文的 151 行，奥维德令这段内容充满讽刺的意味。

95-96　奥维德这里的暗示是，与这样一位巫女同处一室，完全放松地度过长夜，是一件非常危险的事情，英雄不该放松警惕。Godwin 对此处的注释提醒读者对比《奥德赛》10.337-344。当喀尔刻（Circe）邀请奥德修斯与之同寝时，奥德修斯十分警惕，担心自己一旦赤身裸体与之同房，就会失去力量和男子气，所以坚持让喀尔刻先发誓不会伤害他。

inpavidus somno nocte silente frui?		而无所恐惧，在寂静的长夜酣眠？
scilicet ut tauros, ita te iuga ferre coegit		我猜，她迫使你套上桎梏，就如她降服巨牛，
quaque feros anguis, te quoque mulcet ope.		她驯服凶猛的巨龙，也用同样的本事让你顺从。
adde, quod adscribi factis procerumque tuisque		更不用说，她要求把自己的名字也载入你和
		一众豪杰的功绩，
sese avet, et titulo coniugis uxor obest.	100	身为妻子，抢去丈夫的荣誉。
atque aliquis Peliae de partibus acta venenis		于是便有支持佩利阿斯的人提出质疑，将你
		的功业归功于药毒，
inputat et populum, qui sibi credat, habet:		这人有自己的拥趸，对他所说深信不疑：
"non haec Aesonides, sed Phasias Aeetine		"此事并非埃宋之子所为，而是法西斯的埃
		厄特斯之女，
aurea Phrixeae terga revellit ovis."		是她拔下了佛里克索斯的金羊毛。"
non probat Alcimede mater tua—consule matrem—	105	你的母亲阿尔奇美迪并不认可她（你真
		该听听母亲的意见），
non pater, a gelido cui venit axe nurus.		你父亲也一样反对，在他看来，这儿媳竟来
		自严寒的北极。

97　"套上桎梏"，iugum ferre，常常用来比喻套上婚姻的桎梏，多用于妻子（参看卡图鲁斯 68. 118，贺拉斯 Odes 2.5.1），此处许普西珀勒形容美狄亚给伊阿宋套上了桎梏，这种出人意料的意象更凸显了美狄亚和伊阿宋行为的不妥。

99-100　许普西珀勒不仅了解美狄亚的种种巫术，还知道她对声名的渴望和追求。我们不知道作品中这个人物消息的来源；但诗人奥维德应该知道欧里庇德斯的悲剧《美狄亚》。在该剧中，伊阿宋声称自己给予美狄亚的好处，是把她带到了希腊大地，令她获得声名（536行）。奥维德似乎化用此意，让许普西珀勒暗示伊阿宋：美狄亚的名声已经盖过了他的名声。

100　"她要求"：se iubet 一词原文中在 100 行，中译根据行文需要安排在 99 行。手稿中为 se fauet，洛布本校为 se facit，Knox 采用了 Koch 对手稿的修订。其余校勘意见，参见 Knox 对此行的注释。

这一行的 uxor 一词也很有意思。对比 81 行，许普西珀勒似乎承认了美狄亚作为伊阿宋妻子的身份；但也许这句话还有一层意味：正是美狄亚身居妻子之位这件事，有损伊阿宋的名誉。

101　佩利阿斯是伊阿宋的叔父，他从埃宋手中夺取了王位，并将其他几位兄长流放。埃宋之子伊阿宋长大后回到伊奥尔科斯，佩利阿斯感到王位受到威胁，便设计派伊阿宋去寻找金羊毛。下文 103 行中，"埃宋之子"，指伊阿宋。

101-104　在这封信中，许普西珀勒将伊阿宋的经历讲述了三次，第一次是第 11-14 行，非常简短，突出了任务之困难，其描述非常震撼。第 31-36 行是第二次，通过信使之口讲来，最详细也最连贯。这一次是第三次，也是许普西珀勒所想象的、对伊阿宋之仇敌的描述，最为简洁，而且在这种描述中，完成这些成就的并非伊阿宋，而是美狄亚。对比欧里庇德斯的悲剧和阿波罗尼奥斯作品关于伊阿宋经历的叙述，读者不免好奇：奥维德的许普西珀勒，是否也听说过不同版本的传闻？而她心中更认同哪个版本呢？在不同的上下文中，她选择用不同的版本来跟伊阿宋对话，以达到不同的目的。奥维德并没有明确许普西珀勒到底相信哪个版本；而她真正在意的，也许也并不是事情的真相。

illa sibi a Tanai Scythiaeque paludibus udae	让她在塔奈斯找个丈夫吧，或者在潮湿的斯 基提亚的沼泽
quaerat et a ripa Phasidos usque virum!	让她从法西斯河的源头一路找去！
Mobilis Aesonide vernaque incertior aura,	轻浮多变的伊阿宋啊，你比春天的轻风还不可靠，
cur tua polliciti pondere verba carent? 110	你许下的诺言，为何轻飘飘的没有分量！
vir meus hinc ieras: cur non meus inde redisti?	你从这里出发时是我的丈夫，为何远征归来 却不再是我的男人？
sim reducis coniunx, sicut euntis eram!	凯旋之后，让我仍做你的合法妻子，一如你 踏上征程时那般。
si te nobilitas generosaque nomina tangunt—	若打动你的是高贵的出身、煊赫的家世，
en, ego Minoo nata Thoante feror!	听着，我是米诺安家族托阿斯之女，世人皆知。
Bacchus avus; Bacchi coniunx redimita corona 115	（巴科斯是我的祖父；他的妻子头戴花冠，
praeradiat stellis signa minora suis.	她的星辰闪耀，让更微弱的星芒黯然失色。）
dos tibi Lemnos erit, terra ingeniosa colenti;	让莱姆诺斯作为赠予你的嫁妆，这片土地天 然适合耕种；
me quoque dotales inter habere potes.	除了陪嫁，我也会为你所有。
Nunc etiam peperi; gratare ambobus, Iason!	而今我已生产，为我们二人高兴吧，伊阿宋。
dulce mihi gravidae fecerat auctor onus. 120	是你令我身重怀孕，因为是你，这负担也甜蜜。
felix in numero quoque sum prolemque gemellam,	在数目上我也是幸运的：卢奇娜女神保佑，
pignora Lucina bina favente dedi.	我产下双生的孩子，这是双份的见证。
si quaeris, cui sint similes, cognosceris illis.	你若问他们像谁？从他们的样子就能认出你。
fallere non norunt; cetera patris habent.	他们不懂得如何欺骗；在别的方面却完全像父亲。
legatos quos paene dedi pro matre ferendos; 125	我差一点把孩子交给使者，好让他们替做 母亲的，将孩子带去；
sed tenuit coeptas saeva noverca vias.	可想起那野蛮的继母，我又停下了刚迈出的步子。
Medeam timui: plus est Medea noverca;	我害怕那美狄亚：美狄亚不止是个继母；
Medeae faciunt ad scelus omne manus.	美狄亚的双手做得出任何恶行。
Spargere quae fratris potuit lacerata per agros	她这样的人，能把亲兄弟撕碎，残肢抛洒旷野，
corpora, pignoribus parceret illa meis? 130	她又怎会放过我爱情的见证？
hanc tamen o demens Colchisque ablate venenis,	然而，你这昏了头的人啊！被科尔奇斯的毒药 移了性情，
diceris Hypsipyles praeposuisse toro.	人们说你竟为了这样一个女人放弃了许普西 珀勒的婚床。

---

111 这句话对应上文 60 行中，许普西珀勒对伊阿宋誓言的回忆。

115-116 存疑。Knox 认为这两行跟上下文衔接得不好，尤其 praeradiat 后跟夺格而非宾格的用法，多见于所属作者有争议的几篇作品。

129 “抛洒旷野”，per agros。多数神话传统认为，美狄亚随伊阿宋的航船离开科尔奇斯后，为阻拦父亲的追击，杀死了自己的弟弟并将他肢解，丢入大海。她的父亲要收集儿子零碎的残肢，于是再无法追上阿尔戈斯号。Godwin 对此处的注释说，奥维德提到 per agros，似乎采用了不同的神话版本——将弟弟的碎尸抛撒在旷野。但《哀怨集》虽然上下文明确了美狄亚是在船上杀弟，3.9.27 中也用了 per agros。中译保持原文的字面意思。

turpiter illa virum cognovit adultera virgo;

　me tibi teque mihi taeda pudica dedit.

prodidit illa patrem; rapui de clade Thoanta.　135

　deseruit Colchos; me mea Lemnos habet.
Quid refert, scelerata piam si vincet et ipso

　crimine dotata est emeruitque virum?
Lemniadum facinus culpo, non miror, Iason;

　quamlibet ignavis iste dat arma dolor.　140
dic age, si ventis, ut oportuit, actus iniquis

　intrasses portus tuque comesque meos,
obviaque exissem fetu comitante gemello—

　hiscere nempe tibi terra roganda fuit!—
quo vultu natos, quo me, scelerate, videres?　145

　perfidiae pretio qua nece dignus eras?
ipse quidem per me tutus sospesque fuisses—

她不知廉耻，身为少女却行苟且之事，与男
子亲近；
　而把我交给你，把你交给我的，是圣洁的婚
　礼火把。
她背叛了自己的父亲，我却从谋杀中救
下托阿斯的性命。
　她离弃了科尔奇斯人，我的莱姆诺斯仍有我在。
可这般分别又有何用，若作恶的人占了有情
有义者的上风，又凭这桩
　恶行，给自己挣下嫁妆，赚得丈夫？
　（伊阿宋，我并不赞美莱姆诺斯女子的行为
　——我谴责这样的罪行；
　不管有多么胆怯，愤怒都令她们拿起武器。）
你倒是说，假若风儿不随人意，你和你的伙伴
　做了本该做的事，来到我的海港，
我前去迎接，带着双生的孩儿
　（你定要吁求大地裂开藏身的口子），
作恶的人啊，你要用什么面孔来面对孩儿，
面对我？
　你该遭受哪样死法，作为你背誓的惩罚？
在我这里，你本人和你的伙伴都会平安无事，

133　"与男子亲近"，virum cognovit。virum，指伊阿宋；此前信中多次用这个词指代作为许普西珀勒"丈夫"的伊阿宋（第22行、第60行）。此处的 virum，点出美狄亚 adultera 的身份：她亲近的，是作为别人丈夫的男子。Cognovit 不是普通意义上的"认识，知道"，而是指有肌肤之亲、有身体上的了解，这里是对男女私情的隐晦表述。对比此前第43行，许普西珀勒强调自己并不是伊阿宋"苟且偷欢的情人"（cognita），是同一词根的不同形式，但这两处的意义是一致的。

136　欧里庇德斯的悲剧《许普西珀勒》中，提到她后来也遭流放，被迫离开莱姆诺斯。考虑到这个神话传统，这句话充满讽刺意味。

138　"挣下嫁妆，赚得丈夫"：男女成婚时，一般应由女方的父亲提供一份嫁妆。美狄亚与伊阿宋的结合并没有经过父亲的同意，故此可以说，她是通过背叛父亲、帮助伊阿宋获得金羊毛，自己付了嫁妆。此信中许普西珀勒对美狄亚的行为持否定态度；而在《拟情书》12.199-206 中，美狄亚自己也提到了嫁妆，并宣布伊阿宋应该对她感恩："我的嫁妆就是平安的你；那些希腊青年都是我的嫁妆！"（6.203）

140　"胆怯"：Knox 采用 Houseman 的修订，ignavis；早期洛布本为 infirmis，在 Showerman-Goold 版洛布本中改为 ignavis。

144　"大地裂开"的意象，参看《伊利亚特》4.182、8.150；《埃涅阿斯纪》4.24。

145　"作恶的人啊"，scelerate，令人想起137行用来形容美狄亚的 scelerata。

146　"哪样的死法"（qua nece）：这里，许普西珀勒在威胁——既然你知道莱姆诺斯岛的女人们曾经做了什么，就要知道我也可以做出类似的事情（尽管我会选择宽恕）。

non quia tu dignus, sed quia mitis ego.

paelicis ipsa meos inplessem sanguine vultus,

　　quosque veneficiis abstulit illa suis! 　　150

Medeae Medea forem! quodsi quid ab alto

　　iustus adest votis Iuppiter ille meis,

quod gemit Hypsipyle, lecti quoque subnuba nostri

　　maereat et leges sentiat ipsa suas;

utque ego destituor coniunx materque duorum, 　　155

　　a totidem natis orba sit illa viro!

nec male parta diu teneat peiusque relinquat—

　　exulet et toto quaerat in orbe fugam!

quam fratri germana fuit miseroque parenti

　　filia, tam natis, tam sit acerba viro! 　　160

cum mare, cum terras consumpserit, aera emptet;

　　erret inops, exspes, caede cruenta sua!

haec ego, coniugio fraudata Thoantias oro.

　　vivite, devoto nuptaque virque toro!

并非你值得如此相待，只因我性情宽仁。

至于你那情妇，我要亲自动手，让我的双眼
饱看她的鲜血，

　　你的双眼也要看个够，尽管她曾借药毒
移走你的视线。

我也本可做个美狄亚，来对付美狄亚! 倘若
公正的宙斯

　　从云霄之上，亲自聆听了我的祈求，

那么许普西珀勒哀哭过的，强占了我婚床的人

　　会同样哀哭，她自己也会遭受她曾给我带来
的痛苦。

身为两个孩子的母亲，我成为弃妇，

　　愿她也带着同样多的孩子，失去丈夫。

别让她长久拥有那靠邪路获得的东西，让她
更可耻地失去这一切:

　　让她遭到流放，满世界寻求庇护。

对自己的亲弟弟，她是怎样残忍的姐姐，对
可怜的父母，她是怎样残忍的

　　女儿，也让她这样残忍地对待孩子和丈夫。

等她穷尽了海上路上所有的可能，让她尝试天空;

　　让她四处游荡，没有财富没有希望，背负自
己杀戮的血债。

这就是我的祈祷;我，托阿斯的女儿，被窃
取了婚姻。

　　让这对夫妻，在遭到诅咒的婚床上生活下去吧!

---

　　149 字面的意思是"我要让自己的面孔饱飨那情妇的鲜血"。不过，同 145 行一样，这里的 vultus 更多指"眼睛"而不是"面孔"，意指许普西珀勒希望看到美狄亚的鲜血。

　　151 以下许普西珀勒对美狄亚及伊阿宋的诅咒，终结了这封信。许普西珀勒确实在某种程度上成了美狄亚。而了解美狄亚故事的读者知道，她的诅咒在某种程度上实现了: 美狄亚并没有与伊阿宋白头偕老，而是很快遭到抛弃，被迫一再迁徙流亡（158 行）。161 行的诅咒，"等她穷尽了海上路上所有的可能，让她尝试天空"，似乎再现了欧里庇德斯悲剧的最后场景: 美狄亚在设计杀死科林斯公主和国王、亲手杀死与伊阿宋的孩子后，登上太阳神的车驾，逃离了科林斯，飞向雅典。然而，许普西珀勒终究不是美狄亚，也很难成为美狄亚。她恐怕无法像美狄亚那样去面对自己的流放，更无法像美狄亚那样选择杀死亲生孩子来报复伊阿宋。故此，许普西珀勒似乎是凡人版的美狄亚，而飞上天空的美狄亚则进入了凡人一般不能到达的领域。

　　153 subnuba 一词仅在此行出现，很可能是奥维德根据 pronuba（见 43 行）和 innuba（未婚的少女）自己造出来的词，根据上下文，意思应该是"颠覆别人婚姻的人"。

　　163 在这一行，许普西珀勒使用了人称代词 ego 并给出了自己父亲的名字，非常正式地给自己对美狄亚的诅咒"签字"。参看 Godwin 对此处的注释（Godwin, p.63）。

　　164 "这对夫妻"，nuptaque virque。与 100 行一样，许普西珀勒似乎承认了他们的夫妻关系;但他们得以结合是因为自己"被窃取了婚姻"，故此理应遭到她的诅咒。

第四部分
奥维德《变形记》新解

奥维德《变形记》作为统一体的前几章和赫西俄德的谱系模型[①]

米哈伊尔·V. 舒米林，俄罗斯总统国民经济和

公共管理学院及俄罗斯国立人文大学

（Mikhail V. Shumilin，Russian Presidential Academy

of National Economy and Public Administration & Russian State

University for the Humanities）

马百亮　译

　　在 20 世纪，奥维德整部《变形记》的统一性和结构一直是人们长期探讨的话题。在这一问题上，学界虽然还不能说已经达成共识，但总体上已经很清楚的是，其中几卷通过各种具体的联系方式组成了一个统一体。[②] 此外，对奥维德作品的最新研究表明，

---

① 译者注：为了不背离本文作者的分析，文中希腊文和拉丁文引文的中译文基于作者的英文翻译。

② 早期的有趣尝试见 Peters 1908; 更进一步的研究，见 Crump 1931，pp.204-210；Guthmüller 1964； Ludwig 1965； Otis 1970. 最近的研究似乎更倾向于将《变形记》分成"五单位组"（pentads），即五卷组成一组，见 Rieks 1980, Crabbe 1981, Holzberg 1998. 许多学者强调了这种方法的局限性（Due 1974, p.122, 133, Galinsky 1975, p.62），甚至认为它并不完全适用于《变形记》（Solodow 1988, p.2, Little 1972）。在这篇论文中，我将指出，虽然现在奥维德的主要形象是一位顽皮的诗人（在我看来，这是正确的），急于打破一切规矩，但是这并不意味着在他的作品里找不到一点系统性的影子。恰恰相反，如果否定这种可能，就会限制诗人的自由，因为严格意义上的没有规矩也是一种十分严格的规矩。很自然地，我认为没有人会这样声称，即在奥维德的诗中找到的不仅仅是在其他地方被推翻的、支离破碎的系统，还有一个恒定不变的、奥维德一直严格遵从的系统，这并不是我要探讨的模型。我要感谢达西·A. 克拉斯内（Darcy Λ. Krasne），是她的提问帮我形成了这一观点。

这首诗中相邻情节之间也存在着某种特定的、往往不太明显的联系，如第 2 卷下半卷中故事之间的联系，或第 3 卷下半卷与第 4 卷前半卷之间的联系。① 对于这部诗作各卷之间的统一性，人们的研究还很少。然而，从此前维吉尔的《埃涅阿斯纪》与荷马的《伊利亚特》和《奥德赛》来判断（在奥维德时代，这些作品的每一卷都有属于自己的标题），在更深的层面上，各卷之间的主题肯定存在某种统一性。1986 年，埃德加·格伦（Edgar Glenn）将奥维德的每一卷都当作一个统一体来考察。② 例如，他认为，把第 1 卷统一起来的主题是"不和与和谐"（Discord-Concord），把第 2 卷统一起来的主题是"对国王和朝臣的建议"（Advice for Kings and Courtiers），把第 3 卷统一起来的主题是"王朝"。③ 但是，我认为，这种构想给人的印象往往使他所追溯的统一性有些肤浅（几乎每一个情节都可以说是跟不和与和谐有关）；我们可能还记得斯蒂芬·惠勒（Stephen Wheeler）的正确认识，即要想确定叙事者的自我定位，淡化这首诗各卷之间的界限至关重要④，或者甚至是和米哈伊尔·巴赫金那样，持一种更加极端的态度，称这首诗中的每一个变形都是一个"单独的诗化整体"，而作为群体，它们之间根本不存在任何统一性。⑤

---

① Book 2: Keith 1992; Books 3-4: Hardie 1990, Feldherr 1997, Gildenhard, Zissos 2000, Janan 2009.

② Glenn 1986. Holzberg 1998, pp.77-78 n. 4 列举了把这首诗的某一卷进行类似处理的尝试，但并不是他所列举的每一部作品都遵循我这里提出的方法，如 Due 1974, pp.94-122 指出第 1 卷的过渡是合乎逻辑的，深思熟虑的，但是这并不赋予这一卷一个统一的主题。我没有读到爱德华·赛克斯（Edward Sacks）的博士论文（Sacks 1993）。

③ Glenn 1986, pp.1-41.

④ Wheeler 1999.

⑤ Bakhtin 1975, p.265.

在本文中，我将尝试打破《变形记》各卷之间不存在统一性这样一种印象。这种印象建立在这样的认识之上，即这种统一性可能不是一下子就能看出来的（如已经成功描述过的故事群就经常如此），因为这种统一性经常建立在潜在主题之上，特别是奥维德虽然没有使用却暗示到的其他神话版本。奥古斯都时代的诗人喜欢暗示同一个神话故事的其他版本，这一点已经得到充分的证明和描述。[①] 例如，在第 1 卷中，潘（Pan）和绪任克斯（Syrinx）故事的讲述者是墨丘利，这可能是在暗指这一故事的其他版本，在这些版本中，赫尔墨斯是潘的父亲，而他本人是排箫的发明者。[②] 再例如，在《变形记》中，奥维德从来没有提到卡利斯托的名字[③]，这很可能是暗示这一故事还有其他的版本存在，而在这些版本中，她的名字并非如此。[④]

为了说明我的意思，让我先来考察一下奥维德在第 6 卷中选择故事的方式。是什么将阿拉克涅、尼俄柏和普洛克涅的故事联系在一起的呢？在布鲁克斯·奥蒂斯（Brooks Otis）看来，前两个故事属于"复仇之神"的部分，而第三个故事属于下一部分，这部分被称为"爱之悲怆"。[⑤] 因此，第 6 卷被认为没有任何统一性。在克伦普（Crump）[⑥]、古特穆勒（Guthmüller）[⑦] 和路德维希

---

① 见 O'Hara 2007。

② 参考《荷马颂诗·致潘》1；《荷马颂诗·致赫尔墨斯》512；以及 H. Bernsdorff 在"全球语境下的奥维德"国际会议（5 月 31 日至 6 月 2 日，上海师范大学）上宣读的论文。

③ 而《岁时记》2.156 表明他确实称她为卡利斯托。

④ Megisto: Ar(i)aethus（约公元前 4 世纪或前 3 世纪），见叙吉努斯《星象》（Hyginus, *Astr.* 2.1）; Themisto: Istros（卡利马科斯的学生），Steph. Byz. 120.11-14 Meineke。

⑤ Otis 1970, pp.129, 168.

⑥ Crump 1931, pp.204-210.

⑦ Guthmüller 1964, p.42.

（Ludwig）① 那里，甚至在那些主张这首诗的"五单位组"结构的学者那里 ②，也可以发现类似的划分。格伦认为将它们统一起来的主题是"无节制、缺乏适当的平衡或约束"；③ 这稍微好一点，但是有人会怀疑阿拉克涅是否真的那么过分，或者更好的疑问是，这是否就是这一故事的真正主旨（可能每一个读者都会觉得，这不仅仅是帕拉斯对阿拉克涅的骄狂的公正惩罚）。

　　我建议，如果考虑一下这些神话的其他版本，我们将距离这个问题的答案更近。海因茨·霍夫曼（Heinz Hofmann）1971 年发表了一篇文章，从中可以看到这方面一个有趣的尝试。这篇论文和我的思路是吻合的，但是现在已经在很大程度上被人们遗忘。④ 霍夫曼考察了普洛克涅和菲罗墨拉神话的诸多其他版本 ⑤，发现其中一个版本和阿拉克涅的故事尤其相似，而还有一个版本则和尼俄柏的故事十分相似。尤其是安东尼努斯·利贝拉里斯（Antoninus Liberalis）的版本（Ant.Lib 11；在抄本的边注中提到的史料是博伊奥斯 [Boios/Boio] 的《化鸟记》[Ornithogonia]。这些边注的真实性是有争议的）：潘特柔斯（Pandareos）之女埃冬（Aedon）与其丈夫普利特克罗斯（Polytechnos）发生矛盾，原因是赫拉在二人之间制造不和。事情的经过是这样的，夫妻二人比赛，一人纺织，一人制作一面战车板。二人同时开始，而埃冬最先完成了

---

① Ludwig 1965, pp.33-47.

② Holzberg 1998, pp.85-86.

③ Glenn 1986, p.82.

④ Hofmann 1971.

⑤ 假如关于妇女变成夜莺的类似故事是同一个神话的不同版本，虽然她们可能会有不同的名字。

任务。作为失败者，普利特克罗斯必须要送给埃冬一个奴隶，然而他却将埃冬的妹妹先是玷污，然后又想办法让她隐瞒身份并作为奴隶送给了埃冬；埃冬得知实情之后，就把他们的儿子伊提斯（Itys）的肉端上了普利特克罗斯的餐桌。这里显然可以看到和阿拉克涅故事的重合之处①（更不用说这样一个事实了，即在安东尼努斯·利贝拉里斯的版本里，这个故事也发生在吕底亚，和奥维德讲述的阿拉克涅的故事一样）。此外，在《〈奥德赛〉评注》（*Scholia to Odyssey*）中，还有在尤斯塔修斯（Eustathius）和保萨尼亚斯（Pausanias）的作品中②，埃冬是安菲昂（Amphion）的弟弟泽索斯（Zethos）的妻子。她嫉妒安菲昂的妻子尼俄柏的生育能力，想要杀死他们的一个儿子，结果却杀死了自己的儿子伊提鲁斯（Itylus），这或许是因为误杀，或许是其他什么原因。在这个版本中，尼俄柏本人出现了，但是霍夫曼正确地指出，这个故事本身也和奥维德笔下尼俄柏与勒托的故事有很多共同的主题③：因为比赛看谁生的孩子多而导致嫉妒（这里的嫉妒者是埃冬，而不是奥维德笔下的拉托娜）；作为对争强好胜者的惩罚，造成其子女的死亡（这里是埃冬，而不是奥维德笔下的尼俄柏）；让被变形者永远哭泣的变形。此外，这种认识也让我们看到第6卷最后玻瑞阿斯（Boreas）和俄瑞提伊亚（Orithyia）故事之间的关联，因为在

---

① 就像 Rosati 2009, p.321 提到的那样，在奥维德关于阿拉克涅和菲罗墨拉的故事中，也提到了她们与编织之间的联系。

② *Schol. Od.* 19.518, Eusth. *Od.* 2.215.34-216.1 Stallbaum, Paus. 9.5.9.

③ Hofmann 1971, pp.101-102.

佛提乌斯（Photius）的版本中 ①，以及在尤斯塔修斯的版本中 ②，埃冬嫁给了玻瑞阿斯的儿子仄忒斯（Zetes）；然而，在主题方面，这种联系似乎并没有得到支撑。

霍夫曼的方法确实揭示了奥蒂斯和其他人所提出的第 6 卷各个故事之间的联系，但是很难把这一联系称为"主题统一性"。他强调的是普洛克涅和菲罗墨拉的故事和第 6 卷其他故事之间的联系，但很难找出能够像第 2 卷后半部分或第 3 和第 4 卷中有关底比斯的讲述那样（见下文），把这一卷统一起来的主题，甚至是一组相关主题。我建议，要想对整体情况有更加彻底的了解，我们还必须要考虑到第 6 卷中其他神话的其他版本，结果表明它们也是很有意义的。

关于阿拉克涅的故事，在尼坎德的评注（Sch. Nic. *Ther.* 12）：

ὁ δὲ Ζηνοδότειος Θεόφιλος ἱστορεῖ ὡς ἄρα ἐν τῇ ᾿Αττικῇ
δύο ἐγένοντο ἀδελφοί, Φάλαγξ μὲν ἄρσην, θήλεια δὲ ᾿Αράχνη
τοὔνομα. καὶ ὁ μὲν Φάλαγξ ἔμαθε παρὰ τῆς ᾿Αθηνᾶς τὰ περὶ τὴν
ὁπλομαχίαν, ἡ δὲ ᾿Αράχνη τὰ περὶ τὴν ἱστοποιίαν· μιγέντας δὲ
ἀλλήλοις στυγηθῆναι ὑπὸ τῆς θεοῦ καὶ μεταβληθῆναι εἰς ἑρπετά,
ἃ δὴ καὶ συμβαίνει ὑπὸ τῶν ἰδίων τέκνων κατεσθίεσθαι.

泽诺多图斯（Zenodotus，亚历山大里亚著名学者）的弟子西奥菲勒斯（Theophilus）讲过这样一则故事：在阿提卡有一对

---

① Phot. *Bibl.* cod. 279, 531a19-30 Bekker, 复述 Helladius, *Chrestomathia*（4 世纪）。

② *Od.* 2.215.17-20 Stallbaum.

兄妹，男孩叫法兰克斯（Phalanx），女孩叫阿拉克涅。法兰克斯从雅典娜那里学会了制造盔甲，而阿拉克涅则学会了编织的技艺。但是，在他们发生了关系后，雅典娜女神开始憎恨他们，把他们变成了爬行动物①，实际上他们被自己的孩子吃掉了。

这一评注的措辞意味着惩罚与他们的罪过之间有某种关系。的确，就像 P.M.C. 福布斯·欧文（Forbes lrving）所评论的那样，在古代思想中，似乎"吃掉自己的家人和乱伦之间存在某种隐喻关系"②。在这两种情况下，最神圣的家庭纽带都是因为纯生理的贪婪而遭到破坏。在这方面，阿特柔斯和梯厄斯忒斯（Thyestes）的故事，以及奥维德在这一卷中所讲述的普洛克涅、菲罗墨拉和特柔斯的故事都是很好的例子。在前者中，对乱伦的惩罚是让梯厄斯忒斯吃他自己孩子的肉。奥维德关于阿拉克涅的讲述，是否在暗指西奥菲勒斯的版本呢？③ 我认为是的，与其说是暗示乱伦的故事，不如说是在暗示评注中显然包含的观点，即在比喻意义上，阿拉克涅和她的老师雅典娜之间的关系也像是"吃掉自己的父母"：在《变形记》6.10 中，奥维德强调，阿拉克涅早已失去了她的亲生母亲（她母亲的位置空缺为雅典娜提供了机会）。在《变形记》6.23-25 中，阿拉克涅否认了她是由雅典娜本人亲自教导的

---

① 在希腊语中，Φάλαγξ 也指代某一种蜘蛛，即寡妇蜘蛛。

② Forbes Irving 1990, p.103.

③ 有趣的是，虽然特柔斯已经是菲罗墨拉的亲属，奥维德通过让他思想中的行为更加乱伦来突出其乱伦的本质，参照 6.481-482（当潘迪翁拥抱菲罗墨拉时，特柔斯希望自己就是潘迪翁）。在 6.499，潘迪翁让特柔斯"以父爱"来守护菲罗墨拉，这无意之中暗示了他的想法。

（这里显然是隐喻）这样一个推论。在 6.38-39 中，雅典娜装扮成一位来劝说阿拉克涅的老妇人，而阿拉克涅明确地对她说了类似"我不是你的女儿"的话。但后来我们甚至发现了一个更加直接的暗示：在雅典娜所编织的网的一角，有几幅图画（明确包含对阿拉克涅的警告，6.83-84），奥维德首先描述的是海默斯（Haemus）和罗多彼（Rhodope, 6.87-89）的故事，二人也是一对乱伦的兄妹。①

　　现在我们来看尼俄柏的故事，在帕特尼乌斯的版本中（Parthenius 33，通常认为出自吕底亚的赞瑟斯 [Xanthus of Lydia]、西兹库斯的尼安昔斯 [Neanthes of Cyzicus] 和罗德岛的西米阿斯 [Simmias of Rhodes] 之手，最后一位是诗人），也有乱伦的主题。在这里，勒托的复仇实现于这样一件事中，在尼俄柏的丈夫费罗图斯（Philottus）去世之后，她自己的父亲阿塞翁（Assaon）试图娶她，被她拒绝之后，他叫她的孩子们来赴宴，并在宴会上将他们烧死。在这个故事中，乱伦的作用是完全不同的，但这个故事再次让人不得不想起普洛克涅和特柔斯的故事。那么奥维德是否

---

① Ps.-Plut. *De fluv.* 11.3: Οὗτοι ἀδελφοὶ τυγχάνοντες καὶ εἰς ἐπιθυμίαν ἀλλήλων ἐμπεσόντες, ὁ μὲν αὐτὴν Ἥραν προσηγόρευσεν, ἡ δὲ τὸν ἀγαπώμενον Δία（他们是兄妹，互相爱上了对方，他称她为赫拉，她称他为挚爱的宙斯）。亦参照 *Sch. Ib.* 561: *Haemo cum filiam Rhodopen turpiter amaret, uterque in montem sui nominis obduruit*（由于海默斯可耻地爱上了他的女儿罗多彼，两人被变成了与各自的名字同名的两座山）。有趣的是，这也很让人想起霍夫曼提到的安东尼努斯·利贝里斯版本中埃冬的故事：埃冬和普利特克罗斯犯罪在先，赫拉才给他们送去不和，这种罪过就是他们 λόγον ἀχρεῖον ἀπέρριψαν, ὅτι πλέον ἀλλήλους Ἥρας καὶ Διὸς φιλοῦσι（说了不应该说的话，说他们之间的爱胜过赫拉和宙斯之间的爱）。奥维德的措辞 *nomina summorum sibi qui tribuere deorum*（谁敢妄称最高级的神明之名，谁敢冒充最高神灵）也许是为了暗示和尼俄柏妄称神的荣誉之间的相似性。霍夫曼（1971, pp.98-99）让人们注意这样一个事实，即帕拉斯的网第二个角落上的故事，即卑格米女王的故事，也和尼俄柏的故事有很多明显的类似之处：她也妄自尊大，以神自居，拒绝真正的神灵，结果很悲惨地失去了看到她儿子的可能（也许这就是为什么奥维德会称她为"卑格米母亲" [*Pygmaea mater*]）。见 Ant. Lib. 16, Athen. 393E, Ael. *NA* 15.29。

在暗指这个版本呢？答案依然是肯定的。在 6.176 中，尼俄柏夸口说，朱庇特既是她的爷爷，也是他的公公（这种说法也许是暗指维吉尔《埃涅阿斯纪》1.47 中朱诺的话 et soror et coniunx［既是朱庇特的姊妹］，"也是他的配偶"）①，也就是说，她嫁给了自己的叔叔。

　　显然，我们不能说整个第 6 卷都是关于乱伦或关于吃孩子的。然而，这种在比喻意义上将乱伦、吃人和对亲属（以及对有时应充当凡人父母角色的神灵）②的不当行为相等同的做法可以被看作是一种建构，而这种建构是第 6 卷中故事选择的依据，并实际上最终为这一卷创造了某种统一性。这一卷中有些故事和这一模式非常吻合，如佩洛普斯（他的肉被煮熟并被端上他父亲的食人宴）③，有的可能不那么吻合，但也许更像是更加抽象的隐喻。④

　　下文暂离第 6 卷，而将注意力转向《变形记》的前 3 卷，根据结构相似（similarly organised）的潜文本（subtexts），看看能够

---

　　①　Anderson 1972; Bömer 1976 和 Rosati 2009 都没有注意到这一点。

　　②　见 Fowler 1996。

　　③　Glenn（1986, p.82）承认在他关于第 6 卷的框架中，佩洛普斯的故事不知何故被遗漏。

　　④　拉托娜和吕西亚农民的故事就主要属于这一种情况："复仇的神明"的主题也许是这个故事和我所描绘的故事群之间的唯一联系。吕西亚农民和马耳叙阿斯的故事显然是要发展前面阿拉克涅和尼俄柏的故事的主题，可能其重点是交叉的：吕西亚农民的故事强调了狂傲者行为之可恶，让人想起奥维德所讲述的尼俄柏的故事，而马耳叙阿斯的故事虽然讲述的是一个与此相类似的情形，却把我们带回到了阿拉克涅的故事，这不仅仅是因为技艺比赛的主题，还因为这里奥维德要强调的是"复仇神灵"的不公行为和马耳叙阿斯的惩罚引起的整个自然的哭泣。很自然地，对马耳叙阿斯之死的自然主义描写突出了此前一直被隐蔽起来的主题，即食人行为（关于这个故事里残忍的献祭行为，见 Rosati 2009，pp.309-310），因此预告了后来的佩洛普斯、普洛克涅和菲罗墨拉的故事。可见，更大的故事形成一种基本框架，而小故事则形成辅助性、阐释性的结构。至于玻瑞阿斯和俄瑞提伊亚的故事，我怀疑奥维德常常利用一卷中的最后一个故事作为到下一卷的过渡，因此有点将其和这一卷其他故事的主题脱离。见下文的例子。

从中找到哪些**隐藏**的统一主题。

在第 1 卷中，很难找到一个把所有故事都统一起来的明显主题。然而，我发现几乎每个故事中都有这样一个小细节：即从大地出生这一观念。恩斯特·施密特（Ernst Schmidt）指出，在第 1 卷中，有 3 次提到人类的创生[①]，我们可以补充说，每一次都是从大地创生出来的（普罗米修斯用巨人的血液创造了人类；丢卡利翁和皮拉；在最后一个故事中，第 1 卷第 383 行的谜语突出了大地起源说，第 1 卷第 363-364 行中普罗米修斯的第一次造人与其有关）。吕卡翁的故事介于巨人之战的故事和丢卡利翁的故事之间。奥维德并没有明确地说明吕卡翁是否属于浸透了巨人血液的大地所生的"藐视神灵的后代"（*propago contemptrix superum*，1.160-161）。这种解释绝不是毫无依据的（我认为奥维德是故意没有提这种可能性），因为其他的神话版本实际上将吕卡翁和那些"大地之子"联系在一起。安东尼努斯·利贝拉里斯第 31 章（边注中提到了尼坎德）称吕卡翁为 αὐτόχθων，这肯定意味着"来自大地本身"。[②] 福布斯·欧文指出，吕卡翁的儿子们往往和巨人有相同的名字。[③] 洪水过后，我们看到一个新的、更"科学"的生命起源版本，即生命源自泥土，其中也包括皮同（Python）。这显然是围绕这个名字的希腊语词源而进行的文字游戏，在希腊语中，πύθω 的意思是"导致腐烂"，就像在《荷马颂诗·致阿波罗颂》372-374 行

---

① Schmidt 1991, p.23.

② 见 *LSJ* 词条。

③ Forbes Irving 1990, p.217. 此外，在 Apollod. 3.8.1 中，说服宙斯放过吕卡翁最后一个儿子的是大地之神。

中那样。然而，在这里故事情节发生了变化（生于在阳光下腐烂
的潮湿泥土）。这一卷中和创造与起源有明显关联的第一部分到此
结束，奥维德转向达芙妮和伊俄（以及绪任克斯）的爱情故事。
在丘比特对阿波罗发动攻击这一过渡性场景中，有一点还没有受
到足够的重视，即丘比特的箭是从帕那索斯山上射出的（1.467）；
这个细节的意义显然是要将丘比特和另外一个从帕那索斯山上反
抗阿波罗的皮同进行对比。看似软弱的丘比特变成了一个怪物，
就像那些从土地生出来的怪物一样，甚至更糟糕。这是一个非常
重要的连接，因为它把这一卷明显的主题"断裂"连在了一起。
在此语境中，奥维德还将生自大地这一主题和达芙妮联系起来，
这并不让人吃惊，因为她和丘比特一样，以出乎阿波罗意料的方
式，也将其击败了。事实上，在帕莱法图斯（Palaephatus）和阿弗
托尼乌斯（Aphthonius）的版本中，达芙妮确实是大地之女，她不
是变成了月桂树，而是被大地所吸收，后来长出了月桂树。① 在《变
形记》第 1 卷第 544 行（我认为这一行在文本中得到了一定程度的
保留）②，达芙妮实际上说过："大地，敞开吧！"（Tellus，hisce）
这很好地暗示了在一个显然是谚语式表达中隐藏的另一个版本，
就像《埃涅阿斯纪》第 4 卷第 24 行"我宁肯大地裂开一道深沟把
我吞下"（sed mihi uel tellus optem prius ima dehiscat）。我们可以看
到，这很符合奥维德的品位。③ 在伊俄的故事中，朱庇特告诉朱

---

① Palaeph. 49, Aphthon. *Progymn.* 10.11.7-14.

② 就像 Murgia（1984）指出的那样。这一段的不同版本有不同的行数，我采用的是 R.
Tarrant 的版本。

③ 参照奥维德《变形记》（6.23）中和阿拉克涅有关的一个表面上很公正的说法："你由
此可见她师从密涅瓦"（scires a Pallade doctam），见上文。

诺，这头母牛为"大地所生"（《变形记》1.615：*e terra genita*），这里再次利用了西塞罗和佩特洛尼乌斯（Petronius）所使用过的一个谚语（已经做出修改）。[①] 在被纳入到伊俄故事中的绪任克斯的故事中，似乎找不到这一观念的痕迹，但是可以说这个情节起到了从属于大故事的其他作用，就像第 6 卷中的小故事那样。[②]

通过采取不同的路径（从这个小细节开始），我们得到了一个实际上与第 6 卷中相类似的情况：通过某种隐秘的方式，通过可见的谚语式表达和对神话其他版本的暗示，这一卷所有最重要的故事都和某一个特定的主题、特定的意向相联系。

这种统一的意向有何意义呢？这仅仅是一个小插曲？我想事情没那么简单；这里我建议我们回顾一下沃尔特·路德维希的观点，他认为在从创世故事到爱情故事的转换过程中，奥维德在暗示当时他们所知道的赫西俄德的模型，即《神谱》和谱系式的《名媛录》。[③] 这种模型意味着奥维德必须要创造谱系，但谱系必须有一个开端，并且要想创造不仅是神灵之谱系还有人类之谱系的话，其开端就不仅要有神，还要有宁芙（nymphs）或其他以某种方式源自于自然本身的生物。在这首诗中，这一开端发生了几次，但是接着必须有某种延续，这样才能创造出真正的谱系。每当它无法延续时，就不得不重新开始尝试。这首诗中第一个有某

---

① *OLD*，见 terra 4b（意为"不是某一个人的儿子，没有祖上的人"，常常和"某个不知为何人之人"[*nescio quis*] 并列）。

② 绪任克斯的故事显然和达芙妮的故事形成对应，具有进一步的元叙事含义，见 Konstan 1991；Wheeler 1999，2。

③ Ludwig 1965, p.24。Ziogas 2013，pp.54-111 也在拓展这种方法，但是其路径和我的有所不同。

种祖先的非神灵人物是丢卡利翁和皮拉，但是众所周知，他们过于天真无邪，不知道男女怎样能够重建整个人类（并创建一个谱系）。[①] 在这一卷的后半部分，当人类和各种宁芙的存在得到了保障，根据赫西俄德的模型，要想开创一个谱系，只需要神灵和宁芙结合就可以了，结果这依然是一个问题，总是会出错。奥维德十分强调达芙妮和伊俄的河神父亲梦到外孙这件事（1.481-482，658-660），这是很典型的。朱庇特和阿波罗不同，他想办法与伊俄发生了关系，但结果表明，有一个孩子并开创谱系仍然是一个问题。

在这一卷的结尾，这个问题突然得到了解决：孩子出生了，他和法厄同之间发生争吵，就像生活在同一个街区里的孩子（这是关于地域上近邻的笑话，厄帕福斯的埃及和法厄同的埃塞俄比亚）[②]，这些家族得以延续幸福。我认为这是《变形记》中常用的手法（在第2卷中，我们很快还会遇到）：到了这一卷的最后，奥维德突然把本卷的中心问题抛到了一边，一切似乎都很好，然而却引导我们进入下一卷，我们发现解决了这个问题却导致了更大的问题（仿佛奥维德会说："好吧，假设我们已经解决了这个问题，但接着又怎样呢？"）。

在我看来，艾莉森·基斯（Alison Keith）的专著[③] 已经令人满意地描述了第2卷后半部分的内在主题联系（有时也取决于对神话不同版本的了解）；[④] 显然，她并没有追溯一个占主导地位的主题，

---

① Anderson 1997, p.181.

② 如埃斯库罗斯的《普罗米修斯》807-815。

③ Keith 1992.

④ 就像在倪克提墨涅（Nyctimene）的故事中那样，见 Keith 1992, pp.25-27。

但她在书中所考察的主题都以某种方式相互联系（嫉妒、谴责、扭曲的叙事、饶舌、鸟等）。然而，她没能在同一卷中前面的故事（即法厄同的故事和卡利斯托的故事）之间建立联系。我认为米夏埃尔·冯·阿尔布雷希特（Michael von Albrecht）最近的观点值得参考，在一篇评论这首诗 18 世纪版本上的版画时 [1]，他指出第 2 卷的一个主要主题是"母亲的悲伤"（*das Leid der Mütter*）。[2] 事实上，我建议最好和第 1 卷一样来读这一卷，即它要解决的问题是在一个谱系成功开始之后，怎样让它延续下去，而这依然是一个问题。结果表明仅仅生一个孩子是不够的。值得注意的是，就连卡利斯托的儿子阿卡斯（Arcas）的名字本身也暗示了另外一个版本的存在。在这个版本中，阿卡斯成为阿卡迪亚人的祖先。然而，奥维德的版本将这一点排除在外，人们所期望的谱系突然无法发生了。此外，当墨丘利来到赫尔塞（Herse）身边时，他说自己打算生一个孩子，组建一个家庭（2.745-746）。奥维德称他为"持节杖者"（caducifer，2.708），可能意味着这根节杖（caduceum，在希腊语中为"κηρύκειον"）肯定会提醒读者另外一个版本的存在，根据这个版本，墨丘利和刻克洛普斯（Cecrops）的女儿生了一个男孩，名叫克律科斯（Keryx），他就是雅典祭司世家克律科斯家族的开创者。[3] 但是在阿革劳洛斯（Aglauros）变成石头之后，墨丘利就飞走了，我们依然没有得到我们期望的谱系。肖恩·欧布雷

---

① 冯·阿尔布雷希特（2014），pp.15-80。我认为，在分析这位艺术家为一幅围绕其中一卷所做的画的某种统一性和结构时，他提出了关于各卷统一性的一些有趣观点。

② 亦参照路德维希（1965，p.25）关于第 2 卷中神灵后代的角色的探讨。

③ Paus. 1.38.3, Hesych. κ .2560, *Suda* κ .1542. O'Bryhim 1990.

西姆（Shawn O'Bryhim）在 1990 年发表的一篇文章中指出 [1]，卡利斯托（顺便提一下，她是这首诗中确立的人类谱系的第一个后代，这个谱系显然是不可能的）[2] 的故事的核心思想是分娩之后不可能净化，即使在成为星座之后依然无法净化，因为作为星座，她从来不会接触到水。这就意味着在某种意义上，她实际上无法完成分娩的应有过程；本卷的一切都在阻碍谱系过程的正常运作。

巴图斯（Battus）的故事是个例外：在第 6 卷的所有故事中，这个故事显然和谱系没有任何关系。然而，在基斯所描绘的一系列主题中，显然有这个故事，这显然包括在基斯所描述的一套主题之中，这套主题无疑也存在于这一卷中；也许它可以被看作是额外的建构，旨在拓展本卷主题的基本框架，和我们在其他几卷中所看到的小故事的建构一样。总体说来，嫉妒、谴责等显然和谱系延续的不可能性有关。事实上，它们就是导致谱系无法延续的原因。

此外，在这一卷的最后，我们突然看到一个绝对不成问题的邂逅，这场邂逅发生在朱庇特和欧罗巴之间，暗示一个已经存在的悠久谱系（奥维德的读者都知道，根据摩斯科斯的版本 [3]，欧罗巴是伊俄和厄帕福斯的后裔。此外，两头牛在颜色上的一致可能

---

[1] O'Bryhim 1990.

[2] 如果她是在洪水之前被怀上的，她（或者是她的母亲，如果当时她还没有出生的话）应该会死于洪水。如果吕卡翁幸存了下来（虽然根据 1.304 "狼在羊群中游动" [nat lupus inter oves] 这种想法更像是一个玩笑，参照 Schmidt 1991, p.21），他只能让她生成狼形的人，这将是一个非常奇怪的想法。

[3] Mosch. *Eur.* 43-61.

也会提醒读者 1.610-611, 2.852）①和新的后代的成功产生。这一次，奥维德也许会说："好吧，假设我们有一份成功的谱系图。"接着我们谈谈和下一卷的情况有关的新问题。

所谓的"底比斯的叙事"是把第 3 卷和第 4 卷统一起来的特征，当代学者的研究②已经确定了这一点，亚历山德罗·巴尔基耶西（Alessandro Barchiesi）在其评注中对此进行了很好的总结。③总之，我们或许可以说这组故事（也以一种隐秘的方式相联系，因为前后的故事似乎都和底比斯与波奥提亚有关，并最终表明了卡德摩斯的国家的逐渐衰亡和悲剧）都有一系列这样的主题，即预言、过分的观察和知识、观察 / 询问 / 狩猎的主体和客体的巧合。这种以隐蔽的方式引入这些主题的手法与我们前面所看到的相似：例如，这也意味着使用谚语式的表达，在奥维德的文本中，这些表达有一种更加字面的意义。④学者已经指出，在许多方面，它建立在对这首诗中并没有出现的俄狄浦斯故事的暗指之上。⑤当然，这不是相同神话的不同版本，但是依然以类似的方式发挥作用。在某种意义上，我们可以说它是另一个底比斯叙事的核心。

不过，我认为，与我的方法有关的两点还没有得到充分的强调。首先，这些主题也许又可以说最终和这样一个主题有关，即看似成功而又兴旺发达的卡德摩斯家族以及他所统治的城邦是怎

---

①　在不同的文本中，宙斯 / 朱庇特所变成的公牛的颜色也不同，例如在摩斯科斯的笔下，它大部分是"黄色的皮肤"（ξανθόχροος，Mosch. *Eur*.84)。见 Hardie 1990, Feldherr 1997, Gildenhard, Zissos 2000, Janan 2009。

②　见 Hardie 1990, Feldherr 1997, Gildenhard, Zissos 2000, Janan 2009。

③　Barchiesi, Rosati 2007, pp.125-128.

④　例如，见 Barchiesi, Rosati 2007, pp.183-184 关于 3.348 的讨论。

⑤　特别是见 Gildenhard, Zissos 2000。

样走向毁灭的（就像在 3.131-137 中那样，奥维德可能暗示希腊谚语 "卡德摩斯的胜利" [Καδμεία νίκη]，意思类似于我们常说的 "得不偿失的胜利"）①，而这个主题也可以被看作是对谱系是怎样形成的这一问题的延伸。在第 2 卷中，那些试图延续谱系的努力以失败而告终，而现在我们看到的是卡德摩斯家族表面上的成功建立，但是接着我们就会发现这样的印象是错误的。②

其次，当学者们谈论第 3 和第 4 卷中的底比斯叙事时，他们通常是指第 4 卷中很少的几个故事。卡德摩斯和哈尔摩尼亚（Harmonia）的变化肯定和第 3 卷的讲述有很强的联系，映射了底比斯叙事的开端。伊诺（Ino）的故事也是卡德摩斯家族的悲剧之一，然而我们必须注意到，它和第 3 卷占主导地位的主题之间的关系可能没有那么大。第 4 卷前半部分实际在很大程度上都是在讲弥倪阿斯的女儿们所讲述的爱情故事。这些故事虽然与波奥提亚有关系，但是和卡德摩斯家族成员的悲剧之间似乎没有多少共同之处。③ 要想考察这部分内容，更有效的方式可能依然是把第 3 卷作为一个统一体来看待（我们关于作为整体的底比斯叙事的大部分评论都与其有关），并从第 4 卷中看到一个新的开始，虽然有时会短暂返回到第 3 卷的主题，特别是卡德摩斯和哈耳摩尼亚的故事。

可见，这首诗的前三卷都可以被作为对赫西俄德范式的批判式颠覆来阅读。事实表明，在《变形记》所描绘的世界中，人们

---

① 见 Herod. 1.166, Plat. *Leg.* 641c, Diod. Sic. 11.12.1。

② 例如见 Knox 1957 的分析。

③ 罗宾逊（1999）对这部分内容做出了有趣的评论，或许能够有助于人们理解这些故事之间的联系。

所期望的谱系模型几乎总是难以实现。在某种程度上，在我们所探讨的第 6 卷的主题中，和家庭关系的强大联系可能也和奥维德这种以谱系为中心的视角有关。还可以以这样一种方式来考察这些联系，也就是说当这部诗作不同"部分"之间的边界（如奥蒂斯或路德维希所描述的）位于一卷之中，并且需要某种过渡时（在第 1 卷和第 6 卷中，显然就有这样的边界），奥维德会尤其在意各卷之间这种有点人为建立的统一。①

①　罗宾逊（1999）。

奥维德《变形记》中的时间、空间和性别：以第四卷赫尔玛芙罗狄特斯和萨尔玛奇斯故事为例

罗伯特·基尔施泰因，图宾根大学

（Robert Kirstein, University of Tübingen）

马百亮　译

　　叙事学理论被越来越多地应用于古典学研究，开拓了分析古代文本的新途径。奥维德的《变形记》具有复杂的多重叙事，尤其适用叙事学的研究方法。本文从时间、空间和性别三个维度对《变形记》（4.271-388）中赫尔玛芙罗狄特斯和萨尔玛奇斯的故事进行考察，首先利用"史诗一般过去时"理论，指出了《变形记》中反复使用的元虚构策略。本文的第二部分用"空间叙事学"理论，表明空间不仅是人物活动的静态背景，还是故事不可分割的一部分，正如萨尔玛奇斯打破了空间和人物之间的边界。论文最后通过分析赫尔玛芙罗狄特斯和萨尔玛奇斯故事的叙事结构，对性别认同和性别角色进行了探讨。

　　从现代视角来看，奥维德的《变形记》是一部充满了变化、复调和含糊性的作品，也是一部关于"宏大叙事"的终结的作品，这是因为《变形记》和荷马的《奥德赛》或者是维吉尔的《埃涅阿斯纪》不同，它所讲述的不是某一位大英雄的事迹。在奥维德

的作品中，不再是只有一位主要人物，取而代之的是几乎数不清的男女人物，在一种十分复杂的叙事中，他们的经历被编织到一起。组成这种叙事的是多种情态的复调和故事群。在此过程中，奥林匹斯诸神全然丧失了他们高高在上的光辉，从宇宙和人间秩序的保护者变成了秩序的破坏者，从恋爱者变成了强奸犯；而他们在情感上的失控从一种积极的特征变成了一种十分消极的特征。事件所发生的地点和场景也发生了同样的变化，常常是从"愉悦之地"（*locus amoenus*）变成为"可怕之地"（*locus terribilis*），从一个安静闲适的地方变成一个充满不和、暴力、玷污、自欺欺人和自我毁灭的地方，这和活动于其中的人物之间形成一种象征性的对应。就像米夏埃尔·冯·阿尔布雷希特指出的那样，正如奥维德介于奥古斯都时代和后奥古斯都时代之间，他的诗歌也是一位跨界者的诗歌，对于希腊化时期的文学素材和形式进行了深入的挖掘。[①]

在这一模式之中，"时间"这一主题发挥着十分重要的作用。《变形记》的序言部分称其为"无穷诗"（*carmen perpetuum*），从世界之开端直到叙事者之当下（1. 4 *... ad mea tempora*）。[②] 然而，正如学者们所经常指出的那样，《变形记》并没有提供正确的事件发展的先后顺序，而是有无数个矛盾和断裂的叙事之流。最近，一位学界同仁称其为"时间机制的彻底崩溃"。[③]

[①]　关于作为跨界诗人的奥维德，参见本书中加雷思·威廉姆斯的文章；von Albrecht 2000, p.305。

[②]　亦见《哀怨集》2.560: *in tua deduxi tempora, Caesar, opus*（恺撒啊，我的作品一直写到您的时代）。

[③]　Zissos-Gildenhard 1999, p.37; 参见 Wheeler 1999, p.128 关于"年代上的不一致"。

从严格的叙事角度来看，关于"时间"这一主题有两个基本的问题：首先是作品中事件发生先后的相对性这一问题，因此就有了另外一个问题，即"素材"（fabula）和"故事"（story）的逻辑关系的问题，即所讲述的叙事与其在文本中实际再现之间的关系。这种再现的方法包括重组、倒叙和预叙、停顿和省略等。在直接的句法层面，第二个问题涉及作为再现要素和方式的时态的使用。在奥维德的作品中，时态的转换可以为故事提供叙事上的对比，例如将主要情节和次要情节区分开来，还能表明叙事者、故事人物和空间上的转换，这一点已经经常被注意到。但是我认为，关于《变形记》中对时态的使用，还有一个方面并没有引起足够的注意，即虚构性的问题。我的论点是时态上的转换不仅能够产生叙事前景和背景之间的对比，还能表明并确立故事的虚构性。对于像《变形记》这样的作品来说，这一点似乎更加重要，因为它不是一个一以贯之的故事，而是由一系列插曲式的不同故事组成。

下面我将首先简单介绍凯特·汉布格尔（Kate Hämburger）的虚构性理论，然后尝试利用这一理论来分析奥维德《变形记》第 4 卷中赫尔玛芙罗狄特斯和萨尔玛奇斯的故事。

凯特·汉布格尔的《文学的逻辑》

《文学的逻辑》被认为是凯特·汉布格尔的主要作品，是这位哲学家兼文学研究者 1956 年在斯图加特技术大学的博士后论文，此时的作者年已花甲，刚刚结束在瑞典的流亡回到德国。1957 年，《文学的逻辑》被作为专著出版，1968 年又出了第二版。这本书的出发点是现实和虚构之间关系的问题，即什么样的特征让某一个文本具有了文学性或虚构性？我们是否可以仅仅依靠文本本身来判断其虚构性？无论是在语法层面还是在词汇层面，文学有没有什么具体的特征可以被视为文学的逻辑特征，并让文学话语从一开始就能够发挥作用呢？作为一位在现象学传统框架之内从事研究并深受胡塞尔哲学影响的文学研究者，汉布格尔认为在原则上可以从文本本身引申出这种虚构性。

　　汉布格尔最著名、受到讨论最多的理论是关于"史诗一般过去时"（epic simple past）的理论。汉布格尔认为，童话故事中像"从前，……"这样的句子并不指代某一个具体的过去，也就是说它们并不声称所要讲述的故事在过去的某一个时间确实发生过。这种一般过去时的形式指代的是讲述者的现在，是"存在于我们想象中的、所讲述故事的现在"。作为"史诗一般过去时"的一种，"从前，……"这样的表达并不是为了指代过去，而是为了确立一种文本自身所固有的、不受时间影响的虚构性。

　　为了表明其对一般过去时的"去时化"（detemporalization）和不受时间影响的虚构性这一论点，汉布格尔聚焦于指示性的时间和空间副词的使用，如"昨天"和"明天"，"这里"和"那里"。在真实世界的语言情境中，要将表示将来的副词和一般过去时用在同一个句子里，如"tomorrow was Christmas"（"明天是圣诞节"，这里的 be 动词用的是过去时），是不可能的，但是在虚构性的文本中，这可能是讲得通的，仅仅是表面上不符合逻辑而已。如果我们对此加以说明，即这个句子里的副词"明天"指代的是一位虚构人物的视角，对他来说圣诞节依然是未来的事情，而这里 be

动词的一般过去时是从叙事者的视角来表达的，这一点就一目了然了。对于汉布格尔来说，就是这样有双重叙事视角的句子，可以作为证据，来表明虚构文学中"时态时间意义的消除"。[①]

汉布格尔的《文学的逻辑》有三个核心论点，分别如下：

在虚构和非虚构文本中，一般过去时的功能是完全**不同**的。在虚构文本中，一般过去时（如"史诗一般过去时"）失去了其原有的表示过去的语法功能，而是指代叙事者的"虚构的现在"。

时间和空间副词如**"昨天"**和**"明天"**以及**"这里"**和**"那里"**失去了其原有的"指示"和"存在"功能，不是指代某一个过去和历史现实，而是指代一个虚构的此时此地，因此是一个不存在的时间和地点。

将表示内心认知过程的动词（如**察觉、想、觉得**等）用于第三人称，只有在虚构文本中才是可能的。

在20世纪六七十年代，汉布格尔的"去时化"和"虚构性"理论引发了一场激烈的争论，一直持续至今。仅仅依据不同的文本内部特征，是否可以区分虚构和非虚构文本或者说是事实文本——即便围绕这样一个根本问题，也依然存在争议。美国语言学家、哲学家约翰·希尔勒（John Searle）认为文本的虚构性是不能从文本本身推导出来的，而必须要参照交际信息、文本外和副文本信息，如作者意图。[②] 还有第三派持一种实用主义的观点，认为文本的虚构性取决于读者的反应。因此，翁贝托·埃科（Umberto Eco）和读者反应理论的其他代表提出了"虚构性约定"

---

① Hamburger 1994, p.33.

② Searle 1975.

（fictionality pact）或"虚构性契约"（fictionality contract）的概念。[1]

总体而言，汉布格尔的《文学的逻辑》可以被历史性地看作是叙事学研究的一个"转折点"。理论家如多丽特·科恩（Dorrit Cohn）和哈罗德·魏因里希（Harald Weinrich）借鉴了汉布格尔的思想，近几年来，她的作品引起了越来越大的兴趣。[2]《文学的逻辑》一书的中文版也即将面世。

对于奥维德的作品来说，关于虚构性的这些探讨有何意义呢？汉布格尔的理论方法既是普遍主义的，又独立于语言之外，因此不仅限于描绘德语、英语或法语的文学文本。然而，在实践中，关于文学性的探讨主要采用这几种语言的文本范例来进行模型建构和分析。这样一来，用这一理论来分析像奥维德的《变形记》这样的古代史诗文本就变得更加吸引人。

奥维德《变形记》中赫尔玛芙罗狄特斯和萨尔玛奇斯的故事

在《变形记》第 4 卷的复杂叙事语境中，我们看到的是一个解释雌雄同体的根源的故事。性别身份的含糊性让赫尔玛芙罗狄特斯和萨尔玛奇斯的故事尤其意味深长，成为典型的变形叙事。这个故事中的英雄或者说是反英雄离开其位于东特洛亚特（Troad）的故乡，去探索世界。在此意义上，他和《奥德赛》中的英雄差不多，在原文中，他的离乡用的是动词 errare（4.294：漫游），

---

① Eco 1994.

② 参见 Scheffel 2003, p.145; Cohn 1983, p.7; Weinrich 2001, p.39。有一部关于汉布格尔作品的论集，该文集还收录了 Bossinade 和 Schaser 2003 编撰的作者生平。关于罗兰·巴尔特和汉布格尔，参见 Genette 1988, p.79。

这显然是对荷马史诗《奥德赛》的互文。

　　作为这些"漫游"的一部分，赫尔玛芙罗狄特斯来到了小亚细亚（现在的土耳其）的吕底亚和卡里亚。在这里，他遇到一个与众不同的池塘（*stagnum*），水质清冽，清澈见底，没有水草生长（4.300）：

> perspicuus liquor est
>
> 池水清澈见底。

　　这个池塘和生活于其中的仙女（亦译"宁芙"）有着相同的名字，都叫萨尔玛奇斯。这种地名和人名之间的含糊性，以及以地名命名者和专有名词之间的含糊性，贯穿于整个故事的始终。查尔斯·西格尔（Charles Segal）指出了场所与人物之间的象征关系：池塘清澈见底，水草不生，这很少见，而生活于其中的仙女同样也与众不同。[①] 正如第304行明确描绘的那样，萨尔玛奇斯是"唯一"（*sola*）不追随狩猎女神狄安娜的林中仙女。虽然一直受到姐妹们的催促，但是萨尔玛奇斯对狩猎毫无兴趣，而是把时间花在沐浴和梳妆打扮上，这才是她喜欢的生活和消遣方式（4.306-307）：

> Salmaci, vel iaculum vel pictas sume pharetras
>
> et tua cum duris venatibus otia misce!

---

① Segal 1969, p.25.

萨尔玛奇斯，拿起长矛或彩色的箭矢，

将你的闲情逸致与狩猎的辛劳相结合！

因为萨尔玛奇斯既是池塘，又是水中仙女，后面对于她在水塘中沐浴场景的描绘也可以理解为一种自恋式的自我中心（4.310：*fonte suo formoso perluit artus* [她在自己的池中沐浴美丽的肢体]）。[①] 在描绘了漫游的英雄赫尔玛芙罗狄特斯是怎样来到了萨尔玛奇斯的家，以及萨尔玛奇斯离开其他仙女、独来独往的生活方式之后，从萨尔玛奇斯看见赫尔玛芙罗狄特斯的那一刻起，故事开始获得一种叙事上的活力。和《变形记》中的很多其他故事一样，"看见"的这一刻发挥着决定性的作用：随着赫尔玛芙罗狄特斯的靠近，先是他看到一个名叫"萨尔玛奇斯"的池塘（4.308），接着是水中仙女萨尔玛奇斯看见他。在故事最后，两人的身体互相缠绕到一起，密不可分，以至于合而为一。这一"看见"时刻的影响在于这样一个嘲讽式的事实，即由于这一融合的过程，他们无法再"看见"对方。

然而，让我们回到故事的转折点，即萨尔玛奇斯"看见"赫尔玛芙罗狄特斯并马上"渴望"他的那一刻（4. 315-319）：

> Saepe **legit** flores. et tum quoque forte **legebat**,
>
> cum puerum vidit visumque *optavit habere*.
>
> nec tamen ante adiit – etsi properabat adire –

---

① Keith 2009, p.361.

quam se conposuit …

… et meruit formosa videri.

她常常采摘花朵。当她看见那个少年时，

她正在忙着采摘花朵。她渴望拥有她之所见。

然而在接近他之前（虽然她急着靠上前去），

她要先镇定一下……

……让自己看上去漂漂亮亮的。

在第 315 行，时态发生了决定性的转换，从现在时的 *legit*（"正在采摘"）变成了过去时，这种变化有明显的语言学标记，即未完成时态的 *legebat*（"她那时正在采摘"），还有表示伴随的时间副词 *tum*（"当时"）。而这行诗的近音（*legit-legebat*）框架，使得这种动词时态上的突然变化变得更加明显。奥维德的文本让人想起凯特·汉布格尔在《文学的逻辑》中使用的一个例子，其目的是为了表明"史诗一般过去时"标记虚构性的功能。她的例子聚焦于阿达尔贝特·施蒂夫特（Adalbert Stifter）的小说《高山上的森林》（*Der Hochwald*，最早出版于 1842—1844 年）的前言部分。凯特·汉布格尔提出：

只有当沉默的女孩们活跃起来，成为活动着的人物（即亚里士多德意义上的行动者）时，未完成时态才正式开始，读者几乎注意不到这一变化。"窗户旁的小姐继续忙于刺绣，不时地看一眼她的妹妹。……突然，妹妹说（原文为一般过去时）：……"从这个"说"开始，叙事开始采用未完成时态，在本文中，这意味着只有此时，我们才进入虚构的世界。[1]

在《变形记》的拉丁语文本中，时态先是从历史现在时变成未完成时（*legebat*）。后面的描述在总体上依然是过去时，但是通过在未完成时和完成时之间进行转换，充分利用了拉丁语言本身的表达潜能。未完成时的 *legebat* 标志着转入实际故事本身，同时也成为对故事中选择性使用完成时态的 *vidit*（"她已经看见"）和 *optavit*（"她既渴望"）的背景。后面的几行进一步描绘了萨尔玛奇斯完成时态的行动的背景（*adiit-composuit-circumspexit-finxit*），而从句 *etsi properabat adire*（4.317："虽然她急着靠上前去"）中未完成时态的 *properabat*（"急着"）指明了延续性的背景，即在她做好准备要靠近赫尔玛芙罗狄特斯的过程中，她一直在匆匆忙碌着。[2]

一个名字的逻辑：赫尔玛芙罗狄特斯

赫尔玛芙罗狄特斯和萨尔玛奇斯的故事包含一系列的叙事悖论和不合逻辑的因素，而这些和文本的虚构性密切相关。一个尤其

---

① 德语原文（汉布格尔 1994, p.37）："Und erst als die stummen Bilder der Mädchen zu lebendigen Gestalten — handelnden Menschen wie Aristoteles gesagt hat — werden, setzt vom Leser unbemerkt das Imperfekt ein. *'Die am Fenster stickt emsig fort und sieht nur manchmal auf die Schwester. Diese hat mit einem Mal ihr Suchen eingestellt und ihre Harfe ergriffen, aus der schon seit längerer Zeit einzelne Töne wie träumend fallen. Plötzlich sagte die Jüngere: [...]'* — Von diesem **'sagte'** an geht die Erzählung im Präteritum weiter, und das bedeutet in diesem Kontext, daß erst mit ihm wir den Raum der Fiktion betreten haben."

② 关于奥维德《变形记》中对于时态的使用，参见 von Albrecht 2000, p.422（"索引"）。

值得注意的因素是这样一个事实：无论是在故事的开头，还是在故事进行的过程中，这位男性人物的真实名字一直没有出现过。[1] 弥尼阿斯的女儿阿尔奇托厄（Minyade Alcithoe）在给正在编织的姐妹们讲述这个故事时（见 4. 274-275），仅仅用不明确的指示代词 *ille*（4.296：他）来指代他。另一方面，故事中女性人物萨尔玛奇斯的名字却是从故事一开头就提到了。与此相反，赫尔玛芙罗狄特斯的名字实际上直到故事的最后才出现（4. 383），而此时他和萨尔玛奇斯的融合过程已经完成，赫尔玛芙罗狄特斯已经变成半个男人（*semivir*）。于是他请求自己的父亲赫尔墨斯和母亲阿芙洛狄忒，让那些凡是碰到这个池塘的水的男人都变成半个男人（4. 382-386）。[2]

> ... iam non voce virili
>
> Hermaphroditus ait: 'nato date munera vestro,
>
> et pater et genetrix, amborum nomen habenti:
>
> quisquis in hos fontes vir venerit, exeat inde
>
> semivir et tactis subito mollescat in undis!'

……以一种不再是男人的声音，
赫尔玛芙罗狄特斯说："父亲母亲呀，请将这礼物
赐予你们的儿子吧，他拥有你们两位的名字：

---

① Robinson 1999, p.217.

② 译者注：本文拉丁引文据原文作者的诠释译出；*semivir* 字面的意思是半个男人，也是杨周翰先生在汉译《变形记》中所采用的译法。

> 无论是哪个男人来到这些清泉边，让他离开时变成
> 半个男人，让他触碰了这里的水就立即变得柔弱。"

　　就这样，赫尔玛芙罗狄特斯先是成为他的名字所描绘的样子，然后才获得了他的名字。这就产生了一个问题：在此之前，即在他和萨尔玛奇斯融为一体之前，他究竟是什么样子呢？由于赫尔玛芙罗狄特斯变成了一个双性人，即半男半女，那么在这一过程发生之前，他肯定是一位男性，正如萨尔玛奇斯曾经是一位女性。或者我们也可以接受叙事逻辑的矛盾之处，从一开始就把赫尔玛芙罗狄特斯看作是故事最后他所变成的样子。在此情况之下，我们可以看到反映在对这个人物的叙事再现之中的性别身份的含糊性，变化之后所描绘的人物和故事开头是同一个人物角色。

　　在《变形记》的其他故事中，我们也发现了同样的情况，即到故事最后才提供人物的名字。至于文本中的虚构性信号的问题，有趣的一点是，在当前从叙事学角度探讨虚构文本和事实文本的语言学标记差异时，在故事开头隐瞒有关信息的做法也很重要。这里只举一个例子，魏因里希对汉布格尔的理论进行了阐述，他考察了有关信息（例如故事发生的时间和地点，或者是故事中的人物）的缺失这一问题，认为这种"定位信号"（orientation signals）的缺失是文本内部的信号，表明该文本是虚构的。魏因里希援引了德国文学中一个激进的例子，即马克斯·弗里施（Max Frisch）的小说《马克斯·斯蒂勒》（*Max Stiller*）中的否定性开头，这部小说一开始就是一句让人摸不着头脑的话："我不是马

克斯·斯蒂勒。"①

"性别的逻辑"

赫尔玛芙罗狄特斯和萨尔玛奇斯的故事不仅从叙事学的角度看非常有趣，从文化研究的角度来看也很有趣。这里我想探讨一下这个故事中体现出来的性别认同和与性别认同有关的社会角色。在整个故事情节中，性别问题发挥着十分重要的作用，因为这不仅关系到性别的生理分化，也关系到性别的社会分化。因此，在本论文即将结束之际，我要回到主题的层面，在某种意义上，从"文学的逻辑"转向"性别的逻辑"。

《变形记》4. 317：*properabat* 描绘了萨尔玛奇斯"渴望"赫尔玛芙罗狄特斯的急切心情，从中我们初次看到整个叙事的一个重要特征，即"渴望"的主体是萨尔玛奇斯，而赫尔玛芙罗狄特斯是"渴望"的客体，这就颠倒了拉丁语"爱情哀歌系统"中的传统角色。在《变形记》的大部分爱情故事中，男性角色都是"渴望"的主体，而女性则是"渴望"的客体。这种男性的渴望也常常具有如下特征：急不可耐，刻不容缓，强迫与压力，甚至是追赶（还有偷吻的主题，见 4. 358：*luctantiaque oscula carpit*［"挣扎中她偷吻"］）。

在性别方面，艾莉森·基斯已经对奥维德的故事进行了详细而又让人信服的分析。②在叙事的开端，赫尔玛芙罗狄特斯作为典型的"移动的男英雄"（mobile male hero）登场，这让人想

---

① Weinrich 1975, p.525.

② Keith 1999, p.217; 参见 Sharrock 2002; Salzman-Mitchell 2005。

起奥德修斯的形象。和在《奥德赛》中一样，一边是漫游男英雄的移动性，另一边是女性对立形象的坚持和固定，如卡吕普索（Kalypso）、喀耳刻（Kirke）和诺西卡（Nausikaa），两者之间形成一种叙事上的张力。萨尔玛奇斯赞扬赫尔玛芙罗狄特斯像神灵一样俊美，赞扬他身边的所有人，包括他的父母和其他亲属，但尤其是他的妻子，如果他有妻子的话。在这一部分，这个故事和荷马史诗之间的联系变得尤其明显。像卡吕普索和萨尔玛奇斯这样的女性对立人物延误男英雄的旅程，用艾莉森·基斯的话说，她们成为"不移动的女性障碍"（immobile female obstacles）。就萨尔玛奇斯而言，这一概念似乎更加适用，因为作为一位以地名命名的水中仙女，她是场景的一部分，因此是地点和固定性的明显体现者（尤其参见 4. 338：*simulatque gradu discedere verso*［她假装转过脚步离开］）。通过故事中的主语和宾语结构，这种角色颠倒在语法上被直接反映出来，即上述"看见"与"被看见"之间的颠倒：虽然赫尔玛芙罗狄特斯作为看的主体登场，他和萨尔玛奇斯的相遇以他成为被看的客体而告终，最终由于和萨尔玛奇斯融为一体，他完全丧失了自己的个人身份。

结论

对于奥维德《变形记》第 4 卷中赫尔玛芙罗狄特斯和萨尔玛奇斯的故事，无论是从文学研究的角度，还是从文化研究的角度，都可以有很多种解析方式。在本文中，凯特·汉布格尔的《文学的逻辑》被用来探讨拉丁语中时态的使用与文本虚构性之间的关系。文本的虚构性是否可以通过文本自身的特征来确定，如果可以，在多大程度上可以，对于这些今天依然存在争议的问题来说，这种探讨非常有意义。从当前性别研究的角度来看，赫尔玛芙罗狄特斯的故事也很有趣。因为萨尔玛奇斯是"渴望"（并实施强迫）的主体，赫尔玛芙罗狄特斯是"渴望"的客体，"爱情哀歌系统"的传统角色被颠倒过来。此外，和《变形记》中的其他很多故事一样，"看见"的那一刻发挥着决定性的作用。两个人物都（带着渴望）看见了对方，但是最终当两者的身体合而为一时，"看见"这一刻的影响在于这样一个具有嘲讽意义的事实：结果是他们再也看不见对方，并且失去了他们各自的身份。今后的"全球化古典研究"之下的跨文化文学研究一定能够大大促进对于虚构性的探讨，这可以通过拓宽比较研究所覆盖的语言和语言系统来实现。

刻法洛斯的故事：奥维德《变形记》第七卷第 661-865 行 [①]

高桥宏幸，京都大学

（Hiroyuki Takahashi, Kyoto University）

葛晓虎　译

本文探讨刻法洛斯（Cephalus，又译作刻法罗斯）与普洛克里斯（Procris）故事中的标枪（*telum*）所具有的前后不一致性，文章认为这种不一致性是这位英雄诉说自身经历的关键所在。它用来展现当事人"悲情英雄"（*lacrimans heros*）的形象——因为残酷的命运深深地伤害了相恋的二人，而带来的悲伤记忆则与他如影随形——而非与忠贞之妻一起美满生活的"俊美英雄"（*spectabilis heros*）的形象。

一、刻法洛斯标枪之谜

在《变形记》第 7 卷的末尾，刻法洛斯，一位年迈的雅典英雄，为其母邦筹备与米诺斯（Minos，又译作弥诺斯）开战而寻求

---

①　文章原文用日文撰写，最初发表于《西洋古典学研究》（1996, 44, pp.96-108）。在经过必要的修改后，收录于我有关奥维德叙事学的文学博士论文《讹误的诗歌》（『手違いの詩歌』，2010）当中。为本合集准备的英文版完成于 2018 年，现已发表于 *Japan Studies in Classical Antiquity 4*（2020），pp.71-89（https://clsoc.jp/JASCA/2020/2020_vol4_05_Takahashi.pdf）。译者注：文中有大量来自《变形记》第 7 卷的拉丁引文，文章作者高桥宏幸教授提供了他自己的日文译文，中文译文大部分为本文译者根据拉丁文及日文译文而进行的直译，并在脚注中附上相应的杨周翰《变形记》散文译文（人民文学出版社，2008 年），以供对比、参照。

帮助。他在造访埃伊纳（Aegina，又译作埃癸娜）的国王埃阿科斯（Aeacus）时，讲述了一则他如何在无意之中用自己的标枪杀死爱妻普洛克里斯的故事。本该幸福生活在一起的夫妇却遭遇两次不幸，从而构成了这则故事一波三折的主题。第一次不幸是由黎明女神奥罗拉（Aurora）引起的，女神倾心于在山间狩猎的刻法洛斯，并且将他掳去，虽然最终将他放回，但是却在他的心中种下了怀疑其妻在他不在时另觅良人的种子。刻法洛斯乔装打扮以测试他妻子的忠诚，直到逼得妻子产生些许动摇方才作罢。羞愧之下，他的妻子选择离家出走，不过，妻子依然对他抱有宽容与爱恋，她不仅接受了刻法洛斯的道歉，而且还给了他致命的标枪和一只猎犬，这两者作为夫妇团聚的象征，都足以让刻法洛斯不会再与猎物失之交臂，两人的关系似乎比灾厄之前更为美满（这是故事的第一部分：第690-758行）。中间插叙了猎犬追逐狐兽（这是故事的第二部分：第759-793行）。之后，刻法洛斯继续讲述他的第二次不幸。刻法洛斯再一次上山狩猎，他呼唤奥拉（aura/Aura）[①]的降临为他散去身上的炎热。而其他人在偷听之后，误以为刻法洛斯在呼唤自己的情妇，便告知了普洛克里斯。为了确定是否属实，普洛克里斯也跑去了山上，结果只是徒闻丈夫对奥拉的声声呼唤。刻法洛斯将妻子的呜咽声以及发出的悉索声响误以为是野兽发出的声音，随即向着普洛克里斯的方位扔出了标枪，当他发现投中的是普洛克里斯时，为时已晚，他的妻子最终在他的怀抱中咽下了最后一口气（这是故事的第三部分：第796-862行）。

---

① 译者注：奥拉（aura），意为清风。

　　讲述故事的场景被设定在早上，当时刻法洛斯与他的同伴正准备扬帆返乡。他与国王最小的儿子福科斯（Phocus）在一处华丽的内殿，共同等待国王埃阿科斯醒来。在那里，刻法洛斯漂亮的标枪引起了福科斯的注意，当他问及此物时，其中一位雅典的随行者对他如是说道（《变形记》7.681-684）：

　　　　excipit Actaeis e fratribus alter et "usum
　　　　maiorem specie mirabere" dixit "in isto.
　　　　consequitur, quodcumque petit, fortunaque missum
　　　　non regit, et reuolat nullo referente cruentum."

　　　　来自阿提卡的兄弟俩中的一位接下来说道：
　　　　"与它的外形相比，你会更仰慕它的用处。
　　　　无论它掷向何方，总能命中；掷出后，不受机运控制；
　　　　且无需人取回，它会沾满血迹，自己飞回。"[①]

　　因而，根据他的说法，标枪在击中目标后会像回旋镖一样自动飞回到投掷者的手中。但是在故事最后，据作者描述，普洛克里斯试图把赠送给刻法洛斯的标枪从伤口中拔出（7.846: *de uulnere dona trahentem*），因此标枪应该仍然卡在伤处且并没有回到刻法洛斯手中。

_____

　　① 译者注：杨周翰译文："两位雅典青年中有一位回答说：'这标枪非常好看，它的用处更会让你惊奇。它能百发百中，毫无闪失。而且掷出之后，它会沾满血迹，自己飞回。'"（2008年，第147—148页）

在这里的描述显然是不一致的。当然，学者们已经注意到这一点，不过，他们多半会将之忽略或者认为这是诗人作品片段中的一个瑕疵。[1] 然而，奥维德似乎不太可能对这一细节有如此疏忽，因为这对于诗人勉力构建出的故事整体来说是至关重要的。自从波希尔（Pöschl）掀起讨论以来，这部分便被认为与刻法洛斯夫妇的相互之爱（7.800：*mutua cura*）及其悲剧有所关联，学者们指出，这一主题在此呈现时有着创造力与精巧性[2]，而在这其中特别值得关注的，便是其有序而对称的结构。[3] 在这一点上，开头与结尾关于标枪的不一致，就让人颇为好奇了。此外，随着刻法洛斯故事的发展，引言部分（689-699）同结尾部分（842-863）相

---

[1]　参看 Anderson 1990, p.133f.; Rohde 1929, p.50; Segal 1978, p.183, n. 13。

[2]　以下是学者们指出的这一片段当中的特点：1）与其他传统相异的细节：(1-1) 没有使用"誓言"的相关主题 (Hyg. *Fab*. 189; Serv. *Aen*. 6.445)，重点落在爱情的意愿，而非某种义务；(1-2) 突出普洛克里斯的纯洁，没有涉及米诺斯的传统 (Anton. Lib. 41, Apollod. 3.15.1)，也没有涉及"复仇"的主题 (Anton. Lib. ibid., Hyg. ibid., Serv. ibid.)；(1-3) 当神性的架构消退入背景后，人性的一面则得到突出；2）刻法洛斯作为第一人称讲述者表达深痛的哀婉，以一位亲历者的角度讲述这出悲剧；3）有序且匀称的结构：(3-1) 老者（刻法洛斯和埃阿科斯）与年轻人（福科斯及其兄弟）的对比形成一种时间的流逝感；(3-2) 如上所示，呈三分结构；(3-3) 与埃阿科斯的故事形成对比；4）从史诗中提取的意象：(4-1) 与《奥德赛》相似，从而增强彼此爱恋的形象：在《奥德赛》第 5 卷中，卡吕普索的场景便与刻法洛斯的情况有着类似的主题和相似的语句（例如人与神的对立、预言、困难以及悔恨），在《奥德赛》第 19 卷中，乔装打扮的奥德修斯二十年之后首次见到妻子珀涅罗珀（诸如对妻子的同情，用有克制地展现自己的冲动来进行测试）；(4-2) 与《埃涅阿斯纪》相似，以增强爱情悲剧的形象：*Met*. 7.688-689 < *Aen*. 2.1-3, 6-8; *Met*. 7.694-95 < *Aen*. 2.81-82; *Met*. 7.698-99 < *Aen*. 2.426-28; *Met*. 7.797-98 < *Aen*. 1.203; *Met*. 7.816-17 < *Aen*. 2.32-34; *Met*. 7.749 < *Aen*. 4.19; *Met*. 7.842 < *Aen*. 4.689; *Met*. 7.830 < *Aen*. 2.558; 5）反映罗马人的婚姻观以及爱情观，以表达婚姻关系与强烈激情之间的紧张关系；(5-1) 经常使用婚姻的专业术语，例如 *sacra iugalia* (700), *sacra tori, thalamos* (709), *prima foedera lecti* (710), *iura iugalia* (715), *amor socialis* (800)；(5-2) 爱情诗歌的传统主题（诸如焦虑、怀疑和激情）。

[3]　参看 Otis 1970, p.181f.; Pöschl 1959, p.334f., p.338; Segal 1978, esp., 178-180, 183-186, 195, 203。见本页脚注[2]之（3）。

对应：正如前文将标枪描绘成了一份致命的礼物并最终无情地导致了悲剧的结果，这份苦痛让刻法洛斯在他的余生中不时地悲从中来、潸然泪下（《变形记》7.689-693）：

lacrimis ita fatur obortis

"hoc me, nate dea, (quis possit credere?) telum

flere facit facietque diu, si uiuere nobis

fata diu dederint; hoc me cum coniuge cara

perdidit: hoc utinam caruissem munere semper!"

涙を浮かべて彼はこう語った。

『女神の子よ、誰が信じられるでしょう。この槍こそ私の
涙の原因です。それは長く変わらないでしょう、私の
人生を

運命が長く延ばしたなら。この槍が私と愛しい妻をと
もに

滅ぼしました。こんな贈り物とは一切無縁であったら
よかったのです。』

他流着泪说道：

"女神之子啊，这支标枪使我哭泣，（谁能相信？）
且将会使我长久哭泣，若命运让我活得长久；
这支标枪毁了我及我亲爱的妻子，

我但愿从不曾拥有过这个礼物！"①

故而在下文中，这位英雄含泪讲述了自己的故事，这是他在观众们（可能也是这部诗歌的读者们）的心中所留下的深刻形象（《变形记》7.863）：

flentibus haec lacrimans heros memorabat:

涙を誘いながら、涙を浮かべて英雄はこう物語つた。

英雄流着泪，讲述着这些事。②

而且，在故事开始与结尾处的诗句开头都使用了同一表达方式（7.694, 842：*Procris erat*）着重表示出他的妻子是一位悲剧女主角，是她自己给了刻法洛斯标枪，而正是这标枪导致了她的死亡。另外，让我们更为好奇的是，关于标枪的这一细节在其他的任何地方都没有出现，甚至在奥维德所著的另一个版本中也没有出现（《爱的艺术》3.687-746）。现在为了探讨这种不一致性，让我们首先看一下在故事片段中值得注意的叙事模式，而这些叙事模式似乎与这把标枪的奥秘有着某些关系。

---

① 译者注：杨周翰译文："他不觉落下泪来，说道：'女神之子啊，使我流泪的是这把武器。（说出来谁能相信？）如果命运之神给了我很长的寿命，我哭泣的日子还多着呢，这标枪毁了我和我的妻子，我但愿不曾拥有过它！'"（2008年，第148页）

② 译者注：杨周翰译文："这位英雄一路说，一路哭泣。"（2008年，第152页）

二、叙事模式 P1

第一个需要被注意到的叙事模式是"某人 / 某物丢失（或消失），并最终回归"（P1）。这种模式已经在埃阿科斯的故事中（7.517-657）出现过；由于瘟疫，他失去了许多子民，但是密耳弥多涅人（Myrmidons）的诞生又将埃阿科斯的子民归还于他（P1-1）。在刻法洛斯故事的第一部分中，他离家打猎，被黎明女神扣留了一段时间，然后又回到了普洛克里斯的身边（P1-2）。在刻法洛斯测试了妻子的忠诚之后，普洛克里斯选择离家出走，不过她在接受刻法洛斯的道歉之后，又回到了他的身边（P1-3）。在故事的第三部分中，刻法洛斯再次离家打猎，并激起了妻子对奥拉的怀疑，不过其间他只返回了一趟家（P1-4）。

到目前为止，我们看到这种叙事模式被重复了四次，不过在这一段的结尾处它却是不完整的；普洛克里斯跟随她的丈夫上了山，随后被标枪击中，永远地逝去，再也没有回来。这种模式的再现与失败似乎与标枪功能的前后不一致性相互呼应，让人好奇不已：随行者的话语如是说，"它，（在从手中被抛出并）击中目标之后，又会自发地返回"（参考 7.683-684），这一描述与上述叙事模式完全相符，然而最终标枪却卡在普洛克里斯的胸口，并没有回到刻法洛斯手中，使得这一模式没有被完成，就像普洛克里斯之死那般，是终结且无法挽回的状态。

如果这种并行呼应是无误的，那么它将表明（P1）与不一致性之间所存在的相关性，下面关于这部分的两个方面可能有助于对其之考量。首先，刻法洛斯的故事是整部《变形记》当中为数不多的主要角色没有出现明显"变形"（*metamorphosis*）的部分（除了故事第二部分中的猎犬与狐兽）；其次，普洛克里斯几乎可以通过那柄标枪来确立自身的角色。标枪不仅是她赠予的礼物，还诚如所述，决定了这对夫妇所遭受的灾厄，也预示了刻法洛斯的命运（前文所引过的 7.690-693 ），故而普洛克里斯被认为是刻法洛斯的命中之女（ 7.694-699 ）：

Procris erat, si forte magis peruenit ad aures

Orithyia tuas, raptae soror Orithyiae,

si faciem moresque uelis conferre duarum,

dignior ipsa rapi. pater hanc mihi iunxit Erechtheus,

hanc mihi iunxit amor: felix dicebar eramque;

non ita dis uisum est, aut nunc quoque forsitan essem.

プロクリスよりも、お聞き及びなのはおそらく、

さらわれたオーレイテュイアでしょうが、その妹がプ
ロクリスです。

でも、二人の美しさと心ばえを比べたとすれば、

妹にこそさらう価値がありました。彼女を父エレクテ
ウスが私に娶わせ、愛が彼女を私に結びつけました。私は
名実ともに果報者でしたが、

神々の考えは違いました。さもなくば、いまもおそら
く果報者でした。

> 普洛克里斯与被掳走的俄瑞提伊亚是姐妹，
>
> 或许俄瑞提伊亚更多地为你的双耳所听闻，
>
> 若你要比较两人的容貌与品行，
>
> 她更应当被掳走。其父厄瑞克透斯将她与我结合，
>
> 爱将她与我结合：我被称为是幸福的，我也的确如此。
>
> 众神的想法却不是这样，不然，我或许如今还是幸福的。①

标枪精美，而普洛克里斯美丽，两者都用了相似的短语（7.679：*non formosius isto*；7.730：*nulla formosior illa*）来修饰。当普洛克里斯回到刻法洛斯身边，并将标枪作为礼物送给他时，可以这么说，她自身仿佛也是一份礼物（7.753f：*tamquam se parua dedisset dona*；cf. 7.846：*sua dona*）。在《岁时记》中，奥维德从 curis 一词中得到了"奎里努斯"（Quirinus）的词源，而 curis 正是萨宾语中"标枪"的意思（《岁时记》2.477：*siue quod hasta 'curis' priscis dicta Sabinis*），它很容易在"普洛克里斯"（Pro-c[u]ris）的名字中找到，而"普洛克里斯"也带有了"属于标枪"的寓意。此外，值得注意的是，这柄标枪的尖部是金制的（7.673：*aurea cuspis*），这也与 Aurora（黎明女神奥罗拉）和 aura（奥拉）②——普洛克里斯的对手——两个词谐音。

---

①　译者注：杨周翰译文："我当初的妻子叫普洛克里斯。或许你听到过被俘虏的俄瑞提伊亚这名字吧？她们是姐妹。按照两人的容貌仪态而论，普洛克里斯是更值得一提的。她的父亲厄瑞克透斯把她许配给了我，我十分爱她。人人说我幸福，我确也幸福。但是天神们却给我安排了另一套命运，不然的话我至今还是幸福的人呢。""被俘虏的"在原文中是 raptae（被掳走的、被劫走的），俄瑞提伊亚被玻瑞阿斯劫走为妻。（2008 年，第 148 页）

②　参看 Ahl 1985, pp.206-208。

考虑到普洛克里斯与标枪所具有的紧密联系，那么假设这里暗含了另一种结局或许也并不能算牵强：她的一种包含标枪在内的变形。

对于一段变形（*metamorphosis*）的结尾，随行者的一番话颇有暗示性："你会感到惊奇。"（7.682：*mirabere*）有人指出，*mirus* 及其相关的词汇是诗歌中变形的关键所在。[1] 事实上，在第二部分的开头，莱拉普斯（Laelaps）——那只猎犬——与狐兽在这个部分中化为石头，刻法洛斯如是说道，"听到这故事会让人惊讶"（7.758：*accipe mirandum*）。因此，考虑到随行者所说的话，他们似乎暗示了有关标枪的变形。

与此相反，刻法洛斯在诉说他的故事的结尾时，没有提及变形，不过在他描述其妻子逝去的那一刻，如是说道（《变形记》7.860-861）：*in me / infelicem animam nostroque exhalat in ore*（对着我 / 她在我的口中呼出不幸的生命之息）。[2]

倘若普洛克里斯最后一口气息没有呼在刻法洛斯身上或是他的口上，而是呼在了标枪上，那么便不难假设普洛克里斯的灵魂注入标枪之中的含义，这样就使得标枪能够在击中目标之后又能够自发地回到投掷者那里。在这样的结局下，因为在她死后标枪便具有了论题中的能力，所以标枪的角色便不会前后矛盾了。而且 P1 在最后也会是完整的，因为标枪会回到刻法洛斯手中，就像普洛克里斯在她的生命中所做的那样，并且永远如此，故而这对夫妇的灵魂将会实现永久的融合。这一关乎彼此之爱的结局似乎

---

① Anderson 1963, p.4; 也可参看 Ahl 1985, pp.10-14。

② 译者注：杨周翰译文："（她）把最后一口灵气呼在了我的口上。"（2008 年，第152页）

适用于整段情节。

到目前为止，我们已经考察了 P1 的再现、普洛克里斯与标枪之间的紧密联系、随行者的话语暗示的一种变形的产生以及在故事的结尾讲述一种变形的潜在可能性。可以看到，一切似乎都指向了最终的变形：普洛克里斯的灵魂融入了标枪。而且，这一结局不会产生前后不一。而让一切不同的要点在于，普洛克里斯将她最后的气息呼在了哪儿，是在她丈夫的口上还是在标枪上。①

因此，奥维德似乎巧妙地对最终的变形布下了暗示，而此时诗人不知何故改变了叙事的进程：并没有发生变形。何以至此？很快我们就会根据刻法洛斯的目的与叙事者的动机来找到答案②，不过在此之前，我们先来看看另外两种叙事模式，这将显示出这一部分中人物语言差异的重要性。

---

① 这篇文章并不假设一种版本——这个版本在奥维德时代尚存，但如今佚失——的刻法洛斯–普洛克里斯的神话 [这种假设是徒劳的，正如方廷罗斯（Fontenrose）驳斥格林（Green）的观点所示]。问题在于它为何会留下如此明显的不一致。像奥维德这样的诗人，创造一则连贯的故事应该不会有很大的困难，例如，在普洛克里斯吐出最后一口生命的气息的时候，狄安娜（Diana）为她感到惋惜（参看 754ff., Hyg. *Fab.* 189.5），将她的灵魂升入天堂（heaven），并且让标枪具有令人怀想起她美德的能力。此外，有关一个人的最后一口气息进入另一个人的口中的主题，一个相似的故事是安娜（Anna）收集狄多（Dido）的气息（维吉尔：《埃涅阿斯纪》4.684-685：*extremus si quis super halitus errat, ore legam* [若有最后一口气在飘浮，让我用嘴来收集它]），有趣的是，在塞内加（Seneca）看来，一个人的最后一口气通过转移到别人的身上，从而获得了新生（《书信集》Sen. *Ep.*78.4：*non iudicabam me, cum illos superstites relinquerem, mori. Putabam, inquam, me uicturum non cum illis, sed per illos ... non effudere mihi spiritum uidebar, sed tradere*)。

② 皮克（Peek）最近从这个角度考虑了这个故事，认为刻法洛斯版本的故事是有所歪曲的，但是他提出的有关叙事者和故事本身的问题依然没有得到解决。也可参看 Ahl 1985, esp., pp.208-211。

三、叙事模式 P2 与 P3

叙事模式二（P2）涉及一个人听到别人所说的话语；当他试图寻找证据来证实故事真假时，曾经一度被认为是真实的传闻，最终被证明是错误的。在第一部分中，黎明女神在刻法洛斯心中埋下了怀疑妻子不忠的种子，为此他试图寻找证据。刻法洛斯不停地测试他的妻子，直到最终她被迫产生些许动摇，当他声称自己已经发现妻子的背信弃义时，他很快意识到自己错了。在故事的第三部分中，一位告密者有关奥拉的转告引起了普洛克里斯心中的怀疑，她尾随自己的丈夫，发现他呼唤奥拉之名，但是事实证明所有的一切都不过是一场误会。

有关标枪的不一致性似乎与 P2 相符。其中一位随行者提及了标枪的出色能力，使得福科斯对标枪颇感好奇，他的话语引出了刻法洛斯的故事。人们期待标枪的神奇之处能够在叙述中被提到，然而在故事的结尾也没有对标枪的神奇有任何的提及。

就这一模式而言，随行人员之一与故事第一部分中的黎明女神以及第三部分中的告密者是并行的关系。因为女神的建议与告密者的汇报都是虚假的，所以这种叙事模式似乎暗示了随行人员的话也有可能是虚假的。如果这是刻法洛斯的故事所隐含的含义，那么故事的结局似乎不仅仅放弃了变形，而是为了排斥随行者的话语，从而刻法洛斯所言才是真实的故事。

P3 则涉及对于更好境遇的逆转：灾难总会在喜悦之后发生。从而改变了 P1 的视角（"某人消失，并最终回归"）。我们可以在埃阿科斯的故事中清楚地看到这一点：当刻法洛斯没有看到许多之前曾见过的人的时候，埃阿科斯如是说道（《变形记》7.518）：
flebile principium melior fortuna secuta est（更好的时运在令人悲伤的开端之后而来）。①

　　一般来说，刻法洛斯的故事被认为是一出悲剧，从幸福转向哀伤②，这与埃阿科斯的故事形成了鲜明的对比，不过在刻法洛斯的故事中也提到了一段快乐的时光，那便是夫妇俩在第一次遭受不幸之后重新团聚的日子。值得注意的是，尽管在故事第一部分的开头，刻法洛斯说道（《变形记》7.698）：*felix dicebar eramque*（我被称为是幸福的，我也的确是幸福的）。在第三部分开始时，他补充说道（《变形记》7.797-799）：*iuuat o meminisse beati / temporis, Aeacida, quo primos rite per annos / coniuge eram felix, felix erat illa marito*（埃阿科斯之子啊，回想美好 / 时光令人愉悦，结婚的前几年，/ 我与妻和美，她与夫幸福）。③看上去此时的他仿佛比他们刚结婚时更加快乐。④尽管如此，从整体上来看，我们已经有了"从幸福转向悲伤"这一印象，无须赘言，这是由于结局。

　　不过，假设上面所说的变形是在那里存在的。那么，这将是一个完全不同的故事。普洛克里斯的灵魂引导的标枪，在每次投掷之后都会回到刻法洛斯手中。尽管她的死亡是不可改变的，但是这对夫妻在精神上的联合将会得以实现，因为刻法洛斯能够感觉到标枪仿佛因为他的过错获得了原谅而回到了他的身边，就像

---

① 译者注：杨周翰译文："这件事说起来真不幸，幸而结果还好。"（2008年，第144页）
② Otis 1970, p.181f.
③ 译者注：杨周翰译文："埃阿科斯的儿子，我结婚的头几年我们夫妻过得非常和美，生活幸福，回想起来是多么使人高兴，我们相亲相爱，如胶似漆。"（2008年，第150页）
④ 参看 Segal 1978, p.179.

曾经他的妻子接受了他的道歉并返回家中。他必然能够获得深深的慰藉，继而拥抱她的妻子给予的伟大的爱，这种爱可以超越死亡的界限。[①] 这一结尾将被认为是与 P3 相匹配的。而事实正相反，并没有变形发生，是标枪造成了他们间的悲剧，它永远提醒着刻法洛斯他的爱妻已然逝去的命运，让他在余生为妻子而悲恸。

现在，我们可以看到 P3 与 P2 存在着联系。在故事的第一部分和第三部分的开头，对于这对夫妻的幸福都用到了几乎相同的表述——"他（她）和自己的妻子（丈夫）在一起很快乐"（前文所引的《变形记》7.698, 799）。而在第一部分中，在提到自己妻子的名字之后，刻法洛斯认为福科斯更有可能听说过俄瑞提伊亚（前面已经引过的《变形记》7. 694-695：*si forte magis peruenit aures / Orityia tuas*）。并对这对姐妹进行了比较（《变形记》7. 696-697：*si faciem moresque uelis conferre duarum, / dignior ipsa rapi*）。

有意思的是，在《变形记》的第 6 卷中就已经讲述了俄瑞提伊亚的故事，并且还在那里比较了这对姐妹的美貌，据说刻法洛斯因为拥有妻子普洛克里斯而感到高兴（《变形记》6. 680-682）：

> erat par forma duarum;
>
> e quibus Aeolides Cephalus te coniuge felix,
>
> Procri, fuit;

---

① 这是爱情诗的一个传统主题，如普罗佩提乌斯（Prop.）1.19.12（*traicit et fati litora magnus amor*），并且也适用于普洛克里斯和刻法洛斯的故事（参看 Labate 1975, p.122f., p.126ff., 以及本书第 297 页注释②）。

二人の娘に優劣つけがたい美貌があった。

一人はアイオロスの孫ケパロスの妻となり、彼を果報
者にした。

それがプロクリスだ。

有两位女儿一样美；
其中一位普洛克里斯，风神之孙刻法洛斯
以你为妻，和美幸福。①

考虑到两处在表达上具有惊人的相似性，我们可以推断出，刻法洛斯对于这对姐妹以及自己婚姻的话语，是以俄瑞提伊亚的故事作为传闻被世人——确切地说，不仅是诗歌中的人物（包括福科斯），或许也包括读者——所知为前提的。事实上，刻法洛斯还说"人人都这么说我"（7.698: *dicebar*）。如果他这么说的原因，是因为俄瑞提伊亚的故事已然被提及，那么这么说也是可以理解的。在这里引用《埃涅阿斯纪》中类似的表述或许会有所帮助。西农（Sinon）以"若在谈话间，贝鲁斯之子、帕拉墨得斯之名，以及他的显赫名声，曾碰巧传入你的耳中"（《埃涅阿斯纪》2.81-83: *fando aliquod si forte tuas peruenit ad auris Belidae nomen Palamedis et incluta fama gloria*）为开头讲述他的故事②，就是为了通过这样的表述来建立彼此间共同的认知基础，从而吸引特洛

---

① 译者注：杨周翰译文："女儿中有两个长得一样美。一个叫普洛克里斯，她嫁给了刻法洛斯，使他生活幸福。"（2008 年，第 126—127 页）

② 译者注：杨周翰译文："在谈话时你耳朵里也许听到过帕拉墨得斯王的名字，他声名显赫。"（1999 年，第 30 页）

伊人的注意并且提高自己话语的可信度。同样的，通过诉诸共同的认知，刻法洛斯似乎暗示了世人对他及其妻子的谈论成了其故事的起始点。

尽管如此，第 6 卷与第 7 卷的内容仍然存在着两处不同。首先，在第 6 卷中姐妹俩的美貌不相上下（6.680：*erat par forma duarum*），不过在第 7 卷中刻法洛斯却表示普洛克里斯在容貌仪态和性格方面都胜过俄瑞提伊亚（696-697）。其次，虽然在第 6 卷中人们确信刻法洛斯是幸福的，但在第 7 卷当刻法洛斯说 "众神的想法却不是这样"（699：*non ita dis uisum est*）之时又仿佛试图否认第 6 卷的说法，认为那是虚假的传言。在两者之中，第二处区别在 P2 与 P3 的关联性方面尤为显著，因为刻法洛斯的故事以悲剧收场，从而否定了世人认为他一直幸福的观点。

因此，正如第 6 卷所展示的当日的普遍认知，当人们预设刻法洛斯的婚姻是幸福的时候，刻法洛斯最后却似乎通过结局的悲剧来否认这种观点，在另一方面，直到最后，特别是在故事第三部分开头所提及的 "灾难总会在喜悦之后发生"（P3）后，刻法洛斯使人回想起第 6 卷中的平行段落，从而通过 "世人所知" 引出自己的故事。继而，故事结尾的否定与 P2 相符合。

到目前为止，我们已经讨论过 P1、P2 和 P3。现在，基于这一讨论，让我重新思考标枪具有的不一致性。虽然随行者暗示了在结局中普洛克里斯包含着标枪的变形——这也可以证明这对夫妇的婚姻是幸福的，从而证实世人对他们的认知都是真实的，但是刻法洛斯通过在结尾对变形只字不提并且将故事引向悲剧，似乎试图抗拒这种普遍的议论。如果他真的是这样，那么这次尝试的背后又有什么目的和意图呢？有鉴于此，我们有必要考察刻法洛斯作为英雄的形象刻画。

四、刻法洛斯的形象刻画

刻法洛斯的形象刻画在于：（1）在初登场的时候以一位惹人瞩目的俊美英雄形象出现（《变形记》7.496：*spectabilis heros*）并且在故事的结尾以一位"涔涔泪下"的英雄形象（7.863：*lacrimans* heros）示人；（2）以他的故事讲述为核心并强调之；（3）以奥德修斯以及埃涅阿斯为参照。

对于（1）我们首先应该注意到的是，对于《变形记》中的英雄来说，spectabilis 和 lacrimans 都是特定的形容词。① 此外，这些词所处的位置——包括周围的整个段落——似乎暗示它们的重要性。

当这位英雄（刻法洛斯）到达埃伊纳之时，他仍然是"惹人瞩目的"（*spectabilis*），不过，这也在一定程度上提醒了我们，他年轻时是何等的俊美（《变形记》7.496-497）：

spectabilis heros

et ueteris retinens etiamnum pignora formae

英雄は見目麗しく、

---

① 多数情况下有关英雄的出生或者能够代表英雄的特质。特例是赫拉克勒斯（9.157：*inscius*）以及阿喀琉斯（在 11.264, 12.98 和 13.166 中只用了 *heros*，不带任何形容词，可能来指独一无二的"英雄"？）。

昔の美しさの名残をいまもとどめていた。

俊美的英雄
依然保存着往昔丰采的明证。[1]

在故事的结尾，当普洛克里斯即将逝去的时候，她依然尽可能地想多看刻法洛斯一眼（《变形记》7.860）：

dumque aliquid spectare potest, me spectat

ただ、なにかが見えるあいだは、私を見ていて、

当她能看些什么时，她看着我。[2]

考虑到对于"注视"与 *spectare – spectat* 的强调，刻法洛斯在此时似乎将自己表现为了一位"瞩目／俊美英雄"（*spectabilis heros*）。而在三行诗歌之后，随着他的悲惨故事走向结局，他成了一位潸然泪下的悲情英雄（见前面已经引过的《变形记》7.863）：flentibus haec lacrimans heros memorabat（英雄流着泪，讲述着这些事）。

在从俊美英雄到悲情英雄的转化之间，刻法洛斯讲述了他的

---

[1]　译者注：杨周翰译文："这位英雄身上依然保存着往日的丰采，吸引着众人的目光。"（2008 年，第 143 页）

[2]　译者注：杨周翰译文："她偶尔睁开眼睛，不看别的，单只看看我。"（2008 年，第 152 页）

妻子对着他、对着他的嘴呼出最后一口气息（7.860-861：*in me infelicemque animam nostroque exhalat in ore*），在濒死之时她的脸上露出了一抹安心（7.862：*uultu meliore mori secura uidetur*），此情此景让他当时潸然泪下，时至今日依旧让他本人和听众落泪。正如前文所讨论的，假如叙述中普洛克里斯将自己的灵气呼在标枪上，而非呼在刻法洛斯的口中，那么就会产生一种与标枪有关的普洛克里斯的变形。从某种意义上说，刻法洛斯故事的结尾并没有讲述其妻的变形，不过，文中似乎有意弥补，故而描绘了刻法洛斯从俊美英雄化为悲情英雄的转变。

对于（2），学者们一致认为，刻法洛斯的第一人称叙述是这个故事中的主要元素之一。① 刻法洛斯的言语行为不仅在叙事层面，还在故事当中起到了举足轻重的作用。

当刻法洛斯被黎明女神扣留的时候，尽管女神美丽迷人（7.705：*roseo spectabilis ore*），但是刻法洛斯对普洛克里斯怀有爱，让他不住地谈及自己的妻子以及与她的婚姻，直到黎明女神选择放弃（《变形记》7.707-712）：

> ego Procrin amabam:
>
> pectore Procris erat, Procris mihi semper in ore.
>
> sacra tori coitusque nouos thalamosque recentes
>
> primaque deserti referebam foedera lecti;
>
> mota dea est et "siste tuas, ingrate, querellas:

---

① 参看本书第 297 注释②。

Procrin habe!" dixit

私はプロクリスを愛していました。

心にはプロクリスがあり、いつもプロクリスの名を口
にしていました。

婚礼、新床、初々しい夫婦のひととき、

最初の契り、そして、その新居を捨ててきたことを話
しました。

女神は気色ばんで、『そんな泣き言はやめなさい。恩知
らず。

プロクリスのもとへ戻れ』と言いました。

　　　　我爱普洛克里斯：

我心里有普洛克里斯，普洛克里斯总在我嘴边。

我不住地讲述着婚礼、交合以及新婚，

还有我的合卺，在我已抛下的床上。

女神恼怒，"停止你的抱怨，不知感恩之人：

去守着你的普洛克里斯吧！" 她说道。①

在这里，对于普洛克里斯之名的重复生动地表现了刻法洛斯
是如何坚持将妻子挂在嘴边的（7.708：*mihi semper in ore*；710：

---

① 译者注：杨周翰译文："我心里，我口头上只有普洛克里斯。我不住地讲着我的燕尔
新婚和合卺良辰。黎明女神大为不欢，说道：'不要抱怨了，你这无情的少年。你去守着你的
普洛克里斯吧。'"（2008年，第148页）

referebam）。这些抱怨让女神厌倦，最终将他放归回家。

当刻法洛斯反复呼唤奥拉之时（820：*nomen aurae tam saepe uocatum*），伴随着吟唱（813：*cantare solebam*）。或许是命中注定，他还倾吐出了热情洋溢的爱慕之情（《变形记》7.816-818）：

> forsitan addiderim (sic me mea fata trahebant)
> blanditias plures et "tu mihi magna uoluptas"
> dicere sim solitus,

> おそらく、私の運命に導かれるとおりに言い添えた
> 甘い言葉はまだあったことでしょう。『おまえは私の大
> きな喜び』と
> 私はよく言ったはずです。

> 或许我加上了（我的命运这样引导我），
> 许多甜言蜜语，还有"你是我巨大的欢乐"，
> 我常常说。①

这些话语太过含糊，以至于让其他人认为奥拉是一位与他坠入爱河的宁芙（nymph）（7. 822-823）：

> nescio quis nomenque aurae tam saepe uocatum

---

① 译者注：杨周翰译文："真是命中注定，我有时还加上一句更加亲昵的话：'你能给我最大的欢乐。'"（2008年，第151页）

putat nymphae: nympham me credit amare.

人がどこかにいました。そよ風と何度も何度も呼ぶ
ので、

ニンフの名前だと思い、私がニンフに恋していると思
い込んだのです。

不知何人以为我常常呼唤的奥拉是宁芙
之名：他认定我爱上了一位宁芙。[①]

而悲剧正始于此处。

对于（3），有人指出，对《奥德赛》的参考有助于夫妻相互之爱意象的构建，而对《埃涅阿斯纪》的参考则有助于构建恋人间的悲剧。[②] 不过，除了这些贡献之外，仅就奥德修斯、埃涅阿斯和刻法洛斯的故事而言，我们可以看到它们有三个共同特征和两个相似的设定：（A）历经艰辛的过程；（B）本人阐述自身经历的技艺；（C）英雄本人和听众为故事流下眼泪；（S1）都在异邦的王宫中；（S2）为了返回家园，英雄需要获得帮助。

奥德修斯四处漂泊、受尽苦难（A），正如《奥德赛》诗篇所呈现的那样（《奥德赛》1.1.4）：

---

① 译者注：nescio quis 也是上一行 7.821 的主语，杨周翰关于《变形记》7.821-823 的中译文（2008 年，第 151 页）是："不想这话被人偷听去了，他听到了我这些模棱两可的话，以为我不断呼唤的奥拉是个林中女仙的名字，认定我和她发生了爱情。"

② Labate 1975, pp.110-16, 119; Segal 1978, pp.186-189, 200; 以及本书第 297 注释②。

ὃς μάλα πολλὰ

πλάγχθη, ἐπεὶ Τροίης ἱερὸν πτολίεθρον ἔπερσεν·

πολλῶν δ᾽ ἀνθρώπων ἴδεν ἄστεα καὶ νόον ἔγνω,

πολλὰ δ᾽ ὅ γ᾽ ἐν πόντῳ πάθεν ἄλγεα ὃν κατὰ θυμόν

那位机敏的英雄，

在摧毁特洛伊的神圣城堡后又到处漂泊，

见识过不少种族的城邦和他们的思想；

他在广阔的大海上身受无数的苦难 ①

歌人得摩多科斯（Demodocus）和奥德修斯本人则将自己的跋涉与苦难娓娓道来。当这位歌人咏唱起与奥德修斯相关的部分之时，奥德修斯不禁留下了泪水（C）（《奥德赛》8.83-89，520-522，531）：

ταῦτ᾽ ἄρ᾽ ἀοιδὸς ἄειδε περικλυτός· αὐτὰρ Ὀδυσσεὺς

πορφύρεον μέγα φᾶρος ἑλὼν χερσὶ στιβαρῇσι

κὰκ κεφαλῆς εἴρυσσε, κάλυψε δὲ καλὰ πρόσωπα·

αἴδετο γὰρ Φαίηκας ὑπ᾽ ὀφρύσι δάκρυα λείβων.

ἦ τοι ὅτε λήξειεν ἀείδων θεῖος ἀοιδός,

δάκρυ ὀμορξάμενος κεφαλῆς ἄπο φᾶρος ἔλεσκε

---

① 译者注：中译文来自王焕生译本（人民文学出版社，2003年，第1页）。

καὶ δέπας ἀμφικύπελλον ἑλὼν σπείσασκε θεοῖσιν:

ταῦτ᾽ ἄρ᾽ ἀοιδὸς ἄειδε περικλυτός: αὐτὰρ Ὀδυσσεὺς

τήκετο, δάκρυ δ᾽ ἔδευεν ὑπὸ βλεφάροισι παρειάς.

ὡς δὲ γυνὴ κλαίῃσι φίλον πόσιν ἀμφιπεσοῦσα,

...

ὣς Ὀδυσεὺς ἐλεεινὸν ὑπ᾽ ὀφρύσι δάκρυον εἶβεν.

那位著名的歌人这样歌唱，奥德修斯
用强健的双手提起宽大的紫色外袍，
举到头部，遮住他那优美的脸面，
担心费埃克斯人发现他眼中流泪水。
当神妙的歌人唱完一曲停止演唱，
他便抹去眼泪，把袍襟从头部挪开，
举起双耳酒杯，酹酒把神明祭奠。

著名的歌人吟唱这段故事，奥德修斯
听了心悲怆，泪水夺眶沾湿了面颊。
有如妇人悲恸着扑向自己的丈夫，
……
奥德修斯也这样睫毛下流出忧伤的泪水。①

---

① 译者注：中译文来自王焕生译本（2003 年，第 132、149 页）。

尽管在叙述给雅典娜（《奥德赛》13.250-286）、欧迈奥斯（《奥德赛》14.191-359）以及珀涅罗珀（《奥德赛》19.164-202）时有所虚构，但是英雄的故事本身还是基于他本人的苦难经历的（A）。他巧妙的叙述使其得到了智慧女神雅典娜的赞许（《奥德赛》13.294-295）：

> οὐδ' ἐν σῇ περ ἐὼν γαίη, λήξειν ἀπατάων
> μύθων τε κλοπίων, οἵ τοι πεδόθεν φίλοι εἰσίν.

> 你这个大胆的家伙，巧于诡诈的机敏鬼，
> 即使回到故乡土地，也难忘记
> 欺骗说谎，耍弄你从小喜欢的伎俩。①

并且还在阿尔喀诺俄斯（Alcinous，又译作阿尔基诺奥斯）的宫殿里进行了完整的展示（S1，S2）。他的故事是如此具有吸引力，以至于让在场的所有人都陷入沉默，并因为其魅力而着迷（B）（《奥德赛》11.333-334 = 13.1-2）：

> ὣς ἔφαθ', οἱ δ' ἄρα πάντες ἀκὴν ἐγένοντο σιωπῇ,
> κηληθμῷ δ' ἔσχοντο κατὰ μέγαρα σκιόεντα.

> 他这样说，在座的人们静默不言语，

---

① 译者注：中译文来自王焕生译本（2003 年，第 248 页）。

在幽暗的大厅里个个听得心醉神迷。①

　　埃涅阿斯不再受漂泊与困难之苦，诚如《埃涅阿斯纪》诗篇中所再次出现的（《埃涅阿斯纪》1.9-10）：

tot uoluere casus

insignem pietate uirum, tot adire labores

　　（他们）迫使这个以虔敬闻名的人遭遇这么大的危难，经受这么多的考验。②

　　当这位英雄（即埃涅阿斯）在朱诺神庙的门上看到上面描绘的他（以及他的同胞）在特洛伊战场上所遭受的痛苦之时，他不禁流下了眼泪（C）（《埃涅阿斯纪》1.459-460，464-465，469-470）：

constitit et lacrimans "quis iam locus", inquit, "Achate,

quae regio in terris nostri non plena laboris?"

…

… animum pictura pascit inani

multa gemens, largoque umectat flumine uultum.

…

---

① 译者注：中译文来自王焕生译本（2003年，第207页）。
② 译者注：中译文来自杨周翰译本（1999年，第1页）。

nec procul hinc Rhesi niueis tentoria uelis

agnoscit lacrimans,

埃涅阿斯伫立着，流着泪，说道："阿卡特斯，世界上什
么地方、哪个地带不流传着我们的苦难啊？"

……

不住地流着眼泪，脸上泪迹斑斑

……

在稍远处，他眼泪汪汪地认出了雷素斯营中雪白帆布做
的帐篷。①

这位英雄本人说道，当他离开特洛伊之时，已是泪流满面
（《埃涅阿斯纪》3.10-11）：

litora cum patriae lacrimans portusque relinquo

et campos ubi Troia fuit.

我流着泪辞别了我祖国的海岸、港湾和田野，辞别了已
不存在的特洛伊。②

当天讲述特洛伊陷落的故事之时，他重温了自己所遭受过的
痛苦，据说此时即使是敌人也无法忍住泪水（A+C）（《埃涅阿

---

① 译者注：中译文来自杨周翰译本（1999年，第17页）。
② 译者注：中译文来自杨周翰译本（1999年，第54页）。

斯纪》2.3-8）：

> infandum, regina, iubes renouare dolorem,
>
> Troianas ut opes et lamentabile regnum
>
> eruerint Danai, quaeque ipse miserrima uidi
>
> et quorum pars magna fui. quis talia fando
>
> Myrmidonum Dolopumue aut duri mile Ulixi
>
> temperet a lacrimis?

女王啊，你要我重新说一遍我的苦难，这苦难却是难以言传啊，它包括希腊人是怎样把富饶的特洛伊这可悲的王国夷为平地，和我亲眼看到并且大部分是亲身经历的悲惨事件。说起这些事情，就连阿喀琉斯父子手下的士卒或铁石心肠的奥德修斯的兵丁也会忍不住流泪的。①

在狄多的宫殿中，女王承诺将为这位英雄提供全力支持（S1，S2）。他的故事激起了如此众多的期待，以至于当他开始时，听众已经集中注意于彼身了（《埃涅阿斯纪》2.1-2）：

> conticuere omnes intentique ora tenebant.
>
> inde toro pater Aeneas sic orsus ab alto:

---

① 译者注：中译文来自杨周翰译本（1999年，第27页）。

　　大家都安静下来了，集中注意把脸朝着埃涅阿斯。接着特洛伊人的领袖高坐在榻上开始说道：①

　　他的故事是如此的感人肺腑，以至于让所有听众都全神贯注且默然无语（B）。（《埃涅阿斯纪》3.716-718）：

sic pater Aeneas intentis omnibus unus

fata renarrabat diuum cursusque docebat.

conticuit tandem factoque hic fine quieuit.

　　就这样，特洛伊人的领袖埃涅阿斯独自一个诉说了神给他规定的命途，描绘了他一路的经历，大家都聚精会神地听着。最后他沉默不语，话已说完，他安静了下来。②

　　有趣的是，他的故事与刻法洛斯的故事还有所关联，因为埃涅阿斯也讲述了他是如何失去自己妻子的。当他在逃离前的集结地点发现所有人都到齐了，唯有自己的妻子走散之时，他说道，在这座陷落之城当中，已经没有比这更残酷的事情了（《埃涅阿斯纪》2.746）：

quid in euersa uidi crudelius urbe? ③

---

① 译者注：中译文来自杨周翰译本（1999 年，第 27 页）。

② 译者注：中译文来自杨周翰译本（1999 年，第 79 页）。

③ 有趣的情况可以参考塞尔维乌斯的评论（ *bene se futurus commendat maritus, qui apud feminam sic ostendit priorem se amasse uxorem* ），这就表明评注者对于叙事者很是热衷。

在这覆灭了的城市里我所见到的一切还有比这更残酷的吗？①

这句话提醒我们，这位英雄在他的故事开篇曾说过，这是他所经历过的最悲伤的事情（《埃涅阿斯纪》2.5）：

quaeque ipse miserrima uidi.

我所见到的最悲惨的景象。

当然，他的爱妻之死也在其中。因此，埃涅阿斯忍不住留下了泪水（C）。而他妻子的幽灵出现在了他的面前，并且说道，"不要为你心爱的克列乌莎（Creusa）流泪"，在她离去之时，埃涅阿斯不禁泪如雨下（《埃涅阿斯纪》2.784, 790-791）：

"lacrimas dilectae pelle Creusae."
…
lacrimantem et multa uolentem
dicere deseruit, tenuisque recessit in auras.

"不要为你心爱的克列乌莎流泪。"
……

---

① 译者注：中译文来自杨周翰译本（1999年，第52页）。

她说完，我泪如雨下，我有多少话想对她说，但她离开了我，化成一阵清风消逝了。[①]

在此处，我们看到了一位英雄为了爱妻之死而泪流满面。

五、英雄的目标与动机

考虑到对刻法洛斯的形象刻画，我们已经研究了：（1）俊美英雄与悲情英雄；（2）高超的叙事；（3）与《奥德赛》和《埃涅阿斯纪》的参照。从中我们可以推断出，刻法洛斯的故事将他比作了（1）中的悲情英雄和（2）中的高超叙事者。关于（1）中的俊美英雄，值得注意的是，奥德修斯轻视外在的表现，而更倾向于通过优美辞藻所表现出的内在的卓越（《奥德赛》8.166-73）：

‘ξεῖν’, οὐ καλὸν ἔειπες: ἀτασθάλῳ ἀνδρὶ ἔοικας.

οὕτως οὐ πάντεσσι θεοὶ χαρίεντα διδοῦσιν

ἀνδράσιν, οὔτε φυὴν οὔτ’ ἂρ φρένας οὔτ’ ἀγορητύν.

ἄλλος μὲν γάρ τ’ εἶδος ἀκιδνότερος πέλει ἀνήρ,

ἀλλὰ θεὸς μορφὴν ἔπεσι στέφει, οἱ δέ τ’ ἐς αὐτὸν

τερπόμενοι λεύσσουσιν: ὁ δ’ ἀσφαλέως ἀγορεύει

αἰδοῖ μειλιχίῃ, μετὰ δὲ πρέπει ἀγρομένοισιν,

ἐρχόμενον δ’ ἀνὰ ἄστυ θεὸν ὣς εἰσορόωσιν.’

---

① 译者注：中译文来自杨周翰译本（1999 年，第 53 页）。

> 陌生人，你出言不逊，像个放肆的人。
>
> 神明并不把各种美质赐给每个人，
>
> 或不赐身材，或不赐智慧，或不赐辞令。
>
> 从而有的人看起来形容较他人丑陋，
>
> 但神明却使他言辞优美，富有力量，
>
> 人们满怀欣悦地凝望着他，他演说动人，
>
> 为人虚心严谨，超越汇集的人们，
>
> 当他在城里走过，人们敬他如神明。[①]

因此，如果刻法洛斯只是作为一个俊美英雄而存在的话，那么他就不可能与那些史诗英雄相比肩。换而言之，他似乎可以通过自己的故事来将自己转化为悲情英雄，从而实现自我建构。那么，这就不难看出整个故事都是为了塑造一位悲情英雄的形象而叙述的，而这也正是刻法洛斯用他的故事想达到的目标。

在这里应该指出，刻法洛斯通过讲述一出悲惨的故事，摒弃了人们关于其婚姻的传言，即曾经说到的他与妻子一直幸福美满的传言。那么为何他必须在一开始就要对他的婚姻做出否定呢？他的动机又是什么？在第 6 卷中，焦点明显放在了普洛克里斯身上，对她的问候（apostrophe）、她处于刻法洛斯与"幸福"之间的语序提供了强有力的线索；就像刻法洛斯将他的幸福归因于普洛克里斯成为妻子那般（《变形记》6.681-682：*Cephalus te coniuge felix, Procri, fuit*）。此外，普洛克里斯与标枪有关的变形结局也会

---

① 译者注：中译文来自杨周翰译本（1999 年，第 136 页）。

将她放在聚光灯下，而这变形将会使她成为主角，表明了是她的宽容与甜美让他的丈夫从内疚的负担中得以豁免。如果是这样的话，那普洛克里斯便会是女主角。

而事实恰恰相反，刻法洛斯成了他的故事的中心，而他的妻子最终的变形却在沉寂中被回避，取而代之的则是刻法洛斯从一位俊美英雄转变为一位悲情英雄，从而将自己与史诗英雄相比肩。因而，刻法洛斯便成了自己故事中塑造的英雄。而在第 6 卷中，刻法洛斯仅仅只是一个衬托其妻子的串场人物罢了。对于刻法洛斯而言，至少作为奥维德诗歌中的一个角色，被赞为一个俊美英雄不足以将他塑造成一位真正的英雄，那么他的所作所为也就不足为怪了。有鉴于此，当黎明女神试图劝诱刻法洛斯本人的时候，女神本人便可被称为貌美（705）。刻法洛斯并没有屈从于女神的美貌。如果刻法洛斯拒绝了诱惑，那么他就不应该满足于只是作为一位俊美的英雄而存在。

六、标枪和叙事的不一致性

现在让我们仔细审视故事中存在的不一致性。刻法洛斯的一位随行者说过，标枪在飞出之后，还会自己沾满血迹飞回来（《变形记》7.684：reuolat nullo referente cruentum）。而在故事的尾声，普洛克里斯将她的最后一口气息呼在了刻法洛斯身上和他的口中（《变形记》860-861：in me / infelicem animam nostroque exhalat in ore）。

我们应当注意到 referente 和 in ore 这两处表述，在这段故事中它们分别意为"说"与"被说"：前者分别出现在第 687、704、

710、734、797、825 行，除了第 825 行，其他部分的行为者都是刻法洛斯；而后者则出现在第 708 行，用以指代他对妻子的呼唤：*Procris mihi semper in ore*。

考虑到这段故事中故事叙说的重要性，如果我们把这些释义放在第 684 行和第 861 行会怎样？随行者的话当如此："在无人呼唤的情况下"，沾满血迹的标枪会自己飞回。而在故事结尾："正如我所说"，她呼出了最后一口气。如上所述，生命之息喷吐进的对象是标枪而非刻法洛斯的嘴，那么最后便会呈现普洛克里斯的变形。然而，刻法洛斯告诉我们，生命之息是吐在他的口中的，而他的嘴诉说了整个故事。这里我们可以看到它暗示了故事如此结尾，正是因为刻法洛斯如是所说（*nostro in ore*）。相比之下，随行者的话语只是暗示了最后产生的变形。尽管本来它适合作为一则相互爱慕的故事，但是却并没有被所有人，甚至一些学者所注意到，因为没有人如是说（*nullo referente*）。因此，在随行者暗示的背后不为人知的故事被隐去的同时，刻法洛斯的故事，通过他高超的叙事技巧，最终取得了胜利，让他从俊美英雄转变为悲情英雄的同时，为他赢得了英雄的一席之地。在这里，我们可以看到，某个角色的变形和整个故事的变形是并行不悖的，而这种标枪角色的不一致性正是钥匙所在，从而指出了刻法洛斯运用技巧托出的完整故事与随行者只言片语中暗示的内容所存在的差别。

就故事的变形而言，有必要注意到这段故事与序言（proem）和印章诗（sphragis）的联系。在这首诗作中，诗人向天神——据说神变化了物的形态也改变了诗人的计划——请求灵感（《变形记》1.2-3）：

di, coeptis (nam uos mutastis et illa)

adspirate meis.

神々よ、私の試みに—それを変えたのもあなた方です
から—

霊感をお授けください。

众神啊——这些变形也是你们亲手所为——

开端伊始，请吹送灵感。①

读到第二行的"illa"，学者们一致认为它是暗示了文学体裁的
变化，即从挽歌体（elegiac）转向史诗体（epic），与《恋歌》1.1
的情况完全相反。② 因此，天神对诗歌的计划与奥维德的设想存
在一些不同，而且由此诗人放弃了原先的、从未唱过的诗歌，转
而按照众人希望诉说的方式来开始他的诗歌。在刻法洛斯—普洛
克里斯的故事中，有言道刻法洛斯是幸福的，而诸神的决定却与
之不同（《变形记》7.698-699：*felix dicebar eramque;/non ita dis
uisum est*）。

于是，刻法洛斯开始他的悲惨故事，放弃了随行者只言片语
中暗示的故事——这则故事也从未以全文的形式被讲述。造成两
者不同的，被诉说与否，在于刻法洛斯自己的嘴（7.861：*nostro in*

---

① 译者注：中译文来自张巍。杨周翰译文为："天神啊，这些变化原是你们所促成的，
所以请你们启发我去说。"（2008 年，第 1 页）。关于印章诗，见本书第 81 页注释②。

② 相关论述的调查可参看 Wheeler 1999。

ore)。在印章诗中，则是公众之口，让诗人和诗歌只要在罗马帝国屹立的地方，就得以千载流传（15.877-879）：

quaque patet domitis Romana potentia terris,

ore legar populi, perque omnia saecula fama,

siquid habent ueri uatum praesagia, uiuam.

世界を制覇したローマの権勢が及ぶかぎりの場所で、

私の詩を人々が口ずさむだろう。万世に続く名声を

得て—

いくばくかの真実を詩人が予知できるなら—私は生き

るだろう。

只要罗马的势力所及之处，被征服的土地上，

我会被人们传诵，在悠悠千载的声名里

（诗人们的预言倘若不虚）我将永生！ ①

---

① 中译文采用的是张巍：《诗人的变形》（"奥维德两千年纪念"专题），《文汇报·文汇学人》2017 年 5 月 26 日中的译文。杨周翰译文是："罗马的势力征服到哪里，我的作品就会在那里被人们诵读。如果诗人的预言不爽，我的声名必将千载流传。"（2008 年，第 338 页）

"地点、名字、通风报信者"：奥维德《变形记》中的城市、边界与界外 [①]

托本·贝姆德，德古意特出版社

（Torben Behm, de Gruyter）

马百亮　译

前言：奥维德笔下的"危险之地"（*locus pericolosus*,《爱的艺术》3. 683–746）

在《爱的艺术》接近尾声时，奥维德讲述了刻法洛斯和他的妻子普洛克里斯的故事。这是一个警示故事，一个针对女性的不必要的嫉妒的示例（*exemplum*，奥维德：《爱的艺术》3.686）。作者以一幅风景画开始他的叙述：他描述了猎人刻法洛斯惯常休息的地方，他在那里呼唤着清风"奥拉"（3.687-688，693-698）：[②]

> **est** prope purpureos colles florentis Hymetti
>
> **fons sacer** et viridi caespite mollis humus;
>
> …

---

① 我要感谢克里斯蒂安·赖茨（Christiane Reitz，德国罗斯托克）和康拉德·罗布克（Konrad Löbcke，德国美因茨）对我的论文提出的有益建议，感谢刘津瑜教授邀请我在文集中发表这篇论文，还要感谢马百亮先生将论文翻译成中文。
② 这一故事的平行版本，见《变形记》（6.687-756，6.794-862）。

lenibus inpulsae Zephyris **aura** que **salubri**

　　tot generum frondes herbaque summa tremit.

grata quies Cephalo: famulis canibusque relictis　　　　695

　　lassus in hac iuvenis saepe resedit humo

"quae" que "meos releves aestus," cantare solebat

　　"accipienda sinu, **mobilis aura**, veni."

在繁花似锦的紫色希麦多斯山附近，

　　有一眼**圣泉**和一片绿荫遮盖的土地

……

各色各样的枝叶和小草在柔和轻缓的

　　西风和**宜人**的**清风**中摇曳。

甜蜜的困意袭上刻法洛斯：抛下仆人和猎犬，

　　年轻人来到他疲倦时经常休息的地方，

他常这样歌唱："来吧，**四处漫游的奥拉**，

　　请投入我的怀抱，平息我心中的炽热。"①

　　这个对于"愉悦之地"（locus amoenus）的描述，其开头格式变成了 est ... / fons sacer，改变了传统的地点描述（ekphrasis loci）的格式（locus ... est）。随后的悲剧事件是由一个过分热心的报信者引起的：他把清风的名字当成了一个名叫"奥拉"的女人，因而

---

① 译者注：作者所采用的《爱的艺术》译文是 1969 年洛布版 Mozley 的英译文，并对之略加润色。中译文据作者所提供的译文对照拉丁文译出。

造成了一个致命的误会（3.699-701：*aliquis male sedulus ... / Procris, ut accepit nomen, quasi **paelicis, Aurae***）。普洛克里斯像疯了的酒神狂女（Maenad）一样，离开了她在波俄提亚的家——奥克梅诺斯城（Orchomenos），奔向城外的山谷。她试图查明这个令人不安的消息是否属实。叙述者陈述了她仅凭字面便对这个消息信以为真的原因："令她相信的，是地点、名字和通风报信者。"（《爱的艺术》3.719: *credere quae iubeant, **locus** est et nomen et index*）

　　因此，不仅是报信者和模棱两可的名称，地点本身也让普洛克里斯相信她的丈夫移情别恋：这里具有"愉悦之地"的每一个典型特征，即泉水（*fons*）、草地（*viridi caespite*）和树林（*silva nemus non alta facit, frondes*），还有误导性的凉爽微风（*aura salubri*）。① 这些特征让普洛克里斯将这个美丽的场所与性爱联系到了一起。② 因此，这个地方的特征是影响女主角的行为并最终导致其死亡的决定性因素之一。

　　通常情况下，空间和场所不仅对人物很重要，而且对读者的视角也很重要。在过去几十年人文学科所谓的"空间转向"（spatial turn）之后③，文学学者已经承认了这一点。利用"域限空间"（space liminality）这一概念，尤里·罗特曼（Yuri Lotman，1993）阐述了文学中空间的一个特殊方面。对于这位俄罗斯学者来说，一个"主题"（sujet）④ 需要两个具有清晰边界的空间分段，而只

---

① 关于"愉悦之地"的定义，见 Schönbeck 1962, pp.18-60; Curtius 1993, p.200; Haß 1998, pp.19-20 和 p.25。

② 从荷马史诗开始，"愉悦之地"就隐含性爱之意，见 Haß 1998。

③ 关于"空间转向"的定义和意义，见 Dennerlein 2009, 特别是 pp.5-7; Kirstein 2019 等。

④ 即热奈特（Genette）2010 所说的、和"故事"相对的"话语"。

有主角才能穿越这个边界。[①]

在上述刻法洛斯和普洛克里斯的故事中，城市与乡村之间的对立只是以一种间接的方式被暗示（3.709-710 *per medias ... / evolat ... vias*），但在奥维德作品（尤其是在《变形记》）中其他许多例子里，这种二分法对行动来说至关重要。本文的主体部分主要研究这部史诗的三个故事，以阐明奥维德对城市空间和城市外空间的呈现以及它们之间边界的叙事功能。

彭透斯保卫忒拜（奥维德：《变形记》3.511-733）

上述《爱的艺术》里的故事只是把普洛克里斯和酒神狂女做了比较，而《变形记》（第 3 卷）里彭透斯（Pentheus）的故事则和真正的酒神狂女有关。[②] 在这个故事中，主角的对手不是虚构的，而是真实的。忒拜创立者卡德摩斯（Cadmus）的继任者彭透斯面临着巴克斯（Bacchus）的到来，后者威胁着要控制这座城市及其居民。国王粗暴地拒绝了新的外来崇拜，命令他的手下去将对手抓获。然而，他们只抓来了酒神的一个信徒，这位信徒给他讲了一个关于巴克斯神力的故事。然而，彭透斯不相信他，去了城外的西塞隆山（Mount Cithaeron），以抵制酒神崇拜。在那里，他被自己的母亲撕成碎片。

[①]　这里指的是所谓的"革命性"（revolutionary）情节，和"恢复性"（restitutive）情节相对应。除了作为本文中心的城市和乡村之间的直接边界之外，我们还可以想到其他种类的边界，如大海（例如在忒柔斯、普洛克涅和菲罗墨拉等人的故事中［奥维德：《变形记》6.412-674］，大海构成了以雅典为代表的文明世界和亚洲色雷斯的野蛮地区之间的边界）；关于不同类别的边界，见 Lotman 2010, p.174。

[②]　这一故事的详细分析，见 Behm (forthcoming)；关于从荷马到弗拉维王朝时期希腊语和拉丁语史诗中对于忒拜的描绘，见 Behm 2019。

在这个故事里，城市与农村之间的边界是很明确的。在故事开头彭透斯和先知提瑞西阿斯（Tiresias）之间的对话中，这已经变得很明显。先知命令国王在忒拜为新神建立神庙，否则，他马上就会在外面的森林遭遇死亡（《变形记》3.521-523）：

quem nisi **templorum** fueris dignatus honore,

mille lacer spargere **locis** et sanguine **silvas**

foedabis...

若你不敬奉他的神庙之尊荣，

你会被撕成千片，抛掷各地，

你将血染林木……

这几行预示了这个故事的两个主要场景：事件部分发生在忒拜的城墙之内，部分发生在城外的乡村。两个"空间框架"（spatial frames）[1] 构成了这些场景：一方面，彭透斯多次提到腓尼基城市推罗，以此来提醒他的公民，不要忘记他们那有积极含义的本源；另一方面，他将这个城市与酒神的故乡迈欧尼亚（Maeonia）进行对比，从而将对手与一个负面的、具有东方女性化气质的区域联系起来。

为了评价奥维德对叙事空间的呈现，我将使用格哈德·霍夫曼（Gerhard Hoffmann 1978）和波尔吉特·霍普特（Birgit Haupt

---

① 我采用的是 de Jong 2014, p.107 的术语，她将背景定义为"行动发生的场所"，将"空间框架"定义为"在思想、梦中、记忆中或讲述中发生的地点"。

2004）提出的理论模型。① 这是一种叙事学工具，将文学空间划分为三类范畴："直觉空间"（space of intuition）、"行动空间"（space of action）和"调谐空间"（attuned space）。这些使我们能够以角色观察、行动和感受空间的视角来阐释叙事空间。②

至于第一类（即"直觉空间"），我们可以这样说：虽然彭透斯的悲剧在他看到他所憎恨的崇拜时就很明显了，但是作为直觉空间的背景被减少到了最低限度；其用墨和这一卷开头部分（3.1-137）对于忒拜建城的描写一样简省。③ 这段著名的文字以德尔菲神谕的命令"要修建城墙"（3.13：*moenia fac condas*）和最后一句话"忒拜已建"（3.131：*Iam stabant Thebae*）作为框架，这样读者的脑海中除了城墙什么都看不到。④ 在我们所关注的节选中，对于城市的描述同样局限于它的监狱和城墙（3.696-699：*protinus abstractus **solidis** Tyrrhenus Acoetes / clauditur in **tectis**... / ... patuisse **fores*** [伊达拉里亚人阿克俄忒斯立刻被拖走，关进了坚固的牢房 …… 门打开了]）。⑤ 即使我们可以假设彭透斯和提瑞西阿斯最初的对话发生在皇宫里，这或许可以从动词 *proturbat*（推）（3.526）中推断出来，但是真正的地形其实并没有发挥任何作用。

当彭透斯提到城墙时，他将新神的到来与对这座城市的占领

---

① 这一模式的源头可以追溯到哲学家 Ströker 1965。

② 当然，必须注意到，这些范畴并没有明确的区别，因此可能会重叠；参见 Haupt 2004, p.71。

③ 见 Hardie 1990; 对于这一故事的详细空间分析，见 Behm (forthcoming)。

④ 这一部分没有提到底比斯著名的七座城门，只有在奥维德所谓的"小埃涅阿斯纪"中，描述埃涅阿斯作为礼物收到的搅拌钵（13.675-704）时才提到。

⑤ 关于 *solidis ... tectis* 的意思，见 Bömer 1969 相关注释。

联系起来（3.548-553：...*Thebae capientur* [忒拜要被攻陷了]）。因此，他实际上预见到了忒拜的陷落，在这首诗的后面，这将成为一个历史事实（在最后一卷毕达哥拉斯的演讲中）。[①] 那么，现存的唯一一个直觉空间就是城墙外的西塞隆山。但是对它的简单描述（以 *est.../...campus* [有……有一片平地] 引入）自相矛盾地强调了那里没有的东西，即保护性的树木（3.708-709：***monte fere medio est, cingentibus ultima silvis, / purus ab arboribus spectabilis undique campus*** [将近半山处，有一片平地，边上森林环绕，平地上没有树木，四周皆可见]）。在这里，奥维德偏离了欧里庇德斯的《酒神》。在希腊悲剧《酒神》中，信使提到了一棵树，彭透斯可以躲在这棵树后面观察酒神的仪式。[②] 在奥维德的作品里，我们没有看到关于彭透斯是否试图隐藏的信息。然而，最终他或多或少遇到了与普洛克里斯相同的结局，即由近亲带来的死亡。地形元素的缺失使得西塞隆山成为国王和酒神狂女最后相遇的完美战场[③]，赋予这个地方以主题功能（thematic function）。[④] 极简的外形描述也揭示了城墙的象征功能（symbolic function）：它区分了内外、王权和神的威胁，或者是

---

① 15.429: *Oedipodioniae quid sunt, nisi nomina, **Thebae**?*

② 欧里庇德斯：《酒神》1048-1053；参见 James 1993, p.88；McNamara 2010, p.183。Berman 2015, pp.145-146 指出，西塞隆山实际上距离忒拜约有 15 公里，因此"空间的压缩"相当于一种"空间的预示"。

③ 这一描述可能会让罗马的读者想到圆形竞技场；见维吉尔：《埃涅阿斯纪》12.771：***puro ut possent concurrere **campo***。

④ 见 de Jong 的术语（2014, pp.122-129），她对不同的空间功能进行了分类，提到"当空间本身是叙事主要元素时"的主题功能（2014, p.123）。

文明和荒野。①

通过考察奥维德所使用的动词，作为行动空间的城市变得可以感知：酒神巴克斯作为一个陌生人到来（3.520：*qua novus huc veniat, proles Semeleia, Liber*; 3.561：*Penthea terrebit cum totis advena Thebis?*），而把他的信徒关在城里，以阻止他们参加树林里的酒神狂欢，这已经太迟了。忒拜的妇女（不仅仅是她们）正冲向野外，去加入酒神崇拜者的行列，彭透斯的劝告是无法阻止的（3.538-540）：②

> vosne, senes, mirer, qui **longa per aequora vecti**
>
> hac Tyron, hac **profugos** posuistis sede Penates,
>
> nunc **sinitis sine Marte capi**?③　　　　　　　　540

> 老人们啊，我要赞扬你们吗？**你们越过遥远的海洋，**
>
> 在此处创建了推罗城，安置了**流亡的**家神，
>
> 如今**难道不战而让人夺去**？④

---

① de Jong 2014, pp.124-126 提到了空间的象征功能，即当以"内"和"外"这样的对立形式出现的空间（就像在这个故事中一样）被语义激活时产生的象征功能。

② 关于酒神狂欢的参与者，见 Barchiesi 2009, 4.5 以及 4.9 注。

③ 这种措辞表明，彭透斯把他的同胞和特洛伊人相类比，特洛伊人在他们的新城市建立之前进行了类似的航行。见奥维德：《变形记》3.538-539：*qui longa per aequora vecti*（这里指从推罗到忒拜）/ ... *profugos*；维吉尔：《埃涅阿斯纪》1.2：*fato profugus*；1.376: *diversa per aequora vectos*（这里指从特洛伊到拉丁姆）；见 Barchiesi 2009, 奥维德：《变形记》3.538 注。

④ 译者注：本文作者同意洛布本译文，把 *mirer* 译为 "should I give you praise"，杨周翰译为"叫我吃惊"。

当我们把它这一背景作为一个调谐空间来分析时，这种对国王权力的威胁就会变得更加明显：城市是秩序支配的地方，而西塞隆山上的声音则代表了与疯狂的酒神崇拜者相关的狂喜气氛（3.528：*Liber adest festisque* fremunt ululatibus *agri*；3.703：cantibus *et* clara *bacchantum* voce *sonabat*）。因此，巴克斯所谓亚洲血统的特质被转移到希腊忒拜城的周边地区。在彭透斯的眼里，西塞隆山变得和东方的迈欧尼亚一样陌生和危险。

皮拉摩斯和提斯比逃离巴比伦（奥维德《变形记》4.36-166）

在彭透斯的故事之后不久，忒拜故事群的另一个故事将《变形记》的读者带到了古代世界的东方。就像忒拜王一样，弥倪亚斯（Mynias）的女儿们拒绝在奥克奥梅诺斯城崇拜新神巴克斯。[1] 其中一个女儿作为故事内的叙述者，讲述了一对年轻恋人皮拉摩斯和提斯比的悲惨故事（因此，这个故事的背景只是从叙述者的角度来看的一个空间框架）。[2] 在这一故事里，巴比伦城和外部区域之间的对立是很明显的。正如德特兰所言[3]，跨越边界并冲出城

---

[1] 关于情节的错位和变形为蝙蝠的空间意义，也就是说变成了逃避开放空间和黑夜的动物，就像皮拉摩斯和提斯比本可以拯救他们自己的生命（如果他们知道自己的命运会怎样的话），见 Barchiesi 2009，有关 4.1-415 及 4.31-32 的讨论。

[2] Duke 1971, p.321 提到，根据保萨尼亚斯（Pausanias）的说法，提斯比是波俄提亚（Boeotia）一座小城的名字（注意它和"忒拜"之间的相似性），或者是城市附近一眼泉水及其水仙（宁芙）的名称。虽然我们不知道为什么奥维德关于这一故事的版本完全偏离了古代所有其他的讲述，这可能提供了一个从空间/地理的角度来思考为什么诗人将这一故事插入到他的忒拜故事集中的理由（第 3-5/6 卷）。

[3] de Trane 2007，p.32.

市并非像对于忒拜国王而言那样容易。相反，年轻的主角们甚至
不得不面对不止一个边界：首先，他们或多或少被囚禁在父母的
家里；其次，为了见面，他们不得不离开这座城市的城墙。

　　奥维德用他典型的逐渐拉近场景的方法开始了他的叙述：
他最初把这个故事定位在东方，因此给故事带来了一种异国情
调。① 在下一步，诗人解释说它发生在巴比伦，女王塞米拉米斯
（Semiramis）治下的城市（奥维德：《变形记》4.56：*Oriens*[东方]；
4.58：*Semiramis urbem*[赛米拉米斯之城]）。他提到了城墙，这就命
名了对外的边界。故事一开头以一段很长的篇幅讲述了第二个似
乎无法逾越的障碍——分隔父母双方住宅的那堵墙（4.65-66：fissus
erat tenui rima, *quam duxerat olim / cum fieret,* paries *domui communis
utrique* ）。② 在莎士比亚的《仲夏夜之梦》（*Midsummer Night's
Dream*）之后，这道分隔墙获得了一个相当有趣的"后世"，因为莎
士比亚把这道墙变成了一个独立的角色。③ 奥维德详细描述了这堵
墙是如何阻止男女主角之间的肌肤之亲的，墙上有一个小缝隙，
除了这对恋人之外，没有其他人知道，他们只能通过这个缝隙来
互述衷肠。

　　对于研究古代文学的学者来说，这一故事的情节是众所周知
的：故事主角决定欺骗他们的父母和监护人，以逃离这座城市，并

---

　　① 见 de Trane 2007, p.25; Fondermann 2008, p.40; Barchiesi 2009, 有关《变形记》4.20-25,4.55-
166 以及 4.57-58 的讨论。

　　② 见《变形记》4.71：*constiterant hinc Thisbe, Pyramus illinc*；4.78：*diversa nequiquam
sede locuti*; de Trane 2007, pp.27-28。

　　③ 见 Bömer 1976, 4.57-58 注。

约好在巴比伦城外的尼努斯国王墓前会合（《变形记》4.83-90）：[①]

ad **solitum** coiere **locum**. tum murmure parvo

multa prius questi statuunt ut nocte silenti

fallere custodes **foribus** que **excedere** temptent,　　　85

cumque **domo exierint**, **urbis** quoque **tecta relinquant**.

neve sit errandum lato spatiantibus arvo,

conveniant ad **busta Nini** lateantque sub **umbra**

arboris; **arbor** ibi niveis uberrima pomis,

ardua morus, **erat**, **gelido** contermina **fonti**.　　　90

他们来到**平时约会的地点**，先是低声呢喃，

倾诉幽怨，其后决定在夜深人静之时，

设法躲过守门人，**逃出门外**，

离家以后，再**离开城里**。

为了避免在空旷的原野中走散，他们

约定在**尼努斯墓前**会合，藏身树**荫**之下。

那时此处有一棵高大的桑树，满缀着

雪白的果子，紧邻一眼**清冷的泉水**。[②]

提斯比第一个来到约会地点（4.95：*pervenit ad **tumulum** dictaque*

---

① 关于那些与塞米拉米斯有关的困惑，以及那些把她的丈夫和她本人从尼尼微"转移"到巴比伦的许多古代作家见 Duke 1971, pp.323-326；关于尼努斯的坟墓是否真的位于同名的城市，见 Barchiesi 2009, 4.89 注。

② 译者注：第 85 行的 *custodes*，多认为指守门人或看护人。杨周翰译为"家人"。

sub arbore sedit［她来到墓旁，坐在约定的树下］），她看到一只母狮，于是就躲进了一个洞穴里。姗姗来迟的皮拉摩斯捡到了提斯比的面纱（被狮子弄上了血迹），以为她被狮子吃掉了。当提斯比回到现场时，发现她的爱人正在自杀。皮拉摩斯只说了最后几句话，说明了这个误解。这个故事和普洛克里斯和刻法洛斯之间的误解一样悲惨。接着，提斯比也自杀了。这对恋人在城市生活时不可能实现的肉体结合，在他们死后才在外面的空间成为现实。

　　现在我将从上述文学空间的三个方面重新思考这一故事。和忒拜故事相比，巴比伦的城墙在行动中扮演着更为重要的角色。通过对城墙的提及，奥维德暗指了这座城市在诸如叙吉努斯（Hyginus）等所列出的世界七大奇迹中的地位。[1] 这些墙壁也暗示了主角居住的房子内部的分隔墙。尽管有这些细节，城市本身并没有更多直觉空间的元素。正如彭透斯故事中的西塞隆山那样，对城外最终事件发生地的描述比城市更加详细（见上文引用的4.88-90；4.98-99：*quam procul ad lunae radios* **Babylonia** *Thisbe / vidit et* **obscurum** *timido pede fugit in* **antrum**）：这里有一眼泉水（*gelido ... fonti*）、一棵树（*arbor ... uberrima*）和树荫（*umbra*），它们可以构成一个完美的"愉悦之地"——但实际上，事实恰恰相反：这里是个墓地，正如德特兰正确指出的那样，是"恐怖之地"（*locus*

---

　　① 　根据叙吉努斯的说法（《传说集》[*Fabulae*] 223），传说中独眼巨人城墙的高度超过了 100 米（参照奥维德：《变形记》4.57-58：*altam / ... urbem*［高城］；Bömer 1976, ad loc.; Barchiesi 2009, ad loc.）；在德国柏林的帕加马博物馆可以看到重构的著名的伊师塔门（Ishtar Gate）；关于措辞，见维吉尔：《埃涅阿斯纪》1.7：*altae moenia Romae*（高耸的罗马的城墙）。

horridus)。[1] 当提斯比返回这里时，对她来说，这棵树就像"愉悦之地"对普洛克里斯一样重要：它是这个地方的显著标志。

从行动空间的角度来看，这些地方的重要性变得更加明显。第一个障碍即房子里的墙，除了口耳的交流，它不允许任何接触（ 4.73-77 ）：

"invide" dicebant "**paries**, quid amantibus **obstas**?

quantum erat, ut sineres toto nos corpore **iungi**?

aut, hoc si nimium est, vel ad oscula danda **pateres**!　　75

nec sumus ingrati; tibi nos debere fatemur

quod datus est verbis ad amicas **transitus** aures."

"恼人的**墙**啊！"他们常说，"你为何**阻隔**恋人？

你让我们全身**相拥**，是什么大不了的事呢？

假如这太过分，请你**打开一点**让我们接吻吧！

然而我们并非毫无感激之情；我们承认多亏了你，

我们的话有了能够传到情人耳中的**路径**。"

这堵墙象征着主角们遇到的所有障碍，这些障碍都是他们的家人给他们设置的。这堵墙只允许恋人对他们之间的边界有一些小的逾越，只允许言语沟通而不允许肌肤之亲。第一次越界是通过 *transire* （穿过）和 *transitus* 这些词语而显现出来的，而第二

---

① de Trane 2007, p.29.

次为了到达约会地点而进行的越界是通过像 *excedere*（外出）、
exire（出去）和 *relinquere*（丢下）这样的动词而显现出来的
（4.85-86）。

即使年轻的情侣对他们的家不满意，那也是他们"习惯的场
所"（*locus solitus*，见上文已引的 4.83），是能够让他们感到安全
的城市空间的一部分（见 4.69：*tutae*）[①]，不同于城市之外的广
大地区，在那里，他们在恐惧中徘徊（上面引用过的 4.87）。[②] 虽
然乍一看是成功的，但是对城墙的越界让他们失去了他们所熟悉
的家庭的庇护。这对情侣相约在树荫下会面，这是个类似的隐蔽
的地点。最终，两个角色都到达了正确的地点，但他们并没有在
同一时间到达。提斯比把一个洞穴当作藏身之处，这是徒劳的；
他们想要得到庇护的愿望只是在他们被埋葬在一起时才得到实
现（4.157）。[③] 他们最初的计划是在桑树（以 4.89 中对 *arbor*[树]
这个词的重复来强调）下会面，以避免彼此错过，但这个计划失
败了，原因有两个：首先是因为皮拉摩斯的血液导致了桑树的变
化，这使得提斯比回到这里时感到不确定（4.131-132：*utque locum
et visa cognoscit in arbore formam, sic facit incertam pomi color ...*）。[④]
其次是这个地方的总体特征——当主角同意在墓地见面时，就已
经为读者埋下了悲伤结局的伏笔，正如巴尔基耶西所指出的那

---

① Barchiesi 2009, 关于 4.81-83 的讨论。

② 见 de Trane 2007, p.33; Barchiesi 2009, 关于 4.84-90 的讨论。

③ 关于寻求庇护的主题，见 Barchiesi 2009, 有关 4.84-90, 4.100 以及 4.158-159 的讨论。

④ de Trane 2007, p.36 暗示了桑葚变色和 *permaturuit*（成熟）（4.165）一词的象征意义：白色象征着年轻人的纯真，但他们现在已经长大，并试图建立一种"成人"的爱，而这种爱导致了他们的死亡。

样，对于皮拉摩斯本人来说，认识到这一点已太晚了。[①] 只是在
自杀前的最后一刻，他才明白晚上在墓地幽会绝不是个好主意。
提斯比的死让他深感内疚，他为把情人送到如此危险的调谐空间
而懊悔（4.110-111：*ego te, miseranda, peremi, / in **loca plena metus
qui iussi nocte venires*** [是我杀了你，可怜的女郎，是我叫你夜间来
这充满恐惧之地] ）。[②]

斯库拉背叛墨伽拉（奥维德《变形记》8.6-154）

《变形记》中另一个故事的情节与皮拉摩斯和提斯比的故事相
似，都是他们的父母和一堵墙挡住了一对恋人的梦想。在斯库拉
的故事中（第 8 卷），最初阻碍年轻的公主向围攻这座城市的弥诺
斯国王示爱的，是她的父亲尼苏斯（Nisus）国王和她的家乡墨伽
拉的城墙。最后，这位少女剪掉了父亲的神奇头发，把城市拱手
交给了她爱上的敌人。[③] 然而，通向这一解决方案的道路甚至比巴
比伦的那对情侣更困难：在整个故事中反复提到墨伽拉的城墙，
它既是背景的一部分，也是将其划分为两个空间的边界。

当我们从直觉空间的角度来分析这个背景时，就会发现和目
前提到过的其他城市一样，除了城墙之外，并没有太多关于地形
的细节。巴比伦城墙的特征是其传奇般的高度，而墨伽拉的城墙

---

① Barchiesi 2009, 4.89 注。

② de Trane（2007, p.32）指出，这对年轻恋人选择的开始新生活的地方变成了一个绝望
和死亡的地方。Barchiesi（2009, 4.55-166 注释）指出是 "insidie della natura"（大自然的陷阱）
造成了这对情人的悲惨命运。见俄耳甫斯和欧律狄刻故事中 10.29 *loca plena timoris*（冥界）。

③ 关于对《变形记》中这一事件以及墨伽拉与忒拜和特洛伊的联系的详细叙事学分析，
见 Behm 2018。

则回荡着阿波罗弦琴的声音，因为阿波罗是这座城市的创建者（奥维德：《变形记》8.14-16）：

regia turris erat vocalibus addita muris,[①]

in quibus auratam proles Letoia fertur　　　　　　15

deposuisse lyram; saxo sonus eius inhaesit.

有座王家塔楼，在有乐声的城墙上，

据说勒托之子曾将他的金色弦琴

砌入墙中；其乐声则附于石上。[②]

　　由 *regia turris erat* 引出的讲述描绘了这座城市的城墙和塔楼，在和平时期，女主角曾坐在那里再现他们的神奇音乐。现在，在战争时期，她习惯于坐在这里看着她想要的对象，即弥诺斯国王。从一开始就很明显，墙壁有一个象征性的功能，代表着无法逾越的障碍，阻止斯库拉投奔这位克里特国王。一旦她爱上了他，公主就开始思考如何跨越这个有形的边界，即如何将"背景"转换成一个"动作空间"。这里所使用的动词表明了这种跨界行为的两个可能方向（《变形记》8.38-52）：

---

　　① 　关于 *murus* 的诗歌复数，见 Bömer 1976, 4.57-58 注；关于连接词 *vocalibus ... muris* 的单数，见 Bömer 1977, 8.14 注。

　　② 　译者注：*proles Letoia*（勒托之子），指阿波罗；关于 *deposuisse*（置于），本文作者基本同意洛布本的译文，将这个词译为 "laid down"，这是个比较模糊的译法，Anderson 1972 对第 14 行的注释则明确认为弦琴是在修建城墙之时就置于其中的。杨周翰的译文为："墙上有一座高堡。这段城墙能发出乐声，因为据说从前拉托娜的儿子阿波罗曾把他的黄金弦琴倚在这里，那乐声就黏附在城墙的石头上了。"（2008 年，第 153 页）

impetus est illi, liceat modo, **ferre** per agmen

virgineos hostile **gradus**, est impetus illi

turribus e summis in Cnosia **mittere corpus**   40

castra vel aeratas hosti **recludere portas**,

…

o ego ter felix, si **pennis lapsa** per auras   51

Cnosiaci possem castris insistere regis.

若有可能，她一个姑娘，急欲

移步穿过敌军阵营；她急欲

从塔楼之巅纵身跃入克诺索斯军营；

或为敌人**打开**铜皮**城门**，

……

哦，我会三倍幸福，若我能**以羽翼**

滑过天空，飞往克诺索斯王的营帐。

　　要么是斯库拉自己叛逃到弥诺斯那里去，要么是弥诺斯国王在她为他打开城门后占领这座城市并带她走。为了突破出去，斯库拉首先进入了她家里的最深处，也就是她父亲的卧房，以窃取他神奇的头发。在她做出决定的长篇独白之后，这个最后的动作只用了寥寥数行就讲完了（《变形记》8.84-89）：

thalamos taciturna **paternos**

intrat et (heu facinus!) fatali nata parentem   85

crine suum spoliat praedaque potita nefanda

[...]

per medios hostes (meriti fiducia tanta est)

pervenit ad regem.

女儿悄无声息地进入父亲的卧室，

剪下与其父性命相关的那缕头发

（唉，罪过啊！）她拿着罪恶的战利品，

……

穿过敌军（她对自己的价值如此自信），

来到国王面前。

　　女主人公越过墨伽拉和敌军阵营之间的界限，这是个戏剧化的行为；为了实现戏剧化效果，奥维德降低了叙述的逻辑可信度。在上面讨论的情节中也出现了同样的戏剧特征。[1]一旦斯库拉到达弥诺斯身边并被他拒绝，这位异国的国王就会试图在这个叛徒和他本人之间创造一个巨大的距离。占领了这座城市后，他和他的舰队迅速从海上离开。另一方面，公主则试图通过跳入大海来消除这一地理距离。

---

　　① 奥维德既没有详细讲述普洛克里斯是怎样如此迅速地到达刻法洛斯那里的（奥维德：《爱的艺术》3.709-710：*nec mora, per medias ... / evolat ... vias*; 3.717 *venisse* [已来到]），也没有把底比斯城和西塞隆山之间的实际距离考虑进来（大约 15 公里，见上文脚注 17）。在巴比伦，皮拉摩斯和提斯比的家与尼努斯的坟墓之间的距离也是如此（事实上，尼努斯坟墓距离尼尼微约有 250 公里）；关于奥维德对于这几个故事中地理和地形的处理，见 Duke 1971, p.326; Bömer 1976, 4.88 注。

　　在"调谐空间"方面，故事的道德冲突变得更加明显。[①] 高堡获得了一种心理化功能（psychologizing function）：这里是斯库拉坠入爱河的地方，在这里，她可以从"城上观军"（teichoskopia）的戏剧化位置看到并仰慕她所爱的敌人。对她来说，这个地方意味着家，但它是一个感觉像监狱一样的家。[②] 斯库拉的沉思在心灵和空间之间建立了一种联系，因为是否决定向弥诺斯表白，就相当于她是否应该越过城墙。值得注意的是，在整个讲述中，墨伽拉大多被称为"祖国"（patria），而不是"城市"（urbs）[③]，这说明了背叛并因此而一举摧毁父亲的行为和祖国之间的冲突。

　　当斯库拉的背叛变为现实，而弥诺斯拒绝带她去克里特岛后，她的家乡和可能的逃跑方式都对她关上了大门（8.113-115）[④]：

nam **quo** deserta **revertar?**

in patriam? superata iacet. sed finge manere:

proditione mea **clausa est** mihi.　　　　　115

被遗弃的我，该**转向**何方呢？

回到祖国吗？**它已毁灭**。然而就算它依然存在：

因为我的背叛，它也会将我**拒之门外**。

　　① de Jong 2014, pp.127-128："如果一个空间告诉我们一个人物的情绪或感觉，我们所面对的就是其心理化的功能。"

　　② 参见 Tsitsiou-Chelidoni 2003，pp.62-63；Stein 2004, p.86。

　　③ 在这个故事中，城市和祖国的出现比例是 2/5，而在整部《变形记》中，其比例是 97/46（据 http://mizar.unive.it/mqdq/public/ricerca/avanzata 上的研究）。

　　④ 关于古代以来对这个城市不同命运的讲述，见 Kenney 2011, 8.114 注中关于 *finge manere* 的探讨。

斯库拉发现自己被孤零零地留在了海岸上，这是介于墨伽拉和地中海之间的一片无人地带。她不能跟随心爱的弥诺斯去他在克里特岛的家（因此这成为空间框架的一个绝佳例子，一个只出现在角色脑海中的地方，而不是真正的背景；亦见 8.99-100：*non patiar ... Creten, / ... tantum contingere monstrum*）。斯库拉在海滩上被变成了一只鸟——对她来说，这个地方（即海滩）代表了最后一道不可逾越的界限，是一个既不能返回过去也不能向未来进发的阈限空间。

结论：奥维德的"城市空间"（*locus urbanus*）及其对外的边界

本文集中探讨了几个奥维德故事中的空间性。通过对三个来自《变形记》的故事进行叙事分析，旨在证明城市及其周边地区的边界对于情节而言至关重要，这和叙事空间的总体重要性相一致，它向来就不像"空间转向"之前有些学者所经常认为的那样，只有一种"装饰功能"（ornamental function）。①

作为一种直觉空间的城市在奥维德的作品中基本不存在，对地形空间的呈现着墨极少，并不能为读者提供"心理地图"（mental map）。② 尽管有这种叙事上的模糊性，城墙却总是被提及；它们以转喻的方式代表了城市及其对外的边界。当把奥维德的城市背景视为行动空间和调谐空间时，这一阈限空间的意义变得更加明显：城墙通常具有象征意义，同时也代表着社会边界。它们与行

---

①　见 de Jong 2014, pp.122-123。

②　Haupt 2004, p.76 认为，如果文学空间很少呈现出来，读者就会认为它不是"真实的"。读者唯一的"机会"就是通过自己的世界经验（"已知空间"）来填补"空白"，创造一个叙事空间的意境地图；见 Thiering 2014。

动密切相关，角色在叙事空间的几个部分之间移动并穿越边界，而这使得行动更加生动，并标出了行动的路线。

运用罗特曼的术语，我们可以指出，在《变形记》中，地志学和地形学上的对立，如"内部"和"外部"，"城市"和"荒野"，总是对应着语义上的对立，如"封闭"和"开放"，"安全"和"不安全"。[①] 但是，这些区别并不总是像表面上看起来的那么明显：例如，从墨伽拉出走并没有给斯库拉带来她所希望的自由，彭透斯试图拘禁一位酒神信徒的忒拜监狱也没有给他带来他想要的安全感。城市虽然被城墙所包围，却从没有起到监狱的作用，既不是像忒拜那样的文学意义上的监狱，也不是像在巴比伦或墨伽拉那样的隐喻意义上的监狱。

边界被证明是不稳定的；在事件的交替中，人物试图以各种方式消灭边界[②]——无论是像在彭透斯故事中那样容易，还是像在斯库拉故事中那样以杀人为代价。只有大海这一种边界在有些情况下被证明是不可逾越的：我们可能会想到伊卡洛斯（Icarus），他被迫找到一种从空中逃离的方法（奥维德《变形记》8.183-235），或者是斯库拉，她试图跳上克里特人的船只加入弥诺斯的旅程，但失败了。[③] 在我们探讨的故事中，主角们离开城市空间，去外部世界解决他们各自的"问题"。然而，在城外，他们经常不得不面对自然界的危险因素，如提斯比遇到的母狮，彭透斯遇到的野兽一样的酒神狂女。这些元素使大自然成为一个恐怖的地方，导致

---

① 参见 Lotman 1993, p.313；Ryan 2014, p.805。

② 关于不同程度的可穿透性，参见 Lotman 1993，p.327。

③ 参见本书第 333 页脚注②。

主角的死亡或变形，或者是阻止他们获得他们希望在城墙之外找到的好处。

综上所述：我们不应该期望《变形记》中的城市以真实或现实主义的地形来表现。相反，我们应该把它们看作是一种文学景观（literary landscape），即一种带有反复出现的元素的叙事烘托：正如愉悦之地和其他地方被称为是 locus est 这样的套语，城市通常只是以一种转喻的方式，通过城墙来表示。[①] 主角们通过跨越城市和乡村的界限来推进剧情的发展，后来角色的变形甚至死亡发生在城镇之外，从而揭示了边界在情节中象征意义的功能。

当刻法洛斯和妻子普洛克里斯之间悲剧性的误解导致刻法洛斯杀死普洛克里斯时，她说：Hic locus a Cephalo / vulnera semper habet（此处永有来自刻法洛斯的创伤，奥维德《爱的艺术》，3.738）。因此，我们看到了故事场景与主角不幸死亡之间始终存在的联系。正如这个愉悦之地变成了一个恐怖之地，忒拜、巴比伦和墨伽拉等城市的城市空间永远与文学人物的悲惨死亡或变化联系在一起。他们的共同特征是奥维德让他们越过边界来到城外。

---

① 关于这方面的文学传统，见 Haupt 2004，p.82。

附录：奥维德《变形记》第九卷第 1-92 行译注

翟康，北京语言大学

导读

在第 8 卷的结尾处，河神阿刻罗俄斯（Achelous）因变身公牛后痛失一只犄角而长叹不已，第 9 卷第 1-92 行承接这部分，故事以忒修斯（Theseus）问他是何缘故开始，阿刻罗俄斯讲述了他与英雄赫丘利（Hercules，也称"赫拉克勒斯"）为争夺卡吕冬（Calydon）国王厄尼乌斯（Oeneus，即 Parthaon 之子）的女儿得伊阿尼拉（Deianira）而进行的角逐。二人先在厄尼乌斯面前陈述各自作为其女婿的优势，随后阿刻罗俄斯逞口舌，嘲讽赫丘利的身世，而赫丘利则诉诸武力解决争端。二人首先搏击、摔跤，阿刻罗俄斯失利后，变幻为蛇，被赫丘利钳制住后，又变身公牛，却再次被赫丘利制服，一只犄角被折断，这只断角后来成为"丰饶角"，象征着丰收与富饶，英文词 cornucopia 即由此而来。

本译注选择的文本是理查德·塔兰特（Richard Tarrant）牛津本（OCT），同时也参考了托依布纳本、瓦拉本和洛布本，异读等不同之处，特别是影响文意的异读，则在注释中指出。所参考的主要注释本 为 William S. Anderson, *Ovid's Metamorphoses, Books 6-10*. Norman: University of Oklahoma Press (The Revised Ed.), 1978；E.J Kenney, Richard J. Tarrant, and Gioachino Chiarini, *Ovidio: Metamorfosi*, Vol. IV

（Libri VII-IX）. Milano: Mondadori; Fondazione Lorenzo Valla, 2011（即"瓦拉本"）。笔者在翻译过程中也参阅对比了以下译文：

Allen Mandelbaum, *The Metamorphoses*. New York: Everyman's Library, 2013；Charles Martin, *Metamorphoses*. New York: Norton, 2004; Frank Justus Miller, *Metamorphoses: Books 9-15*. 2nd ed. Cambridge: Harvard University Press, 1984; 奥维德：《变形记》，杨周翰译，人民文学出版社，1984 年，2008 年。

拉丁原文及中译文

Quae gemitus truncaeque deo Netptunius heros causa rogat frontis, cui sic Calydonius amnis coepit, inornatos redimitus harundine crines: 'Triste petis munus. quis enim sua proelia uictus commemorare uelit? referam tamen ordine, nec tam turpe fuit uinci quam contendisse decorum est, magnaque dat nobis tantus solacia uictor.	涅普图努斯的英雄儿子问河神为何哀叹而且破头烂额；卡吕冬的河神不着发饰，用芦苇箍着头发，开始说："你是发誓要我做苦差啊。谁愿回顾战败的经历？然而，我仍要道清原委，与其说战败可耻，不如说拼搏过的亦是荣耀，胜我者如此伟大，已给我极大的慰藉。

位于第4、5行的数字 5 标注于拉丁原文第5行右侧。

9.1-2 Neptunius heros 指 Theseus（忒修斯），一般传说是 Aegeus（埃勾斯）之子，实为海神涅普图努斯（Neptunus）与埃特拉（Aethra）所生，这里 Neptunius heros 采用了婉曲修辞（periphrasis）。Quae 引导的分句省略了 sit，原句应为 quae...causa sit，由于该分句是历史现在时谓语动词 rogat 的间接问句，因而用现在时虚拟语气。Calydonius amnis 同为婉曲修辞，指河神阿刻罗俄斯，该河位于卡吕冬境内。

9.3 inornatos...crines 为方面宾格，说明过去分词 redimitus 影响的身体部位，属于宾格作副词的用法，常见于诗歌中。

9.4-5 这里 quis 引导的问句为反问句，动词 uelit 是现在时虚拟式，属于潜在虚拟语气的用法，常用于说话者期待否定答案的问句中。拉丁文本中的 u 和 v 都用 u 表示。

9.6 这行采用了交错排列结构（chiasmus，ABBA 结构）：turpe...uinci...contendisse decorum，Anderson 认为，decorum 一词很容易让人联想到贺拉斯的名句：dulce et decorum est pro patria mori（殉国乃甜美光荣之举，*Odes*, 3.2.13），但阿刻罗俄斯的光荣之战实际上却十分滑稽。

9.7 nobis 为诗意复数（poetic plural）形式，为了满足本行的格律需要；tantus...uictor 指打赢了这场架的赫丘利（Hercules，亦称 Heracles，赫拉克勒斯），在阿刻罗俄斯看来，败给伟大的赫丘利也是光荣，4-7 行阿刻罗俄斯分别使用了 uictus（4）、unici（6）以及 uictor（7），意在暗示这场打架如同战争，虽败犹荣，可讽刺的是，这无非是一场情敌之间为求偶而大打出手的斗殴，毫无光荣壮烈可言。

nomine si qua suo fando peruenit ad aures

Deianira tuas, quondam pulcherrima uirgo

multorumque fuit spes inuidiosa procorum.

10　cum quibus ut soceri domus est intrata petiti,

"accipe me generum" dixi, "Parthaone nate."

dixit et Alcides: alii cessere duobus.

ille Iouem socerum dare se famamque laborum,

15　et superata suae referebat iussa nouercae.

倘若得伊阿尼拉的名字传到过你的

耳朵里，她曾是一位艳压群芳的少女，

许多追求者们争风吃醋，渴望得到她。

我与这些人来到她父家，争他做岳父，

'帕尔塔翁之子啊，'我说，'纳我为婿吧。'

阿尔喀德斯也这样说，其他人则让于我俩。

他讲会让朱庇特成为公爹，还说了他著名的

劳绩，以及义母命令他攻克的那些事。

9.8-10 nomine...suo fando 为工具夺格，其中 fando 为动词 fori 的动形词夺格形式。在牛津本、洛布本中此处皆为 fando，但托依布纳本作 tandem。得伊阿尼拉（Deianira）是厄尼乌斯（Oeneus）与阿尔泰娅（Althaea）之女，后来的赫丘利（Hercules）之妻，她的名字 Deianira 或作 Deianeira（希腊文：Δηϊάνειρα 或 Δηάνειρα）由形容词 δήϊα（destroying）和名词 ἀνήρ（man）构成，字面意思为"She who destroys man"或"man-destroyer"，预示着她丈夫赫丘利的死亡。

第 8-9 行呼应了《埃涅阿斯纪》2.81-82：fando aliquod si forte tuas peruenit ad auris/Belidae nomen Palamedis（若在谈话间，贝鲁斯之子、帕拉墨得斯之名，曾碰巧传入你的耳中）。

multorum 和 procorum 搭配，均为复数属格，这两个词出现在该行的一首一尾，spes inuidiosa（jealous hope）夹在其中，形象地刻画出众多追求者缠绕在得伊阿尼拉身边，同样的诗行也出现在对美杜莎（Medusa）的描写当中，见《变形记》4.795。

9.11 ut 引导时间状语从句，相当于 as 或 when，分句中常用直陈语气（indicative）。est intrata 为非人称被动式，主语是 domus（house），省去了作为施事与格的 mihi，在奥维德笔下，动词 intrare 常用于主动语态，Anderson 认为这里用作被动是出于诗行格律的考虑。

9.12 me 和 generum 是命令式动词 accipe 的双宾语，前者是直接宾语宾格，后者是表语宾格。Parthaone nate 是 Parthaonus natus 的呼格，意为帕尔塔翁（Parthaon）的儿子，指厄尼乌斯（Oeneus），采用了婉曲修辞。

9.13 该行的 et 意为 also 或 too，作副词。Alcides 意为阿尔凯厄斯（Alceus）的后人，指赫丘利（Hercules），是其母阿尔克墨涅（Alcmene）与变幻成她丈夫安菲特律翁（Amphitryon）模样的宙斯或罗马神话中的朱庇特（Jupiter）所生，因而安菲特律翁是赫丘利名义上的父亲，而安菲特律翁又是阿尔凯厄斯之子，所以赫丘利被看作阿尔凯厄斯之孙。神话或史诗中的英雄人物常常不仅拥有本名，还有从父名或父系祖先之名衍生出的名字（patronymic），如阿喀琉斯（Achilles）还可被唤作 Pelides，因其生父名为珀琉斯（Peleus）。奥维德《哀怨集》5.5.3 称奥德修斯为 Laërtius heros，即 Laertes（拉厄尔特斯）英雄，Laertes 为奥德修斯之父。

动词 cessere 是完成时第三人称复数形式，等同于 cesserunt，诗歌中常用前一种形式。

9.14-15 整句话的谓语动词是 referebat（述说），共有三个宾语，其中 Iouem socerum dare se 为宾格加不定式结构，se 是其中的主语，指代全句的主语 ille（赫丘利），dare 是动词不定式，Iouem 作为不定式的直接宾语宾格，socerum 则是表语宾格，famam 和 superata...iussa 是 referebat 的另外两个宾语。第 15 行采用了黄金诗行（golden line），即一行六步抑扬格的诗有两组形容词 – 名词短语 (Aa 与 Bb)，并且以 ABVab 的结构分布在谓语动词前后。

contra ego "turpe deum mortali cedere" dixi
(nondum erat ille deus); "dominum me cernis aquarum
cursibus obliquis inter tua regna fluentum.
nec gener externis hospes tibi missus ab oris
sed popularis ero et rerum pars una tuarum.　20
tantum ne noceat quod me nec regia Iuno
odit et omnis abest iussorum poena laborum.
nam, quo te iactas, Alcmena nate, creatum,
Iuppiter aut falsus pater est aut crimine uerus.
matris adulterio patrem petis; elige, fictum　25
esse Iouem malis an te per dedecus ortum."
talia dicentem iamdudum lumine toruo
spectat et accensae non fortiter imperat irae
uerbaque tot reddit: "melior mihi dextera lingua.
dummodo pugnando superem, tu uince loquendo"　30
congrediturque ferox. puduit modo magna locutum

'天神让步于凡人，是为可耻，'我说道，
（他尚未封神）'你看我是河水的主宰者，
沿着倾斜的河道，流经你的疆域。
我若为你的女婿，则并非外邦异客，
而是你的同胞，属于你国的一部分。
莫让这些事于我不利：天后朱诺
并不憎我，没有罚我做那些劳活。
阿尔克墨涅之子啊，你自诩是朱庇特之后，
他要么不是生父，若是真，亦是耻辱。
你认他，便是承认你母亲有奸情；选择吧，
情愿朱庇特是假父亲，还是身世可耻。'
我说这些时，他一直目露凶光，狠狠地
瞪着我，而且怒火中烧，难以遏制，
只撂下这句话：'我的右手胜过口舌。
只要我能打赢你，任你尽逞口舌之快，'
便猛地扑来。我刚说完大话，若退缩

9.16 contra 作副词，意为"答复"（in return 或 in reply）。阿刻罗俄斯的回答里略去了 est，因此 deum...cedere 是接在 turpe (est) 后的宾格加不定式结构。

9.17 赫丘利后来的妻子得伊阿尼拉出于嫉妒，担心被赫丘利遗弃，送给她丈夫一件她误以为具有爱情魔力的长袍，事实上这件长袍被涂满了毒血，赫丘利穿上后痛苦万分，最终投火自尽，灵魂升上天，后成为大力神。见《变形记》9.134-272。

9.19-20 gener 与 hospes 搭配，意为"来自异邦的女婿"（foreign son-in-law），名词 hospes 与另一名词搭配时常常带有形容词的作用。这两行的措辞在一定程度上呼应了《埃涅阿斯纪》7.254-255：hunc illum fatis externa ab sede profectum/portendi generum...（我[指 Latinus，拉提努斯]想这人[指埃涅阿斯]就是命中注定从外邦来做我女婿的人……）

9.21-22 tantum 作副词，意为"只要"（only just）。非人称动词 noceat 为现在时虚拟式，属于祈愿虚拟语气的用法，省去了间接宾语与格 mihi，紧接其后的 quod 从句作 noceat 的真正主语。有意思的是，quod 从句里的内容恰好对应赫丘利在第 14-15 行的自我夸耀：功业名声和朱诺（Juno）命他完成的劳绩，阿刻罗俄斯在暗讽赫丘利，因为那些劳绩是朱诺出于憎恨而对赫丘利的惩罚，这样就将赫丘利引以为耀的优势转变为污点。

9.23-24 短语 se iactare 意为"夸耀自己"，赫丘利在第 14 行炫耀自己的身世，称朱庇特是其父亲，对此，阿刻罗俄斯在第 23 行却故意唤他作"阿尔克墨涅之子"（Alcmena nate 为呼格），且该行共有五个长长格（spondee），延缓了语流速度，凸显出阿刻罗俄斯的奚落语气；第 24 行则更陷赫丘利于进退两难之地：他要么是在撒谎，要么是朱庇特的私生子。至此，阿刻罗俄斯——削弱了赫丘利向厄尼乌斯提亲时列举的三大优势。

9.25-26 这两行进一步解释了进退维谷的窘境，并催促赫丘利做出选择。

9.27 该行的前三个词与《埃涅阿斯纪》4.362 前三个词一致：talia dicentem iamdudum auersa tuetur（他[指埃涅阿斯]在说这些时，狄多转过眼去怒视着他）。这里的互文性突出了赫丘利的愤怒，他正如狄多怒视埃涅阿斯那样瞪着阿刻罗俄斯，后两个词 lumine toruo 作为工具夺格，刻画出赫丘利恶狠狠的眼光。

9.30 该行 dummodo 引导附带条件从句，因而从句中使用现在时虚拟语态，pugnando 与 loquendo 均为动名词的方面夺格。

cedere; reieci uiridem de corpore uestem

bracchiaque opposui tenuique a pectore uaras

in statione manus et pugnae membra paraui.

'Ille cauis hausto spargit me puluere palmis　35

inque uicem fuluae tactu flauescit harenae;

et modo ceruicem, modo crura modo ilia captat,

aut captare putes, omnique a parte lacessit.

me mea defendit grauitas frustraque petebar,

haud secus ac moles, quam magno murmure fluctus　40

oppugnant; manet illa suoque est pondere tuta.

实为可耻；我脱去身上的绿色长袍，

抬起双臂，手作爪状，置于胸前，

腿臂就位，摆好姿势，准备战斗。

"他弯着手掌，舀起一抔沙土撒向我，

也照例被我撒了一遍，满身黄土。

他从多个角度袭来，又掐脖子，又抓腿，

又抱腰，你或许以为他已将我擒住。

体重保护了我，那些袭击皆徒劳，

我如巨砾，承受着轰鸣激流的拍打，

岿然不动，因为自身重量确保了安全。

9.32 由于阿刻罗俄斯是河神，而河的两岸通常都生长着绿色植物，因此他的衣袍是绿色的（uiridem...uestem）。

9.33-34 阿刻罗俄斯摆出战斗姿态，双手半握如虎爪（uaras/...manus），便于打斗中趁机抓住赫丘利，短语 in statione 常作军事术语，表现出交手前剑拔弩张的紧张气氛。见恺撒的《高卢战记》："..., ei, qui pro portis castrorum in statione erant, Caesari nuntiauerunt, pulverem maiorem..."（4.32.1：在营地门口站岗的士兵报告恺撒说有大规模的沙尘）。"Caesar...cohortes, quae in stationibus erant, secum in eam partem proficisci, ex reliquis duas in stationem cohortes succedere...iussit"（4.32.2：恺撒命令几个站岗的步兵大队随他前往那个地方，并下令另外两个步兵大队接替站岗）。"Consequuntur hunc centuriones eius cohortis, quae in statione erat"（6.38.3：站岗的步兵大队百夫长们都跟着他）。

9.35-36 cauis 与 palmis 搭配，为工具夺格，说明用弯曲着的手掌舀起地上的沙土。古希腊时期摔跤选手赛前会在身上涂油，并互向对方撒沙土以增大摩擦力防滑。

9.37 该行的 captat 带有始动性动词的色彩，表达赫丘利相继试图攻击阿刻罗俄斯的不同部位，且该词的首字母 c 也形象地表现出作抓取状的手形，更有意思的是，拉丁语字母 c（k）源于古希腊语字母的 κ，古希腊字母 κ 则来自于古希伯来字母 פ/כ，形如爪状的手掌，读音为 kaf，作为单词的意思正是"手掌"。此外，ceruicem，crura 和 captat 中的 c 在古典拉丁语中均发 /k/ 音，起到了押头韵（alliteration）的效果，从声音角度生动地表现打斗的激烈程度。

9.38 本行的动词 putes 为现在时虚拟式，属于潜在虚拟语气的用法。

9.39 该六步行由三组长短短格（dactyl）和长长格构成，每组都是长短短格＋长长格的模式，语流速度较快的长短短格宛若赫丘利的快速袭击，语流速度慢而稳的长长格则犹如阿刻罗俄斯的千斤坠，任凭前者多次进攻，后者始终稳如泰山。Anderson 认为 grauitas 一语双关（pun），第一层意思指阿刻罗俄斯的身体很重，第二层意思指神祇的威严，如《变形记》6.72-73 提到了朱庇特和众神的威严："bis sex caelestes medio Ioue sedibus altis/augusta grauitate sedent..."（朱庇特位于正中，十二天神居其／左右，高位端坐，庄严肃穆）。同样的短语也被用来刻画封神之后的赫丘利，见《变形记》9.269-270："parte sui meliore uiget maiorque uideri/coepit et augusta fieri grauitate uerendus"（他的精华部分变得强健，形象／更高大，庄严肃穆，令人心生敬畏）。

9.40 短语 secus ac/atque/quam 意为"不同于"（other than, different from），这里加上否定词后成为 haud secus ac，相当于"犹如"，引出了史诗明喻（epic simile）：阿刻罗俄斯将自己比作巨砾，承受着激流的拍打。quam magno 在托依布纳本和洛布本中作 magno quam，牛津本作 quam magno，本行押头韵 /m/，形象刻画出激流拍打产生的轰鸣声。

digredimur paulum rursusque ad bella coimus
inque gradu stetimus certi non cedere; eratque
cum pede pes iunctus, totoque ego pectore pronus
et digitos digitis et frontem fronte premebam.
non aliter uidi fortes concurrere tauros,
cum pretium pugnae toto nitidissima saltu
expetitur coniunx; spectant armenta pauentque,
nescia quem maneat tanti uictoria regni.
ter sine profectu uoluit nitentia contra
reicere Alcides a se mea pectora; quarto
excutit amplexus adductaque bracchia soluit
impulsumque manu (certum est mihi uera fateri)
protinus auertit tergoque onerosus inhaesit.
Si qua fides (neque enim ficta mihi gloria voce
quaeritur), imposito pressus mihi monte uidebar.
uix tamen inserui sudore fluentia multo
bracchia, uix solui duros a corpore nexus;
instat anhelanti prohibetque resumere uires
et ceruice mea potitur. tum denique tellus
pressa genu nostro est, et harenas ore momordi.

我们各退几步，而后再度交战，
双脚站稳，决不退让半步，而且
45　腿脚互抵，我全身前压，手指抓住
他的手指，额头顶着他的额头。
正如我曾见两头强壮的公牛相撞，
它们争夺的战利品是整片草地上
最美的母牛，牛群战兢兢地看着，
不知道谁会获胜而统领这片地域。
50　我的胸脯贴得很紧，阿尔喀德斯三次
试图推开，都以失败告终；第四次
他挣脱包围，掰开我紧紧抱住的双臂，
迅速出拳（我要叙说实情），打得我
晕头转向，全身沉甸甸地紧压在我背上。
55　若你相信我（我不会通过虚夸来索求
荣耀），我似乎被压在一座大山之下。
纵然如此，我艰难地塞进大汗淋漓的
胳膊，艰难地挣开紧锁我前胸的双臂；
他压得我气喘吁吁，不容我恢复体力，
60　并且勒住了我的脖子。最终我的
膝盖跪到了地上，吃了一嘴的尘土。

9.43 介词短语 in gradu 意为 "站稳脚步"（in firm position of the feet）。

9.44-45 这两行用文字形式重现了摔跤的场面：pede 与 pes 相抵，digitos 与 digitis 相扣，frontem 与 fronte 相顶，三个表示身体部位的词以不同格的形式如同摔跤一样互相搏斗。

9.46-48 non aliter 意为 "正如"，有时也会用 haud aliter，后接比喻的词句，这引出了另一个史诗明喻：阿刻罗俄斯将他与赫丘利的较量比作两头公牛，为争夺一头母牛而一决高下。

9.49 本行的形容词 nescia 后接间接问句，因而从句动词用现在时虚拟语式 maneat，代词 quem 作宾语。

9.51-54 这几行简明扼要地描写出赫丘利如何扭转乾坤：赫丘利先挣开阿刻罗俄斯的钳制，随即一拳打得对手晕头转向，并趁机从背后突袭，牢牢锁住对方。第 53-54 行省略了宾格 me，该分句应理解为 "[me] impulsumque manu.../protinus auertit..."

9.55 该行的 si qua fides 常作为诗中的叙述者或说话人博取信任的手法，如《恋歌》（Amores, 1.3.16）："tu mihi, siqua fides, cura perennis eris"（若你相信，你是我永远的牵挂）。ficta 与 voce/uoce 搭配，为工具夺格，意为 "通过浮词虚辞"。

9.57-58 阿刻罗俄斯吃力地挣开了赫丘利紧锁的双臂，这里的两个分句采用了连词省略（asyndeton）的手法，即分句不用连词而直接并置在一起，加快了语流速度，制造出搏斗场面的紧张气氛。

9.59-61 虽然阿刻罗俄斯挣脱了，但赫丘利仍处于优势，他转而锁住阿刻罗俄斯的喉咙，将其压得趴倒跪地。第 61 行的 momordi 是动词 mordere 的完成时第一人称单数形式，常用（ore）mordere 表达 "被打败、倒地而死"，如《埃涅阿斯纪》11.418："procubuit moriens et humum semel ore momordit"（他倒地而亡、战死沙场），以及昆体良《演说术原理》（Decl.）12.8："terram morientes momorderunt"（那些将死之人倒地而亡）。

Inferior virtute meas deuertor ad artes
elaborque uiro longum formatus in anguem.
qui postquam flexos sinuaui corpus in orbes
cumque fero moui linguam stridore bisulcam,
risit et inludens nostras Tirynthius artes
"cunarum labor est angues superare mearum"
dixit, "et ut uincas alios, Acheloe, dracones,
pars quota Lernaeae serpens eris unus echidnae?
uulneribus fecunda suis erat illa, nec ullum
de comitum numero caput est impune recisum,
quin gemino ceruix herede ualentior esset.
hanc ego ramosam natis e caede colubris
crescentemque malo domui domitamque reduxi.

我气力不敌他，转而借助变化之术，
幻变为一条长蛇，逃出他的钳制。
我盘起自己的蛇身，蜷成数圈，
65　吐出分叉的信子，伴着凶猛的嘶嘶声，
这位提林斯人大笑，讥讽我的变幻术：
'我还在睡摇篮时就降伏过一对李蛇，'
他说，'阿刻罗俄斯，即便你强于别的蛇，
相比勒耳那的厄喀德那，你就一条算什么？
70　她受伤之后反倒更强大，还长有多个头，
砍掉任何一个头，她都安然无恙，
反会增添出两个，脖子也更加强壮。
她蛇身如树干，蛇头如枝杈，砍了就长，
越砍越多，我降伏了她，将其带回。

9.62 本行的 virtute 一词意为"力气、力量"，作方面夺格，指阿刻罗俄斯在力气方面不敌赫丘利，但该词由词根 vir-（男性）和后缀 -tus（表达抽象品质）构成，其本义为"男性气概"（vir-tus），因而 inferior virtute 其实在暗指阿刻罗俄斯缺乏男子气概，Anderson 认为 virtute 之后的阴性停顿（feminie caesura）也说明了这一点。这里的 artes 指阿刻罗俄斯变形的能力，第 8 卷末阿刻罗俄斯提及自己有变成长蛇或公牛的本领，见《变形记》8.881-883。

9.64 flexos 与 orbes 搭配，围绕在 corpus 前后，形象地表现蛇盘成数圈的样子；该诗行里的词多含有长元音 /o/，形成元音韵（assonance），因而从声音角度生动地再现蜷曲的蛇身。

9.66 Tirynthius（提林斯人）特指赫丘利，相传提林斯（Tiryns）是赫丘利的出生地。

9.67 传说朱诺为杀死婴儿赫丘利，派出两条毒蛇爬进他的摇篮，不料毒蛇反被赫丘利降伏、扼死。亦见奥维德《爱的艺术》1.187-188。

9.68-69 第 68 行的 ut 引导让步状语从句，意为"纵然、即便"（granted that），这种情况下从句常用虚拟语气。第 69 行 pars 与 quota 搭配，Lernaeae... echidnae 作部分格，勒那（Lerna）为沼泽名，厄喀德那（echidna），源于古希腊语 ἔχιδνα（viper, snake），指半人半蛇的女妖，这里代指九头蛇怪许德拉（Hydra），相传斩断它的一颗头，会立即长出另外两颗头，但最终它还是被赫丘利除掉。

9.70-72 形容词 fecunda 后接夺格 uulneribus...suis，指许德拉被砍一颗头反会又长两颗头。第 71 行的 comitum 在洛布本中作 centum，在牛津本和托依布纳本里皆为 comitum。第 72 行的 quin 相当于 ut non，接在表否定的主句后（nec 70），引导结果从句，可意译为英文的"without"。

9.73-74 每一处被赫丘利斩首后的伤口都会如同大树的枝杈一般长出两颗新的蛇头，传说后来赫丘利每砍下一颗头，他的侄子伊俄拉俄斯（Iolaus）就用火把烧灼伤口，终于杀死了许德拉。第 74 行 domui domitamque 采用了联珠（anadiplosis）的手法，即在一行诗中某个动词以不同形式叠用，前一个为限定动词充当当前一分句的谓语，后一个是该动词的过去分词形式，充当下一分句谓语动词的宾语，这种手法在《变形记》中出现多次，如 1.33 和 1.402。本行的 reduxi 在托依布纳本、瓦拉本、洛布本中皆作 reclusi（我剖开了），杨周翰先生的译文基于 F. J. Miller 1928 年的洛布本，所以将第 74 行后半段译为："我把她征服了，征服之后又把她剖开。"牛津本作 reduxi（我带回了），但对此存疑并附脚注"vix sanum"（不合理），因为赫丘利并未将许德拉带回，或许是指赫丘利在杀死许德拉后，带回了那些浸泡在蛇怪毒血里的箭。

quid fore te credis, falsum qui uersus in anguem
arma aliena moues, quem forma precaria celat?"
dixerat et summo digitorum uincula collo
inicit; angebar ceu guttura forcipe pressus
pollicibusque meas pugnabam euellere fauces.
sic quoque deuicto restabat tertia tauri
forma trucis; tauro mutatus membra rebello.
induit ille toris a laeua parte lacertos
admissumque trahens sequitur depressaque dura
cornua figit humo meque alta sternit harena.
nec satis hoc fuerat; rigidum fera dextera cornu,
dum tenet, infregit truncaque a fronte reuellit.
Naides hoc pomis et odoro flore repletum
sacrarunt, diuesque meo Bona Copia cornu est.'
Dixerat, et nymphe ritu succincta Dianae,
una ministrarum, fusis utrimque capillis,
incessit totumque tulit praediuite cornu
autumnum et mensas, felicia poma, secundas.

75　而你呢，变成假蛇，假借他人者武器，
　　藏身于幻形，想想你的下场会怎样？'
　　他说完，双手犹如枷锁掐住我脖子，
　　我被勒住了，似乎咽喉被钳子夹着，
　　我奋力想从他的拇指间抽出喉咙。
80　可仍这样被制服，我还剩第三种变形：
　　暴烈的公牛；我化为牛形，以便再战。
　　他用胳膊从左侧抱住我壮实的脖子，
　　双脚拖地，随我飞奔，并揪住犄角
　　摁到地上，把我撂倒在厚厚的沙土里。
85　这还不够，他狠毒的右手攥住我坚硬的
　　犄角，用力折断，从额头上扯拽下来。
　　仙女用这角盛满水果和香花，奉之为
　　圣器；丰饶女神也因为我的角而富足。"
　　他说完，一位仙女，也是他的侍女，
90　装束宛若狄安娜，长发垂于双肩，
　　走了进来，端着丰饶角，盛满了全部
　　秋收，献上甜美的水果作为第二道菜。

9.75-76 第 75 行的 te 为夺格，表达 "in the case of"，这种用法常与 fio、facio 和 esse 搭配，属于口语化的句式。本行的 credis 在托依布纳本中作 credas，牛津本和洛布本皆作 credis。第 76 行的 arma aliena 在暗讽阿刻罗俄斯变形后所用的武器皆非自身拥有，而是假借蛇形得来的。据 Anderson，奥维德所有作品中形容词 precaria 只在这里出现过一次。

9.78 本行的 guttura 是方面宾格，指明被夹住的身体部位。

9.80-81 第 80 行省略了物主与格 mihi，表示所有关系，因此修饰 mihi 的 devicto 也是与格。阿刻罗俄斯以人身和蛇身都敌不过赫丘利，只能依靠变成公牛最后一招了。这两行辅音 /t/ 押头韵，让人联想到 taurus（ταῦρος）一词，第 81 行另一组押头韵的辅音 /m/ 再现公牛哞哞的叫声。该行的 membra 也是方面宾格。

9.82 名词 lacertus 作复数时指胳膊（尤指上臂），本行的 lacertos 为动词 induit 的宾语，指赫丘利的胳膊，toris 为夺格，代指阿刻罗俄斯厚实的脖子。

9.83 admissum 是 admittere（to put to gallop）的过去分词形式，这里指抱住公牛脖子的赫丘利让牛往前冲，而自己也跟着跑（sequitur），本行的现在分词 trahens 应为不及物用法，意为 "to drag on, trail"（拖着、拖在后面），关于 traho 作不及物动词的用法，参见 *OLD* 词条 "traho" 的第 17 项释义。

9.86 本行的 trunca 与 fronte 搭配，均为分离夺格，采用了预述（prolepsis）的手法，即赫丘利先折断、扯拽犄角，而后阿刻罗俄斯的额头才会受损残缺。

9.88 Bona Copia 这里指丰饶女神，是丰饶、富足的化身。丰饶角（cornu copiae）象征着丰收和富饶，这里奥维德用阿刻罗俄斯的牛角解释了丰饶角的起源；此外，希腊神话还有一个版本：相传宙斯为躲避其父亲克洛诺斯（Cronus）的吞食，藏身位于克里特岛伊达山（Moount Ida）的一个山洞里，除了有宁芙仙女们照顾宙斯外，母山羊阿玛耳忒亚（Amalthea）也用羊奶喂养他。虽仍在哺乳期，但宙斯天生神力，一次与阿玛耳忒亚嬉闹时无意间折断了她的一只羊角，这只角后成为无尽滋养的象征。

9.92 第二道菜（mensas...secundas）指的是甜点。